42

观书喜夜长

◎ 烽火戏诸侯 著

浙江文艺出版社
Zhejiang Literature & Art Publishing House

集灵峰竹楼这边，确实风景绝美，在这边赏过景的客人，都说陈山主独具匠心。

山中黄鹂成群恰恰啼，崖外飞云如赶春，与人当面化龙蛇。

小陌说道："郑先生回到家乡，就更热闹了。"

陈平安没来由笑道："郑大风说我辈读书人翻旧书，如小别胜新婚。"

小陌点头道："郑先生是极有才情的饱学之士，是学问人故作风流语，与伪君子假装道学家，自然是截然不同的。"

陈平安说道："上次去飞升城的酒铺，碰到的老主顾，一个个都说郑掌柜的荤话能佐酒，我这个二掌柜是远远比不上的。"

小陌笑道："郑先生豁达，有情有义却不拘小节，走到哪里都是受欢迎的。"

"陪我走走。"陈平安丢给小陌一壶酒，两人一起拎着酒壶，去往山顶那边，边走边喝，山色青欲滴，携酒上翠微。

一座顶尖宗门的护山阵法，往往都属于叠阵，相互补充，层层加持，必然攻守兼备。落魄山如今拥有两座护山大阵，其中一座陆陆续续拼凑起来的剑阵，是勤俭持家的山主陈平安如燕子衔泥一般，一点一点积攒起来的家底；另外一座，则是"因祸得福"。老观主当初做客落魄山，在山门口喝茶，由于陈灵均言语不逊，本来是要与落魄山兴师问罪的。这位"从不饶人"的落宝滩碧霄洞主，不屑与一条小小元婴境水蛇计较什么，那就只好拿陈平安这位山主开刀了。

根本不用怀疑老观主的手段，更不该怀疑这位十四境大修士的胆识和魄力。"自出洞来无敌手,能饶人处不饶人",从来不是什么溢美之词。当初小陌逃入落宝滩,如白景这般行事跋扈的剑修,一样需要主动止步。

只是不承想一来二去,老观主反而送出了一幅五岳真形图。使得作为山君的魏檗如今想要造访落魄山,明明就这么几步路,却需要一份"通关文牒"才能不那么拖泥带水。

难怪魏山君会在郁闷之余,忍不住与小米粒说了一句玩笑话:"这是天底下最值钱的一碗茶水了。"

这话半点不假,老观主非但没给陈平安穿小鞋,还送出一幅老祖宗级别的真形图,不等于是两件仙兵了?

山巅那座旧山神祠内,供奉有一幅陈平安从剑气长城带回的剑仙画卷,之前是放在倒悬山敬剑中。陈平安原本想要归还飞升城,只是宁姚不愿意收回,她的脾气,陈平安最清楚不过了,拗不过她的。

走到山顶,小陌感慨道:"公子,落魄山能有今日气象,当真来之不易。"

陈平安自我吹嘘道:"赀财盈筐,决然勤俭持家。"

太平山早年曾经赠送给陈平安一幅阵图,落魄山一直苦于没有适合的飞剑,以至于前些年,陈平安就一直在打北俱芦洲那座恨剑山的主意。所幸上次走了趟蛮荒腹地,其间路过云纹王朝的玉版城,作为包袱斋的后起之秀与集大成者,年轻隐官再次发扬了"贼不走空,见好就收"的吾辈江湖宗旨,从一位道号"独步"、蛮荒崭新飞升境的皇帝叶瀑手上,得到了十二把飞剑和那个搁放飞剑的珊瑚笔架,陈平安将前者收入囊中,后者则拿来跟陆沉做了一笔长远生意。

如此一来,太平山阵图刚好与十二把飞剑搭配,可谓天衣无缝。

上次桐叶洲举办下宗庆典,刘景龙作为陈平安最要好的"酒友",当然要观礼青萍剑宗建成仪式。他带着弟子白首离开太徽剑宗,在南下途中,按照陈平安的请求,刘景龙先去了一趟大骊京城,为地支一脉的阵师韩昼锦指点修行。其实刘景龙在那边把酒水喝饱之后,还曾秘密进入落魄山,帮助那个当惯了甩手掌柜的家伙,为画卷中那些"只余下剑意而无灵智"的剑仙英灵"镜像",做成了一件锦上添花的事情:刘景龙仔细研究过太平山阵图后,以这幅阵图作为道场基础,挑选出十二位剑仙英灵,拣选出与其剑道相近的飞剑,让这十二位剑仙英灵每人手持一把飞剑,使得这座攻伐大阵,终于真正意义上趋于圆满——从以前陈平安估算的"可杀玉璞,震慑仙人",提升为"可以重伤一位事先不知情的仙人"。

至于飞升境修士,就别来这边瞎晃荡、抖搂威风了,一来如今进入宝瓶洲,需要与大骊仿白玉京主动通报行踪,再者真当落魄山没有飞升境吗?真惹急了陈山主,可就不讲半点江湖道义了,开门关门放谢狗。

此外魏檗又偷偷摸摸绕过大骊朝廷，根本没有上报大骊礼部和录档，就直接为这座剑阵大开方便之门，使得那些持剑英灵能够自由来往于大半个北岳地界。

看见披云山门口那边，郑大风和魏檗的礼尚往来，小陌打趣道："我们魏山君是典型的好人有好报。"

送出那只木盒后，郑大风看似与魏檗勾肩搭背，实则强拽着魏山君一起登山，去往那处女官数量最多的乐府司喝酒。至于魏山君会不会事先与乐府司官吏们提醒几句，让她们小心点郑大风，就不得而知了。

小陌想起一事："不知谢狗从哪里听来的消息，说我们宝瓶洲五岳山君，有可能获得文庙封正，公子，此事属实？"

陈平安摇头道："这还真不太清楚，茅师兄在信上没有说及此事，回头我跟文庙那边问问看。"

如今浩然天下，确实有个未经证实的传闻：曾经的大骊五岳山君，如今宝瓶洲五岳之主，有可能会拥有神号。

至于由谁来主持封正仪式，照理说最低也该是一位文庙副教主，不过极有可能是文圣莅临宝瓶洲。一旦果真如此，那么对于魏檗、晋青和范峻茂这几位山君而言，获得文庙的封正，既是一种殊荣，更是一种实打实的大道收益。

别洲修士对于此事，是几乎没有什么怪话的，毕竟宝瓶洲受得起这份待遇。至多就是不约而同调侃一句，北岳魏檗的神号，必须是那"夜游"嘛。

北岳魏檗，金身粹然，是宝瓶洲历史上第一位上五境山君，后来金身高度又有提升，修为境界相当于仙人境。

君倩师兄当年曾经坐镇落魄山，出拳迎敌，使得北岳地界落下数场金色大雨，魏檗受益颇多。如果魏檗凭借宁姚赠送的那份谢礼，能够再次提升金身高度，那么第一个宝瓶洲上五境山神，第一个仙人境，再来第一个相当于飞升境的山神，这可就是一洲山水官场的"连中三元"了。因为神灵几近不朽的缘故，那么山君魏檗，就会成为名副其实的前无古人后无来者。

在陈平安这位年轻隐官横空出世之前，宝瓶洲山上仙府和各国朝堂达成了一个共识：修行境界的瓶颈，就看当下三位"仙人境"的最终高度了。

剑修，看那已经是大剑仙的风雪庙魏晋，能否跻身飞升境。山水神灵，得看披云山魏檗；山泽野修，就看书简湖的刘老成。他们三位，就是各自道路走在最前边的领头者。后边的人只需要跟着走，不奢望能够追上，并肩而行，更别提赶超了。

陈平安站在崖畔，轻声道："我们都喜欢说居高临下、高屋建瓴这类成语。浩然天下九洲，如果将海平面作为尺子，陆地的高度，就是西北高，东南低。此外海平面，其实是存在微妙倾斜的，幅度不大而已，但是这件事，书上从无记载，一般修士根本无从得知，更难准确测量。

"宝瓶洲的地势，就是更为显著的北高南低了，这倒是一个山上皆知的常识，所以同样是身为一洲山君，范峻茂就比较吃亏。一洲练气士，之所以都认为魏檗是最有希望成为首个金身高度相当于飞升境的山水神灵，不光是觉得魏檗与大骊宋氏关系莫逆，占据了人和，还有就是这座披云山，最为占据地利优势，是整个宝瓶洲陆地上，海拔最高的那座山头。"

陈平安说到这里，双手笼袖，抬起头："故而此山离天最近。"

陈平安第一次了解到金精铜钱的价值，还要归功于老龙城苻南华的"炫耀"，他用了一句不知出处的古诗，来形容这种神仙钱："水碧或可采，金精秘莫论。"

关于宁姚送出的那份谢礼，郑大风去往披云山找魏檗之前，就已经跟陈平安通过气了。宁姚让郑大风转告陈平安三句话："这是我早就给披云山备好的礼物，你和落魄山，不能总这么亏欠魏檗，人家不计较，不是你这个山主不上心的理由。

"此物是要比金精铜钱值钱许多，但是唯独你最不适合炼化此物，送给魏檗，却是一种恰到好处的雪中送炭，他若是凭此抬升一个大台阶，以魏檗的性格，只会更加照顾落魄山。

"送就送了，无须心疼，反正我会在五彩天下这边搜集更多的金精铜钱。"

这就是宁姚为人处世的一贯作风，也是陈平安认识她之后，一直坚持的共同习惯：有事直接说，不管是大事还是小事，宁肯当场吵架，惹对方不高兴，也绝对不给误会留出丝毫余地。所以在剑气长城那边，不管任何选择，陈平安都不曾对宁姚隐瞒。事实证明，这就是他和宁姚最好的相处之道。

陈平安满脸得意扬扬，将宁姚的那些言语，与小陌大致复述了一遍。

小陌由衷赞叹道："山主夫人，真是打着灯笼都难找的贤内助。"

陈平安伸手出袖，揉了揉下巴，突然转头望向小陌，神色诚挚道："小陌啊，下次夜游宴，你就别参加了，这种热闹别凑，闹哄哄喝酒而已，没啥意思。"

小陌嗯了一声，陈平安刚刚松口气，结果小陌就来了一句："那就劳烦公子帮我捎带贺礼。"

陈平安无可奈何，吾山门风，确实是以诚待人，可也不是让小陌你做人太实诚啊。

小陌立即识趣转移话题，问道："公子，树下练拳如何了？"

陈平安说道："近期破境难度不大，就是需要打磨底子，体魄缺漏待缝补的地方不少，跻身五境武夫后，还有得磨。"

小陌笑道："树下心性醇正，后劲足，又有公子亲自指点拳法，武道肯定可以走得高远。"

既然聊到了武学，陈平安就好奇问道："小陌，在那岁月峥嵘的远古时代，有谁能够单凭拳法,就将一位地仙的因果、命数一并打散?准确说来,是那种彻彻底底地打成虚无,不单单是魂魄消失而已。"

小陌一向心思缜密,没有着急给出答案,反问道:"公子的意思,就只是驱动身体的筋骨气力,不动用丝毫天地灵气,单纯以蛮力,也就是后世所谓的武道,打杀一位地仙,使其再无来世,彻底'兵解'?"

陈平安点头道:"差不多。"

原来"兵解"的本义,是这么个意思?

小陌想了想,缓缓说道:"包括三教祖师在内的远古天下十豪,撇开不谈,碧霄道友就能轻松做到,最早跟在至圣先师身边的几个书生,也不差,这次与我和白景一并醒来的那个无名氏,他早年身边也跟着几个差不多路数的扈从,拳脚都不轻,林林总总加在一起,半百人数,总是有的。"

陈平安惊讶道:"这么多?"

小陌微笑道:"若是再加上出生在太古时代的妖族,就更多了。只是他们往往不轻易露面,因为人间剑修多了之后,最喜欢找他们的麻烦。"

小陌犹豫了一下,说道:"比如公子的那位师兄,君倩先生,他出身神异非凡,在千奇百怪共同横行人间的太古岁月里,他都是有数的存在,曾有屹立大地小日月、振翅只恨青天低的大道气象。如果君倩先生不是被佛祖拉去论道一场,被佛法浸染天性,稍稍改变了性情,我估计后世的上古时代,白帝城郑先生的那位传道人,都没有斩龙的机会。"小陌继续说道:"公子,我有个猜测。"

陈平安笑道:"但说无妨。"

小陌说道:"我猜测当年天下真龙,之所以会叛出天庭,极有可能是君倩先生通过佛祖,暗中与所有龙宫水族,许下某个承诺,比如不伤蛟龙水仙之属。"

陈平安点点头:"应该就是事实了。"

陈平安突然问道:"小陌,按照如今山上推测,武道十一境,大致可以视为练气士的十四境。是如此吗?"

在太平山那边,陈平安因为拜自己那个开山大弟子所赐,挨了某位十一境武夫的一拳,确切来说,是半拳。

当时就已经是十境气盛的陈平安,面对那半拳,就只能是乖乖站好挨打而已,别说还手了,招架都难,躺在大坑里半天没起身。

后来知道真相后,陈平安是又好气又好笑,只能是哑巴吃黄连了,毕竟哪里舍得教训裴钱半句。何况裴钱打小就心思重,陈平安就没打算跟她聊这个,免得她多想。换成某个"得意"学生是罪魁祸首的话,陈平安还不得把这只大白鹅的脖子打个结。

小陌摇头道:"不太清楚。此事可以问问白景。"

如今陈平安的潜心修行,无非三事:炼剑,练拳,画符。

炼剑一途,主要就是针对笼中雀和井中月两把飞剑的本命神通,陈平安试图炼化出一条大道运转有序的光阴长河,将小天地变得更加趋于"真相"。

而武道攀升,就比较枯燥乏味了,陈平安反反复复,只练半拳。

那位山巅"古怪"的十一境之拳,如同一部至高拳谱被一分为二,一半在那具仙人遗蜕身上,是那位坐镇荧惑的兵家初祖故意留下了韩玉树的皮囊。另外一半,就在陈平安自身天地的山河内。挨了半拳,人身小天地内山河震动,山川改道……每一处遗留痕迹就是拳路。

至于画符一道,耗时颇多,陈平安看似是在分心,其实钻研符箓,正是陈平安用来补全光阴长河一系列渡口、渡客等存在的关键手。

陈平安笑着邀请道:"走,带你看看我的一些收藏,以及我是如何修行的。"

小陌对此期待已久,作揖道:"恭敬不如从命。"

与小陌一起缩地山河,返回竹楼那边,陈平安率先步入没有关门的竹楼一楼,阵阵涟漪,小陌紧随其后,跨步走入屋内后,却是别有洞天——天地茫茫,一望无垠,是陈平安本命飞剑笼中雀内的景象。

陈平安笑问道:"需不需要变幻景象,我可以直接搬来一座镇妖楼,甚至是穗山,就连托月山都是可以的,足可以假乱真。"

小陌笑着摇头:"公子,只需有一张蒲团即可。"

陈平安指了指小陌,调侃道:"这就是你不如老厨子和裴钱的地方了。"

言谈之际,两人身后各自出现一张北俱芦洲三郎庙秘制的蒲团,就像陈平安说的,确实以假乱真。

小陌盘腿而坐,赧颜道:"有些天赋,学不来就是学不来。"

"在桐叶洲太平山,我与万瑶宗宗主韩玉树狭路相逢,当时他被我坑了,白挨了一拳。这位仙人境修士身上至少半数家当,连同本命物都被打成齑粉了,没能留下更多宝贝。不过韩玉树的一身道意和灵气,全部都入了这幅山河图中。"陈平安从袖中摸出一个古画卷轴,让其悬停在身前,手指一抹白玉轴杆,便有一幅古意盎然的山川水墨图,舒展摊开,大地山河如工笔白描,画上绘有五岳和九江八河,落款是"三山九侯先生"。

陈平安再抖了抖袖子,从中掠出几件万瑶宗的秘藏重宝,一一悬停在身前,天地间霎时宝光四射,光彩绚丽。一柄法刀青霞,隐藏有一位远古神灵傀儡的礼器云璈,还有一枚能够温养三昧真火的绛紫葫芦。其实还有两张来自万瑶宗祖山的根本山水符,只在宗主手上代代相传,秘不示人。

小陌笑道:"对于一位仙人来说,韩宗主属于财大气粗了。"

陈平安点头道:"这就是老字号宗门的底蕴。"陈平安指着那幅山河画卷:"这幅画,就是万瑶宗的护山阵法，也是韩玉树压箱底的撒手锏，估计在他们祖师堂供奉有大几千年的岁月了，反正画卷的年纪肯定要比万瑶宗更大。万瑶宗的开山鼻祖，曾是个桐叶洲的少年樵夫，他就是误入福地，获得这幅与三山福地同龄的古老画卷，才走上修行路。据传万瑶宗声势鼎盛时，占据了半数福地的天地灵气和各种气运。只是那位老祖想要百尺竿头更进一步，却闭关失败，未能跻身十四境，竹篮打水一场空，一身气运悉数归还福地。”

陈平安发现小陌的兴趣，只在那件道门礼器上边，笑问道："认识？"

这件道门礼器云璈，古称云墩，仿自远古神灵用以腾云驾雾的神物。按照山上说法，天地间云有云根，雨有雨脚。白云生处有人家，与白云深处有人家，只是一字之差，就有天壤之别。前者是修道有成的真仙无疑，后者就可能只是隐士。

后世云璈多是小锣形制，眼前这件木架，以万年古木松明子炼制，上面还系挂有小槌，小槌上有一行云篆小字，"上元夫人亲制"。

小陌点头道："曾经抬头见过几次。"

远古云师神官，驾五色云车，驭六龙，乘风而行，出入天门，跨三山行四海泛五湖，青云路下有九州。

陈平安一挥袖子，那原本大小如巴掌的袖珍云璈，蓦然变作等人高，四周云雾升腾。陈平安站起身，脚踩白云，摘下小槌，轻轻敲击云璈，以一种晦涩的古语，念念有词，"云林之璈，真仙降眄，光景烛空，灵风异香，神霄钧乐……"

片刻之后，也无异象，陈平安就将小槌放回木架，笑道："这百余个字的真言青词，照搬韩玉树，一字不差，但是他就能够敕令一位天官神女，我不成，始终无法请神。"

至于古语的含义，陈平安是事后与崔东山请教得知，之前询问姜尚真，一问三不知，周首席反而询问陈平安那位神女姿容如何。

小陌笑道："公子，不如我来试试看？"

陈平安点头道："只管随意，跟我客气什么？"

小陌是会"古语"的，之前在风鸢渡船，小陌给柴芜、白玄和孙春王这几个孩子传授上古秘术道法，双方就是用古语交流。不过陈平安还真不相信小陌一个剑修，就能敲出朵花来。

结果小陌同样步罡踏斗作云上神游，念诵那串古语真言，顷刻间便有其气百道至，于高处凝聚出一片金色云海，从中睁开一双金色眼眸，俯瞰大地。小陌立即停下动作，云海逐渐消散，那双金色眼眸的主人重新化作一道道精粹清灵之气，复归天地。

陈平安第一时间就察觉到其中的差异，疑惑道："我所念咒语，其中有六个音节，跟你不一样？所以请神不灵？"

小陌笑了笑，似乎笃定自家公子可以想明白其中玄机，根本无须自己多做解释。

陈平安立即了然,是韩玉树故意说错了几个关键音节。这位韩宗主,出门在外,不够以诚待人啊。短短百余字的内容,韩玉树就读错了六个字,这种比例,除了用心险恶,故意坑人,没有其他解释了。

但如果只是想到这一层,那陈平安的江湖就算白走了。上古祭文,惜字如金,一个字都错不得,而韩玉树依旧能够请出那尊远古神官,必然是用了某种心声,或是依循某种古老礼制,类似鼓腹而鸣,点燃心香,唱诵敬神。果不其然,小陌接下来就传授给陈平安一种配合真言的古礼,拣选九处气府,灵气升腾,如点燃香火,吟诵时香火袅袅"直达天庭",与此同时灵气一路叩击沿途气府墙壁、道路,分别做击鼓、磕头声响……若非得此"真传",陈平安恐怕就算敲打云璈几百上千年,都无法成功"请神归位"。

小陌说道:"若非公子足够神异,换成一般地仙修士,照搬韩宗主敲响云璈,次数多了,心神越是沉浸其中,越容易走火入魔。"

陈平安心中悚然,沉默片刻:"是我大意了。"

这就是与陆沉暂借十四境道法之后的后遗症了。"登顶则小天下",眼界一高,修士就会心境大开,这自然是有利有弊。

陆沉曾经打过两个比方,形容大修士在人间的登顶:天地丸为大块,任我转圜炉锤;山顶种棵树,树上挂本书。

不过其实陈平安独处时,更多是利用质地极为坚韧的云璈,偶尔演练那招神人擂鼓式。故而在此间天地敲打云璈,就是被陈平安当作一种散心的举动。

小陌开始解释为何自己停下动作:"公子,我是剑修,又无祈愿之心,一旦完成请神降真的仪式,就必须付出某些代价,作为供奉这位云部神灵的祭品。"

陈平安点头道:"请神容易送神难。"

陈平安心念微动,小陌便看到一位悬空而立的女修,身穿一件绛色法袍,宝光如月晕栩栩如生。

陈平安问道:"她是韩玉树的嫡女,名为韩绛树,是一位玉璞境。小陌,你能否看出,她是否神灵转世?"

小陌摇摇头:"除非我亲眼见到她的真身,否则无法确定。"眼前女子,终究只是一副"皮肉"虚相。

小陌又说道:"不过绛树是远古神树之一,与镇妖楼青同是差不多的根脚。她既然是韩玉树的嫡女,生下来就是一座宗门的山上仙材,取名一事,想必不会太过随便,她是神灵转世的可能性比较大。"

陈平安再轻描淡写一挥袖子,凭借井中月的数万柄细微飞剑,编织出一幅画卷,正是先前他与那尊天官神女的对峙景象:在韩玉树造就出来的那座天地内,腰间悬佩一把狭刀斩勘的陈平安,与掌控云璈的站在白云上的司云神女,遥遥对峙。他以武夫拳意罡气凝出一轮圆满明月，就像以神道对神道。一架云璈，总计悬挂有十二面锣鼓，神女亲自播鼓，显化出十二座布满金色雷电的云海，相互间架有一条金色长线，最终构建出一处行刑台。

小陌当然是一个"识货"之人，这种匪夷所思的"镜花水月"，已经远远超出山上摹拓术法的范畴。后者只是类似先前"女修韩绛树"，一眼假，当下这幅画卷，却是名副其实的"次一等真迹"。简单来说，那尊神女的道法真意，都是真实的展露，除了这位神女是假的，其余一切都是真的。就像原始书稿，与书籍的初版初刻的区别，后者甚至可以更加精美。小陌没来由想起几句话：身心脱桎梏，可说不思议。眼见即为实，世界名世界。

陈平安说道："我推测这尊神灵的残存破碎金身，实力相当于半个飞升境，大概是韩玉树准备用来证道飞升的契机所在。所以当时跟我厮杀的时候，这么一个杀伐果决的仙人境修士，唯独在使用这尊残破神灵的时候，道心出现了一丝犹豫，不太舍得让她跟我玉石俱焚。"

"公子，我依旧无法辨认她的确切身份，唯一可以确定的，是这座禁地。"小陌收敛心绪，看着那座云海雷池，说道，"这是远古行刑台之一的化龙池，隶属于雷部斩勘司。天庭神位分工极为明确，不允许有丝毫差池，她为何与云璈一并落入万瑶宗之手，同时又能够跨界驾驭化龙池，就是谜题了。估计得找个机会潜入三山福地，才有可能找到线索。"

化龙池。昔年天下水族过龙门者，在此化龙，遭受抽筋剥皮等酷刑的受罚真龙则坠落此间，神性真灵在此消融殆尽，失去真龙之身。

陈平安盘腿而坐，微微皱眉，双手大拇指轻轻敲击。记得第一次游历北俱芦洲，曾经在披麻宗的壁画城，花了二十颗雪花钱，买下一只装有五幅神女图的套盒。那五位当时就已经从彩绘壁画变成白描图的神女，分别名为"长檠""宝盖""灵芝""春官"和"斩勘"，其中神女斩勘又叫仙杖，她们分别持有一柄长杆金色荷花灯，撑宝盖，怀捧一支灵芝如意，百花丛中鸟雀飞旋，甲士持斧钺，极其英武，浑身缠绕雷电。

先前陈平安不是没有怀疑过，这位与万瑶宗韩玉树大道休戚相关的神女出身壁画城。只是好像时间对不上，披麻宗是外乡势力的下宗，在北俱芦洲好不容易才扎下根，就是奔着壁画城去的。万瑶宗开山祖师误打误撞进入三山福地，却是极早的事情了。只有一种可能，某位神女施展了障眼法。其实她早就离开了壁画城，但她彩绘画像施展了秘法，使其不褪色。

最近千年内，九位神女开始陆续选择各自侍奉的主人。按照北俱芦洲山上修士的"盯梢"和追查，离开壁画城的五位神女，"春官"销声匿迹，有一位仙女被剑仙白裳亲手斩杀，有两位神女与主人共同兵解，而这尊被陈平安怀疑最有可能是斩勘神女的云部天官，却也完全对不上。这位神女一直存在于北俱芦洲视野中，因为她是一位仙人境修士的侍从，根据避暑行宫那边的记载，她还曾跟随主人一起去过剑气长城。

陈平安伸手抬臂，手中多出那把狭刀斩勘。不出意外，这位俗称"仙杖"的雷部斩勘神女，就是奔着陈平安手中这把行刑台神物去的。而狭刀斩勘，又是白发童子早年从青冥天下岁除宫带到剑气长城的。

陈平安点点头，收起两幅画卷，却留下了那片云海，轻轻呵出一口气，便有异象出现，仿佛白云生于仙人吹嘘间，雾气袅袅，如架云梯，继而从陈平安搁放那方水字印的本命水府当中，缓缓飘出一张碧绿符箓，水运浓郁且精纯。此符一出，水光潋滟，四方莹澈。

陈平安祭出此符后，解释道："据说万瑶宗以六张信物宝箓，作为修士的身份象征，宗主得其三，其余被包括掌律在内的三脉瓜分。这张宝箓，就是其中的吐唾为江符。"

按照《丹书真迹》的记载，符箓之妙，不在纸面，而是需要与修士金丹、元婴融合，比如在那丹室墙壁上，一尊元婴在关键洞府内立碑，以元神驾驭那种虚无缥缈的"纯青炉火"，书写比道家青词更加古老的"祭文"。练气士在人身小天地内，勒石刻符，立碑纪事，才算远古符箓真意。以此画出的符箓，才属于修士己物，独得天地造化，与大道会心不远。所以陈平安从不觉得自己在符箓一道登堂入室了，还差得远。

白玉京供奉有数部被誉为大道根本的大经，其中一部名为《说符》，只是没有陆沉的那部《黄庭》出名，流传不广。李希圣赠送给陈平安的那本《丹书真迹》，就像一本被精心裁剪过的缩略版《说符》。

"知道是好东西，但是一直不敢将此符大炼为本命物。就怕韩玉树未卜先知，早早动了手脚，或是他居心叵测，一门心思想着遇到强敌，就故意落败而逃，留下这张祖山符箓给对手炼化。"

陈平安说道："通过演化和拆解，一路倒推回去，我已经大致了解这张秘符的修炼过程。修士先在自身水府内开辟出一口深井，井口绕圈铭刻'雨师敕令'四字，井口必须朝内倾斜些许，呈外高内低状，有点类似小镇那边家家户户都有的天井，有四水归堂的讲究。每隔约六十年，在冬至日，寻一处水运充沛的江河巨湖，取水一斗，分成四份，分别浇筑'雨师敕令'四字，先后由'雨'字居中一竖、'师'字一撇、'敕'字最后一捺、'令'字最后一点，流入水井内。"

因为是在自身小天地内，万事随心所欲不逾矩。在陈平安和小陌之间，凭空浮现出一口水井，井口铭刻有"雨师敕令"四字，一斗水悬空，浇在那四个字内，缓缓流入井内。俗语说井水不犯河水，但是自古修道一事，修仙法，求长生，颠倒阴阳，无视幽明异路……本就是公认的逆天之行。

"在来年夏至日，修士拈符现世，借助烈日阳气走水一遭，手攒一组雷局，掐五龙开山诀，焚烧至少十二种类似大江横流符、潮水倒灌符的'藩属'水符，作为进贡给此符的祭品。修士做鲸吞状饮尽一斗水，在人身天地内造就出瀑布从天倾泻于地的景象，冲击水井底部。经过数十上百个甲子的'滴水穿石'，这口水井，便能够与外界的五湖四海、九江八河之水，灵感相通。修士持符念咒，如持有天条律令，法天象地，口含天宪，当然借水无碍，滔滔江河之水遮天蔽日，足可覆山，变陆地为沧海。"

只见一斗水，高悬在天，一线垂落，有大瀑倾泻直下的激荡声势，笔直坠入水井后，井内有雷鸣声响。

小陌笑道："凭借此法，久久见功，张嘴一吐，祭出符箓，就能够倾泻一条江河，真是名副其实的一口唾沫淹死人。"

陈平安点头道："周首席当时也用了这么个比喻。"

难怪他们两个都还没见面，就已经有了一场无形的大道之争。

贾老神仙就曾在酒桌上唏嘘："不是贫道不念周首席的旧情，实在是小陌先生做人太厚道。"崔东山更绝："周首席你要是再不回来，就干脆别回来了。"

陈平安说道："此符最贵重的地方，在于其材质能够承载一层层叠加起来的道意，符箓威力也会越来越大，上限极高，几乎可以触及水法大道的渊源，但美中不足的是无法仿造复刻，只能一代传一代，至于量产就更别想了。"

小陌说道："既然问题症结只在符箓材质，倒是不难，以后我与碧霄道友重逢，可以与这位道友讨要。"

陈平安笑着摇头道："欠谁的人情，都别欠这位老观主的人情。"

小陌说道："公子放心，我是例外。"

陈平安一时语噎。

实在是当年那趟藕花福地之行，让陈平安对这位东海观道观"道法通天"的老道士犯怵，很是"道心蒙尘"。说得简单点，就是陈平安对老观主已经有心理阴影了。这就跟大骊地支一脉修士，每每想起那位年轻隐官，是差不多的心境。

陈平安又祭出一张同样出自万瑶宗祖山的古老符箓，显化出一座古老大岳，名为"太山"。

世间山符多如牛毛，脉络繁杂，撮土成山，各有各的神通，各有长短优劣。在气府内拈土一小撮，默念真言咒语，赋予真意，抛撒在地，即成大山，凭空屹立在天地间。其中公认威力最大的一脉，就是与天下大岳"搬山"，借用"真形"，用来砸人，威力很是巨大。

两张祖山符箓，形成水绕高山的格局。小陌一眼就认出此山根脚，说道："曾经是三山九侯先生的传法之地，为能够登山的各方道士传授符箓。不过这位先生跟道士仙尉不一样，门槛很高，一向不轻传外人。太山多迷障，绝大部分道士都上不去。好像后世的山水破障符，就是当初为了上太山，被道士钻研出来的。我曾经游历过此山，当然是强行以剑气开道登顶,不过当时这位先生已经离开。据说是跟天下十豪之一的那位剑修打了一架,剑气太重,盘桓不去,主人觉得不宜修行,就下山远游了。至于那场架胜负如何,外界都不清楚。"

道士、书生、先生、夫子,在远古时代,都是一个个含金量极高的称呼。

陈平安笑道:"难怪后世想要成为符箓修士,门槛这么高,难度仅次于剑修。"

韩玉树曾经依循开山祖师传下的一篇金书道诀,以这座太山作为符纸,在山上画出一条条金色丝线,用来增加一座古山的道意。山中布满数以百计的金色江河、溪涧,从山巅处四下落至山脚。

当时陈平安就在韩玉树的眼皮子底下依葫芦画瓢,现学现用,以至于韩玉树断定陈平安一定早就接触过三山符箓的旁支。

两张祖山符箓,再加上那座云海。云海在最下,山倒悬,水居中环绕,陈平安和小陌依旧坐在蒲团上,故而他们眼中所见的景象如天翻地覆。

陈平安无奈说道:"我早就看出这是一种叠符了,但是无凭无据,无迹可寻,拎不出线头,就跟敲云墩差不多,没有独门秘诀作为辅助,还是怎么都学不来。"

陈平安手指晃动,指尖出现丝丝缕缕的金色光线,最终摹拓出一张万瑶宗秘传的远古符箓,既是山符,又是剑符。只是相较于先前两张祖山符箓都是实物,当下这张符箓是陈平安凭空画成。

这是一张绘有五座古老山岳的金色符纸,以某种珍稀五色土精心炼为画符丹砂,最后以剑诀书写"五嶽"二字作为符胆。修士祭出此符,如五山倒悬在空,峰如剑尖,直指大地。

陈平安说道:"这张五嶽符,在山上有个'大'字作为前缀,专门用来区分后世常见的五岳符。这张五嶽符,除了符纸特殊之外,又有奇异的地方,就是用剑诀作为符胆,所以兼具剑符效果。可以确定,那座万瑶宗祖师堂,必然存在一道暂时不为人知的远古剑脉法统。"

按照姜尚真的估计,这种被誉为"大五嶽符"的符箓,因为旧五岳中"东山"的消失无踪成了绝品。符箓于玄,龙虎山天师府,皑皑洲刘氏十六库之一的符箓库……全部加在一起,数量不会超过三十张。

传言东山是一座虚无缥缈的山市,会随着光阴长河随水漂走。

崔东山,这么显而易见的关联,陈平安当然询问过他与那座"东山"有无渊源。

崔东山当时说得斩钉截铁,自己取名为"东山",只是求个好兆头,是学生的一种自我勉励,就像刻在心头的"座右铭",告诉自己一定可以通过孜孜不倦的勤勉修行,有朝一日,东山再起……与那古岳"东山",没有半点关系!

小陌问道:"就不能退而求其次,用各国五岳土壤炼制为画符朱砂?"

陈平安摇头道："试过,终究不成。用上了我们宝瓶洲的五岳土壤,都不管用。"年少时当窑工学徒,经常跟着姚师傅入山,陈平安没少"吃土"。对于土性的了解程度,陈平安远胜一般练气士:"只能是取土于浩然天下的上古五岳,但是这五座山,如今只存穗山,其余太山、东山,都太难找了。"

或许以那五座中土五岳土壤能炼制出此符,但是要从那些拥有神号的大岳神君手中,取走附着在山岳山根处的一抔泥土,谈何容易。

据说当年符箓于玄好不容易凑足了四岳土壤,依旧功亏一篑。于玄已经足够德高望重了吧,结果仍是在神号"大醮"的穗山周游那边吃了闭门羹,不管于玄如何开价,如何动之以情,晓之以理,都不成,神君周游就是不点头。

陈平安只能在自己小天地内,临摹此符。在密雪峰那座洞天道场内,陈平安尝试过不下百次,每每符成之际就是消散之时,瞬间就会分崩离析,都不是那种赝品符箓灵气流失极快,而是直接符胆炸裂,导致整张符纸当场粉碎。

小陌对符箓一道毕竟不太熟悉,难免心生疑惑:"公子,既然已经拥有了一条光阴长河,何必如此精研符箓?"

陈平安是第一次与外人提出关于他构建这座天地的具体设想和细节布置:"这座天地总共分为四层。第一层,光阴长河造就出种种天地景象,无限接近真实,相当于障眼法。被问剑之人置身此地,要想找到我的'真身',先须破障。在这期间,他的任何举动,每一次呼吸,每一个脚步,每一次出剑和祭出法宝,等等,所消耗的自身灵气,自然而然都归为我所有。

"我打算下次去桐叶洲,走一趟镇妖楼,跟青同购买那些其中藏有一座座幻境的梧桐叶。青同的梧桐叶,有那一叶一菩提的玄妙,只要数量一多,当真有那'恒沙世界'的妙用。

"第二层,他破开迷障后,还需要与整座天地问道或问剑一场。符箓一道,就是我用来稳固天地屏障的,所以我会炼制出数十万,甚至数百万的符箓,符纸品秩不用计较高低,以量取胜,当然有类似吐唾为江符这样的大符更好,不断加固天地的山根水脉、云根雨脚等大道运转,最终达到那种光阴长河'江长天作限''山固壤无朽'的大境界。

"有没有泉府财库里边的三百颗金精铜钱,这条光阴长河的宽度和深度,真是……天壤之别!

"天下道法,殊途同归。追本溯源,究竟之法,大概都是一树开出千万花。道树有低枝,触手可及,术法就容易学;道树有高枝,修行门槛就跟着高,高不可攀。"

陈平安坐在蒲团上,狭刀斩勘横放在膝,双手握拳抵住膝盖,神采奕奕,眉眼飞扬。

"第三层,我会观想出三位坐镇天地枢纽的关键人物,一剑修,背夜游。一武夫,手持斩勘与行刑。一符箓修士,手握无穷符。"说到这里,陈平安咧嘴一笑,"外人进入这座天地,要见我的真身,就得先过三关。"

小陌沉默许久,问道:"公子,最后一层?"

陈平安微笑道:"暂且保密。"

牛角渡包袱斋那边,与那个自称陈山主叔叔辈的汉子分开,洪扬波与那位侍女情采继续闲逛铺子。

在老人看来,这边的生意确实冷清了点,与牛角渡这么个重要枢纽太不相称了。如果白家青蚨坊是开在这边,肯定每天都是人满为患。

洪扬波以心声笑问道:"东家,觉得这处州如何?"

竹外桃花,蒌蒿满地,阳气初惊蛰,韶光暖大地。

被老人敬称为东家的年轻女子说道:"处州山水好是好,就是置身其中,难免觉得局促。"

老人点点头,深以为然。即便龙泉剑宗搬出了处州,这里依旧山头林立,仙府众多,披云山更是山君魏檗治所。对于外乡练气士来说,实在是束手束脚,走到哪里都有寄人篱下之感,光是御风需要悬佩剑符一事,就让外乡修士备感不适。

他们这次在牛角渡下船,是专门去落魄山拜访那位年轻隐官。寄信一封给雾色峰请陈平安,青蚨坊这边都觉得毫无用处,说不定还会被落魄山当成那种不知轻重、不懂礼数的角色。

洪扬波已经在青蚨坊二楼的那间屋子里边,做了将近八十年的买卖。仿佛几杯酒的工夫,就悠悠过去了百年光阴。

老人与陈平安有过三面之缘,亲眼看着他从一个悬酒壶的背剑少年,变成戴斗笠的青年游侠,再到不惑之年的落魄山山主。

当年陈平安在二楼,情采刚好在三楼寒气屋内擦拭古剑,敏锐察觉到了楼下的异样,她就假扮端茶送水的侍女,去洪扬波的屋子内一探究竟。

两人走入一间卖盆栽的铺子。这间铺子的代掌柜,是一个珠钗岛年轻女修,按辈分,她是流霞、管清几个的晚辈。铺子门口,站着个青衫男子,他抱拳笑道:"洪老先生,情采姑娘。"

女子笑着自我介绍:"陈山主见谅,我是青蚨坊的现任掌柜,真名叫张彩芹,弓长张,五彩之彩,水芹之芹。"

当年陈平安离开青蚨坊,曾经回望一眼,看到这个凭栏而立的女子,就已经可以确定,她是一位隐藏气机的剑修。

铺子后院有专门用来招待贵客的屋舍,茶叶酒水都备着。陈平安亲自煮茶待客,开玩笑道:"洪老先生是真心难请,今天属于意外之喜。"

洪扬波笑道:"陈山主若只是邀请我来落魄山这边做客,我岂会再三推辞?但陈山主是公然挖墙脚啊,我怎敢答应?"

毕竟是见过少年陈平安的,双方还正儿八经做过几次买卖,所以老人要比张彩芹更轻松自在,说话也随意。

洪扬波问道:"当年与陈山主一起游历地龙山渡口的那两个朋友,他们如今可是落魄山谱牒成员?"

"那位大髯刀客,名为徐远霞。"陈平安笑道,"年轻道士叫张山峰,他们都是我早年江湖偶遇的好朋友,不是落魄山谱牒成员。一个架子大,比起洪老先生,有过之而无不及,别说请了,我求他来落魄山都不乐意;一个跟洪老先生差不多,已经有了山上师承,我可不敢挖墙脚。"

趴地峰的火龙真人,在北俱芦洲的威望之高,无人能比。张山峰又是这位老真人的爱徒,陈平安哪敢挖墙脚?不说老真人,包括袁灵殿在内的几个张山峰的师兄,就能来落魄山这边堵门了。

火龙真人是出了名的与人为善,记名与不记名的那些客卿头衔,不计其数。但是老真人都会提醒一句:"给你们担任客卿一事,莫要外传。当然了,摊上事,就来趴地峰找贫道,能帮忙,是肯定会帮忙的。"

一开始还有仙师沾沾自喜,觉得能够请老真人当自家客卿,不说独一份吧,总归是屈指可数的。结果跟要好的山上朋友凑一堆,喝高了,一聊,才发现事情好像不对劲,一个个面面相觑——你是?你也是?你还是啊?原来都是啊!

洪扬波正色道:"此次前来,东家和我,就是专程找陈山主的。"

陈平安给两人递去茶水,点头笑道:"洪老先生直说便是,都不是外人。"

洪扬波说道:"我们青蚨坊位于地龙山仙家渡口,而这座渡口的真正主人,其实是青杏国皇室。因为位于大渎以南,按照约定,青杏国就摘掉了大骊藩属国的身份。复国之后,新任国师是我的一个山上好友,认识百多年了,知根知底。也怪我贪杯,管不住嘴,与他吹嘘自己跟陈山主是旧识,估计他就去柳氏皇帝那边邀功了,刚好青杏国太子殿下将要在年中举办及冠礼,皇帝陛下就希望陈山主能从百忙中抽出点时间,参加这场典礼。"

张彩芹犹豫了一下,因为事实并非如此,是她主动与青杏国柳氏皇帝说及此事,她和皇帝陛下,都觉得可以来落魄山这边试试看,成了最好,不成也就当游历了一趟北岳地界。

陈平安是何等的老江湖,只是张彩芹的这么一个细微表情,就立即猜了个八九不离十。他假装不知真相,笑着答应下来:"没问题。"陈平安还半开玩笑补了一句:"要是洪老先生实在不放心,怕我忘了,就在庆典举办前几天,寄一封信到霁色峰,就当是提醒我此事。"

谈妥了正事，心中大石落地，张彩芹诚心实意与那位陈山主抱拳致谢。

陈平安只得笑着抱拳还礼："不用这么客气，就当我为先前接连挖墙脚赔罪了。"

其实邀请陈平安参加这场典礼，张彩芹是不太抱希望的。很多事情，一旦开了个口子，就得照顾到方方面面的人情世故。打个比方，一座仙府门派里边有诸多山头和法脉道统，一位祖师堂老祖师，受邀参加了一次某峰的观礼，接下来其余诸峰跟着开口邀请，这位老祖师要不要露面？所以要么就干脆全不去，否则很容易顾此失彼。不然就是成天参加各种名目的典礼，别想着清净修行了。

"我们东家，年幼时曾经遇到一位云游高人，得了'地仙剑修'四字谶语。"洪扬波主动提及一事，"至于商贾之术，经营之道，东家虽然用心不多，但毕竟还是耽误了修行，不然如今多半已经一语成谶了。"

她有些无奈，何必与外人说这个，关键还是与一位城头刻字的年轻隐官聊什么"剑修"，不是贻笑大方吗？这"地仙"在那正阳山可能值点钱，在陈平安的落魄山，能算什么？

陈平安内心微动，说道："冒昧问一句，当年那位过路高人，是男子还是女子？"

至于夸几句张彩芹资质如何好、未来成就不会低的客套话，免了，在座双方，都是做惯了生意的人，说得矫情，听着也不会觉得顺耳。

由于涉及隐秘，洪扬波不宜开口，就转头望向东家，张彩芹没有藏掖，说道："是一位貌不惊人的妇人，荆钗布裙。她曾经为家族几个长辈算命，都极准，所言之事皆灵验。在那之后，我果真很快就温养出一把本命飞剑。"

其实这位不知名的世外高人，还赠给张彩芹一件见面礼，是一方砚台，雕龙纹，铭文"龙须能辟暑"。妇人还曾泄露过天机，预言张彩芹此生最大的一桩修道缘法，在"蝉蜕"二字。

陈平安轻轻点头，笑道："如果我没有猜错，这位高人所谓的'地仙'，并不是金丹、元婴两境，而是上五境的仙人境。老说法了，专门形容一位常驻人间的陆地神仙。"

果然是田婉捣的鬼。极有可能，田婉是相中了张彩芹的资质，却不愿意像苏稼那样带去正阳山，交给别人栽培。再者苏稼身份特殊，是不可或缺的重要人物。估计田婉打算与白裳合谋成功后，再将张彩芹收为嫡传，或是推荐给白裳，为自己赚取一份人情。

陈平安突然问道："洪老先生铺子里的那幅《惜哉帖》，可是这位高人当年故意留下的？"

张彩芹和洪扬波对视一眼，都不知陈平安为何有此问。这幅字帖，在宝瓶洲山上名气不小，曾是古蜀地界一位本土剑仙的墨宝，属于他证道之前的得意之作。正因为如此,写得格外神气横溢,笔墨淋漓,毫无老成内敛之意。洪扬波卖给陈平安的那幅,当然是摹本,笔意很接近真迹,极有古意,用双钩之法,先勾勒空心字再填墨,使得《惜哉帖》字迹宛如秋蝉遗蜕,世间宝帖法书摹勒上石,多用此法。

陈平安没有继续多聊这幅字帖,最后洪扬波说因为有故友相约,马上要和东家一起去趟京畿之地,南返之时,他们再去落魄山做客。陈平安就没有挽留,将他们送到铺子门口。

两人走向牛角渡,张彩芹不由感叹道:"领教了,滴水不漏。"

尤其是那句看似提醒洪扬波的提醒,才是人情世故的真正精髓所在。一来表明自己肯定参加庆典,这是给他们两个不请自来的不速之客吃了颗定心丸。再者下次飞剑传信霁色峰的,可以是青蚨坊,当然也可以是青杏国礼部。如此一来,就等于青蚨坊帮着青杏国柳氏,与落魄山真正搭上了私人关系。属于陈平安额外送给青蚨坊一桩人情,算不得一场及时雨,却绝对算是锦上添花。既然决定了要参加典礼,落魄山就顺水推舟,再多给青杏国一份面子,表面上看,就是青杏国皇帝邀请到年轻隐官亲临京城。

就只是一封看似"多余"的书信而已,落魄山,青蚨坊,青杏国朝廷,三方皆大欢喜。

洪扬波笑道:"幸好陈山主是个好人。"张彩芹哑然失笑。

将洪扬波和张彩芹送出门后,陈平安没有离开铺子,而是返回后院屋子,收拾好茶具。

那个少女满脸涨红,一只手攥紧衣角,一边埋怨自己不机灵,竟然要陈山主亲自收拾,一边壮起胆子,主动打招呼道:"陈山主,我叫兰桡,名字是祖师赐下的,我是珠钗岛修士!"

话一出口,少女就差点懊恼得直跺脚,陈山主岂会不知自己是从鳌鱼背那边来的?牛角渡包袱斋这边的铺子,不都是她们在打理嘛。

陈平安轻轻点头,笑问道:"兰桡,你的师父是谁?"兰桡,是小舟的美称。刘岛主还是很有才情的。

少女笑道:"师尊名讳洛浦,如今就在陈山主的福地内修行。"

陈平安笑道:"这说明你师父的资质很好。"

兰桡使劲点头。是她的师父唉,必需的!

陈平安离开牛角渡后,身形化虹,一闪而逝,直接来到黄湖山,看到了那条蹲在水边的"土狗"。

陈平安蹲下身,揉了揉它的脑袋,忍住笑,道:"难为你了。"既然它至今尚未炼化成形,就可以不用视为道友了。

它咧咧嘴,晃了晃尾巴。

以前那个小黑炭在小镇学塾混日子,每天放学,就是她心情最好的时候。身边跟着个身为骑龙巷右护法的黑衣小姑娘,还有一条夹着尾巴走路的骑龙巷左护法。

裴钱走路喜欢大摇大摆,穿街过巷,只要附近没有外人,经常大声嚷嚷:"走路嚣张,敌人心慌!谁敢挡道,一棍打走。若是朋友,相逢投缘,宰了土狗,我吃肉来你喝汤!"

押韵是挺押韵的,就是半点不照顾那条土狗的感受。那段往事不堪回首的惨淡岁月,有苦说不出。就算早就能够开口言语,它也打死不说。一开口,还了得?!被裴钱知道了,它都怀疑会不会被裴钱吊起来打。

当年裴钱每次教训周米粒,就是那句口头禅:"小米粒啊,咱们做人可不能太左护法,尾巴翘上天,是要栽大跟头的。"

偶尔,他们仨一起蹲在骑龙巷铺子门口,晒太阳嗑瓜子,裴钱经常掰扯她那险象环生又精彩纷呈的江湖履历,以及一些肯定无从考证的道理,比如"晓得吗?我师父曾经与我说过一句至理名言,钱难挣屎难吃!这就叫话糙理不糙。咦,不对啊,左护法厉害啊,你竟敢是个例外,狗头何在?!来来来,敬你是条汉子,领教我一套疯魔剑法"。

亏得小米粒还算护着它,不然它真要离家出走了,别说骑龙巷,小镇都不待。

陈平安笑问道:"有想好真名吗?"

它低了低脑袋,意思是已经有真名了。

陈平安站起身,略有遗憾:"那我就不帮忙取名了。"

离开黄湖山前,陈平安忍不住问道:"打算叫什么名字?"

它抬起一脚,在地上划拉起来,写了两个字,字迹还挺像那么回事:韩卢。

陈平安点头笑道:"确实是个好名字。"

没有直接返回落魄山,陈平安先去了一趟远幕峰,老厨子正在当木匠,手持原木一段,眯眼准备弹墨,脚边是遍地刨出的木屑。

见到了陈平安,老厨子笑道:"公子怎么来了?"

陈平安卷起袖子,微笑道:"不是闲逛,给你搭把手。"

白发童子急吼吼御风而至,一个前冲,在地上翻滚数圈再跳跃起身,站定,拍了拍身上尘土:"隐官老祖!我要与您老人家禀报一个重要情报,谢狗已经悄悄离开处州地界了!"

陈平安冷笑道:"都是一个门派的,你就这么讲义气?"

白发童子跺脚道:"这就是忠义难两全啊。这不是没法子的事情嘛,忠义忠义,忠在前边,义且靠后!"

朱敛点头附和道:"有道理有道理,回头把'忠心'两个字刻在脑门上,一手心写铁骨铮铮,一手背写义薄云天,出门散步,可就威风八面了。"

白发童子埋怨道:"老厨子你说话咋个这么不中听呢?怪腔怪调的,都不知道跟谁学的臭毛病。没事多跟咱们隐官老祖学学怎么说话，如何做人。都说近水楼台先得月，你倒好，净整些有的没的，每天待在隐官老祖身边，耳濡目染的，结果半点真本事都没学到。"

朱敛还是点头道："在理在理，你说得都对。"但凡跟你拌嘴半句，就算我输。

白发童子双手叉腰，本想开骂，想想还是算了，吵架是注定吵不过这个老厨子的。

陈平安没好气道："别拉着郭竹酒跟你们瞎胡闹。"

白发童子眼神幽怨，委屈万分，抽了抽鼻子："我这不是想着打入敌人内部嘛，舍得一身剐，不惜龙潭虎穴和刀山火海走上一遭，先跟那个谢狗混熟了，就好给隐官老祖通风报信了。"

陈平安气笑道："那我不是还得谢谢你啊？"

白发童子抬起脚尖，一下一下，踹得地上木屑乱飞："隐官老祖要是说这种见外话，就寒了麾下心腹大将的一颗赤胆忠心了。"

朱敛又附和道："是那活泼泼、滚烫烫的一颗赤胆忠心。"

陈平安忍住笑，收拾这家伙，还得老厨子出马才行。

白发童子瞪大眼睛，都快憋出内伤了。

其实在说怪话这件事上最厉害的，不是朱敛，也不是郑大风，而是落魄山的周首席。周首席既有天赋，又见多识广，所以在说笑话这一块堪称无敌手，就连老厨子和郑大风都自愧不如。比如我家那边的祖师堂议事，就是猪圈里吵架；只要见着美人还能抬起头，就是老当益壮，半点不服老；山下打架，小鸡互啄……

披云山乐府司那边，其实没有什么脂粉味，既无曼丽厨娘鱼贯出入，也无歌舞助兴，就只是郑大风与魏檗拼酒，喝了个酩酊大醉，说自己有个想法。魏檗听完之后，被震惊得久久无言。你一个纯粹武夫，跑去齐渡那边做什么？

陈平安独自返回崖畔竹楼，坐在石桌旁。

当年在剑气长城，陈平安还只是个卖酒坐庄的二掌柜，尚未担任隐官，入主避暑行宫。除了练拳，每天忙碌的事情，就是雕刻印章，打造折扇，编订《百剑仙印谱》《鄪剑仙印谱》……宁姚偶尔会去屋子那边坐一会儿，陈平安怕她觉得闷，稍坐片刻就离开，就会没话找话，主动跟她解释印文底款、边款的心思和用意，以及题写在扇面上边那些文字内容的缘由和寓意。

一开始宁姚会认真听，还会主动询问几句关于文字、语句的出处，只是后来，不知为何，宁姚听得多了，就会流露出一丝不耐烦的脸色，不明显，可能她自己都没有察觉到。但是陈平安的心思是何等细腻，很快就不再多说什么，打定主意少说话，只是每次她打算起身离去的时候，变着法子用一些蹩脚理由挽留她。

宁姚觉得自己好像渐渐地与陈平安很难聊到一块去了，她难免忧心忡忡：今天是如此,明天呢,后天呢? 宁姚觉得自己这辈子只会练剑,但是陈平安不一样啊。

不管宁姚在修行路上如何一骑绝尘,可她终究还是一个女子。只要走在人间情路上,谁不是患得患失的胆小鬼? 听了句不顺耳的话,女子的心路上,就会愁云惨淡,阴雨绵绵;听见一句中听的情话,又是艳阳高照,晴空万里。

陈平安趴在石桌上,双手叠放,下巴搁在手背上,怔怔看着远方。极少发呆这么久,以至于云卷云舒,日落月升了,陈平安还保持着这个姿势。

酒,剑,明月,陈平安想念宁姚。

第二章
春山花开如火

　　陈平安坐直了,转头望去,魏檗从披云山赶来此地,一身雪白长袍,耳边坠有一枚金色耳环。难怪宝瓶洲五岳,就数披云山女官数量最多。

　　陈平安笑问道:"郑大风如今酒量这么差了? 魏山君竟然还没喝饱,要来找我喝第二顿。"

　　郑大风估计是喝高了,都没有返回落魄山的宅子,就在山君府那边直接找了地方睡觉。

　　魏檗揉了揉眉心:"有两件事,一公一私。如果不是公事,我不会大半夜跑来打搅山主的清修。"陈平安疑惑道:"你我之间还有公事?"

　　魏檗气不打一处来,说道:"禺州将军曹戊,有事找你商议。按照大骊军律,他可以凭借秘制兵符直接与我沟通,现在他就在山君府礼制司做客,估计喝过茶就会来落魄山找你。"

　　陈平安奇怪道:"禺州距离我们处州又不远,按例一州将军是可以配备私人渡船的,何必叨扰山君府? 再说曹戊真有紧急军务,你们北岳的储君之山就在将军府附近,可以让这位储君山神直接送信到落魄山的山门口。怎的? 故意兜了个大圈子,这位曹将军是想要用魏山君的名头来压我?"

　　魏檗笑道:"我只是帮忙捎话,曹戊担心你找理由婉拒,说他刚走了一趟洪州豫章郡的采伐院,见过新官上任的林正诚了。"

　　曹戊的真实身份,北岳山君府这边是有记录的。曹戊本名许茂,正是早年石毫国那位横槊赋诗郎。当年大骊铁骑南下，即将大举进攻旧朱荧王朝，石毫国作为朱荧的主要藩属之一，立场极为坚定。为了拖延大骊铁骑的脚步，两国交战，战况惨烈。曹戊由于护主不力，导致皇子韩靖信暴毙，不得不转而投靠大骊巡狩使苏高山。一开始谋了个斥候标长的身份，这些年凭借战功，一步步成为大骊禹州将军，早年又迎娶了上柱国袁氏嫡女。在边军和官场，曹戊口碑都不错。

陈平安微微皱眉："那我跟你走一趟礼制司，主动见一见这位大驾光临的禹州将军。"

魏檗笑道："这么给面子？"

陈平安一本正经道："如今整个大骊朝廷才几个一州将军，半个父母官！"

曹戊没有去往蛮荒天下，只有两种可能：一种是坐冷板凳，在大骊官场的高升之路已经走到头了；一种是曹戊已经简在帝心，被皇帝宋和视为未来主掌兵部的人选之一，逐渐脱离大骊边军体系，曹戊只需在地方上积攒资历、人脉，将来就有机会成为上柱国袁氏推到朝廷中枢位置的那个人。

陈平安跟着魏檗来到披云山，在一座雅静别院内，见到了那位正在喝茶的禹州将军，一旁坐着个焚香煮茶的女官。

陈平安抱拳笑道："曹将军，昔年风雪一别，我们得有小二十年没见了吧？"

曹戊早已起身相迎，抱拳还礼，爽朗笑道："禹州将军曹戊，石毫国旧人许茂，见过陈山主。多年不见，陈山主风采依旧。"

魏檗笑着让那个礼制司女官不必忙了，由他亲自招呼两位贵客。大骊旧北岳地界江水正神出身的女官略有失望，她与第一次见到的年轻隐官施了个万福，姗姗离去。披云、落魄两山距离如此之近，山君又与陈隐官是一洲公认的关系莫逆，但是不知为何，陈隐官极少做客披云山，礼制司内诸多官吏，对此都是深感遗憾。她甚至数次与山君"请命"，务必邀请年轻隐官来礼制司坐一坐，可惜魏檗只是顾左右而言他。

陈平安落座后，从魏檗手中接过茶杯，问道："不知曹兄今夜找我何事？"

曹戊说道："皇帝陛下即将秘密南巡，其间会驻跸豫章郡采伐院，我作为兼领洪州军务的禹州将军，必须保障陛下此行的安全。如今将军府的那拨随军修士多是年轻人，经验丰富的随军修士，都已经抽调去往蛮荒天下战场，所以我担心万一遇到某些突发状况，难免应对不当，就斗胆想请陈山主走一遭洪州豫章郡。"

陈平安答非所问："关于此事，林院主怎么说？有无建议？"

曹戊说道："林院主亦是觉得他的采伐院受限于本身职责和成员配置，难以照顾到方方面面，需要禹州将军府多出力。"

典型的打官腔，措辞含糊，看似什么都没说，又好像什么都说了。

陈平安笑了笑，点头道："明白了，劳烦曹兄回头给我一个确切日期，我就算无法亲自赶往豫章郡,也会让山中剑修暗中护卫。此事毕竟涉及朝廷机密,我又只有一块大骊兵部颁发的末等太平无事牌,照理说,没有刑部命令,我和落魄山是无法参与此事的,所以许兄可以与山君府联名告知刑部和那个礼部祠祭清吏司,免得出现不必要的误会。有了朝廷那边的确切答复,我这边才好早早安排人选和行程。”

这位禺州将军顿时如释重负,双手举杯:“曹某以茶代酒,敬谢陈山主!”

陈平安也跟着喝完一杯茶,再与曹戍聊了些石毫国的近况,不久后曹戍告辞离去。

将这位禺州将军送到门口,魏檗再施展山君神通,曹戍得以缩地山河,径直返回将军府密室。

魏檗笑道:“显而易见,曹将军是打算拿你来做人情了。毕竟宝瓶洲如今请得动隐官大人的人,就没几个。不管你是否亲临洪州豫章郡,就算只是一两位落魄山谱牒成员在那边现身,相信皇帝陛下都会对曹将军刮目相看。我现在比较好奇曹戍是怎么跟林正诚聊的,要不要我帮你探探口风? 免得被曹戍钻了空子。”

陈平安摇头说道:“算了,我本来就犹豫要不要去一趟豫章郡。”

不用陈平安主动询问,魏檗就说起了那桩所谓的私事:“郑大风说他现在有三个选择。留在落魄山,不当看门人,寻一处藩属山头,以后给人教拳;再就是去桐叶洲那边跟崔东山厮混;第三个选择,是他去齐渡那边,但是想要做成这件事,就需要你我联袂举荐,所以他比较为难。”

陈平安怒道:“这家伙是不是脑子进水了?!”

你郑大风一个纯粹武夫,当什么大渎公侯?!

确实,如今宝瓶洲中部大渎只有长春侯杨花和淋漓伯曹涌,还缺少一位拥有“公”字爵位的水君。对此,大骊朝廷当然是有举荐权的,虽说还需要文庙那边点头许可,但不过就是走个过场而已。这跟宝瓶洲想要多出一座“宗”字头仙府,情况大不相同。因为这条大渎是大骊王朝一手开凿而出,文庙在这件事上,不会指手画脚。这个位高权重、一直悬而未决的大渎神位,说是各方势力抢破头都不夸张。郑大风如果真打算去齐渡“捡漏”,除了需要魏檗帮忙牵线搭桥,真正能够一锤定音的,还得是拒绝担任大骊国师的陈平安。

魏檗斜靠房门,无奈道:“我当时也是这么骂他的,结果他说是师父的意思,我还能怎么说? 你又不是不知道,郑大风最是尊师重道。”

陈平安深呼吸一口气。

魏檗瞥了眼脸色郁郁的陈平安,笑道:“为何这般失态? 你们修道之士长生久视,我们文武英灵成就神位,不也算是一种殊途同归?”

先前在乐府司那边喝酒时,郑大风醉眼蒙眬,抹着嘴,笑着说他如果真能当上这么个大官,披云山再跟上,岂不是山水两开花? 好兄弟果然是共患难同富贵,都有机会拥有神号了。

陈平安摇头说道:"郑大风跟你不一样。"

如果说这单纯只是一桩好事,无非是消耗人情而已,陈平安当然不会犹豫。即便需要落魄山跟大骊宋氏做些利益交换,为了郑大风,都是小事。问题在于郑大风走上这条神道,其中缘由极其复杂,而且影响深远,陈平安至今还不清楚郑大风是否记起"当年事"。总而言之,在陈平安看来,这件事是可以"等等看"的,毕竟桐叶洲也会出现一条崭新大渎,郑大风真要谋取一个神位,将来肯定不至于有那"人间没个安排处"的唏嘘。

陈平安问道:"郑大风自己到底是怎么想的? 跟你喝酒的时候,言谈之间,他有没有流露出某种倾向?"

魏檗笑道:"怪我没把话说清楚,根本没你想的那么糟心。我们大风兄先前在酒桌上,已经开始盘算自家水府二十司,要邀请哪些暂未补缺的女子山水神灵了。请我列个单子给他,反正绝对不能比披云山逊色。"

陈平安憋屈不已,忍不住骂了一句娘。不知是骂郑大风心宽,还是骂魏檗"谎报军情"。

"今朝有酒今朝醉,明日愁来明日愁。"魏檗微笑道,"陈山主事务繁忙,难得来一趟我们披云山,今夜必须借此机会,小酌几杯。"

陈平安说道:"就咱俩关系,喝什么酒? 君子之交淡如水!"

先前郑大风登山,不停暗示魏山君今夜酒水不能少,多多少少再整几个荤菜,别弄得太清汤寡水了。只不过魏檗假装没听懂郑大风的暗示,好在最后郑大风喝了顿素酒也没抱怨什么。

魏檗伸手抓住陈山主的胳膊,拽着他重新入屋落座,再打了个响指,很快就有环佩叮当的宫妆女官走入屋子,端酒送菜,光是负责拎食盒的女官就多达三个。而且她们布置酒具、搁放菜碟的时候,动作尤其轻缓,凝眸含睇,美目盼兮。

陈平安面带微笑,以心声道:"魏山君,你这算不算恩将仇报?"

魏檗笑道:"欲加之罪,何患无辞?"

想必自家礼制司最近半年之内,是不会再抱怨半句案牍繁忙了。下次陈山主再造访山君府,饮酒地点,可以挪去监察司那边?

等到她们都撤出屋子,魏檗也懒得劝酒,夹了一筷子腌笃鲜里边的春笋,细嚼慢咽,问道:"宝瓶洲五岳,有机会'封神',是你的意思?"

陈平安抿了一口酒:"想啥呢? 我连个书院贤人都不是,哪有这么神通广大?"

魏檗说道:"根据中土神洲那边传出的消息,好像是你家先生亲自抛出这个建议的,礼记学宫那边亦是十分坚持,茅小冬还给出了一份十分详细的方案,阐述此事利弊。三位文庙正副教主,一赞成一反对,还有一位暂时没有表态,所以文庙还需要召开一场七十二书院山长都到会的正式议事,再来敲定此事的最终结果。据眼下的形势推测,还是通过的可能性比较大。"

陈平安点点头:"既然包括穗山在内的中土神洲五岳,早就拥有神号,那么此事至少在礼制上是合乎规矩的。可能定下来后,你们几个在文庙山水谱牒上的神位,大概率还是维持不变。毕竟其余七洲,暂时都无大岳山君。这些年文庙重启大渎封正仪式,再加上陆地水运之主和设立四海水君,又有水神押镖一事,可以帮助水神捞取功德,想必浩然山神肯定是有一些意见的,搁我也会唠叨几句。送给宝瓶洲五个山君'神号',对文庙来说,就是惠而不费的事情,既可以帮助宝瓶洲稳固山河气运,也能安抚天下山神一脉。如此一来,别洲诸多山神还能有个盼头,等于凭空多了一条晋升通道。一举两得,何乐不为。"

魏檗笑着打趣道:"茅山主转任礼记学宫司业,真是一记神仙手。"

陈平安埋怨道:"放你个屁,这叫光风霁月,秉公行事,你少在这边得了便宜还卖乖。"

魏檗说道:"那份谢礼,下次你再去五彩天下,记得帮我跟宁姚道声谢。"

陈平安点头道:"一定带到。"

魏檗试探性问道:"听郑大风的口气,你好像当下也急需金精铜钱,披云山这边还有七八十颗金精铜钱的库藏,本来是打算慢慢凑出个家当,靠着大骊的供奉,蚂蚁搬家,积攒个大几百年一千年的,说不定八字就有了一撇。现在反正用不着了,不如你拿去?"

陈平安摆摆手:"老子不稀罕你那点破铜烂铁。"

魏檗立即双手持杯:"山主大气,必须敬一杯。"

好家伙,敢情你就在等我这句话呢? 陈平安摆摆手:"别磨叽了,先连敬三杯,聊表诚意。"

魏檗果真连喝了三杯酒,打了个酒嗝,打趣道:"按照如今处州这边的习俗,办喜事,酒桌得摆两场,飞升城一场,落魄山那边要是位置不够,我们山君府可以帮忙腾地方。"

陈平安朝魏檗竖起大拇指,脱了布鞋,卷起袖子,看架势是打算跟魏山君在酒桌一分高下了,刺溜一声,饮尽一杯酒。

魏檗突然说道:"林守一闭关有段时日了,就在长春宫那边。按照近期北岳地脉的迹象,他跟龙泉剑宗的谢灵,极有可能差不多时候跻身玉璞境。包括袁化境在内五人,如今帮着林守一护关。"

陈平安说道:"既然答应了曹戊要走一趟豫章郡,那咱俩就先去一趟长春宫?"

魏檗没好气道:"跟我有什么关系? 你去长春宫,人家欢迎还来不及,有我没我,根本不重要。"

陈平安伸出手:"还我。"

宁姚喜欢翻阅陈平安的山水游记,还说这个好习惯,陈平安可以保持。

自家山头,小米粒就是个耳报神,况且如今白发童子还司职编撰年谱一事,想瞒都瞒不住。

一想到以后游历中土神洲,还要去一趟百花福地,陈平安就一个头两个大。

魏檗哈哈大笑:"那我就勉为其难,陪你走一趟长春宫。"

柳外青骢,水边红袂,风裳玉佩,彩裙飘带,处处莺莺燕燕。自家山君府诸司的女官,不管是旧山水神灵,还是山鬼精魅,都对这位云遮雾绕的年轻隐官充满好奇。

魏檗笑眯眯道:"我就奇了怪了,宁姚那么大气的女子,你偏偏在这种事情上如此斤斤计较,是不是很有此地无银三百两、隔壁王二不曾偷的嫌疑啊?"

陈平安冷笑一声:"你这是小山神与大岳山君显摆缩地法吗?"

论男女情爱一事的纸上道理和书外学问,我是敌不过朱敛和周首席、米大剑仙这几个下流坏子,但是打你魏檗、小陌和仙尉几个,完全不在话下。

魏檗哑口无言,满脸无奈,早知道就不帮礼制司攒这个酒局了。喝酒喝酒,暂凭杯酒长精神。陈平安喝完杯中酒,大手一挥:"这么喝没劲,哑巴嘴呢,赶紧地,酒杯换成大白碗!"

长春宫这座水榭外,一条处处花鸟相依的道路上,来了一个姿色远远不如周海镜和改艳的妇人,身边带个少女姿容的女修,后者端着一只果盘。妇人名为宋馀,是长春宫的太上长老,少女是她的嫡传弟子,名叫终南。

整个宝瓶洲,都对大骊宋氏王朝如此器重那位首席供奉阮邛,以及如此厚待至今还只是宗门候补之一的长春宫,不太理解,都觉得有点小题大做了。宋氏再念旧,以大骊王朝如今的国势和底蕴,也该换一位至少是仙人,甚至是飞升境的首席供奉,作为一国脸面所在。

宋馀道号"麟游",是长春宫内境界、辈分最高的修道之人,她更是长春宫开山鼻祖的关门弟子。当代宫主都只是这位女修的师侄。

宋馀是一位道龄极长的元婴境,驻颜有术,却只是中人之姿。

由于大骊宋氏太过优待、礼遇长春宫,故而外界一直揣测,大骊,最初是卢氏王朝的一个小小藩属国,在内忧外患中逐渐崛起,最终反过来吞并宗主国,一跃成为宝瓶洲北方霸主,在这个风雷激荡的过程里,与国同姓的宋馀,和她一手创建的长春宫,是帮助大骊宋氏在夹缝中求生存的幕后推手。正因为有她的从中斡旋,与卢氏王朝历代皇帝说好话,大骊宋氏才等来了袁、曹两位中兴之臣,再熬到一百年前,终于迎来了那头绣虎,再往后,才是邀请兵家圣人阮邛担任首席供奉……

宋箂亲自赶来，袁化境便移步走到水榭北边的台阶下边，抱拳致礼。

多半是长春宫修士先前察觉到这边的动静，生怕出意外，就劳驾这位太上长老亲自来此地一探究竟。

宋箂其实早就发现水榭顶琉璃瓦的异样，昨天得到禀报后，她只是故意拖着不来而已，小打小闹，这点钱财损耗不算什么，稍有动静就闻讯赶来，显得自家长春宫太过小家子气了。她不动声色，微笑道："辛苦诸位了。"

改艳接过果盘，巧笑嫣然道："半点不辛苦，都是职责所在，这地儿风景还好，既养眼又养神。"作为京城那家仙家客栈的掌柜，她打定主意，痛改前非，要让客栈的生意好起来。眼前这座水榭，刚好名为"昨非斋"，简直就是为她量身打造的，周海镜这婆娘，说话是难听了点，可偶尔还是会说几句人话的。

少女从师尊赐下的那件方寸物中，按照老规矩，又取出六壶长春宫酒酿。改艳心中窃喜，又得手五壶，至于属于周海镜的那一壶，就别想了，这婆姨就是个掉到钱眼里的财迷，臭不要脸，一门心思想要从袁化境几个手里骗那几壶酒。

周海镜靠着柱子，双臂抱胸，微笑道："我们毕竟职责在身，喝酒容易误事。再说了，水榭里边，书画都好，都说人生失意时，只需借取古人快意文章读之，足可心神超逸，须眉开张，无须用酒浇块磊。好意我们心领了，下次宋仙师真的不用再送酒来了。"

改艳以心声怒道："周海镜！缺不缺德，你不是财迷吗？为何要用这种杀敌一千自损八百的阴损法子？！"

周海镜笑嘻嘻道："一壶对五壶，你挣大钱，我挣小钱，我就不开心。所以你要是一颗钱都挣不着，我就当赚大钱了。"

宋箂有点意外，只是她到底是老于世故的老元婴，笑道："周宗师说得在理，不过待客之道还是得有的。以后酒水，我们照送，若是诸位担心影响到护关一事，放着就行了。哪怕攒着，忙完正事以后带走，也算是我们长春宫的一点心意。"

改艳刚刚松了口气，结果又听到周海镜聚音成线："听到没，学到没，腰缠万贯的改大掌柜，你要是有宋箂为人处世的一成功力，你那仙家客栈的生意，也不至于好到门可罗雀。"

宋箂与袁化境沿着湖畔道路一起散步闲聊，她与上柱国袁氏关系极好，很有渊源，交情可以一直追溯到远祖袁瀌，所以袁化境对宋箂是极为礼敬的。

上柱国袁氏子弟，是等到骊珠洞天开门后，才知道那座小镇的二郎巷有一栋真正的袁家祖宅，这就使得袁氏有世系可考的族谱又多出一部。这就是许多古老世族共同的麻烦所在了，想要确定本家的始封之君与得姓之祖都不容易，一洲各国豪门，多是将那位得到君王"天眷"者作为始祖。像云林姜氏这么传承有序的家族，整个浩然天下都是屈指可数的存在。

宋馀幽幽叹息一声："师尊当年未能破开瓶颈跻身玉璞，兵解离世，留下一道法旨，大意是让我们循规蹈矩，心无杂念，抱朴修行，'守拙'。"宋馀故意说漏了二字，"守拙"之后，犹有"如一"。

袁化境说道："长春宫能有今天的成就，全凭后世修士愿意严格遵循开山祖师的教诲。"

其实袁氏也有类似的家训格言。

一个家族，建功立业难，福祉绵延更难，想要逃过"君子之泽，三世而衰，五世而斩"，从士族变成世族，保持长久的生命力，就需要有规矩和体统，默默影响着后代子孙，看似无形，实则不可或缺，久而久之，就成了一种家风。

那个名为终南的女修，因为不善言辞，被师父单独留在水榭这边。

女子容貌，只能说是秀气，算不得美人。她本名依山，所以经常被昵称为"衣衫"，因为是红烛镇船家女的贱籍出身，至今尚未获得大骊王朝的赦免，所以上山修行后，她就被迫弃用姓名了，最终在长春宫谱牒上改名为终南。传闻大骊太后还是皇后娘娘时，在长春宫修养，就对这个少女极为喜爱，打算将来小姑娘跻身金丹境，赐姓再改名，去掉一个终字，姓宋名南，国姓之宋，太后名字"南簪"中的南。又据说也有可能是赐姓南，名宋。如此一来，洪州豫章郡出身的太后南簪，就将少女收为纳入族谱的同族了。

不管是哪种选择，对于出身乡野贱籍的少女来说，都是莫大殊荣。

她显得十分局促，既想要尽一尽地主之谊，又不知如何开口，一时间就有点冷场。所幸有改艳帮忙暖场，与她问了些有的没的，再邀请她以后路过京城入住自家客栈，可以打折，十分优惠。

周海镜忍不住拆台道："打折，怎么个打折，打十一折吗？"

双膝横放行山杖的少年苟且，咧嘴一笑。这个周海镜虽然惹人烦，不过偶尔蹦出的几句言语让少年觉得有些熟悉和亲近，因为与陈先生说话的口气，有点像。

隋霖是一个精通阴阳命理和天文地理的五行家，所以他看待长春宫的视角最为"内行"。

相传长春宫开山鼻祖的祖辈，皆是禹州渔民。她并无明确师传，是山泽野修出身，白手起家，创立了这座长春宫。长春宫的看家本领，表面是数脉水法，内里却是一门极为高明的五雷正法，而且据说与龙虎山一脉雷法并无关联。

按照那位召陵字圣许夫子的解字，龙乃鳞虫之长，幽明兼备，于春分时登天行风雨，秋分之际潜渊养真灵。

先前崔东山带着姜尚真，还有那个失散多年的"亲妹妹"崔花生，一起走了趟正阳山的白鹭渡。白衣少年蹲在岸边，曾经吟诵一首颇有山上渊源的游仙诗，只是流传不广，略显冷僻，后世偶有听闻，或许与一位云游宝瓶洲的道门真人、卢氏王朝的开国皇帝,以及长春宫的开山祖师有关。游仙诗的内容类似谶语,多是玄之又玄之言,"帝居在震,龙德司春","仙人碧游长春宫,不驾云车骑白龙","南海涨绿,酿造长生酒"。

隋霖当然也听说过这篇类似歌谣的游仙诗,所以此次为林守一护关,他刚好借机仔细勘验长春宫的地脉形势。

周海镜聚音成线,密语道:"都说宋徭与风雪庙大鲵沟一脉的秦氏老祖,年轻时就是旧识,很是有些故事?在宝瓶洲,你们消息最灵通,此事是真是假?"

改艳没好气道:"假的!一个习武练拳的,吃饱了撑的,每天在意这些乱七八糟的山上传闻,难怪会输给鱼虹。"

周海镜笑得合不拢嘴,不跟这个金丹境女鬼一般见识,鱼虹这种武学宗师,打你一个落单的改艳,还不是跟玩一样。

终南不擅长跟人打交道,她就只是站在廊道,望向那处山头。

少女与林守一初次相见,宛如一场萍水相逢。她只觉得岸上青衫少年郎,衣衫洁净,气质风雅,他置身于灯红酒绿、夜夜笙歌的红烛镇,就像浑浊水面漂过一片春叶。

终南腰间悬有一枚龙泉剑宗铸造的关牒剑符,因为是恩师赠送的礼物,又瞧着心生喜悦,就一直作为饰物随身携带了。

当年她曾经偷偷游历旧北岳山头,不算是那种正儿八经的下山历练,更像是散心,游山玩水。反正与师门离得近,又在京畿之地,然后她在一条山路上,偶然撞见一个满身泥泞的撑伞小姑娘和一个扎马尾辫的青衣少女。

她们一起走了段路程,那个一直没说姓名的马尾辫女子,教给终南一篇晦涩难懂的火法道诀。终南始终不敢修行,毕竟长春宫是以水法和雷法作为立身之本的仙家门派,也不敢与师尊隐瞒此事。宋徭听到那篇道诀后,也没多说什么,只是让弟子在跻身龙门境后再去钻研这篇无根脚的火法道诀。

湖对面的山头上空,晴天碧色却隐约有雷鸣震动,是林守一即将出关的成道迹象。

片刻之后,一位襦衫男子走出洞府,每次呼吸之间,林守一的面门七窍,便有丝丝缕缕的细微金色雷电如龙蛇垂挂山壁。

宋徭和弟子终南,包括袁化境在内五人,立即御风去往对岸。

宋徭掐诀行礼,微笑道:"林道友,可喜可贺。"

林守一与这位长春宫太上长老作揖还礼。

林守一与宋徭,双方第一次见面,是多年前在那红烛镇,一人在画舫,一人在岸。宋徭虽然年长,又在山上身居高位,不过她言语风趣,并不古板。她当年一眼就看出林守一是个极好的修道坯子,还曾与少年半开玩笑,故意将自己说成那种货真价实的山上神仙,并提及"五雷正法"一语,反正就是以"不够素淡"的言语,很是炫耀了一番仙师风采。

当初林守一在棋墩山，得到一部《云上琅琅书》，初涉雷法。这本道书内容又写得佶屈聱牙，那会儿才离乡没多远的少年，还不理解"五雷正法"四个字的真正分量。

水榭这边，被两个神出鬼没的外人给鸠占鹊巢了。

陈平安斜靠柱子，双手插袖，一脚脚尖点地，笑呵呵道："真要说起来，还要归功于你送出的那本秘籍？"

魏檗意态慵懒，坐在美人靠那边，双手扶住栏杆，跷起二郎腿，笑道："我可不敢贪这份功。"

当年在棋墩山，一个自称一手剑术泼水不进的剑客，带着那些少男少女一起"坐地分赃"。

当时的场景，用红棉袄小姑娘的话说，就是连林守一都跑得飞快。结果林守一是第一个挑选宝物的，一路上话最少心思最重的清秀少年，一眼相中了那部用金色丝线捆系的《云上琅琅书》。而林守一在书院求学时，曾经跟随一位大隋王朝的夫子，专门去往大隋北岳地界观看雷云，在一座名为神霄山的仙家洞府修行数月之久。那位夫子还赠他一只专门用来搜集雷电的雷鸣鼓腹瓶。

陈平安早年有次返回家乡，与马尾辫少女一起登山，因为想起林守一是他们当中第一个修行的人，又是修行雷法，所以陈平安就与阮秀请教过关于雷法修行的注意事项，她就说了一些"道听途说"而来的东西。事后陈平安就一一记录在册，再送给林守一。陈平安都不奢望查漏补缺，就只是想着林守一能不能多些灵感。

再后来，白帝城郑居中秘密造访槐黄县，找到偷偷栖居在某个目盲道士心宅内神魂中的那位斩龙之人，再收顾璨为徒。其间郑居中用一部由他亲自补齐的《云上琅琅书》，从林守一那边换取一物，是陈平安得自目盲道士贾晟，再转赠给林守一的那幅"祖传"搜山图。

原来这部《云上琅琅书》正是出自中土白帝城。郑居中曾经问道龙虎山，而郑居中只要与人切磋道法，一般来说，对方就别想藏私了。果然，郑居中很快就撰写了这部《云上琅琅书》。关键是龙虎山那边与白帝城"借阅"此书过后，天师府诸位黄紫贵人都是面面相觑，哑口无言，明知对方是借鉴、偷学了自家五雷正法，一部道书，字里行间，哪里都觉得不对劲，处处都与天师府秘传雷法有着千丝万缕的关系，但好像真要计较起来，又很有郑居中自己的道理，甚至天师府这边可以反过来借鉴一番。

林守一手上那部本是残篇，只有上卷，只适宜下五境修士修行雷法，郑居中帮忙补上了适宜中五境和上五境修行的中下两卷。最后崔东山又写满了自己的注解心得，这就使得林守一的修行，不但势如破竹，极为神速，而且几乎没有遇到过任何关隘、瓶颈。

陈平安问道："山崖书院那位老夫子的大道根脚？"

魏檗点头笑道："就像你猜的那样，正是大骊京城那个老车夫的分身，差点跟你练手的那位神道老前辈,他显然早就相中了林守一的修道资质。"

　　骊珠洞天年轻一辈当中,林守一、马苦玄、谢灵这几个,他们跟陈平安、刘羡阳和顾璨还不太一样,都是异于常人的顺风顺水,从踏足修行道路,直到跻身上五境,几乎就没有遇到什么关隘,更别谈什么凶险的斗法厮杀了,就两个字:命好。

　　陈平安又问道:"你听说过《上上玄玄集》吗? 也是一部品秩很高的雷法秘籍。"

　　魏檗迅速回忆一番,摇摇头:"前所未闻。"

　　有篇游仙诗的末尾,是一句"唯愿先生频一顾,更玄玄外问玄玄"。而遗留在宝瓶洲的《云上琅琅书》,一路辗转,落入林守一之手。其实北俱芦洲犹有一部《上上玄玄集》,最终归属于浮萍剑湖的隋景澄。

　　上次林守一跟董水井一起参加落魄山典礼,陈平安还与林守一说起一桩秘事,提醒林守一有机会可以游历北俱芦洲,拜访凌霄派趴地峰和浮萍剑湖两地,因为隋景澄恰好也有三卷书,亦是雷法,名为《上上玄玄集》。如果真有山上缘法,林守一和隋景澄可以交换道书,这在山上并不见见,甚至有些关系好的宗门,都会互相赠送、交换各自珍贵道书的摹本,充实家底,宗门越大,此举就越是频繁。

　　配合那部《上上玄玄集》,隋景澄还有三支看似"雷同"的金钗。每当金钗相互敲击时,就会激荡起一圈圈光晕涟漪,其中蕴藉着极其细微的雷法真意。三支金钗分别刻有四字铭文:灵素清微,文卿神霄,太霞役鬼。

　　这部雷法道书同样分三册,与《云上琅琅书》不同的地方,在于其第一册只是阐述大道宗旨,练气士光有这册秘籍,几乎毫无用处。就像道祖所传五千言,数座天下人人皆知,人人可读,但是万年以来,又有几个山下的市井凡俗,能够单凭此篇道书就走上修行之路? 而隋景澄却硬生生靠着反复阅读第一册,仅凭自己的瞎琢磨,就读成了一个二境瓶颈的练气士,也难怪浮萍剑湖的大师兄荣畅,会觉得时隔多年重归宗门的师妹隋景澄,简直就是一个让他望尘莫及的天纵奇才。

　　当年陈平安就总觉得隋景澄的这部道书,好像原本就在等着林守一。所以等到郑大风这次返回落魄山,与陈平安揭开那个谜底,谜底既在意料之外,又在情理之中。

　　修行之人,道心坚韧,抱朴守一。得道之士,自成天地,内景澄澈。

　　陈平安说道:"走了。"

　　魏檗疑惑道:"不见见林守一?"

　　陈平安笑道:"魏山君要是未雨绸缪,早就备好了两份贺礼,我就去见他。"

　　魏檗立即站起身,看了眼湖对岸那边的身影,笑着点头,与陈平安一并悄然离开长春宫。

　　果然如陈平安所料,与林守一几乎前后脚的工夫,龙泉剑宗那边,谢灵成功炼化了那件玲珑宝塔,成为宝瓶洲最新一位玉璞境剑修。

而在禺州境内地脉极深处，包括宋续在内的五位地支一脉修士，即将得手那件秘宝之时，见到了个两颊酡红的貂帽少女，说话疯疯癫癫的，说这件东西是她藏在此地的旧物，她只是一个弱不禁风的姑娘家家，淑女得很，但是她可以搬救兵，找自家夫君来帮她讨要公道，他可是出了名的心疼媳妇怕老婆，打死你们几个没商量的。

貂帽少女见对方一行分明已经被震慑住了，她自顾自满意点头，再朝那件充满一层层古老禁制的悬空重宝抬了抬下巴："亏我赶来及时，不然你们要是傻了吧唧打破了禁制，后果严重得一塌糊涂，估摸着小半个宝瓶洲就得塌陷了。不信？呵，银河高哉，大火炎炎，龙蛇起陆，大道走风马，日月山川添壮观，天地收来入宝瓶。听着厉害不厉害？有没有学问？我刚编的，反正大致就是这么个意思吧。早年那场惊天动地的水火之争，你们这些小娃儿如今连地仙都不是，能掺和？不知天高地厚嘛！"

她一边瞎扯，一边喊道："小陌小陌，小陌在吗？"谢狗环顾四周，看来小陌是真的没跟来，她心里边一下子就暖洋洋了。

一方水土养育一方人，浩然九洲，时过境迁，一地有了一地的压胜之物，比如那棵万年梧桐树之于桐叶洲。而一洲山河版图状若水瓶的宝瓶洲，亦是同理。

地脉深处，是一处禁制重重的太虚境界，茫然无垠，除了对峙双方，空中悬有一只布满远古篆文的正方形铁匣，木匣下方又有一层木板模样的简陋托盘，将那铁匣虚托而起。

谢狗盘腿坐在这处太虚境地内，双臂抱胸，目露赞许神色，老气横秋道："解开两层山水禁制，靠法宝和蛮力打破三层，你们能够走到这里，已经是相当不错的战绩啦。书上不是有个雪夜访友的典故吗？你们可以乘兴而来，尽兴而归了。看，下雪了，好大一场鹅毛雪。"她说下雪，果真就下雪了。

敌友未分，宋续以心声提醒其余五人不着急动手。

面对一个能够隐匿气机、一路尾随的大修士，哪敢掉以轻心。地支一脉五位修士严阵以待，腰悬"戌"字腰牌的少女余瑜，双手合掌结阵，宝光焕发，手心手背布满了云纹古篆，她一侧肩头随之出现一个少年姿容的上古剑仙阴神，袖珍身形，头戴芙蓉道冠，佩剑着朱衣，雪白珠串缀衣缝。

"午"字阵师韩昼锦，无须掐诀念咒，便造就出一座山土皆赤、紫气升腾的仙府宫阙，内有灵宝唱赞宛如天籁。

小和尚身穿素纱禅衣，悬"辰"字腰牌，双手结法印，睁一只眼闭一只眼，闭眼处起雷池，脚下出现一座莲池。

谢狗啧啧称奇道："以缝衣人的手段，行僭越之举，胆敢敕令一尊上古剑仙的阴魂，又炼化了一处上古仙真统辖山河的治所，小和尚的念净观想，睁眼闭眼间，凭此串联阴阳与幽明,一个修习佛法的,竟然连臭牛鼻子的五雷正法都能学到手。你们一个个的,都很厉害啊,人才,都是人才,当之无愧的年轻俊彦!"

余瑜以心声说道:"麻溜地,赶紧算一卦,试探深浅,看看是什么来路,打不过就跑路,反正回头咱们也可以搬救兵。"

无法确定这个貂帽少女的真实年龄,境界肯定是上五境起步了,而且还是一个大骊刑部不曾记录在册的修士,难道是刚刚潜入宝瓶洲的外乡修士?

小和尚双手合十,念念有词:"佛祖保佑今日无事,即便有惊也无险,大伙儿都平平安安的。回头我就去庙里捐香油钱,可不是买卖,就是个心意。"

那个两坨腮红的不速之客好像听到了他们的心声,咧嘴笑道:"小道士别算卦了,白耗心神而已,反正是自家人,弯来绕去都算亲戚哩,肯定打不起来。"

小和尚再次双手合十,默念道:"佛祖保佑。"又踢到铁板,碰到世外高人了。早知道出门就该翻翻皇历的。

余瑜笑呵呵道:"亲戚,自家人?前辈不会是说笑话吧?"

谢狗微笑道:"信不信由你们。"

察觉到道士葛岭的异样,余瑜疑惑道:"算个卦而已,要说吐血都算正常的,但是你闭上眼睛作甚,咦,咋个还流眼泪了?"

葛岭眨了眨眼睛,眼眶布满血丝,无奈道:"很古怪,就像一轮大日近在咫尺,只是看了一眼就遭不住。"

余瑜苦哈哈道:"得了,那就还是砍瓜切菜的结果呗。"

葛岭苦笑点头。

对方极有可能是一位仙人。如今有周海镜这个山巅境武夫补上最后缺口,若是十二人都在场,他们还有一战之力,可惜袁化境六人身在长春宫,不曾一起探宝。

谢狗叹了口气:"这就是不听劝了。不听老人言,吃亏在'眼前',老话说得准不准?"

"暂时无法与袁化境他们联系,陈先生也不在,咋个办?"少女一跺脚,"难道真要喝酒吗?!"

先前在改艳的客栈里边,陈先生为他们每个人"传道",消除隐患,免得将来修道遇到心魔,只有余瑜这边,陈平安给了她三个字:多喝酒。

他们这个小山头,领袖是剑修宋续,智囊和军师,则是看似大大咧咧的余瑜。

谢狗意态闲适,伸手指了指那只匣子:"劝你们千万千万别打开这只铁匣子,一个不小心,就要连人带魂魄瞬间积雪消融喽。别觉得有点旁门左道就不当回事,这种魂飞魄散,是实打实的化作灰烬。哪怕飞升境大修士,或是那几个神通广大的老古董,一路找到鄂都那边去,一样救不了你们。接不住匣子里边的东西,它就会坠地,先砸碎那层失去阵法支撑的木板,就跟铁块砸薄纸差不多,再一路轰隆隆洞穿宝瓶洲陆地,坠入位于深海中的山根，大水沸腾，导致整个宝瓶洲就像个蒸笼，一洲山河处处生灵涂炭。单凭你们几个，境界不太够，兜不住的。"

得亏自己来得早，若是再晚一步，被这帮娃儿将匣子收入囊中，那么此物真正的归属，可就是一笔掰扯不清的糊涂账了。何况谢狗还真不觉得他们能够带走铁匣。她方才这番言语，并非完全危言耸听，匣内禁锢的那只新生金乌属于太古异种，是极其罕见的火精之属，自然天生桀骜不驯，一旦打破桎梏，这些修士又无收拾烂摊子的手段，真会被金乌一口气撞穿宝瓶洲陆地山根，留下个大窟窿的"地缺"，然后消失无踪，遁入天外太虚，再想将其捕获，就难如登天了。

宋续手腕一拧，手中多出一件瓶状宝物："我们并非全无准备，晚辈有此物能够接引匣内异宝。"

此物是钦天监袁先生交给宋续的，是从一处大骊朝廷刚刚发现的崭新福地内开掘而出。发现福地，入内得宝，再来此处禹州地脉接引匣内"金乌"，环环相扣，都归功于袁天风的大道推衍和缜密演算。

皇天对后土，地神掣水瓶，井下辘轳急，水瓶无破响，火树有低枝。

谢狗眯眼一看，小有意外，有点道行啊，还真是一件针锋相对的宝物，看来他们背后有个高人。

如果换成当年的白景，哪管其他，这昔年火殿坠落人间的旧物，本就有她的道痕烙印，她只会一剑劈开铁匣子，将那只刚刚生出灵智的年幼金乌拘拿入袖，至于是否会引来一洲地脉震动，与她何干。只是她此次离开落魄山，小陌对她如此放心，都不曾跟随"监视"，才让谢狗多出一分耐心。

谢狗揉了揉下巴，小有为难，想要证明这轮坠落大地的大日是有主之物，她就得出剑斩开匣子，才能服众。而这拨不知轻重的娃儿，显然对这只金乌志在必得。若是在蛮荒天下那边，再简单不过，砍几个连上五境都不是的蝼蚁，不费吹灰之力，至多递三剑的事情。

一来不愿在浩然天下惹是生非，二来不愿辜负了小陌的信任，谢狗思来想去，只得拗着性子，给出一个不符合她以往作风的折中法子："就当是以物易物好了，我送给你们一件仙兵品秩的宝贝，不让你们白跑一趟，回去好交差。"

宋续摇头道："就算前辈拿出再多的仙兵，我们也不会答应，并非晚辈得寸进尺，更不敢有待价而沽的想法，实在是此物于我们大骊王朝有重用，不可或缺。"

谢狗站起身，咧嘴笑道："我觉得你们还是不太了解情况，才觉得有选择的余地，你们觉得呢？"

余瑜以心声说道："要不要搬出陈先生的名头，吓一吓对方？"

经过上次大骊京城那场变故，如今地支一脉修士已经达成了一个共识：有事就找陈先生。

大骊王朝刚刚找到一座无据可查的崭新福地,最古怪之处在于这座福地有月无日,大道有缺,故而急需这一轮大日补缺。

"我早就说了,我们双方是沾亲带故的,不然你以为我浪费这么多口水做什么?要不是有这么一层关系在,就我这脾气,呵。"谢狗抖了抖手腕,"我的道侣,就是跟在陈平安身边的那个小陌,道号'喜烛',名为陌生,去过大骊京城皇宫。你们肯定反复研究过他的身份履历了,他比陈平安英俊帅气多了。"谢狗双臂抱胸,笑道,"至于我,刚给自己取了个新名字梅花,原名谢狗,不是特别好听哈。"

书上不是有句诗,城南小陌又逢春,只见梅花不见人嘛。

谢狗最后一次申明道:"这件事,你们找陈平安也没用。东西是我的,就是我的。再跟我叽叽歪歪,就别怪我下狠手了。"谢狗当然不会下死手,那只会让小陌难做人。

就在谢狗准备递出第一剑的时候,这处太虚境界内凭空出现了一位襦衫文士。层层禁制好像形同虚设,这位文士如入无人之境。瞧着是个读书人,却有一身浓重到扑面而来的佛法气息。此人莫不是刚刚从西方佛国返回?

宋续一行更觉得震惊,怎么会是骊珠洞天福禄街李氏的那个李希圣?

其实他们早先得知李希圣受邀参加三教辩论,就足够意外了。在骊珠洞天年轻一辈当中,李希圣是很不起眼的存在。关于此人,大骊刑部档案只有几个内容很简单的条目,其中两条:曾经在泥瓶巷与外乡剑修曹峻打过一架;曾在落魄山竹楼之上画符。而那场架的胜负如何,以及在竹楼上画符的效果,都无记载。

"还好赶得及。"李希圣望向比自己早到的两拨人,微笑道,"此物与我妹妹大道牵连,不管是前辈凭借卓绝剑术强开铁匣也好,还是你们以钦天监袁先生亲手仿制的古瓶装载大日也罢,我都觉得不是特别稳妥。在这之前,恐怕需要先做个切割。"

谢狗咧嘴笑道:"听口气,换成你来,就一定安稳?"

李希圣点头道:"我会几手符箓,恰好能够派上用场。"

谢狗开始傻乐,扶了扶貂帽,这次是真有点生气了。她唯独见不得别人在自己跟前显摆,跟她比修道天赋。

李希圣笑着解释道:"前辈不要误会,我对此物并无觊觎之心。等我打开了匣子,再将那头金乌驯服,你们大可以坐下来好好商量,决定此物归属。"

宋续率先与李希圣主动示好:"宋续,见过李先生。"

少女咧嘴一笑,跟着自我介绍道:"马粪余氏,余瑜。"

"句容人氏,暂任京师道录,葛岭。"

"旧山崖学子,陆翠。"

"清潭福地,韩昼锦。"

小和尚双手合十，赧颜道："京城译经局，后觉。尚未具足戒。"

李希圣与众人作揖还礼，微笑道："龙泉郡李希圣，是李宝瓶的大哥。"

谢狗试探性问道："你从西方佛国返回这边多久了？一个月，还是几天？"

李希圣以心声道："刚从歆山火霞寺赶来此地。"

如果不是察觉到此地异象，李希圣不会这么快返回浩然天下，而且返回浩然天下肯定是先去往白帝城。

谢狗对此将信将疑，你当自己是十四境吗？

林守一离开长春宫后，先跟随袁化境六人去了一趟京城，其实破境跻身玉璞一事，并不需要他亲自去刑部录档，只不过林守一与大骊朝廷素来关系不错，否则他当年也不会答应担任齐渡庙祝，而林守一处处恪守规矩，为人处世滴水不漏，是公认的谦谦君子，他在大骊礼、刑两部风评极好，在刑部那边"点卯"时，皆是道贺。

此后林守一御风去往洪州采伐院。

采伐院如今无事可做，林正诚坐在冷冷清清的公署内，官员当值期间不可饮酒，桌上只有几碟盐水花生之类的佐酒菜。见着了林守一，这个男人也没有说什么，只是丢了颗花生在嘴里细细嚼着。

林守一从袖中摸出几坛长春宫仙酿，放在桌上，说是太上长老宋馀送的，以后爹想要喝这种酒水，只需与长春宫打声招呼，就会直接送到采伐院，酒水钱会记在他林守一的账上。

林正诚瞥了眼如今在宝瓶洲山上一壶难求的珍稀仙酿，不太领情："自己喝嫌贵，又无人可送，拿回去。"

林守一笑道："听说爹在京城捷报处的上司傅瑚，如今就在屏南县当县令，可以送他。"

林正诚想了想，没有拒绝。傅瑚能够外放为官，担任上县主官，当然是他与兵部武选司和礼部清吏司那两位郎中打了招呼的缘故。这两位郎中也没直接帮忙讨官，就只是帮着傅瑚说了几句好话，大骊朝廷就闻弦知雅意，顺水推舟给了傅瑚一个实缺，属于平调里边的头等重用了。

要说识人之术，林正诚当然是极有功力的，否则怎么当骊珠洞天的阍者？

林正诚朝门口那边抬了下巴，林守一心领神会，父亲这是要小酌几杯了，就一挥袖子，将房门关上。

林正诚微微皱眉，林守一立即神色尴尬起来。林正诚也没有掰扯什么为人道理，一根手指轻轻敲击桌面，林守一就取出酒杯，主动起身倒酒。

林正诚抿了一口酒水，回味片刻，说道："是玉璞境了，就等于跨过了一道大门槛。

你今年四十多岁,老大不小了,搁在山下市井,结婚早的话,说不定都有孙女了,有些事,也该与你打开天窗说亮话。"

林守一喝酒壮胆,笑道:"爹,别含糊一句四十多岁啊,到底知不知道我的具体年龄?"

林正诚想了想,问道:"你比陈平安大几岁?"

林守一备感憋屈,敢情爹只记得陈平安的岁数,自己的年龄都记不住,苦笑道:"爹,我真是你亲儿子吗?!"

林正诚淡然道:"这种事,得问你娘去,我说了不作准。"

林守一伸长手臂拈起一粒花生丢入嘴里,开始闷闷喝酒。

林正诚将自己身边的一碟干笋朝林守一那边推过去些许,说道:"陆沉在去年末,曾经来这找我,跟我聊了些陈芝麻烂谷子的旧事。他觉得是我害你失去了一桩天大机缘,导致许多本该属于你的好处,无形中转嫁到陈平安身上。陆沉的屁话,不能全信,也不能不信,可以听一半吧。"

林守一问道:"爹,能不能详细说一说?"

林正诚灌了一口酒,挥了挥手,示意自己倒酒便是,再将一些老皇历和内幕与林守一说了个大概。

林守一仔细想了想:"我就算早就知道有这么一张赌天赌地的……赌桌,我还是争不过陈平安的,因为我韧性不足,除了看书和修行,对待其他事情,都太懒散了,没有半点上进心。再说了,除非是我自己猜到的,否则不管是谁与我泄露了天机,就等于直接失去了资格,会自动离开赌桌。爹你不用多想,更别因此有什么心结。如今的生活,我觉得就是最好的了。

"何况,命理机缘一事,何其复杂难测,尤其是当我们涉足修行,一条光阴长河,逆流、溯洄、岔道皆无数,今是昨非。归根结底,这场我们这一辈都被蒙在鼓里的争渡,就是各凭本事,胜负输赢,都得认。"

"心外别求,终无是处。"

看着林守一清澈的眼神与那份雍容气度,林正诚难得有几分柔和脸色,只是很快就收敛起来,问道:"你是怎么跟陈平安说的?"

林守一说道:"我有让他来这边拜年啊。"

林正诚抬起头,皱紧眉头。

一看到爹这种闷着的表情,林守一就下意识发忧,他想了想,硬着头皮说道:"我在信上跟陈平安说了,可以来这边拜年。我觉得以陈平安的过人才智,这么一句,已经足够说明问题了。"

林正诚皮笑肉不笑道:"是'可以',不是'务必'? 你这个读书人,字斟句酌的,很会遣词造句啊。"林正诚主动举起酒杯:"我不得给读书种子敬个酒?以后去参加科举,考个状元回家,我亲自去门口放鞭炮。"

林守一举起酒杯,放低又放低,轻轻磕碰一下,喝酒之前,委屈道:"爹,以后能不能别这么说话了。"

林正诚抿了口酒:"这是当爹的教儿子做人说话呢?"

林守一再次无言,给自己倒了一杯酒,仰头一口闷掉。

林正诚说道:"参加大骊朝科举一事,我没跟你开玩笑,四十多岁的状元,年纪不算大。就算考不中状元,只要是一甲三名,或者二甲传胪都行。"

林守一奇怪道:"爹,你也不是那种有官瘾的人啊,怎么到了我这边,就这么想要在家里祠堂挂块进士及第的匾额?"

"家里边有余粮,猪都能吃饱。户多书籍子孙贤,好学是福。"林正诚说道,"唯愿自家鲁钝儿,无病无灾至公卿,大富贵亦寿考。"

天气渐暄和,门外院中玉兰花开了。

在纷纷复国和立国的宝瓶洲南部,在四分五裂的旧大霜王朝版图上,新崛起了一个云霄王朝,占据了将近半数旧山河,一举成为宝瓶洲南方最具实力的强国之一。唯一美中不足的地方,就是云霄洪氏未能拉拢那个仙君曹溶的灵飞观。

现任观主道号"洞庭",在道观之外的两国边境,新开辟了一座战场遗址作为道场。传闻这位道教真君擅祝词,修六甲上道,手执青精玉符,能够敕令阴兵。

在云霄王朝的东北边境,有一处人迹罕至的崇山峻岭,自古就没有修士在此开辟洞府,胡沣和吴提京,两个相逢投缘的年轻剑修,就在这边正式开宗立派了。所谓典礼,就是放了几串鞭炮,摆了一桌酒菜。

可就是这么一块灵气稀薄的地盘,这么个勉强可以开辟道场的山头,都被一帮云霄洪氏地师找上门来,扬言此地是一条朝廷封正江河的源头之一,既然在此开府,按例需要带他们两个一起走趟京城,在礼部那边录档,写明姓名籍贯、师承,朝廷勘验过身份和资历,才可以正式立派,而且以后每年还要向朝廷缴纳"租金"……总之就是扯了一大堆繁文缛节,听得吴提京差点就要出剑砍人。结果对方一听说胡沣是那大骊王朝的处州龙泉郡人氏,洪氏朝廷和地方官府的态度立即就掉转了一百八十度,非但没有继续纠缠胡沣,反而主动询问两位外乡仙师,需不需他们让附近的府郡衙署帮忙张贴榜文告示,下达一道山禁令,免得山野樵夫、采药人之流的俗子误入此地,打搅了两位仙师的修行。

此后,还有一个礼部官员登门拜访,身边还跟着一个曾经游历过旧龙州地界的年迈修士。这个修士和胡沣闲聊了几句,措辞小心,其实就是验证胡沣的大骊身份,见那胡沣提起家乡风土皆无误，便不敢多问，很快打道回府，足够与朝廷交差了。

在山脚那边，目送对方离开，吴提京问道："他们不嫌麻烦吗？直接跟大骊处州那边问一声不就行了？一封信就能够确定的小事。"

胡沣摇头道："他们不敢因为这点小事，就去麻烦大骊朝廷。再者如今宝瓶洲南方诸国，最怕大骊刑部的粘杆郎找上门。"

吴提京笑道："看架势，云霄洪氏都恨不得把你供起来，听他们话里话外的意思，咱们要是点个头，就能当皇室供奉？你们大骊身份就这么金贵吗？"

胡沣淡然道："也就只是这几十年的事情，搁以前就不是这种情况了。山上仙师和山下文人，最早对卢氏王朝和大隋高氏卑躬屈膝。即便后来大骊铁骑吞并了卢氏王朝，还是有不少文人雅士依旧崇拜别国，喜欢捧臭脚，看待国内情况就百般挑刺。用董水井的话说，就是跪着的人说硬气话，明明可以站着的人，却偏偏喜欢跪着说话。"

"崔瀺当国师那会儿就不管管？多糟心。"吴提京觉得挺有趣的，"现在好多了吧？"

"崔国师学问大，事务繁重，估计是顾不上这些，也可能是根本就懒得管。估计崔国师内心深处，从没把他们当读书人看待吧。"胡沣点点头，"这帮文人现在都掉转口风了。比拼聪明才智，我们老百姓哪里比得上他们这些读过书的。"

重新登山，两位剑修边走边聊，胡沣，一年到头都是麻衣草鞋的寒酸装束，身材壮硕，其实已经四十来岁，瞧着却是弱冠之龄的容貌，就是整个人显得没什么灵气，总是脸色木讷，眼神呆呆的。而那个真实年龄还不到二十岁的吴提京，却是姿容俊美，极有仙师风范，穿一身碧青色法袍，头戴一顶紫玉冠，腰系白玉带。

胡沣担心吴提京泄露行踪，惹来不必要的纠缠，就让他用了个化名，免得正阳山循着消息一路找过来。

一个龙门境，一个金丹境，双方都隐瞒了剑修身份。

虽说以他们两个的境界，在这个国师都只是一个元婴境的云霄王朝，下山横着走都没问题，但小心驶得万年船。小镇有许多老话，比如夜路走多了总会遇到鬼，又比如一个走背运的人，哪天转身，都可能从粪堆里捡到金子。

吴提京是一个极其自信到近乎自负的人，胡沣反而是个性情软绵、言语温暾的人。如今门派反正就两个人，一个当掌门，一个做掌律。

聊着聊着，聊到了门派事务，今天胡沣又跟个碎嘴婆姨差不多，在那边絮絮叨叨，说吴提京离开正阳山的时候，怎么都该带点神仙钱才对，不该那么孑然一身，跟净身出户似的，连个钱袋子都没有。

吴提京给惹急了，提高嗓门道："胡沣，你烦不烦，怎么总提这档子事?!"

胡沣依旧慢悠悠道："巧妇难为无米之炊，一文钱难倒英雄汉，现在咱们门派是怎么个情形，还需要我多说吗？"这位掌门自顾自说道："反正以后我们这个门派，如果再有个类似你的谱牒修士，不愿意待了，我怎么都要送他一个钱袋子，多多少少送几颗谷雨钱。"

吴提京双手抱住后脑勺："洞天里边，遍地都是宝贝，随便捡几件拿出去卖了，就啥都有了，怎会像现在这样，俩穷光蛋大眼瞪小眼？"

胡沣摇头道："我给自己立过一个规矩，蝉蜕里边的东西，一丝一毫都不能往外带。"胡沣转头说道："你要是喜欢，蝉蜕送你就是了，但是你得跟我保证，在你跻身上五境之前，也遵守这个规矩。"

吴提京摆摆手，免了，得了胡沣一块斩龙石，已经让这个天才剑修觉得良心不安了，他打趣道："胡沣，你这算不算穷大方？"

胡沣肯定是真心愿意送出一座洞天，不是那种试探人心，而吴提京肯定不会收下，他不喜欢欠人情。

胡沣的祖宅位于二郎巷，如今整个宝瓶洲，都惊叹于那条泥瓶巷是一处藏龙卧虎的金玉道场，可其实杏花巷和二郎巷也不差的，反而是福禄街和桃叶巷，好像暂时就只出了刑部侍郎赵繇、龙泉剑宗的谢灵。

胡沣自幼就跟着开喜事铺子的爷爷一起走街串巷，帮着缝补锅碗瓢盆和磨菜刀。后来骊珠洞天落了地，变了天，胡沣跟着小镇百姓一起闹哄哄拥向龙须河，他捡了八颗漂亮石头，卖给了福禄街和桃叶巷的两户人家，得了两大笔银子，然后在州城那边，用一部分钱买了些宅子，离乡之前，都让那个叫董水井的家伙，帮忙租出去了。再将一部分银子交由董水井，算是合伙做买卖，亏了钱就当打水漂，赚了钱，就作为下一笔买卖的本金，至于董水井拿去做什么买卖，胡沣都不管。

双方很小的时候就很熟了，但一开始算不上朋友。他跟董水井，都是小镇穷苦出身，只因为家里有长辈可以依靠，所以日子不算过得太拮据。那会儿他们都喜欢去老瓷山翻翻拣拣，经常碰面。董水井喜欢挑选那些带字的碎瓷片，胡沣喜欢带图画的。最早几年，双方都不说话，后来是董水井率先开口说话，两个孩子，一拍即合，就有了默契，每次日落前，下了瓷山，凑在一起，以物易物，如此一来，两人收获明显更多。胡沣现在每每回想起来，都会由衷佩服董水井的生意经，好像有些本事真是天生的，不用教。

每年的二月二，爷爷都会带着胡沣去神仙坟那边磕头。离开家乡后，这一天，胡沣也会面朝家乡方向，遥遥敬三炷香。这是爷爷交代的事情，胡沣不敢忘。

吴提京问道："想好怎么报答李槐了吗？"

胡沣摇头说道："暂时没想好。"

吴提京突然说道："要不要联系一下董水井？"

胡沣疑惑道："你不是一直说万事不求人吗？"

如果不是照顾吴提京的自尊和感受，胡沣其实是有过这个考虑的，双方是同乡，知根知底，又是年幼时做过买卖的，都信得过对方。

吴提京笑道："老子是个不世出的练剑奇才，天才中的天才，但老子又没有那种点石成金的本事，兜里没钱说话不响，嗓门再大也没人听，这么点粗浅道理，我又不是个二愣子，怎么会不懂。何况只是合伙做买卖而已，又不算求人。"

胡沣笑了笑，也不道破，其实就是吴提京当了掌律之后，想要自己的山门稍微有点门派的样子，结果发现没钱是真不行。一座门派，总不能就只有几间草棚茅屋吧？胡沣倒是可以就地取材，亲手搭建出个有模有样的宅子。问题在于他们两个修道之人，住这个，难道不比住茅屋更滑稽？

吴提京瞥了眼别在胡沣腰间的那支竹笛："是你爷爷留给你的？"

胡沣摇摇头："是爷爷早年帮我求来的。"

大骊京城，刑部侍郎赵繇在菖蒲河，宴请几个在旧山崖书院求学的"师兄弟"。如今旧山崖书院已经改名为春山书院了。

大隋山崖书院召开了一场议事，除了三位正副山长，还有几位君子贤人，李槐得以跻身其中，比较坐立不安。

桐叶洲燐河畔，于禄恢复本名，联手同窗谢谢，既是立国，又是复国。

严州府境内，多了一座乡野村塾，教书先生是个外乡人，姓陈。

今年春山花开如火。

第三章
天 下 十 豪

严州府,遂安县。

月如钩,雁南归。

一袭青衫长褂,踏月夜游,走在一座石拱桥上边,身边跟着个脚步沉稳的年轻男人,正是陈平安和弟子赵树下。

赵树下轻轻跺了跺脚,石桥很结实,并无异样,问道:"师父,这桥名字这么大,有说法吗?"

原来两人脚下跨溪拱桥名为万年桥。潺潺浯溪从山中出,村名岭脚,土人自称源头,十分名副其实。

陈平安嗑着瓜子,摇头笑道:"查过,可惜方志上边都没有明确记载,多半是早年地方先贤出资建造的。至于为何取名万年桥,这边的老人也不清楚,无据可查。按照村子坟头墓碑上边的文字显示,来自宝瓶洲最北端一个古国的郡望家族,约莫是七八百年前迁来此地。这条浯溪是细眉河的源头之一,其实我家乡那边的龙须河古称就是浯溪。缘分一事,妙不可言。"

遂安县位于严州和郓州交界处,而细眉河是发源于严州府的郓州第一大河,只是之前始终没有朝廷封正的河神,细眉河两岸自古连一座淫祠都没有。

赵树下聚音成线,密语道:"师父,听说大骊朝廷前几年在浯溪某处河段找到了古蜀龙宫遗址的入口?"

陈平安点点头,走下拱桥,沿着溪畔石板路走向下游,回首望去,桥下空无一物:

"是一座规模不大的内陆龙宫,品秩不高,但是历史上从无练气士涉足其中,所以里边的财宝没有人动过分毫。按照户部初步推算,相当于大骊数个富饶大州一年的赋税收入,颇为可观。关键是一座旧龙宫,如果大骊朝廷那边运作得当,除了诸多天材地宝、仙卉草药,以及一些稀有矿产,光是水法修士和水族精怪在里边开辟道场洞府,每年上缴户部的租金也不容小觑,完全可以称之为一只聚宝盆。"

如今细眉河迎来了历史上第一位江河正神,大骊礼部侍郎和黄庭国礼部尚书共同主持封正典礼。细眉河首任水神高酿曾是铁券河水神,一座崭新神祠拔地而起,不到一个月的时间就完工,匾额是黄庭国一位老太师的手笔,十几副楹联也都是出自享誉黄庭国文坛的硕儒。

沿着这条浯溪,有三个村子傍水而建,相互间隔不过两三里。每个村子都各有一个姓氏,偶有入赘男子,不得列入村谱。最大的一个村子,位于最下游,有两百户人家,就叫浯溪村,算是遂安县境内数得上的大村了,历史上出过一个举人,不过都是前朝的功名身份了。在如今大骊王朝,别说那种文曲星下凡的进士老爷,考中举人就足以光宗耀祖,县令都会亲自登门道贺。

位于浯溪最上游的村子,今年新开了一个私塾,蒙学开馆那天,放了一通鞭炮,震天响,下边两个村庄都听得见,这是明摆着要打擂台了。教书先生,是个外地人,姓陈名迹,不知道从哪里蹦出来的。陈迹,呸,听这个名字就是个土包子,绝对不是那种书香门第出身的读书人。

赵树下笑问道:"先生擅长望气、堪舆,这三个村子的风水,能说道说道吗?"

陈平安嗑完瓜子,拍了拍手,忍不住笑道:"又不是为了混口饭吃,摆摊骗钱,略懂皮毛都算不上,只是看了几本舆地杂书,哪敢随便说?"

陈平安指了指其中一道山坳,说道:"反正没有外人,我就照本宣科,跟你掰扯几句。按照形势派的说法,瞧见了没有,山坳上边有三座小山包,形若三伞状。这个小村子,是能出大官的。三个村子里边,这里文气最足,比较容易出读书种子。"陈平安再指了指村里的一条巷子:"一个村子,又是不一样的光景,文气都在左手边。可惜如今村子的蒙童都去浯溪村村塾念书,未能聚气。读书种子要想成才,估计要么以后村子自己开办学塾,要么干脆去严州府那边求学。"

严州府境内的大小村塾一般如浯溪村那样,由宗族村祠捐钱,再开辟出几亩学田,聘师开馆设塾,如此一来贫家子弟也能识字。虽说蒙童们年纪稍长,稍有气力,大多会退学,跟随家里长辈一同下田务农,收入多是采桑养蚕、炒茶烧炭,靠山吃山,可如果真有读书的好苗子,按照大骊前些年颁布的新律例,县教谕那边会择优录取,亲自授业,而且县衙每年都会补贴村子和家里一笔钱。从以前的当官才能挣钱,变成了读书就能挣钱。

走到浯溪村的村口，陈平安就原路折返。浯溪村聘请了一位县城那边的老童生担任族塾的教书先生。据说是几个族老好不容易才请来的，登门拜访不说，还在县城那边摆了一桌子酒。入学蒙童，年龄不限，最小五六岁，最大也有十五六岁的，三个村子加在一起，得有个七八十号学子，人一多，光靠一个教书先生是管不过来的，所以还有浯溪村本地出身的两个塾师。虽说那位老先生只是参加过几场院试的童生，严格意义上连个落第秀才都算不上，但是对于一座偏远的乡野村塾而言，有此待遇，实属不易。

夜风清凉，陈平安走在河边黄泥路上，自言自语。右手边是清浅的浯溪，月色在水面流淌，山上有竹林，夹杂有柏、槐和茶地，左手边田地里的油菜花开得金黄。

赵树下听着师父的细微嗓音，其实他始终不太理解师父为何对开蒙馆一事如此上心。

师父在源头那边新开的小村塾，如今总计不到十个蒙童。以师父的性格和做事习惯，肯定不会半途而废，这就意味着最少两三年内，师父都会把本该潜心修道的宝贵光阴交与一个寂寂无名的新开学塾。赵树下倒是没觉得这种举动有什么不对，只是不解而已。

入门的蒙学书籍，多是那通行浩然九洲的"三百千"，蒙童跟着夫子们在学堂一起摇头晃脑，先死记硬背，再由塾师逐字逐句讲解文字含义，之后再教"四书"，等到孩子们粗解文义，再讲"五经"和一些各国官学挑选出来的经典古文。蒙童一路习文作对写诗，是有个次第的，不过对于乡村学塾来说，重点和底子，还是习字课。陈平安就亲笔写了一千多个楷字，再写了一千多份类似训诂批注的说文解字内容，与那些方块字配合，除此之外，陈平安还裁剪、删选和抄录了数份李十郎的《对韵》。

那艘夜航船有座条目城，城主正是被山上山下誉为全才的"李十郎"。

陈平安对这位字仙侣、号随庵的李十郎，早就极为仰慕钦佩了。只是双方第一次在夜航船真正见面，因为主嫌客俗，相处得不是特别融洽。

"门对户，陌对街。昼永对更长，故国对他乡。地上清暑殿，天上广寒宫。掌握灵符五岳篆，腰悬宝剑七星纹……槐对柳，桧对楷。烹早韭，剪春芹。黄犬对青鸾，水泊对山崖。山下双垂白玉箸，仙家九转紫金丹……"

最早陈平安独自游历江湖的时候，就经常背诵这个，后来离开藕花福地，身边多了个小黑炭，陈平安怕她觉得每天抄书枯燥，对读书心生反感，起了逆反心，所以每逢在桐叶洲赶夜路，就教给裴钱一些用来壮胆的"顺口溜"。因为押韵，背起来极为顺畅，裴钱觉得只是动动嘴皮子，花不了几两力气，她记性又好，很快就背得滚瓜烂熟。一起走夜路的时候，小黑炭大摇大摆，嗓音清脆，跟黄莺莺叽叽喳喳似的。那会儿裴钱可能是敷衍了事，可一旁的陈平安着实是听得悦耳，心境祥和。

"树下，是不是将'掌握灵符'和'山下双垂'后边的内容删掉，更为合适？毕竟是蒙学内容,好像不宜太早接触这些神神怪怪的仙家言语。"

赵树下说道:"师父,我觉得问题不大,反正我是打小就听说过山鬼、水猴子和狐狸精的传闻,与这灵符、紫金丹什么的,没有两样。"

陈平安点点头:"那我再考虑考虑。"

赵树下这一路都在演练六步走桩,配合立桩剑炉,每天睡觉之时便是睡桩千秋,卧姿是有讲究的。

先前在竹楼二楼练拳,其实不用师父开口,赵树下就意识到一个极大问题了,撼山拳还好,但是铁骑凿阵、云蒸大泽、神人擂鼓……这些崔老前辈的绝学,师父与师姐一上手就熟稔,赵树下却学得极慢,慢得都有点难为情。

陈平安突然说道:"当年我游历北俱芦洲,有幸见到这《撼山拳谱》的编撰者,大篆王朝止境武夫顾祐顾老前辈。当时他没有自报身份,双方远远对峙。这场狭路相逢,顾前辈毫无征兆就要与我问拳,事后才知道,这位前辈的本意,是掂量掂量我学到了拳谱几成精髓。至于问拳的过程和结果,都没什么可说的,算是勉强接住了,没有让前辈太过失望。之后我跟顾前辈同行了一段,老前辈只因为一件事,开始对我刮目相看。"

赵树下好奇问道:"是师父练拳勤勉?"

陈平安摇头道:"不是。'勤勉'二字比较糊涂,练活拳得神意,练死拳空废筋骨,可两者都算勤勉。天底下练拳肯吃苦的武夫多如牛毛,可若是不得其法,尤其是外家拳,往往请神不成反招鬼,到中年就落下了一身病根。顾前辈是与我闲聊拳谱,谈及其中的天地桩,我给出自己的见解,是不是可以将六步走桩、立桩剑炉和天地桩三桩合一。当时顾前辈虽然刻意保持平静神色,还是难掩眼中的惊讶。"

赵树下疑惑道:"师父,怎么说? 我能不能学?"

陈平安板起脸,点头道:"当然可以学,为师都说得这么明白了,还没有想通其中关节? 树下啊,资质不行,悟性不够啊。"

陈平安见对方还是不开窍,只得伸出一只手掌,轻轻翻转。

赵树下仔细思索一番,再犹豫了一下,重重点头,原来如此! 赵树下一个走桩冲拳,头脚倒转,一手撑地,一手掐剑炉,再配合天地桩的拳法口诀,真气运转百骸脉络,"蹦蹦跳跳"六步走桩。

陈平安忍住笑:"立桩剑炉换成单手,味道就不对了,你不妨再试试以头顶地,用脑袋代替左手走。初学是难了点,久而久之,就知道其中妙用无穷了。"

赵树下还真就按照师父说的去尝试。

路过中间那个村子,路上恰好有人夜行,陈平安赶紧一脚轻轻踹翻赵树下,低声笑道:"别连累师父一起被人当傻子。"

赵树下站起身,拍了拍脑袋和满身尘土,满脸无奈。

陈平安从袖中摸出一把瓜子,分给赵树下一半,嗑着瓜子,笑道:"最早在竹楼二楼,崔前辈提起《撼山拳谱》,言语满是不屑,什么土腥味十足,拳谱所载招式是真稀拉,说话不怕闪着舌头。后来顾前辈见着我,又说崔前辈教拳本事不够,换成他来教,保证我次次以最强破境。"

赵树下听着这些无比珍贵的"江湖掌故",虽然师父说得轻描淡写,甚至略带几分诙谐,却让赵树下心向往之。

赵树下没来由想起拳谱的序文开篇,便好奇问道:"师父见过三教祖师吗?"

陈平安点头道:"至圣先师和道祖都见过了,还聊过天。"

赵树下不再多问。

陈平安笑道:"没什么忌讳的,至圣先师是一个身材魁梧的读书人,当时我的第一印象,'一看就是混过江湖的'。道祖与青冥天下那些挂像所绘的相貌不一样,其实是个少年道童的模样。"

赵树下笑问道:"师父见过很多止境武夫了吧?"

陈平安想了想:"如果撇掉那些遥遥见面和点头之交,其实也不算多,不超过十指之数吧。"陈平安朝溪对岸的竹林抬了抬下巴,提醒道:"树下,去看看这片野竹林有没有黄泥拱,回头我给你露一手厨艺。你炒的那几个菜,真心不行,说实话也就是能吃。"

赵树下眼见四下无人,脚尖一点,掠过溪水,去竹林找春笋,很快就掰了一兜的黄泥拱返回。陈平安也没闲着,去田间采摘了一大捧野苋菜,还有一把野葱,此物炒辣酱,当下酒菜,是一绝。

两人一起走回源头村子,陈平安笑道:"说来奇怪,臭鳜鱼都觉得好吃,唯独油焖笋这道菜,始终吃不来。"

赵树下说道:"师父,油焖笋很好吃啊,不过我吃不惯香椿炒蛋。"

烧山过后,来年蕨菜必然生长旺盛,只不过这会儿还没到时候,得在清明前后才能上山采摘。上坟祭祖,或是去茶园,回家的时候都不会落空。

回到了村塾那边,赵树下笑道:"师父,浯溪村那边的冯夫子和韩先生,估计近期就会来找你的麻烦。"

陈平安晃了晃袖子,笑呵呵道:"让他们只管放马过来,斗诗,对对子,为师还真没有怯场的时候。"

这个简陋村塾,就只有作为学堂的一栋黄泥屋,再加上茅屋两间,一间被教书先生用来休歇,另外一间当作灶房和堆放杂物。赵树下就在灶房这边打地铺,陈平安本意是师徒都住在一间屋子,只是赵树下不肯,说自己从小就跟灶房有缘。

黄泥屋是早就有的,长久无人住而已,租借而来,两间小茅屋则是新搭建的,学塾暂时收了八个蒙童,多半是还穿着开裆裤的。

学塾之所以办得起来,一来那个叫陈迹的教书先生,三十多岁,毕竟不是那种嘴上无毛办事不牢的愣头青,收拾得干干净净,挺像是个肚子里有几斤墨水的夫子;二来此人比较会说话,开馆之前,在两个村子走街串巷,而且还算懂点规矩,没去浯溪村那边"挖墙脚";最后,也是最根本的原因,就是收钱少!比起浯溪村那边的学塾,少了将近半数。而且这个先生还跟村子承诺,若是遇到农忙时节,孩子们可以休假,他甚至可以下地帮忙。

这厮为了抢生意,真是半点脸皮都不要了啊,斯文扫地的货色!

赵树下所说的两位夫子,一位是浯溪村村塾重金聘请来的老童生,叫冯远亭,还有一位更是在遂安县都小有名气的教书先生,韩幄,字云程,自己虽无功名,但是教出过数名秀才,称得上是一位德高望重的乡贤了。这位韩老先生,如今就在浯溪村一户首富人家坐馆开课。冯远亭在韩幄这边始终有点抬不起头,只是偶尔凑在一起喝点小酒。等到岭脚那边新开学塾,冯远亭就经常邀请韩幄喝酒,他是翻过几本"兵书"的,贸然行事,犯了兵家大忌,觉得先试探一下虚实,才能有备无患,其实所谓的"兵书",就是一些关于历朝名将发迹史的演义小说。韩幄劝他没必要跟一个小村塾的教书匠斤斤计较,既然是同行,相互间还是和气些为好。冯远亭嘴上诺诺,实则腹诽不已,自个儿又不是争那几个蒙童,这就是个面子的事,读书人连脸面都不要了,还当什么读书人?自家村塾每跑掉一个蒙童,他冯远亭就等于挨了一耳光,是可忍孰不可忍。如果不是如今按照大骊律例,地方上开办私塾,都需要与县衙报备录档,还要县教谕亲自勘验过教书匠的学识,真要把那个家伙当成坑蒙拐骗的了,告他一状,非要让那个姓陈的吃不了兜着走。

陈平安说道:"树下,等你破境,传授给你一门运气口诀,但是不一定适合你,事先做好学不成的准备。"是那剑气十八停。

赵树下点点头,与师父告辞一声,去灶房那边打地铺,演练睡桩千秋,控制呼吸,很快就沉沉睡去。

来到这边后,赵树下逐渐发现一件奇怪的事情,他有一次喊师父,喊了几声,师父竟然都没有反应,最后只得走上前去。陈平安笑着说了一句:"不好意思,方才没听见。"在那之后,赵树下就都是走到师父跟前再开口谈事情。

这次陈平安就只带了赵树下,而且直接让陈灵均别来这边瞎晃荡。陈灵均好说歹说,软磨硬缠,才与自家老爷求来每月拜访学塾一次的宝贵机会。

这还要归功于老厨子的一句帮腔:"反正就咱们景清老祖这副青衣小童的尊容,都不用假扮,本来就是蒙童,是该多读几本圣贤书。"朱敛当时还笑眯眯询问陈灵均需不需要一条开裆裤。陈灵均懒得跟老厨子一般见识,要不是自家老爷没点头答应,其实陈灵均还真想去学塾上几天课。

陈平安返回住处，点燃桌上一盏油灯，自己磨墨，开始提笔写一个关于哑巴湖大水怪的山水故事，可比当年在剑气长城给扇面题款用心多了。

三个村子，四面环山，唯有一溪水伴随一小路迤逦而出。村子离遂安县城足有八十里路程，很多当地村民可能一辈子只去过一次县城。

山野开遍杜鹃花，真是名副其实的映山红。春鸠啾啾鸣，桃花浅红杏花白，满树榆叶簇青钱，河边杨柳抽条发芽，颜色正金黄。

今天村塾放学后，来了一位客人，他沿着黄泥路徒步而行，穿过浯溪村，一路往源头这边行来。一身老学究装扮，正是细眉河新任河神高酿战战兢兢拜山头来了。没法子，官大一级就能压死人，何况是面对拥有两座宗门的陈山主。

炊烟袅袅，高酿看到了屋内有乡野妇人背着个孩子烙饼，孩子拉屎，妇人伸手绕后一兜棉布，继续烙饼；看到了某些百姓家八仙桌上的鸡粪，孩子们在放学后放纸鸢，蹲在田边斗草，怡然自乐。

高酿走出浯溪村后，转头看了眼村头那边的小水潭，属于天井水，溪涧水面至此宽阔，之后出水却窄，故而是能够留住财运的水路，早年搬徙至此的村民，还是很懂风水的。

古之教化，家有塾，党有庠；术有序，国有学。

高酿一手轻拍胸口，顿时心安几分，这位河神老爷怀里揣着几部价值连城的孤本善本，登门做客，总不能两手空空。高酿抚须而笑，保存至今的每一部古书，如有鬼神呵护，我辈读书不求甚解，犹如饱食不肥体也，不如不读。

因为细眉河地界有一座上古陆地龙宫遗址即将开门，所以遂安县城那边，秘密驻扎着一拨大骊修士，都用了类似商贾的身份，没有惊扰严州府各级官衙。不过府君老爷当然是知晓此事的，他提前得到朝廷"不得声张"的密令。高酿作为新上任的山水神灵，也没有资格进入那座龙宫，高酿去"点卯"两次后，干脆就不去了，省得拿热脸贴冷屁股，自讨没趣。

见着了高酿，陈平安拎出两把竹椅，递给高酿一把，一主一客，都坐在茅屋檐下。

高酿正襟危坐，腰杆笔直，方才搁放竹椅的时候，就用上了巧劲，微微倾斜向那位隐官大人，小心翼翼说道："陈山主，可是为了那座龙宫而来？"

高酿猜测是大骊朝廷为了防止出现纰漏，便邀请隐官大人亲自坐镇此地。

陈平安笑着摇头："朝廷开掘龙宫一事，跟我毫无关系，大骊那边也不知道我来这边开馆。"高酿轻轻点头，心领神会，自己绝不能有任何画蛇添足的言行，此身生前公门修行数十载，后来又在紫阳府那边混饭吃，功力都摆在那边呢。

高酿从怀中掏出那几本书，双手递给陈平安，轻声道："陈山主，薄礼一份，不成敬意。"

"有书真富贵,无官一身轻,这就是高老哥唯一不如我的地方了。"陈平安没有客气,接过书,与高酿道了一声谢,拍了拍书,笑言一句就收入了袖中,说道,"高老哥不是外人,以后忙里偷闲,多来这边坐坐。"

这就有点措手不及了,高酿既受宠若惊又为难,毕竟再想要找到与那几本书品相差不多的孤本并不容易,只是再不容易,总好过参加披云山魏山君的夜游宴。再说了,能够与年轻隐官面对面单独闲聊,可遇而不可求,又岂是那种闹哄哄两三百号宾客聚在一起的夜游宴能比的? 别说是几本,就是三十本,高酿都愿意找人借钱、赊账购买。

高酿环顾四周,感慨道:"陈山主选择在此结茅修行,真是出人意料。一般的隐世高人,所谓中岁颇好道,无非是与松风、山月为友,陈山主就不同,反其道行之,神人,确是神人,神乎其神。"

这点马屁,陈平安早就习以为常了,微笑道:"不算严格意义上的修行,坐馆教书而已。对了,如今我化名陈迹,高老哥对我直呼其名就是了,否则时日久了,容易露出马脚。"

高酿略微思量,重重一拍膝盖,做拍案叫绝状,沉声道:"好,这个化名好,苏子有云,人生如逆旅,我亦是行人。陈山主单取一个'迹'字,走字旁,一个亦字,陈山主又是外乡人,刚好契合了那句我亦是行人,妙极!"

在灶房那边忙碌的赵树下听得一愣一愣的,差点误以为这位高河神是被草头铺子的贾老道长附体了。

陈平安喊了声赵树下,让这个弟子去拿些番薯干来待客,又介绍了赵树下的身份:亲传弟子。

高酿站起身,从赵树下手中接过番薯干,说了几句类似名师出高徒的客气话,赵树下又觉得河神似乎要比贾老神仙逊色一筹。

陈平安随口问道:"如今看管那座龙宫大门的大骊修士,以谁为首?"

高酿答道:"明面上领头管事的,好像是一位风雪庙谱牒女修,叫余蕙亭,她有个大骊随军修士的身份。至于暗地里朝廷是如何安排的,我暂时不太清楚。"

陈平安点头道:"按照宗门谱牒辈分,魏晋是她不同道脉法统的师叔。"

听米大剑仙提起过,当年他给长春宫那几个女修护道,中途曾经遇到过一个颇为不俗的女子,纤细腰肢上悬挂大骊铁骑的边军制式战刀,穿一身窄袖锦衣和墨色纱裤,最奇异的是脚上那双绣鞋,鞋尖坠有两粒"龙眼"宝珠……其实当时米裕说得要更详细,隐官大人也就只是听了一耳朵。

高酿恍然道:"原来如此。"

不愧是名动天下的隐官大人,言语中提起那位风雪庙神仙台的魏大剑仙,名义上的一洲剑道魁首，可以如此随意。

在高酿百般感慨之时，陈平安瞬间站起身，神色凝重："高酿，恕不待客，我有事要忙，你也立即运转神通返回水府，速去！"

高酿摸不着头脑，却不敢有丝毫犹豫，迅速施展水法神通，沿着那条浯溪返回细眉河水府，一鼓作气奔入金身神像之内。

陈平安深呼吸一口气："终于来了，狗日的周密。"

刹那之间，陈平安就像被强行搜入一处天外天的太虚境界中。第一眼所见，是礼圣那尊大如星辰的巍峨法相。然后白帝城郑居中，符箓于玄，纯阳吕喦，甚至还有李希圣、小陌，以及谢狗！还有一位陈平安并不认识的青年修士，却站在礼圣之后，众人之前。

果不其然，蛮荒天下试图撞穿浩然天下！犹如两条蹈虚飞舟迎头相撞！要以此彻底断绝礼圣跻身十五境的道路。

小陌已经现出真身，白衣缥缈，以心声说道："公子，按照郑城主的推衍，蛮荒天下选择的切入口曾是扶摇洲，其次就是我们大骊禹州，现在似乎换成了庚谨的海底老巢。"

谢狗微笑道："亏得我做事稳重，没有随便打开那只匣子。"

郑居中说道："有劳陈山主收敛全部心神，再祭出两把飞剑了。"

陈平安点点头。

李希圣微笑道："我来辅佐陈山主就是。"

远古天下十豪和四位候补，当下其中两位候补都在此地——礼圣和三山九侯先生。

按照境界修为划算，应该分成三档，第一档当然是礼圣、三山九侯先生、郑居中，三位修士都是十四境。然后是于玄、吕喦、白景、小陌，尚未合道十四境。最后垫底的，当然是暂时连上五境都不是的陈平安。唯独李希圣，身份比较特殊，极难准确界定他的真正境界修为。

如果只是按照道龄来算，应该依次是三山九侯先生、小陌、白景、礼圣、于玄、吕喦、郑居中、李希圣、陈平安。而如今的李希圣，未来的白玉京大掌教寇名，与白帝城郑居中、纯阳吕喦，在至圣先师看来，都是有希望跻身未来十豪之列的。

所以不管怎么算，陈平安都是垫底的那个。只不过年纪不大，大场面却是见多了，陈平安还不至于手足无措，一颗道心如止水，该做什么就做什么。

当陈平安按照郑居中的提醒，收起那一粒粒分量大小不一的心神时，自家落魄山竹楼一楼，原本正在抄录几本道书的那个"陈平安"，瞬间神色呆滞，变得木讷起来，长久保持那个提笔书写姿势；大骊禹州将军驻地，一道修士身形施展遁地法，在那人迹罕至的山野僻静处,寻了座石壁缝隙间的洞窟,身形瞬间如"蝉蜕",竟是一张替身符箓;宝瓶洲西岳地界,某个大骊藩属国京城一处热闹坊市内,一个摆摊算命和帮忙代写家书的中年道士,在此挣钱有段时日了,尤其是帮忙验算男女姻缘事,颇为灵验,这位云游道士喜好饮酒,提起酒葫芦灌了几大口,突然脑袋磕在桌上,呼呼大睡起来;在青杏国一处仙家客栈内赏景的外乡练气士,立即返回自己房间,关上门,盘腿坐在蒲团上,双手叠放腹部,沉沉而睡;正阳山地界,去年有个不录入诸峰谱牒的练气士,靠着三境修为和一路打点关系,刚刚当了某峰藩属门派的知客,今天趁着没有访客的间隙,坐在河边垂钓,当有鱼儿咬饵上钩,亦是不提鱼竿。

唯独远游"天外","逆流行走万年光阴长河"的那一粒心神,要不要收回,陈平安有些为难和犹豫,不是他不舍得,只是这件事做起来并不轻松。

不等陈平安开口询问,郑居中明显是推算出了什么,又以心声笑道:"不用召回这一粒心神,否则半途而废,很容易伤及大道根本。一个不小心,别说帮忙,都可以直接撤出天外返回村塾养伤了。何况我也不想被那个存在记恨,再被文圣堵门骂街。"

吕喦微笑道:"陈道友,不承想这么快就见面了。"

陈平安抱拳还礼:"见过纯阳前辈。"

之后不敢有任何拖延,陈平安便立即祭出两把本命飞剑,将礼圣和三山九侯先生之外的所有修士笼罩其中。按照陈平安的粗略估算,他们距离礼圣的那尊法相至少有数百万里之遥,而凭借目前的元婴境界,至多支撑起一座涵盖方圆千里的笼中雀小天地。

一个骨瘦如柴的老者,须发如雪,穿着一件极为宽松的紫色长袍,赤脚悬空于太虚境界中。

老人身上那件紫色长袍,名为"紫气",与余斗身上那件羽衣,龙虎山天师赵天籁的又名"法主"的七曜,以及仰止那件墨色龙袍,都是数座天下的十大法袍之一。这件紫气法袍,绘有一幅黑白两色阴阳鱼的太极图,老人腰间悬有一枚晶莹剔透的葫芦,可以清楚看见里边的瑰丽异象:星光璀璨,不计其数的星光点点攒簇、汇聚成河,就像一整条天上银河被摹拓在内。本该在天外合道十四境的老真人符箓于玄,被世间誉为独占天下"符箓"二字。

于玄屈指轻弹数下,几个天地边界处便漾起一阵阵灵气涟漪,他点点头,目露赞赏神色,笑道:"不错不错,有劳陈隐官了。"

说了场面话,于玄心中还真有几分疑虑:如今的年轻隐官,毕竟不是那个与陆沉借取十四境道法的陈平安了,被礼圣拉壮丁一般拉来天外帮忙,一个纯粹武夫,即便是止境,终究修士境界才元婴,能帮什么忙?就说眼下凭借飞剑造就出一座千里天地,意义何在?

于玄忍不住以心声询问吕喦："纯阳道友，就这？"其实老真人与这位据说从青冥天下返回浩然天下没多久的道士也是头回见面。

吕喦微笑道："于前辈拭目以待就是了。"

于玄只得按下心头疑惑，点点头。起一座小天地阵法，对他们这些修士来说，不是易如反掌的小事？当然了，说句良心话，这座小天地的坚韧程度，还是很出乎于玄意料的。撇开那些压箱底的大符不谈，就算是于玄亲自出手，估摸着没有二十几张攻伐符箓，还真不一定能够破开天地屏障。剑修的烦人之处，除了剑修的一剑破万法，还在于这些本命飞剑的古怪神通。

该不是文圣与礼圣打商量，希冀着帮助关门弟子在文庙功德簿上添一笔？换成别人，于玄还会担心是不是以小人之心度君子之腹，可换成老秀才，于玄觉得还真不会委屈了对方，就算跟老秀才当面对峙，老秀才无非是撂下一句："是又如何，不服气的话，你来打我啊。"

陈平安说道："恳请各位稍稍放开神识，观想出平时炼气的自家道场所在。"

郑居中率先观想出一座白帝城琉璃阁。吕喦随后观想出梦粱国境内那座汾河神祠附近的吕公祠。于玄观想出了正宗山门所在的一座填金峰，此地曾是老人最早选择的道场和宗门发轫之地。小陌观想的道场相对比较敷衍，是昔年酿酒所在的碧霄洞落宝滩的一栋茅屋。谢狗则很不客气，她所观想之物，直接就是一轮耀耀大日。

因为刻意不设禁制，彻底放开神识，故而这些道场在小天地内都得以"显化"出清晰轮廓，纤毫毕现。

于玄暂时不清楚陈平安的葫芦里到底卖什么药，就如纯阳道友所说，拭目以待便是。

然后陈平安驾驭那把本命飞剑井中月，就像一位世间最擅长工笔白描的绘画大家，而这些道场就像一份份底本。就好比陈平安从青蚨坊得来那幅《惜哉剑气疏》字帖后，只需双钩填本，对着真迹临摹描字即可，故而最为接近真迹。

陈平安的两把本命飞剑，其中笼中雀就是一座空虚天地，如人之躯壳；另外一把井中月，则一剑化作四十余万把细微飞剑，搭建出这座天地躯壳的筋骨脉络、基础框架，似为人身躯壳填充血脉骨肉。

只见一座屋脊铺满碧绿琉璃瓦的白帝城琉璃阁，率先在郑居中四周拔地而起，无数条金色丝线开始向上蔓延生发，而每一条金线就是一把由井中月细分出的一柄飞剑。而这座九层高的琉璃阁，雕栏画栋、翘檐悬铃、匾额楹联……甚至连那某些栏杆上长久摩挲而出的不起眼痕迹，以及某些匾额经过数千年风吹日晒的细微干裂缝隙，皆清晰可见……但是真正玄妙之处，还是当郑居中开启此地阵法，一座琉璃阁便好像有灵智的灵物，如获敕令，而且在此期间，那些金色丝线不断调整细节，能够自行缝补和修缮那些道法的漏洞和缺陷,而千万个"合道"处,金色的琉璃阁瞬间变成真实色彩。

当最后两根还在游走的金色丝线衔接在一起时,阵法即"一",整座白帝城琉璃阁,就像……或者说"就是",被陈平安一举搬迁到了这座天外笼中雀内。

郑居中轻拍栏杆,点点头,笑道:"尚可。"

白景微微皱眉,抽了抽鼻子:"这都行?!"她忍不住补上一句:"这也太变态了吧!"

然后是小陌的道场,依旧是陈平安用来练手的。

郑居中故意率先观想出琉璃阁,其实就等同于一种无形传道,帮助陈平安查漏补缺。最为关键的地方,是琉璃阁内并无任何一个"有灵活物",难度不大。

至于营建那座吕公祠,陈平安更是熟能生巧,信手拈来。持塵背剑的吕嵒,站在祠外水塘边的杨柳树荫中,看了眼塘中那些浮出水面啄食杨花、水虫的游鱼,这位纯阳道人捻须点头,陈平安道法精进的速度十分可观。

随后于玄的那座填金峰,就更有气了,因为不光是满山古木花草,就连在山外翱翔徘徊的灵禽都一一出现。

各类建筑和山水石泉等,这类"死物",陈平安将其具象化,毫无凝滞,但是那些花卉草木和灵禽的出现,意味着这座天地,除了真实之外,还是活的。

这就是李希圣先前所谓的"辅助"之功了。

在陈平安祭出笼中雀之后,以及通过井中月建造一座座道场之前,李希圣就没有闲着,只见这位在骊珠洞天年轻一辈当中可谓寂寂无名的儒家子弟,凌空蹈虚,行乎万物之上,就像陆沉对"无人之境,无境之人"的赞誉一般,冷然御风无所凭,肩挑大道游太虚。而且李希圣好像能够无视笼中雀的天地限制,疑是冲虚去,不为天地囚,自由穿梭于剑阵天地内外。李希圣从袖中不断拈出符箓,多是些极其罕见的单字符,一律在符纸上单写山、水、云、雨、雷等字,一个个都是意思极大的文字,帮助这座笼中雀大阵从内外两边同时稳固边境线。

小陌感慨良久,心情复杂。前不久自家公子才与自己提及"四层"一事,其中第二层的关键所在,就是要通过耗费不计其数的符箓来填充无底洞,最终达成某个大境界,有那"江长天作限""山固壤无朽"的止境之美。天对地,山水相依,在这其中,五行运转,日月起落,一年四季二十四节气递进,大道循环往复,生生不息。而这个姓李的读书人,好像早就可以做到这一层境界了。

万年之后的修道之人,天才辈出,在"术"上的钻研程度和一路登高,确实是万年之前没法比的。

白景此刻就坐在一轮袖珍大日之内,大如山头而已,更像是一种陈平安的"借用",跟白景观想而出的那处远古道场似是而非。对于自家山主的敷衍了事,潦草对待,白景也懒得计较。

吕嵒微微一笑。

于玄站在那座填金峰之巅，咳嗽几声，以心声赞叹道："现在的年轻人，真是了不得。"后生可畏，后生可畏啊。下次与老秀才碰头，对方再拐弯抹角变着法子称赞自己的关门弟子，于玄打算附和几句，不用违心了。

于玄突然脸色古怪起来："这种本该往死里藏掖的压箱底的秘不示人的独行大道，就这么显露出来了？以后陈平安再跟人问剑怎么办？岂不是失去了先手优势？"

吕嵒说道："我们这些在场修士又不会外传。要说一些鬼鬼祟祟的大修士，试图通过推衍得出结论，比较难吧。"

于玄笑着点头："也对，不过谨慎起见，我还是用点关门和拦路的小法子好了，总不能让一个年轻人为了公事，如此吃亏。"

只见于玄双指并拢，在紫气法袍的袖口上"抹出"一张符箓，随后符箓化作一道紫气，萦绕陈平安四周，转瞬间飞旋数圈，然后逐渐消散。随即于玄跳脚骂骂咧咧："你大爷的，做事情太不讲究了，哪家狗崽子，这么阴魂不散吗？多大仇，时时刻刻都在推衍观测陈平安？"

片刻之后，于玄又开始骂娘，原来竟然不止一家势力在暗中窥探陈平安的命理走势，相比前者通过星象牵引的路数，后者的手段要更为隐蔽。听见纯阳道友的一句心声后，于玄轻轻点头，抬起两只袖子，默念"开道"二字，萦绕陈平安身边的两缕符箓紫气，遥遥与那两个势力的山头道场一线牵引。与此同时，吕嵒抬起双手，双指并拢，分别在两根紫气长线上轻轻屈指一弹，再挥袖一抹，便有剑光如虹，一闪而逝。刹那间两条纤细如绳的剑光，便有天雷震动声势，分别去往两地，一在浩然天下中土神洲，一在青冥天下五城之一。

中土阴阳家陆氏一座戒备森严的观星台，被一道笔直坠落的"天雷"当场砸掉半数。而白玉京某座城内的那架天象仪，被那道从天外而至的凌厉剑光循着蛛丝马迹找到，当场化作齑粉。一位负责看管这架天象仪的仙人境道官被直接炸出屋外，灰头土脸不说，身上那件珍贵法袍更是直接作废。他又惊又惧，气得跺脚，懊恼不已，这件仙兵品秩的重宝可以修缮，但是关于那个年轻隐官诸多不可复制的线索，就都毁于一旦了。

陈平安与两位前辈抱拳致谢。

吕嵒点头致意："不用客气，就当是你以后帮忙护道一场的定金了。"

于玄笑道："无须道谢，老夫平生最不喜欢这等见不得光的鬼蜮伎俩。"

李希圣与陈平安并肩站在一轮明月中，眺望远方："不用着急，至少还有两刻钟光阴，礼圣才会与蛮荒天下开始接触。"李希圣伸手指向极远处："三山九侯先生与于前辈，已经各自设置了三座符山和一条宝箓长河，只是路途遥远，你看不真切。"

于玄笑道："我就是小打小闹，比不得三山九侯先生的大手笔，贻笑大方，贻笑大方了。"

上次去扶摇洲，一场架打完，当时没用完的几十万张符箓，这下子算是彻底见底了，一张没剩下。

陈平安忍不住问道："李大哥，为什么不多喊些飞升境修士过来帮忙？"

李希圣笑着解释道："有些是帮不上忙，有些则是脱不开身。"

于玄抚须而笑："亚圣与文圣，还有文庙教主董夫子，虽然他们都是十四境，但属于合道地利，来这边出手，很容易帮倒忙。"

老真人的言下之意，合道地利跻身的十四境约束太多，不爽利，比起合道天时、人和两种方式，还是差了点意思。

至于浩然九洲的那些山水神祇，需要稳固各自辖境内的山根水运。事实上，在陈平安被拉来此地之前，神君"大醮"周游等中土五岳山君，还有王朱、李郇侯等四海水君，以及沈霖、杨花这些身居高位的各洲大渎公侯伯，都已经分别得到一道文庙密旨，让他们去命令各自境内的所有下属神灵和各地城隍庙，务必立即返归神位，坐稳祠庙"金身"。

先前郑居中已经提醒过李希圣，不到万不得已，千万别轻易"合道"，如此一来，那场白玉京大掌教冠名"一气化三清"的三教之争，儒生李希圣就彻底输了。

天外有一股磅礴气机汹涌而至，如潮水拍岸，笼中雀天地随之摇晃起来。好一个惊世骇俗的山雨欲来风满楼，货真价实的天上大风了，竟然让陈平安瞬间有一种窒息的感觉。

谢狗学那小米粒说话方式，赶忙喊道："山主山主，开门开门！"

陈平安稳住身躯和魂魄，置若罔闻，老子跟你不熟。

李希圣笑道："机会难得，确实可以将天地适当打开一道府门，放心接纳其中灵气。而且精纯灵气之外，还有一些萦绕在天幕的远古道气，被蛮荒天下裹挟而至，得以脱离一座天地的大道禁锢，率先冲击而至，就藏在这股汹涌跌宕的道法大潮当中。你不妨先全盘收下，事后返回浩然，可以慢慢抽丝剥茧，说不定会有意外之喜。类似这样的潮水，大概还有两次。"

小心谨慎之余，见好就收，是陈平安的一贯作风。陈平安立即打开一扇大门，笼中雀天地就像打开一个口袋，门口地界呈现出喇叭形状，能够容纳更多的灵气潮水。之后百余里"河床"水道，又宛如一只横放在大地上的肚大口小水瓶，使得灵气潮水易进难退。接下来一段河床又有上升态势，使得那潮头由远而近，冲入水瓶河床内，潮头推拥，水声如雷，一浪叠一浪涌。陈平安又现学现用，与李希圣依葫芦画瓢，临时画出了十数张风字符，丢在门外，如十数尊风部神灵鼓吹，助长潮势。

符箓于玄忍不住说道："纯阳道友，是我的错觉吗？陈隐官一下子就来了精神，整个人的气质都变了。"

吕喦答非所问:"陈平安施展此法,是依循宝瓶洲那条钱塘江大潮的形成原理,天时,风向,地形,水流,都是契合的。"

简而言之,在不影响整座天地稳固气象的前提下,这几乎就是陈平安容纳最多灵气潮水的最佳方式了。

谢狗赶忙转头望向茅屋旁的小陌:"小陌小陌,帮我跟山主说句公道话呗,书上说啦,天予不取反受其咎,机不可失,时不再来嘞。"

小陌到底是入乡随俗,帮忙杀价道:"公子跟你八二分账,你要是答应,我就跟公子开口。"

谢狗虽然恢复了真身,但是性情似乎还是那个少女,怒道:"杀猪呢?!你们俩怎么不干脆明抢啊?"

对郑居中、于玄、吕喦这些得道之士而言,自身洞府的开辟数量和窍穴蕴藉灵气早已达到饱和程度,故而这份如潮水般涌来的天地灵气,是比较鸡肋的,小陌身为飞升境圆满剑修,也是差不多的情况。尤其是郑居中这位魔道巨擘,因为做到了前所未有的一桩壮举,一人两个十四境,修行早已无须灵气。

只有剑修谢狗,她是个顶会过日子的,先前陈平安没有被喊来之前,她就拿出了一大堆乱七八糟的法宝,开始储存灵气,两轮潮水过后,收获颇丰。毕竟这种两座天下对撞而带起的天外大潮,可不是一个飞升境修士御风来到天外就能随随便便撞见的奇观和机缘。至于谢狗为何没有直接冲出这座天地,当然还是以大局为重。这些灵气收获只是小菜一碟,真正的重头戏,还在后头。

陈平安朝谢狗那边瞥了几眼,估算了一下她那堆宝物能够额外接纳灵气潮水的容量,以心声说道:"五五分成,如何?"

"好说好说,十分公道!"谢狗哈哈大笑,身形风驰电掣,直奔门口,十数件宝物如天花乱坠,四散而开,如龙汲水,吸纳潮水灵气。

于玄啧啧道:"纯阳道友,你瞧瞧,剑修就是好啊,任你万事临头,递出一剑即可,一剑不够就多出几剑,咱们俩啊,都是缝补匠和劳碌命。"

吕喦微笑不言。他是道士不假,却也会几手剑术。而且吕喦的成丹之路,敢说与世间任何一个修道之人都不一样。

陈平安主动说道:"先前做客桐叶洲镇妖楼,听闻青同道友说起远古天下十豪,加上候补,好像总计十四位。当时青同道友只说了一部分名单,于老神仙能否帮忙解惑?"

于玄奇怪道:"老秀才学问那么大,都不跟你说这个?"

陈平安答道:"先生平时多说治学事,不太聊这些。"

于玄一时语噎。好嘛,一个没有机会也要创造机会吹嘘弟子,一个逮着机会就吹捧先生几句，不是一家人，不进一家门。

于玄指了指"山脚"那个姿容俊美的小陌："他道龄也够，又是陈隐官的扈从，就不谈这些他亲眼见、亲耳闻的老皇历？"

小陌微笑着帮忙解释道："我家公子每天潜心修道，且治学用功，不太喜欢分心议论这类前尘往事，我也不敢主动多说什么。"

陈平安却是一愣，望向小陌，对啊，为何就没有想到询问小陌？小陌脸色如常，更是迷惑，他还以为自家公子只是为了与符箓于玄套近乎，根本就不在意那份天下十豪的名单，看来并非如此？

郑居中再次帮忙解答陈平安心中的疑惑："由于涉及远古十豪的名讳，镇妖楼青同是不敢多说，担心惹来不必要的麻烦。你下意识不去询问近在咫尺的身边小陌，是一种本能，因为内心深处，你很清楚小陌很有可能与他们当中数位存在着数条藕断丝连的因果线。"

于玄倒是没有深思什么，既然年轻隐官虚心求教了，就倚老卖老一番，指点一番晚辈，笑呵呵问道："十豪和四候补，青同与你说了哪几个？"上次老秀才找自己喝酒，就把话说得很实诚了，都是些自家兄弟的敞亮话。比如老秀才苦口婆心劝说于玄："于老哥你作为一位板上钉钉的十四境修士，平易近人是好，老善了，可要是太过平易近人，就不那么好了，多多少少，得摆出点十四境修士该有的架子。下次在文庙议事，记得说话嗓门大一点，又或者在某洲游历，走在路上，遇见某些不顺眼的飞升境，于老哥就只需斜眼瞥去，哪怕开口说一个字都不够霸气……"

"天下十豪，有三教祖师，至圣先师，道祖，佛陀。还有兵家初祖，世间第一位'道士'，剑道魁首。青同道友只说了这六位，还遗漏四位。"

陈平安答道："四位候补，倒是都说了，老大剑仙，礼圣，白泽先生，三山九侯先生。"

远古天下十豪，并无名次之分。世间第一位"道士"。蛮荒天下那座仙箓城，就是这位道士的道箓所化。如今落魄山的看门人，有个头别木箓的"道士仙尉"。剑道魁首，不知姓名。兵家初祖，被囚禁或者说放逐到了那颗"荧惑"中，耐心等待万年期限的结束。只有陈平安、曹慈和裴钱这样的武夫，才有机会见他一面。万年以来，哪怕那座古怪山巅不同位置上的人选和身份有过变化，但是见过这位兵家初祖的纯粹武夫，数量依旧不会太多。

如今陈平安最惋惜的，就是太晚知晓天下十豪的存在，否则一定要当面询问老大剑仙，是否知道那个神神秘秘的剑道魁首。

至于四位候补，其中礼圣，在小陌和谢狗心目中，对这位"书生"，还是更习惯用"小夫子"称呼。白泽，本是最有希望成为妖族共主的存在。三山九侯先生，开创了符箓一道，远古五岳之一"太山"，就是他的道场之一。剑修陈清都。

于玄捻须眯眼而笑,先卖了个关子,反问道:"陈隐官除了剑修身份,还是一位屈指可数的止境武夫,那你可知,兵家初祖的那场变故,以及他与武道的渊源?"

陈平安点头道:"历史上有过一场共斩,而且这位兵家初祖还是天地间首位十一境武夫,只可惜武夫肉身成神之路,传闻他还是只走到一半,登了山顶,是为如今的止境,但是再往上走去,却始终未能接天。"

于玄笑道:"六位之外,还有兰锜,是一位女修,天下炼师的真正祖师,精通铸造,她亲手开创了山上炼物为本命一道,使得人间道士的实力暴涨。如今青冥天下那位道号'太阴'的十四境修士,其实就是走这位女修开辟出来的道路。吾洲算是后世这条'炼物'大道走得最远的一位。咦,兰锜前辈与吾洲皆是女子,莫不是兰锜前辈对后世同道的庇护?"

吕喦微笑提醒道:"于前辈,少几次指名道姓为妙啊。"原来吕喦在帮着于玄打散那些"文字"牵扯起来的无形因果。

于玄赶忙打了个稽首,致歉道:"兴之所至,口无遮拦了。"

陈平安默默记下"兰锜"这个名字。难怪后世山下王朝会有"武库禁兵,设在兰锜"的说法。

沉默片刻,于玄继续说道:"既然远古岁月,天上有神灵,地上有仙真,就肯定会有鬼物出现。它们的出现,使得人间有了阳间与阴间之分,从此幽明殊途。

"至于天地之分,神人之别,人间有香火,就有了替天言道者,便是巫祝,专门沟通神人。后来按照文庙礼制,有了六祝在内的诸多祀官,比如你们宝瓶洲的云林姜氏,祖上就是大祝之一,而且剑气长城早年也设置有祭官。"

于玄抬头看天,收回视线后,再眺望前方礼圣的那尊巍峨法相,缓缓道:"这一脉的主要香火,自从礼圣隔绝天地后,就算断了,但是就此蔓延出来的某些分支香火,其实一直不曾彻底断绝。其中显学,山下王朝除了负责占卜祭祀的礼官,还有各国钦天监,以及山上的阴阳家、五行家。"

陈平安已经默默关上门,将那些灵气潮水暂时归拢到一口'水井'中。

谢狗也已经打道回府,可谓满载而归。她盘腿坐在那轮大日中,将那些灵气和道气一分为二,分别凝出一些精粹至极的珠子,再从袖中摸出两个白玉盘子,大珠小珠落玉盘,响声清脆,十分悦耳。白景忙完这些,打着哈欠,这些个陈芝麻烂谷子,有啥嚼头嘛,听得她直犯困。

这般无趣回顾,还不如朝前看,比如未来的天下十豪就有她和小陌,哈哈,美滋滋,就更是千真万确的一双神仙眷侣喽。嗯,摸着胸脯贴着良心说句公道话,小陌练剑资质比自己稍稍差了点,跻身十豪之列,估计还是有点悬,那就退而求其次,小陌捞个候补要要。要是几个天下都如蛮荒天下一般规矩简单,可就爽利了,她找几个能打的,联手将那些有机会破境合道的飞升境修士一通砍瓜切菜,全砍完了,还怎么争抢名号?

于玄用眼角余光打量了一下谢狗,有点头疼,落魄山怎么摊上这么个天不怕地不怕的,接下来那场万年未有的大道争渡,哪有她想的这么简单。尤其是每座天下那些个应运而生的存在,别说是飞升境剑修,恐怕就算吾洲这样的十四境修士,都不敢轻易招惹,怕就怕惹来天道冥冥中的厌弃和憎恶。

于玄继续说道:"还有一位女修,相较同时代许多顶尖修士专心登高,她反其道行之,喜好在人间大地之上,搜集和编撰各类秘书灵籍,汇总和提炼天下雷法、水法和火法。她独自走过不计其数的山川大泽,致力于收拢和钻研大地之上的各种道痕、雷函、云纹等'天书'。最终她演化出十数条道脉,无一例外,都是被后世誉为登顶大道的通途,最次也是可以跻身远古'地仙'的旁门左道。

"至于那位剑道魁首,之所以老夫要把他放在最后讲,就在于此人很怪,太过奇怪了,相传此人飞剑多,品秩高,天资好,破境快,嗯,还有一点,脾气差。方方面面,都得有个'最'字。

"此人并非人间第一位剑修,属于横空出世,无名无姓,根脚不明,再加上他性情古怪,几乎都是独行独往,不曾与任何修士言语半句。所以关于这位剑修的真实身份和师承,一直没有明确的说法。有说他是纯粹自学成才,也有说他是运气好,得到了多种剑术道脉传承,种种说法,不一而足。"

说到这里,于玄忍不住打趣道:"这位剑修与老大剑仙,就很像如今武学道路上的曹慈跟陈隐官了。"

距离上次潮水冲击而至不到一刻钟,就迎来了第二场灵气大潮,而且这一次明显蕴含更多散乱道气。

至于大潮声势,相较上次何止翻倍,笼中雀天地如同海中一叶扁舟,摇摇晃晃,颠簸不已。

于玄与吕喦对视一眼,相视而笑,看来是无须开口提醒年轻隐官了。

谢狗咧咧嘴,本想出言讥讽几句,不过她很快就想明白其中关节,啧,陈山主真是勤俭持家,面子虚名什么的都是浮云哪。

她猛然站起身,"山主,开工!"

陈平安一边打开瓶状大门,一边以越发汹涌的灵气潮水砥砺两把本命飞剑的剑锋,在大致确定潮水撞击小天地的范围和力度之后,原先不停起伏的一叶扁舟也随之稳固起来。以至于笼中雀天地屏障的外边,出现了一层层浮光掠影的琉璃色彩,这是光阴长河冲激某些"道路"才会出现的独有景象,只是陈平安根本来不及搜集归拢。

骤然间,数道不易察觉的细微光亮,在天外虚空中画弧而至,远远绕开礼圣法相和三山九侯先生,直奔笼中雀天地而来。肯定是某些蛮荒天下大修士的偷袭手笔了。

谢狗本来只想着埋头挣钱,懒得理会这些"挠痒痒"的攻伐手段,但当小陌出现在她身边时,她立即扯开嗓子喊了句"放肆",一粒剑光急急掠出大门,在门外瞬间分出数十道剑光,然后在数千里之外再次分出数以百计的剑光脉络,关键是每一道剑光,竟然都有初始那粒剑光蕴含的剑气和剑意。

谢狗笑眯眯道:"小陌,我这一手'撒网'剑术,还凑合吧?"

小陌只是屏气凝神,看着那些被谢狗剑光击碎的蛮荒术法,默不作声。之后又有两拨更为密集的攻伐术法,都被谢狗单凭一手"撒网"轻松破解,无法靠近笼中雀天地千里之内。

于玄颇为惊讶,老真人只知道这个初次见面的女子剑修自称谢狗,只是她很快就改口,说如今名叫梅花了。而那个道号"喜烛"的陌生道友,说得多些,比较坦诚,说他跟谢狗都是万年之前的蛮荒妖族剑修,飞升境,先前被白泽先生从沉睡中唤醒,他们如今都在落魄山修行,不会掺和两座天下的争执。此次被小夫子喊来天外,谢狗受限于约定,只会旁观,来凑热闹而已,但是小陌作为自家公子身边的扈从和死士,并无任何约束,自然会出剑相助,略尽绵薄之力。

于玄对于一位飞升境剑修的杀力大小当然是有概念的,只是这个谢狗,是不是太强了点?

吕喦以心声道:"大道循环不爽,一物降一物,谢狗若是留在蛮荒天下,我估计就不用云游浩然了。"

于玄哑然失笑。老真人早就低头望去,结果发现这些袭扰手段的来源竟然极为隐蔽,而且都用上了缩地山河的手段,身形游移不定,配合一些阵法和道场的遮掩气机,显然是有备而来。

谢狗疑惑道:"小陌,奇怪啊,白泽老爷既没出手,我都这么出手了,也没生气?"

小陌说道:"让两座天下相撞,这本就是周密针对礼圣的手段,跟白泽老爷没半点关系。"

又有一拨好似毛毛雨的攻伐术法闹哄哄赶至,郑居中依旧视而不见。

李希圣一直在袖内掐诀演算,脸色微变,对即将出手的谢狗喊道:"停下!"

谢狗翻了个白眼,犹豫了一下,才不情不愿收起大部分去势极快的剑光。

小陌、于玄和吕喦几乎同时出手,却不是针对那些来自蛮荒的攻伐术法,反而是打碎白景那些快过闪电的剑光。最终约莫剩下一成剑光,依然搅碎了一部分蛮荒符箓。

郑居中直到这一刻,才"后知后觉"出手,将绝大部分符箓随意收入手中。郑居中摊开手,数千张符箓瞬间攒聚缩小如十几粒芥子,如一颗颗星辰旋转在手掌上空,郑居中笑了笑,果然全是针对陈平安的。

小陌立即转头望向自家公子。陈平安摇摇头,以眼神示意小陌没有关系,不用迁怒谢狗。

谢狗挠挠脸，可怜兮兮望向小陌。这次的确是她做得差了，哪里想到山上斗法，还需要她计较这些弯弯绕绕嘛，万年之前，不是这样的。

小陌深呼吸一口气，拗着心性说道："下次注意点。"

谢狗下意识就要去扶貂帽，发现自己当下是以真身示人，她收起手，轻轻点头，柔声道："小陌，你真好。"

小陌黑着一张脸，差点起了一身鸡皮疙瘩，默不作声。

他打算返回落魄山后，务必跟公子就此事说几句，自己跟谢狗也好，白景也罢，真不能继续这般相处下去了。

站在琉璃阁最高处的郑居中轻轻握拳，同样是销毁符箓，而且数量更多，却没有伤及陈平安魂魄丝毫，甚至都没有消磨掉陈平安的道行。郑居中松开手后，他掌心几千张符箓已经化作灰烬，随风飘散，微笑道："看样子，是周清高画的符，再托付斐然送来这边当见面礼。这个文海周密的关门弟子十分用心，不愧是隐官大人的头号崇拜者。"

第四章
叠阵

　　如今的周清高，曾经的甲申帐领袖竹篾，就如郑居中打趣的那样，确实是两座天下公认的陈隐官头号崇拜者。在陈平安驻守半截剑气长城的时候，竹篾就曾请求年轻隐官允许自己登上城头，要与陈平安请教，一同复盘战局。后来双方议事，两座天下遥遥对峙，周清高在言语之中，更是毫不掩饰自己对陈平安的仰慕。

　　于玄扫了眼被郑居中销毁的符箓灰烬，点头道："好符。"就是画符者的手段阴损了点，而且处心积虑，明显是在刻意针对年轻隐官。

　　此符有门槛限制，需要收集一个人的血液，此外毛发、指甲、唾液等，皆可作为这道符箓的"符纸"。若是画符者能够拿到敌对练气士的本命精血，或是能够攫取部分魂魄、心神，绘制出的符箓品秩就会更高，再在符箓上画出练气士的形象，写上确切无误的生辰等，才算符成。

　　陈平安微微皱眉，在心中迅速盘算了一下。当年在剑气长城，不光是陈平安极为谨慎，作为宁府管家的白嬷嬷和身为看门人的纳兰夜行，两位长辈同样十分小心，早就叮嘱过陈平安，每次梳洗头发和修剪指甲，将落发和指甲收拢起来，最好是当场销毁，不要留下丝毫"证据"。此外陈平安每次在酒铺那边饮酒，也十分注意这类细节。

　　进入避暑行宫后，几次置身战场，陈平安都不可谓不谨慎。为了隐蔽身份，不被蛮荒甲子帐那边针对，甚至连乔装打扮成女子的手段都用上了，至今都是飞升城那边的一桩"美谈"，经常被刑官一脉剑修当作一碟绝佳的"佐酒菜"。

　　唯一一次出纰漏，多半还是陈平安担任隐官之前，代替宁姚出阵，跟托月山大祖关门弟子离真捉对厮杀。

山上术法，千奇百怪，果然是防不胜防。

之后重返浩然，在大泉王朝黁景城的那座黄花观内，陈平安曾经被隐姓埋名的剑术裴旻以一把油纸伞作为飞剑洞穿身躯……因为那方印章的缘故，观主刘茂已经通过了文庙的检查，绝对可以排除嫌疑，除非……是那两个尚未练气的小道童？

有机会，陈平安得回桐叶洲亲自验证此事，或者说先飞剑传信密雪峰，让崔东山赶紧查一下？

吕喦微笑道："道士分心最耗神，此理不可不察。"

陈平安点头道："会注意的。"

这位纯阳道人是在提醒陈平安先前分散心神一事，一定要慎重。分神一事，在山上是典型的门槛高，收益小，收益跟风险不成正比。第一，需要动用一张珍贵的替身符箓，分身的境界修为必然远远低于真身，且替身无法自主修行，故而比较鸡肋。第二，由于陈平安是止境武夫，体魄坚韧，远远胜过寻常练气士，才能够同时祭出那么多符箓，否则一粒心神附着在符箓之上，独立行走天地间，如点灯燃烛，一张替身符箓的灵气消耗速度会很快，对于上五境修士来说，这等行径几乎没有任何大道神益可言，相反一旦那些分身遭受意外，无法被真身收回，会导致修士心神受损，魂魄不全，就要悔青肠子，叫苦不迭了，得不偿失。

郑居中说道："同样的错误，不要犯第二次。相信蛮荒天下那边已经有大妖开始着手深入研究崔瀺了，所以你寻找全部本命瓷一事，抓点紧。"

一旦修士的某些心神无法收回，后遗症很多，而且一个比一个棘手。轻则导致修士难以打破某境瓶颈，道心无法圆满，重则就是被斐然、周清高这些敌对修士抓住机会，比如将那粒心神作为符胆，炼成符箓，随意消磨道行，甚至伤及大道根本，最可怕的后果，还是蛮荒天下那边与绣虎崔瀺有样学样，用上一种类似瓷人、符箓傀儡的手段。即便此举与崔瀺的高度相距甚远，注定无法"反客为主"，但还是有一定机会，形成某个让陈平安无比头疼的局面。一粒心神，尚且如此，若是本命瓷落入蛮荒天下之手？

陈平安默然点头。

郑居中继续说道："还是山巅风光看得太少了，情有可原。"

方才如果不是李希圣察觉到异样，出声提醒众人，导致谢狗的剑光只是炸碎一小部分符箓，陈平安估计会就此跌一境，相信他的记忆会更加深刻。这也是郑居中早就知晓却故意视而不见的原因所在。

有点小聪明的人不栽个大跟头，只是吃点不痛不痒的小苦头，容易归咎于运气，而不是承认自己的脑子不太灵光。

第三场灵气大潮，未能撼动礼圣的那尊巍峨法相分毫，继而掠过符山箓海。站在众人之前的那位三山九侯先生，如同中流砥柱，潮水路过时自行分流。

三山九侯先生，公认术法神通集大成者，天下符箓、炼丹两道的祖师爷。登天一役结束后，又被后世山巅修士誉为万法宗师，地仙之祖。

上次陈平安走了一趟大骊京城，从封姨和老车夫那边，得知不少秘闻。比如骊珠洞天的本命瓷烧造一事，最早就是药铺杨老头和三山九侯先生流传下来的秘法。

还有绥臣所背的那只剑匣极有来头，绥臣是周密在蛮荒天下的开山大弟子，作为拜师的回礼，周密赐下这件重宝。剑匣绘有一幅远古三山四海五岳十渎图，跟后世广为流传近乎泛滥的道家符箓真形图，差别极大。其中三山真形，各有一种正宗"态势"，好似神人端正尸坐，山野猿弓背而行，云隐龙飞九天。三山分别职掌阴阳造化、五行之属，定生死之期、长短之事，主星象分野，兼掌水裔鱼龙之命。经过周密的亲手炼制之后，这只剑匣又有更多神通。周密将其炼化为一座"剑冢"，可以温养出九把飞剑，同时孕育出九种不同的本命神通，即便原先不是剑修的练气士，只要得到此匣，不是剑修胜似剑修。而此物，最早是三山九侯先生铸造而成，只是落到了周密手中。

因为三山九侯先生在场，先前于玄为尊者讳，便没有与陈平安多说几个传闻。据说天下十豪中的两位女修——炼师兰锜以及那位开辟众多旁门左道的练气士，其实都与三山九侯先生关系极好。崔东山曾经打过一个比方，在天外，别说是飞升境修士，哪怕是十四境修士，也就是个赤手空拳的稚童，所面对的每座天下，就是一颗铁球。

于玄感叹道："不得不承认，周密此举，还是阳谋。"

陈平安疑惑道："如果把整座蛮荒天下视为一条凌空蹈虚的渡船，那么蛮荒腹地，必然存在一地，作为驱动这艘巨型渡船的阵法枢纽，是用天地灵气作为'柴火'？"

于玄捻须摇头："老夫暂时没看出其中门道。"

吕喦眯眼望向蛮荒某处，沉声道："半数是砸钱砸出来的灵气，半数却是骤然出现的……剑气。"郑居中扯了扯嘴角："若是隐官大人当初执意驰援，而非中途改道，转去问剑托月山，就又添加了一堆柴火。"

李希圣一挥袖子，空中浮现出一幅类似天象群星的轨迹图，解释道："周密曾经利用包括蛟龙沟、扶摇洲和桐叶洲在内的广袤山河，亲手建造出一座隐蔽阵法。早先痕迹极浅，就像俗子用指甲在胳膊上划了一道痕迹而已。这座阵法是前不久才水落石出，将浩然天下和蛮荒天下隐约分出了阴阳，使得两座天下如今就像两块相互吸引的磁铁。等到斐然主持开启大阵，整个蛮荒天下，船头朝向立即开始偏移，再加上大妖初升在天外谋划已久，暗中动了手脚，这条"渡船"便转为进入了一条航行速度越来越快的'青道'轨迹。"

第三场灵气潮水将至。

因为刚刚差点捅出大娄子，谢狗难得主动退让一步："山主，这次收益，二八分账。"

陈平安说道："不用，按老规矩来就是了。"

粗略估算，一次开门，就等于将一位飞升境蓄满的灵气收入囊中。而天地灵气，就是神仙钱。毕竟雪花、小暑和谷雨三种神仙钱，之所以能够成为山上通用的钱币，就在于它们蕴含不同程度的粹然灵气。

剑修，之所以能够稳居山上四大难缠鬼之首，就在于剑修跟人厮杀的时候，需要动用和消耗的灵气，要远远小于一般练气士。而那十四旧王座大妖之一的黄鸾，炼化宫观殿阁道场、远古破碎秘境等次一等洞天，所以在双方攻伐实力大致持平的前提下，对方很容易被自身灵气源源不断的黄鸾耗死。

于玄眯眼说道："唯一的美中不足，是这千里之地终究太小了点，即便我们几个都有颠倒须弥芥子的手段，可是无限接近真相的道场，终究受限于真实，何况地盘太小，接下来恐怕难以完全施展身手啊，毕竟有那螺蛳壳里做道场的嫌疑。咱们扎堆窝在一起，又非上阵杀敌，而是面对一整座天下的冲撞，万一……顷刻间……就不太妙了，哪怕被我们合力劈开蛮荒天下，恐怕还是难以阻挡那份大势。"

他们几个，再神通广大，总无法直接将蛮荒天下劈成两半吧？除非在场众人，全是十四境修士。老真人故意说得含糊其词，说到底还是觉得言语内容比较晦气，不宜直接说出口，免得一语成谶。

陈平安说道："于老神仙，我这座天地，是可以拆分开来的，并不影响阵法的那个一。"

于玄顿时一怔，你小子不早说。

当然不是陈平安故意卖关子，三次接纳灵气潮水，除了表面上挣钱，更是一种勘验成果、确定天地道法运转程度的手段。

现在就不光是纸面上的估算，而是实打实的心里有数了，陈平安解释道："只是拆分出来的子天地，不宜间距过大，相互间至多不能超过三千里。在三千里之内，对诸位各座道场的影响和损耗，估计不会超过一成。"

于玄点头笑道："够了，很够了。莫说一成，就算是两成的损耗，凭借我们的术法和炼化之物，随随便便就找补回来了。"

他们几个的道场，若是能够单独占据三千里，比起全部拥挤在这千里之地，当真是一个天一个地的差异了。

郑居中突然开口问道："如果再给你一些金精铜钱，临时抱佛脚，能不能增加这座天地的深度和宽度。"

陈平安不假思索道："可以，但是有个前提条件，必须有至少五百颗金精铜钱的投入，否则意义不大，很难有质的变化。如果只有三四百颗金精铜钱的增补，至多是'宇'大'宙'小，反而会影响到整座天地的稳固程度，就像修士法相过多稀释，是个空架子，有不如无。"

四方上下谓之宇，古往今来是为宙。这便是陈平安笼中雀、井中月两把本命飞剑的根本神通所在。

事出突然，没个准备。如果早知道有今天这件事，自家泉府财库里剩余的三百颗金精铜钱，陈平安肯定会时时刻刻携带在身。只是千金难买"早知道"，打算永远赶不上变化。陈平安本来是打算，等到跻身了玉璞境，下次与刘景龙游历浩然诸洲，再将这三百颗金精铜钱带上。

两把本命飞剑，想要提升品秩，尤其是获得某种崭新的本命神通，都不容易。

一把笼中雀，陈平安的境界越高，笼中雀的天地就越大，捷径只有一条，"吃"斩龙石。一把井中月，提升品秩的最直观体现，就是飞剑的数量多寡。当年陈平安在城头结丹，可以分化出来的飞剑数量，大概是十万。成功跻身玉璞境后，跨过一个大台阶，数量就从元婴境的二十万，跃升至四十万。虽然走了趟蛮荒天下，修为跌境为元婴，但是飞剑的品秩并没有跟着降低。

在与陆沉借取十四境时，由于陈平安当时并未着手创造一条光阴长河，按照那会儿他的推衍和估算，若是将来果真能够跻身十四境，飞剑井中月品秩提升为"井口月"或是"天上月"，能够分化出百万把飞剑。事实证明，当时陈平安的估算还是过于保守了，按照目前的形势重新推衍，只要吃掉的金精铜钱足够多，飞剑的数量极有可能一路攀升至两百万以上。难怪说天底下就没有手头宽裕的剑修。

郑居中微笑道："我手边刚好有三百颗金精铜钱，兑换成谷雨钱，按照一比十好了，三千颗谷雨钱，每年三分的利息，如何？"

陈平安面无表情，沉声道："可以！"

一颗金精铜钱兑换十颗谷雨钱，如果放在三十年前，估计除了需要修缮金身的山水神灵，几乎没有人愿意交易。但是如今的金精铜钱不比早年，根本就是有市无价的稀缺存在，一经面世，只会被哄抢殆尽，可遇而不可求。

陈平安还真不相信郑先生只有三百颗金精铜钱的家底。郑居中一挥袖子，一件咫尺物出现在陈平安面前，是一方古砚，惜无铭文。是那日月同壁的抄手砚形制，砚背凿有眼柱。陈平安很识货，一眼就看出是那二十八星宿的排列方式。

小陌立即望向那个正在忙碌"捡钱"的谢狗。恢复真容的谢狗，是一个身材高挑的绝美女子，她打哈哈道："都是嫁妆哩。"

郑居中明摆着是在……抛砖引玉。

吕喦开口笑道："财帛一事，贫道一贫如洗，委实是有心无力，帮不上陈山主。"

纯阳道人的这句话，可就暗有所指了——举世公认，于玄不缺神仙钱，这辈子就没缺过，从没为钱犯过愁。

李希圣跟着笑道："晚辈身上也没有一颗金精铜钱。"金精铜钱是一等一的紧俏货。

于玄只得说道："陈山主说至少需要五百颗金精铜钱，郑先生已经给了三百颗，稳妥起见，老夫就再拿出三百颗好了。按照郑先生的规矩，本金年年叠加，三分利息。"

其实在山上，利息一旦按照每年结算，就有点放高利贷的嫌疑了。

然后于玄补充了一句："最好以物易物，本金利息，都按金精铜钱计算。"

还真不是于玄乘人之危，实在是如今这金精铜钱过于稀缺了，再往后百年千年，都只会越来越少。而此物涉及于玄两张大符的研制，刚好都与"光阴长河"沾边。这两张符箓，连同其余作为压箱底的那几张符箓，就是于玄跻身十四境后的主要依仗。

若非如此，以符箓于玄的脾气，别说是三百颗金精铜钱，再翻一倍都没问题，别说利息，只要对胃口，白送都行。

陈平安点点头："没问题。"反正自家财库那边就有三百颗，等到此间事了，可以马上归还于玄。

对方答应得如此爽快，反而让于玄有几分良心不安。被一个年轻人口口声声敬称为"于老神仙"，当了长辈，也是个包袱。

于玄忍不住改口道："真有难处，还是可以商量的，利息折算成谷雨钱亦可。"

陈平安摇头说道："无须如此，都用金精铜钱结算就是了。"

郑居中以心声与陈平安说个数字：一千五。郑居中的意思很浅显：跨过下个大台阶，你陈平安是否需要这个数目的金精铜钱？

陈平安直摇头，就算数量足够，现在就有一千五百颗金精铜钱，他短时间内也无法将其炼化。郑居中同样摇头，白帝城有这么多金精铜钱，但是不给。

陈平安连点头都省略了，那晚辈就不开口自讨没趣。

几乎同时，于玄与郑居中以心声交流一番：若是双方多拿出些金精铜钱，陈平安这座天地能否百尺竿头更进一步？

显而易见，于玄是做好了三百颗甚至更多金精铜钱全部打水漂的准备。得到那个不用追加金精铜钱的答案后，于玄叹了口气，明显有些遗憾。

事实上，郑居中早在千年之前，就开始有意收集金精铜钱，通过各种渠道购买神灵金身碎片。约莫在一百年前，白帝城更是不计成本大肆收购此物，从郑居中私人入手，变成整个白帝城上五境练气士的一门课业，所有嫡传和供奉，按照境界高低，都需要缴纳一笔数目不等的金精铜钱。此外又有许多山泽野修，可以以此物作为敲门砖。白帝城为此还专门设置了一座不合规矩的"旁门"山头，不记名，但是可以在此修行，获得白帝城借与的秘籍、道书。

陈平安以心声询问李希圣："挡得住吗？"

"现在没办法给出答案。"李希圣照实说道，"接下来发生什么情况都有可能，总之我们都要做好最坏的打算。尤其是你，虽然只是主持大阵，看似只需要作壁上观，其实光是维持两把飞剑不坠一事，就已经很不轻松了。"

陈平安点点头，是有心理准备的。

李希圣笑道："只有做好最坏的打算，才有资格期待那个最好的结果。"

陈平安得到了六百颗金精铜钱，立即开始将其炼化，与此同时，将天地内各座道场拉伸出三千里距离。

视野远处，是那个"青年"修士的背影。这位昔年十豪候补三山九侯先生，脚下是三座符山、一条篆河。

至圣先师不是不可以出手，但是一旦至圣先师在这边消耗道行，就意味着将来周密会多出一分胜算。再者，至圣先师需要面对一个与亚圣、文圣以及文庙教主差不多的处境，毕竟三教祖师才是"合道地利"一途的极致。当然，三教祖师不光光是合道地利而已。故而只能是两害相权取其轻，究其根本，除了蛮荒天下，如今四座天下共同的心腹大患，还是已经登天离去的文海周密一人。

从某种意义上说，万年以来，最枭雄者，没有之一，是周密。这个昔年的浩然贾生，先后过了三关，在蛮荒天下悄然跻身十四境——攻破一座屹立万年之久的剑气长城；在曾经的家乡浩然天下，打得桐叶、扶摇和金甲三洲彻底陆沉；最终入主远古天庭，俯瞰整个人间。

就像一部精彩纷呈的神异志怪小说，时间线长达万年，书页之上，涌现出无数的英雄豪杰，你方唱罢我登场，各领风骚。结果最终一页，当然也可能是倒数第二页，密密麻麻，反反复复，就只写了两个字：周密。

陈清都也好，绣虎崔瀺也罢，毕竟都已不在人世。唯有周密，依旧未死。

而站在最前方的礼圣，何尝轻松？事实上，礼圣就是那个最不轻松的人，没有之一。

因为他的合道方式，是整个浩然天下的"礼"，导致礼圣阻拦蛮荒天下的冲撞，只能凭借肉身和法相，而无法动用神通。

陈平安炼化六百颗金精铜钱融入光阴长河，速度极快，然后开口说道："晚辈有个设想，是否可以叠加阵法？"

于玄微笑道："哦？叠阵？陈山主还精通阵法一道？"

陈平安以心声迅速说出自己的大致想法。

接下来的这场叠阵，于玄率先出手，扯下身上那件绘有阴阳鱼八卦图的紫气法袍，往外一抛，遮天蔽日。于玄伸手画符，勾勒出太极两仪，在原先笼中雀天地内袖珍日月的基础上，蓦然间大放光明。同时于玄阴神出窍远游，坐镇明月中，而那轮崭新大日，由原先的谢狗，变成了纯阳吕喦。

符箓于玄的阴神身后,现出一轮明月宝轮,而道士吕喦法相后,则是一轮金色璀璨的巨大骄阳。此外犹有天地人三才阵——郑居中的阳神、真身与阴神,分别坐镇一地。之后便是灵感来自仙尉那份文稿的开篇,陈平安将天地四方分成了一年四季,让天地用一种比日月起落慢上许多的速度缓缓旋转。李希圣帮忙营造出风雨雷电云雾等天地气象。

身为这座大阵的奠基者和主持者,方才按照郑居中的推衍结果行事,陈平安必须"勉为其难",硬着头皮祭出了五行之属的五件本命物。

于玄祭出十二张符箓,分属十二月,其中剑修谢狗和小陌,每逢闰月出现时轮流坐镇其中。之后是叠加而起的二十四节气,则是李希圣的手段。然后是更为细分的七十二候,陈平安再次赶鸭子上架,祭出了亲手篆刻的七十二枚印章。最后是李希圣、郑居中和于玄,分别主祀、主祭了道教的罗天大醮、周天大醮和普天大醮,功烛上宙,德耀中天,霜凝碧宇,水莹丹霄。

那位青年容貌的三山九侯先生,终于第一次转头,回望一眼身后景象。虽说很快就收回视线,就只是这么个细微动作,还是让谢狗有点酸溜溜的。她跟这家伙也不算陌生,先前双方打照面,对方也没个表示。

就在此时,天外出现了几个来自蛮荒天下的身影。他们都不敢靠近这座层层叠叠的大阵,双方距离极远。

谢狗闲来无事,单手托腮,朝"对岸"那些再次见面的老朋友招招手,微笑道:"造化弄人,化友为敌。"

那拨修士,都是被白泽喊醒的远古大妖,暂时不知道是来看热闹的,还是来搅局的。

大妖官乙,是个脸色惨白、嘴唇猩红的美艳女子,本命神通是水法。传闻她在万年之前,就能够冰冻住一截光阴长河,等到河水解冻之时,一切生灵早已消融在长河中。

官乙身边,还是那个喜欢眯眼看人、一天到晚都是笑脸的青年,化名胡涂。

一个背剑骑鹿的老道士,头戴一顶竹冠,如今化名极俗——王尤物,道号却颇为雅致——山君。

老道士一直自认是那位"道士"的亲传弟子,此次醒来,有个心愿,想要访山寻师,以便再续师徒道缘。

一个身材矮小的老妪,好似驼背,双手持杖,一行蛮荒大妖中,只有她正在疯狂汲取天地灵气和那些四处乱窜的道气,而她的腐朽体魄和苍老容貌,开始肉眼可见地返老还童。谢狗见此只是撇撇嘴,转头与陈平安笑着解释道:"这个老婆姨的拿手好戏,是炼气化神,转虚为实。万年之前,不知道被她吃掉了多少天地灵气,后来那个黄鸾,就是走她的老路。"说到这里,谢狗坏笑道:"山主山主,你读书多,学问大,要是换成你,该怎么骂那黄莺?"

陈平安神色淡然道:"与覆车同轨者。"

嗓音不大,却被那个老妪听得清楚,老妪下巴搁在拐杖上边,讥笑出声:"这就是剑气长城的末代隐官? 好高的境界!"

小陌提起手中行山杖,遥遥指向那个重瞳少年,为陈平安介绍道:"公子,他如今化名离垢,道号'飞钱',在这拨大妖当中,防御第一。这次时隔万年现身蛮荒,一口气收回了八件仙兵。绰号蠹鱼,喜好吃书,离垢很早就有个想法,试图打造出一座'书城不夜'的道场。"

谢狗使劲点头道:"这家伙浑身都是宝贝,件件值钱! 就说那只黄色乾坤袋和那枚捉妖葫芦,我就眼馋很久了。山主,回头有机会,我在不破坏规矩的情况下,咱俩合力做掉他呗?"

离垢身边站着个精悍汉子,双手抱住后脑勺。这个被谢狗称为"无名氏"的远古大妖,最大的兴趣,还是对方阵营中唯一一位纯粹武夫——年轻隐官。

礼圣身后的那名青年修士,转过头,望向这拨桀骜不驯的蛮荒大妖。除了那个无名氏依旧是懒洋洋的神色,其余大妖都如临大敌,开始屏气凝神。

三山九侯先生只是瞥了眼,就让那拨同时代的大妖收敛了许多。陈平安感慨不已,这就是一位远古十豪候补的独有气势了。

不同于后世山上有许多空有境界的花架子"高手",亲身参加过登天一役或是亲眼旁观过那场战事的练气士,在各自修行道路上,能够一步一步走到人间之巅,无一例外,都是极其熟稔厮杀的存在。不说别人,只说陈平安身边的小陌,当初他的问剑对象,随便拎出一个放在今天,哪个不是所谓的"无敌"?

虽然此次远游天外,双方是第一次见面,但是陈平安好像与这位三山九侯先生,有着不浅的渊源和联系。只说上次赶赴蛮荒腹地,最终突兀绕路,去往托月山,就要归功于那张三山符。

虽说这张大符并非三山九侯先生首创,但是按照陆沉的说法,正是因为当年这位前辈做客白玉京青翠城,经过一番问道,师兄才画出此符。

大掌教寇名没有失踪之前,那座"玉京十二楼,峨峨倚青翠"的玉皇城,经常定期公开传道,不设任何门槛,不限制修士的出身和境界,任何人都可以通过设置在数州境内的一道道"大门"进入这座城。三山九侯先生就曾隐藏身份入城旁听,最终寇名察觉到他的踪迹,执晚辈礼,与这位十豪候补请教符箓一道的学问。

此外,万瑶宗占据的三山福地,就曾是三山九侯先生的道场之一。而那位万瑶宗的开山鼻祖,陈平安猜测可能是这位前辈的不记名弟子之一。否则哪有如此巧合之事,一个桐叶洲少年樵夫,误打误撞就得到一幅仙家画卷,无视阵法禁制闯入了一座福地？

要知道在蛮荒云纹王朝的玉版城，陈平安得到的一只珊瑚笔架，就是打开白玉京琳琅楼一幅字帖所蕴藏的龙宫秘境的钥匙。而将一座品秩极高的大渎龙宫纳入一幅字帖中，神通已经足够玄妙，陆沉甚至猜测那处遗址内至今还有水裔生灵存活。更出奇之处，在于一位白玉京楼主耗费了两三千年光阴，都未能打开封山禁制，始终不得其门而入，由此可见，三山九侯先生的符箓造诣之高。

谢狗突然开口请求道："山主，打个商量呗，趁着还有点空闲，我想去会会朋友。放心，绝对不会耽误正事。你要是信不过，我可以立下军令状，在大阵开启，御敌之时，若是未能返回此地，我就提头来见。"

事实上，谢狗很有自知之明，这边没她什么事，坐镇叠阵之一的闰月，相较于整座大阵，就是一颗雪花钱之于一颗谷雨钱的关系，何况还有小陌在旁边盯着。

陈平安看着跃跃欲试的谢狗，点点头："速去速回。"

想必谢狗还不至于临阵倒戈，如果她真有此意，早点离开大阵反而是好事。

按照先前在曳落河畔的约定，谢狗亲口答应过白泽不与蛮荒为敌，不过她的理解其实很简单，就是不跟白泽为敌。既然将整座蛮荒天下当攻城锤使唤，是那个周密的手段，并非白泽的授意，那她在这边敲敲边鼓，想必就不算违例犯禁了。而且离垢那几个，看架势，也不像是来打架的，顶多就是来这边凑热闹，用小镇的土话俗语说，就是站在沟边看发大水。再说了，她真要坏了规矩，以白泽的脾气，肯定早就现身，亲自教她做人了。

得到陈平安的许可，白景放声大笑，抬手一拍脑袋，重新恢复貂帽少女的姿容，身形瞬间化作一道虹光，在天外太虚中拉伸出一道长达数万里的光线，剑光纤细却凝练。几个眨眼工夫，谢狗就冲到了那拨蛮荒大妖附近，一个骤然悬停，伸手指向那个重瞳少年，伸手扶了扶貂帽，用不知从哪里学来的乡音土话，咧嘴笑道："离垢，陪姐姐耍几哈（下）？"

陈平安问道："谢狗这是做什么？"

小陌犹豫了一下，在确定自家公子不是说怪话后，这才老老实实回答道："她打算与离垢问剑。"于玄盘腿坐在填金峰之巅，笑得直咧嘴，抬起手掌，拍了拍膝盖。

吕喦捻须而笑，陈山主这个问题问得有点多余了。

陈平安疑惑道："她就不怕身陷重围？"

离垢等六头远古大妖，个个都是最拔尖的蛮荒王座实力，绯妃、黄鸾之流，比起这些道龄在一万几千年的老古董，都要逊色一筹。谢狗虽然是一位货真价实的飞升境圆满剑修，可她毕竟还不是十四境的纯粹剑修。

小陌耐心解释道："谢狗与人厮杀，历来不过脑子。"然后小陌加了一句："谢狗是极少数不怕被围殴的剑修。"

换个说法，就是谢狗喜欢单挑一群，而且极其擅长反杀。

在远古岁月里，谢狗没有仇家。一来谢狗不会主动挑衅那些注定招惹不起的存在，比如小夫子、白泽、碧霄洞主等，这也是谢狗的精明之处。二来谢狗每次出剑，不达目的誓不罢休，简而言之，就是但凡结下仇，她就极有耐心和毅力。传闻谢狗在还是地仙境界时，就曾经花了足足三十年光阴，死命纠缠一个飞升境修士，一边修行争取破境，一边展开袭杀，往往是一击不成就远遁，相互间不断上演追杀与被追杀的滑稽场景，最终谢狗跻身飞升境之时，就是那个修士彻底身死道消之际。

官乙这拨大妖，除了无名氏与离垢是有实打实交情的，其余几个，相互间连盟友都算不上。

如果没有白泽压着他们，可能前一刻还在推心置腹，后一刻就能打出脑浆来。

以前小陌习惯了这种行事风格，懒得深思什么。到了落魄山，先前与朱敛闲聊，老先生一句话就让小陌醍醐灌顶："只要你们还在追求那种纯粹的自由，那么你们最大的敌人，就不是规矩了，而是所有他人的自由。"

战场那边，离垢看着那个脑子拎不清的谢狗，沉声说道："你烦不烦？"

上次在曳落河畔，双方就已经起了冲突。他都不知道自己哪里惹了谢狗。要说对方觊觎自己这身法宝，至于？

谢狗挥挥手："无关人等，都撤远点，给我和离垢腾出一块地盘，都别磨蹭，速战速决！"

那个汉子双臂抱胸，纹丝不动，笑道："挪地方就算了，你们就当我不存在好了。"

谢狗视线偏移，官乙与胡涂缩地山河，径直远去；老妪冷哼一声，一拄拐杖，虽然满腹牢骚，却也不敢留在战场，免得被殃及池鱼；竹冠老道士手持拂尘，轻轻一拍鹿角，白鹿数次跳跃，在天外虚空践踏起一圈圈七彩涟漪，如鸟雀蹁跹枝头，转瞬即逝；至于那个站在原地的无名氏，碍眼而已，不会碍事。

谢狗笑眯眯问道："那就开打？"

离垢神色木讷，不置一词。顷刻间少年姿容的离垢就被割掉头颅，一颗脑袋高高抛起，再好像莫名其妙挨了一撞，倒飞出去，砰的一声，响若震雷。

极远处，旁观这场问剑的官乙神色复杂，这就是谢狗两把本命飞剑神通叠加的恐怖之处了——

没有剑气，甚至无须谢狗动用剑意，用一种流淌在光阴长河中好似不存在的飞剑，轻轻松松取人性命。

据说谢狗给那两把本命飞剑取了两个名字，跟她层出不穷的道号一般，显得很马虎——"上游""下游"。这意味着谢狗先前在离开年轻隐官主持的那座大阵之时，她就已经正式与离垢问剑，根本就没有给对方拒绝领剑的机会。

光阴长河的"流向"，对于人间所有山巅修士而言，从万年之前直到如今，始终是个悬而未决的天大谜题，所以谢狗占尽先手优势的两把本命飞剑几近无解。

每个置身于"当下"的练气士，如何阻挡两把来自"过往"与"将来"的飞剑？

坐在填金峰之巅的于玄抬起一手，手背贴住膝盖，五根手指掐诀不停，眯眼看着远处战场："纯阳道友，面对这种不讲道理的飞剑，很棘手啊。"

吕喦微笑道："被迫领剑者，也不算就此落了下风。"

于玄赞叹道："这些活了万年的老前辈，果然还是很有两把刷子的。"

表面上看，练气士若是未卜先知，精通算卦，好像可以应对看似无理手的乱窜飞剑，只是战场瞬息万变，尤其是面对一个飞升境剑修，如何允许同境修士分心演算飞剑轨迹？郑居中看了眼谢狗，这个谢狗，不愧是万年之前就已经扬名的剑道天才，作为局外人和旁观者，她竟然一定程度上"复刻"了他们的这座叠阵。出剑轨迹，是依据阵法而起，不仅如此，她还故意一路逆推回去，所以飞剑速度极快，而且注定会越来越快。虽说谢狗的这种临摹，稍显粗糙，道意不够精粹，但已足够让人刮目相看了。

如果说第一剑，白景是礼节性问候，之后就是真正的问剑了。

果不其然，如郑居中所预测的，谢狗好似坐镇主坛，主持一场声势浩大的普天大醮，祀三千六百神位、群星列宿，无比契合法轨仪范。只见宛如远古神灵现世的谢狗，抬起一只手，笑着说了两个字："落幡。"

三千六百道占据星位的凌厉剑光，瞬间合拢于一点，离垢被剑光戳成了马蜂窝，血肉模糊，筋骨粉碎，整个人身天地的洞府悉数炸开。

可即便如此，没有谁觉得离垢就此落败。离垢瞬间拼凑出完整真身，再一招手，将那颗被"一脚"踩凹的脑袋放回脖颈之上，道气流转，光芒荧荧，面容如旧。

至于那个无名氏，站在原地，从袖中摸出一壶酒水，只凭倾泻散开的一身沛然拳罡，就挡住了那些"过路"剑光。这个飞升境圆满修士兼止境武夫的拳意，细看之下，分出了十层之多。

之后就是两座道教大醮，谢狗的剑光数量依次骤减，但是更为锋锐无匹。

三次递剑过后，离垢都会在下一剑递出前恢复原貌。七十二候剑阵开启时，七十二个"谢狗"分别站在一地，困住大阵中央的重瞳少年，一同单手持剑，剑指离垢，七十二条剑光如雷电交织的雪白长龙，轰砸在离垢身上，导致后者当场变成了一大摊血肉消融的金色光芒，只是金光中交织着不计其数的丝线脉络。

之后谢狗的出剑顺序按部就班，故而略显死板，更像是一种显摆。

相较先前那个面瘫少年，再次恢复真身的离垢变得眼神熠熠，死死盯住那个谢狗。

谢狗见状哈哈笑道："哟，被一点毛毛雨淋在身上，这就生气啦？"

小陌以心声解释道:"这个离垢,虽然暂时还是飞升境,但是防御之高,大致可以视为十四境。谢狗之所以对离垢纠缠不休,就是想要在他身上,找出一种可以破解'无境之人'的独门剑术。她需要在两条剑道当中确定一条路行走,到底是以真相破虚妄,以无限小的一粒芥子剑光,斩开无限大的太虚境界,还是以某种更大的虚相涵盖虚相,最终……吃掉对方,就像先前那手'撒网'。而她之所以模仿我们这座阵法如此之快,归根结底,还是这座阵法与她的剑术大道相契合。这一切只因为白景在万年之前就想要做成一桩壮举——在她跻身十四境之前,先杀个十四境修士。"

陈平安点点头,谢狗这样的脑子,好像有资格进入避暑行宫。

陈平安打趣道:"小陌,谢狗这些涉及大道根脚的秘密,你是怎么知道的? 谢姑娘与你很以诚待人啊。"

小陌满脸无奈:"不是她告诉我的,只是打交道久了,双方知根知底。"

陈平安突然问道:"那我的两把本命飞剑,岂不是刚好沦为谢姑娘绝佳的大道食物之一?"

小陌笑道:"她不敢的。"

陈平安自嘲道:"前提是我别落单。"

小陌眯起眼。

陈平安没好气道:"开个玩笑,别这么较真。"

小陌说道:"除非情非得已,我也不想跟她为敌。"

陈平安点头道:"这么想就对了。"

李希圣眺望远方,说道:"周密这是要逼迫蛮荒天下的那个存在主动现身了。"

陈平安听闻此言,顿时忧心忡忡,问道:"照理说,蛮荒那个存在,不是会抵触周密的这种行径吗?"

一旦两座天下相撞,不管是哪种情况,对于两座天下的"地主"而言,都是绝对不愿意看到的。尤其是浩然与蛮荒就此接壤,最为糟糕,让两个必须护住自家一亩三分地的"地主",没了任何回旋余地,陷入一种狭路相逢、短兵相接的境地。

当然,如此一来,对礼圣的影响是最大的。

显而易见,周密登天之后,将礼圣视为最大隐患,陈平安都只是排在第二位。对付陈平安,不过是朝落魄山丢了颗棋子。针对礼圣,却是直接搬来了一座蛮荒天下。

陈平安知道这个所谓的存在,每一座天下都有,是与每座天下第一人互为苦手的压胜对象。

就像五彩天下,那个名为"元宵"的小姑娘,也就是太平山黄庭国收取的嫡传弟子,小姑娘如今就跟在宁姚身边修行。青冥天下那边,陈平安猜测是那个闰月峰的武夫——辛苦。毕竟几次闲聊,陆沉给出了太多的证据。而浩然天下,是那个传闻与至圣先师

"分庭抗礼"的撑篙舟子。陈平安甚至猜测那个被至圣先师诛杀的"邻居"，以及被后世野史编派成被至圣先师亲自入山持斧劈杀的某人，都曾是浩然天下天地显化而生的那个神异存在。

李希圣摇头道："对于浩然反攻蛮荒一事，蛮荒天下的那个存在，想必感受到了一个莫大隐患，所以变得极为愤怒。只说青冥、浩然和蛮荒三座天下，其中道祖对这类存在的压制，是最有成效的，除了道法高之外，这与道家根柢所在、追求道法自然有关；闰月峰武夫辛苦，至今还未能跻身武道十一境，这还是道祖刻意放宽了对他的限制；浩然天下因为礼制最为繁密，至圣先师与那个存在可谓势若水火；至于蛮荒天下，托月山大祖只差半步，始终未能跻身十五境，由此可见，这个存在，是三者中……"

陈平安苦笑道："相对最能打的那个。"

李希圣仰头望向别处，点头道："相信这与周密的谋划有关。如果当初未能登天离去，他恐怕就是与这个存在'合道'，凭此跻身十五境。"

陈平安皱眉道："这类存在，不是极难寻觅且杀之不绝吗？"

李希圣笑了笑，看了眼陈平安，反问道："一定要杀吗？"

陈平安哑然。确实，关起来就是了。

远处战场那边，剑光骤然消失，谢狗撇撇嘴："小打小闹，没啥意思。"关键是碰到个打不还手骂不还嘴的货色。

无名氏挥挥手，驱散那些萦绕不散的凌乱剑意，笑道："白景，撒完气啦，确定不打了吧？"

离垢脸色微白，默不作声，又被谢狗这个疯子消磨掉了数百年道行。

谢狗扯了扯嘴角："白啥景，谢什么狗，如今我名叫梅花。"

到底是浩然修士，于玄忍不住看了眼那个被年轻隐官称为"小陌"的剑修。

谢狗一步走到离垢身前，与少年面对面，双手叉腰，瞪眼道："你瞅啥瞅？还不服气？！"

要不是担心小陌误会，她非要一脑袋把这个面瘫少年的脑阔(壳)捶烂哩。

李希圣问道："知道礼圣为什么要把你，还有小陌先生一并拉过来吗？"

陈平安看了眼前边的符山篆河，点点头："因为我合道半座剑气长城。"

李希圣问道："你当真愿意？舍得吗？"

陈平安说道："只要文庙将这笔功劳记在飞升城头上，我就没什么不舍得的。"半座剑气长城，这原本可能是陈平安未来跻身十四境的成道之基。

小陌出声提醒谢狗可以回了。谢狗蓦然回头，朝小陌露出个灿烂笑脸，她不再跟那个离垢一般见识，剑光一闪，立即返回大阵中。

原来最前方，礼圣法相已经伸出一只手，抵住了整座蛮荒天下。

第五章
试试看

礼圣法相一手抵住蛮荒天下，一脚后撤，踩踏在其中一座符山之上，以此支撑。山中数以百万的金色符箓，如疯狂生长的蔓草裹挟住礼圣的脚踝，原本一尊几近破碎的巍峨法相瞬间恢复原状，重返巅峰。

礼圣再抬起一手，五指张开，出现了一面金色圆镜，一圈圈铭文皆是历代文庙陪祀圣贤的本命字。每一个自行旋转如旋涡的金色文字，皆在牵引那些天象图中的群星，引来无数道光线遥遥而至，汇入旋涡中。

与此同时，浩然天下那边，金色长线升空，画出一条条弧线，每一条由文字组成的弧线就是一整部圣贤书。

只是这么一次"接触"，天外罡风顿时激荡不已，如巨浪相叠，层层递进。位于大阵之内的郑居中一行，都感受到一座天地叠阵的剧烈摇晃。若非陈平安拥有止境武夫的体魄，被这么一撞，被汹涌而至的气机裹挟，作为大阵主持者，就已经跌境了。侧面那拨作壁上观的蛮荒大妖，因为没有阵法护持，几乎都身形不稳。如今的地仙练气士，如果置身于天外这条大道上，面对这股潮水，只会毫无招架之力，瞬间就会身死道消，彻底烟消云散。

胡涂的行事作风比较实在，不愿浪费灵气和消磨自身法宝，直接就来到并肩而立的无名氏和离垢的身后。其余远古大妖有样学样，一瞬间站位如雁阵。道号"山君"的竹冠老道士不再骑乘白鹿，而是站在坐骑背上登高远眺，不断挥动拂尘，将那股持续扑面而来的罡风稍稍打偏。

离垢作为大妖中防御最高的那个，哪怕站在雁阵最前方，身形依旧岿然不动，只是身上法袍的两只袖子猎猎作响。与其余大妖不同，道号"飞钱"的离垢，在远古岁月里与"书生"关系深厚，交集最多，所以万年之后，再次见到那个小夫子，离垢的心情也是最为复杂。

无名氏摇晃着手中酒壶，由衷感叹道："不愧是小夫子。"

此次抵挡蛮荒天下，礼圣虽有借力，但是一撞之下，仅仅是法相趋于崩碎，尚未动用真身，由此可见礼圣道身的坚韧程度。这位攻伐实力犹在剑修谢狗之上的无名氏，自认对上礼圣没法打，根本不够看。虽然身处敌对阵营，丝毫不妨碍他对礼圣的敬佩。

离垢以心声询问道："这一撞力度如何？可以估算吗？"

无名氏想了想："被一座天下迎头撞上，上限如何，不好说，至于下限，我还是有点数的，至少得是道祖铆足劲的一巴掌，或者是兵家那位叠加在一起的倾力数击。"

时隔万年，目睹礼圣的拦路手段，官乙苦笑道："要不是有白泽老爷在，谁能挡得住小夫子在蛮荒天下大开杀戒？"

离垢神色淡然道："蛮荒天下又不是只有白泽。"

官乙摇头道："斐然？绥臣、周清高他们几个？还是太年轻了点。"

无名氏抬了抬下巴："看那边，正主出现了。"

官乙穷尽目力，再加上施展了一门远古秘传术法，才能够透过紊乱的天象干扰，发现蛮荒天下腹地的一处荒郊野岭，有两个修士在那不起眼的山岭一站一坐。除了白泽，还有一张陌生面孔，是个形貌枯槁的消瘦少女，只见她坐在地上，怔怔仰头望向那个礼圣。不知为何，"少女"如同遭受黥刑的流徙犯人一般，她的一侧脸颊被谁用锥子刺了个字——远古金文的"焚"字。

白泽找到少女的时候，她自称晷刻。她没有故意隐藏踪迹，让白泽很轻松就见到了她。否则她这种存在，只要有意识躲避大修士的探究，就算是三教祖师在自家天下寻找他们的踪迹，都像是一个凡夫俗子在一间堆满杂货的屋子寻找一只不出声的蚊蝇。

她与白泽以古语交流："这么好的机会，你不出手吗？"只要白泽愿意借机针对礼圣，甚至有可能迫使礼圣先于三教祖师散道。

白泽摇头说道："只要礼圣不借力'回礼'蛮荒天下，我就没有出手的必要。"

晷刻微微皱眉，显然不理解白泽的选择，她摇摇头："只要是练气士，不管是什么性格，谁不想境界更高？你为何主动成为那个例外？"

在她看来，白泽与礼圣同样是远古十豪候补之一，三教祖师一旦散道，剑气长城的陈清都已死，三山九侯先生又好像从来不志在登顶，那么就只剩下白泽和礼圣有机会争一争数座天下的第一人宝座。

"别误会了，我不出手，可不是因为与礼圣的交情。"白泽笑着解释道，"你诞生于蛮荒天地初生之际，所以不清楚这位小夫子的脾气。真惹急了他，即便逼迫礼圣直接散道，蛮荒天下版图注定会稀烂不堪，随处是缝补不上的窟窿，大地上的妖族死伤惨重。而且礼圣肯定还会选择一半散道在浩然，一半在蛮荒。我可能还好，影响不是特别大，但是你，以及整个蛮荒天下，就会出现一大段青黄不接的惨淡岁月，此后所有登山修行的练气士，都会被礼圣散道后的崭新'天道'压胜，必须承受一份无形的克制。还有一种后果，就是礼圣再心狠一点，全部散道在蛮荒，那么离垢、官乙这拨飞升境，将来想要合道十四境，难度就会暴涨，门槛变得更高。"

暑刻歪着脑袋，更疑惑不解了，既然如此，若是礼圣当真如传说中那般大公无私，那就干脆散道在蛮荒好了。舍一人而利天下，不是读书人最喜欢做的事情吗？

白泽就像一个学塾夫子，在为一个懵懂无知的蒙童传道解惑，再次与暑刻耐心解释道："首先，合道于整个浩然天时地利的礼圣，若是散道，对浩然天下的影响很大。练气士和凡夫俗子，山上山下，谁都逃不掉，整个浩然人间，此后百年千年，都会出现不可估量的动荡不安，一旦礼乐崩坏，人心涣散，重塑礼制，难如登天。其次，表面上看，礼圣散道，短期内肯定是蛮荒吃了大亏，这场仗的前期和中期，就彻底没法打了，只会步步败退，说不定大半数版图都会落入浩然之手，但是只要在这期间，不管是山上还是山下，我们蛮荒始终在做抵抗，导致双方一直出现伤亡，尤其是官乙这拨大修士，每战死一个，我的修为境界就会一直稳步提升。我既然离开了浩然中土的那座雄镇楼，就再无法拒绝这些真名的到来，最终结果，就是不管我情愿与否，都会被迫跻身……十五境。"

最大的获利者，可能也是唯一一个获利者，就是只需要在天上袖手旁观的周密。就像一种棋盘上的兑子，用蛮荒白泽兑掉浩然礼圣。

至于这场兑子过程中引发的两座天下大乱，想必周密只会乐见其成。就算一局棋内，棋盘上所有棋子都被提走，只要棋盘还在，未来"天下"的周密，大不了就是换上两罐崭新棋子，人间无数生灵性命，无论是人族还是妖族，对周密来说都是无足轻重的存在。

暑刻问出心中那个最大的问题："白泽，万年之前，那场河畔议事，你为何不愿意接管蛮荒？"

如果白泽愿意成为一座天下的主人，照理说没有谁能够阻拦此事。

白泽有主动赐予真名和被动收缴真名的本命神通，他完全可以坐享其成，他比如今的剑修斐然、以前的托月山大祖，更有资格跻身十五境，成为蛮荒天下共主。

白泽沉默片刻，面露苦涩："道心不契。一旦合道蛮荒，由于蛮荒妖族的本性使然，我终究会被这座天地反噬道心。初升的那个秘密谋划就会出现，而且谁都无法阻挡这种趋势的开花结果。整个蛮荒天下，至多三千年，就会变得越发贫瘠，天地灵气被聚集在山巅一小撮练气士手中。届时另外的那个白泽，身不由己也好，顺乎本心也罢，可能当真会率领十数个蛮荒十四境和百余个飞升境修士,频繁袭扰别座天下,必须从其余三座天下攫取更多的土壤和生灵。"

事实上,那场河畔议事之前,白泽曾经恳请道祖帮忙做一个推衍。大致结果就是包括三教祖师在内的一拨十四境修士,不得不联手覆灭蛮荒。而这种覆灭,就是从此再无蛮荒天下。所有天下都元气大伤,隐匿在天外与在人间转世的远古神灵余孽死灰复燃。镇压不住鬼物,约束不住逐渐壮大的化外天魔……

暮刻叹了口气:"好像总是这般事与愿违。"

白泽微笑道:"所以我们才要越发珍惜各自心中的美好。"

她笑了笑:"很像是'书生'会说的话。"

不管怎么说,与白泽相处,到底是比跟在周密身边轻松多了。

白泽蹲下身,随手抓起一捧泥土,手掌轻轻一晃,无数碎粒悬浮在手心,一一静止不动。白泽再伸手拈起一颗小石子,轻轻放在那些泥土颗粒当中,在整个过程中,小石子挤掉了相当多碎粒。

暮刻转头望向白泽,不知他是什么意思。

白泽说道:"修道之人追求自由,就只有两条道路可走,一条是置身其中,境界高,如石子,看似可以随心所欲,或聚集或打散身边的泥土颗粒。"

那颗石子缓缓移动,逐渐吸纳泥土碎粒,越来越庞大。与此同时,周边的泥土颗粒开始随之被迫移动,轨迹无序,既有被石子吸引靠近的,也有被石子挤压而往外走的。往后游动的颗粒,各自带起四周更小颗粒的移动,如水涟漪往外扩张。最终白泽手心上空原本静止的碎粒,都开始移动。

"都说心猿意马,心最是不定。实则天地间真正有机会做到绝对静止之物,唯有道心。"白泽重新拈起那颗石子,攥在手心,抬起手臂,弯曲手指轻轻拧转,让包裹住石头的泥土,悉数落回另外一只手的掌心上空,然后将石子抛向远处,"第二种纯粹的自由,就是这样了,石子的存在,已经跟这个世界没有什么关系。"

白泽突然问道:"当初周密是怎么找到你的?"

暮刻神色黯然,明显还心有余悸,她犹豫片刻,只是给了个模糊答案:"周密守株待兔十六次,都成功了,逃不掉。"

唯有跻身王座才有一席之地的英灵殿,以及托月山,都曾是禁锢她分身,确切来说是"神主"的牢笼所在。毕竟她的真身,就是整座天地。

这种囚禁,有点类似拘押练气士的一部分魂魄,只会导致她的大道不全,而无法将她完全镇压,更无法杀死。

她这类存在的唯一消亡方式,只能是一座天下彻底崩散,生灵死尽,全无生气。

第一次脱困,是道祖骑牛入关,造访那座大妖初升一手打造的英灵殿,她得以从底部逃出。作为回报,她答应道祖不与托月山大祖结盟。

之后她自行兵解,多次转世,躲藏多年,最终还是被那个周密找到了踪迹,将她抓回了托月山。随着蛮荒天下越来越稳固,其实她的修为,相较于第一次被抓已经获得极大提升,但仍然被周密先后十六次堵门拦路,抓了个正着,将她丢给那个始终未能跻身十五境的托月山大祖。

第二次脱困,正是被那个剑气长城的末代隐官剑开托月山。作为新任天下共主的剑修斐然,得到周密的暗中授意,要求她完成那个早年订立的契约——她需要在蛮荒某地造就出一处光阴旋流,必须保证蛮荒出现两条长河分支。

每一座稳定天地灵气的山上仙府,以及每一座闹哄哄的山下城池,对她这种存在而言,都是一种无形的"墨刑"。根深蒂固的山上道场,和那些国势鼎盛的王朝,就如同她身上的一个个充满脓水的烂疮。

即便有座划地割据、屹立万年的剑气长城,还有那个十四境的老瞎子从蛮荒天下山河版图中分去十万大山,只要那个周密不曾从中作梗,曩刻的前世,本该可以成为最强大的那个存在,甚至有机会抢先一步跻身十五境,彻底夺回天地权柄。

他们自诞生之初,就有一种"必须维持自我的纯粹性",所以他们天然排斥两座天下的往来。当年周密与她保证,只要双方合作,她就可以吃掉浩然天下的那位"同道",壮大和拓宽自身大道。她对此是心存怀疑的,她担心陷入高不成低不就的尴尬处境,就像练气士很怕红尘浸染,她更怕两座天下相持不下。大概正是因为她的游移不定,不够果断,周密将她丢到托月山关起来。没有她出手相助,周密未能成功吞并浩然天下,选择登天离去,入主远古天庭,而她则沦落到如今这般田地。

遥想当年,一同去往托月山的路上,那个在她脸颊上刻字的儒生装束的男人,微笑道:"合则两利,分则两害,道理再简单不过,但是你的本心就不信这个,就没办法了。相信我,你以后肯定会后悔的。可惜人与人之间,心性有别,自古不输天地之隔,最难讲通道理,这就是我们与神灵和化外天魔的最大差别。"

周密的离去,掏空了蛮荒天下极多底蕴,尤其是顶尖战力的折损,影响深远,当初的十四旧王座,如今就没能剩下几个。何况其中刘叉和仰止,还被文庙拘押起来。真正活着返回蛮荒的大妖,就只剩下搬山老祖朱厌和曳落河新任主人绯妃,其余不是战死,就是被周密吃掉,或者消失无踪。

一人剥削瘦天下,壮大自身肥一人。

早年周密与托月山大祖开诚布公地定下上中下三策,当下局面,属于蛮荒的下策,却是周密的上策。如果不是白泽重返蛮荒,第一时间喊醒白景这拨远古大妖,填补上一些空缺,否则浩然天下凭借那几座渡口据点,相信推进会势如破竹。

礼圣脚踩那座符山,一次次伸手挡住蛮荒天下,仿佛一次次拨转船头,蛮荒天下在那条既定轨迹上的冲势渐渐放缓。

礼圣一尊堪称巨大的法相，相较于一座天下而言，就像是人与楼船一般。

众人心中不由得生出一个共同疑问：果真挡得住？

礼圣法相如同一架经过缜密计算再搭建而成的精密仪器，过大则不稳固，容易遭受几次冲撞就散架。即便法相可以一次次散而聚拢，礼圣的每一次撤退，都会让这艘"渡船"越发接近运转有序的浩然天下。法相过小则与蛮荒天下的接触面不够，虽说极有可能戳破那艘渡船的墙壁，使得蛮荒天下山河破碎无数，但如此一来，就会导致两座天下的大道规矩混淆在一起，继而导致白泽出手搅局，演变成礼圣与白泽的一场大道之争。最终，不管两座天下是否"接壤"，自然还是鹬蚌相争，渔翁得利，牵一发而动全身。礼圣率先散道，导致至圣先师的散道出现变数，至圣先师的改变，又会影响到其余两位三教祖师的散道，最终就是三教祖师封禁新远古天庭一事变数更大。

吕喦叹了口气，之所以会出现这种束手束脚的局面，还是周密的谋划导致礼圣的真正敌人，只有一半是蛮荒，还有一半是礼圣自己创造出来的那套规矩。

吕喦曾经在天外，亲眼见识过礼圣真正的巅峰状态。先前那拨隐匿于天外的远古神灵，在披甲者领衔之下，试图进入浩然天下，当时礼圣法相何其大，整座浩然天下小如一颗宝珠，被礼圣单手护住。之所以与现在的大小有天壤之别，就在于礼圣既要阻挡蛮荒天下，又不可牵扯浩然礼制，礼圣必须将自己从浩然中摘出，此举仅次于散道。

李希圣已经看出迹象，稍微松了口气，只要白泽不入局，就不会导致那个最坏的结果。甚至从某种程度上说，白泽与那个蛮荒天地大道显化而成的存在，是与礼圣合力，在尽量争取一个井水不犯河水的结果。

李希圣伸手指向那座蛮荒天下，与陈平安解释道："礼圣阻挡蛮荒天下的第一次冲击时，蛮荒天下发生了轻微地震，蛮荒有灵众生有些许晕眩。之后白泽和那个存在联手布阵，礼圣接下来的出手，实则都没有触及蛮荒陆地，蛮荒与浩然之间出现了一层长达百余里的缓冲界。撇开那些神识敏锐的山巅大修士，蛮荒天下的生灵其实就已经察觉不到这份天地异象了。"

陈平安终于明白为何周密不早不晚，要选择此时出手了。先前陈平安在夜航船上偶然遇到元雩三人，当时元雩三人的职责，就是配合文庙勘验以及重新制定出光阴、万物的长短和重量等标准。一定是文庙那边好不容易制造出度量衡的初始之物，而且礼圣已经接纳了几条被具象化的根本规则，融入自身大道，蛮荒天下这艘渡船，才开始步入那条天外"青道"。

郑居中站在琉璃阁最高处，默默心算，在他的心湖内，原本有两粒通过将近百条光线牵引的光球，这些光线既有笔直一线的最短轨迹，也有画出一个极大圆弧的最远路线，而大妖初升选择的这条天外"青道"，就属于那种很不起眼的路线，路线不远不近，耗时不长不短,产生的惯性不大不小……郑居中瞥了眼陈平安,后者心生感应,点点头。

陈平安心湖内,便显现出一条被郑居中补齐的完整"青道"轨迹,与此同时,还有一幅蛮荒天下的形势图。地图上有几粒扎眼的光亮,看它们的分布情况,正是浩然天下在蛮荒的聚集地。

与此同时,郑居中也帮助陈平安解开了一个心中谜团。虽说重返浩然后,陈平安一直刻意不去了解蛮荒战况,但是始终觉得有一点很奇怪,那就是文庙这边再求稳,以几处归墟渡口作为据点的浩然天下,在扩张和推进的速度上,似乎还是过慢了,慢得就像一个脚步蹒跚的老者,而不是一个披甲执锐的青壮男子,以至于蛮荒天下那边,至今都未出现一场大规模的战场厮杀。

文庙是在秘密布阵。可能所有的山巅"随军修士",包括龙虎山大天师赵天籁、火龙真人等所有飞升境修士在内,这些年都在充当……苦力。

难怪当初至圣先师在镇妖楼内,古怪地询问陈平安:"你若是周密,会如何针对礼圣?"

得到陈平安的答案后,至圣先师好像也没有太过意外。

礼圣踩在脚下的那座符山,山中不计其数的金色符箓,都已经彻底黯淡无光。一次次伸手抵御蛮荒天下的冲撞,再一点点拨转船头,即便有一座符山数百万符箓源源不断的增益,礼圣的法相依旧不可避免地渐渐转为疏淡,就像一幅画卷的用笔,由饱蘸墨水的重笔,转为淡墨落笔,最终枯墨。这艘循着那条"青道"冲撞向浩然天下的渡船,其轨迹已经出现了肉眼可见的偏移。

礼圣每一次出手,天外就会响起一阵洪钟大吕般的声响,震耳欲聋,一圈圈道气涟漪荡漾在无尽太虚境界中。因为涟漪相互间隔实在太短,就连官乙这拨大妖都需要各自调动本命物稳定道心。

胡涂有点幸灾乐祸,啧啧笑道:"可怜小夫子,就只能这么站着挨打吗?怎么像是铁匠打铁,也太费劲了些。"

遥想当年,那拨书生当中的小夫子是何等意气风发。曾经有头资历极老的前辈大妖,还是剑修,不知怎么惹到了小夫子,被小夫子单枪匹马找到了老巢,活活打死。当时还有些妖族修士,境界、手段都不差,愣是没一个敢出手帮忙,反而退得远远的,就那么眼睁睁看着小夫子拎着颗鲜血淋漓的头颅离开。临走之前,小夫子还与那拨看客撂下三个字:别收尸。当时的看客当中就有胡涂,还有在后世捞个搬山老祖称号的朱厌。

与其说是帮忙收尸,其实无异于捡漏,毕竟一个妖族飞升境巅峰修士真身的残缺尸体,是一座当之无愧的宝山。能够拿来炼化的,除了那具尸体,其实还有蕴藏其中的道意,若是炼化及时,就等于凭空多出一条甚至数条远古道脉术法。那个最终化作一条雄伟"山脉"的妖族身躯,直到河畔议事后,所在地划给了蛮荒天下,才成为一件有主之物。结果还是被朱厌成功收入手中，再被这个搬山老祖将蕴藏一条剑道的山脉炼为一把长剑。

胡涂笑容浓郁几分："实在没有想到，我们不在的万年之中，蛮荒天下还能冒出个周密。"可以让这个曾经不可一世的小夫子如此憋屈，痛快痛快，只是旁观，就觉得舒坦。

小心起见，胡涂在言语讥讽时还是施展了一手隔绝天地。然而他还是莫名其妙挨了一手肘，瞬间倒飞出去数千里，整个鼻子都塌陷下去。胡涂没有丝毫犹豫，根本来不及与那个无名氏道一声谢，身形轰然散作无数股黑烟，瞬间散开，就像朝大地撒下一张巨网一般，疯狂涌向蛮荒天下。

一张"符箓"悬停在胡涂原先站立的位置，看高度，刚好是胡涂的脖颈附近。这张"符箓"没有符纸，只有一个金光熠熠的"斩"字。

附近几头大妖都知道此符的厉害之处，一旦符箓砸中胡涂，就会扎根于其真身当中，尤其是会纠缠胡涂的那个妖族真名。

无名氏收起手中那只酒壶，笑着抱拳与那位三山九侯先生遥遥致歉："一时手痒，恕罪恕罪，看在曾经一起喝酒的分上，别计较了。"

一个"斩"字，瞬间化作八条笔直的金色长线，相互拧转归拢为一根绳索，飞掠回那位青年修士袖中。

无名氏露出一抹恍惚神色，很早以前，虽然人间大地之上，各族大修士之间也有动辄就分生死的战斗，可最拔尖的那拨修士，不论是怎样的大道根脚，是如何截然不同的出身，其实各自关系并不紧张，甚至还有一种后世无法想象的轻松氛围。就像离垢，曾经与那拨书生关系融洽，交情相当不差，如果按照后世的山上算法，离垢都可以算是至圣先师的半个不记名弟子。而这个替胡涂出拳挡下一劫的无名氏，也与祭出斩字符的三山九侯先生，以及落宝滩的碧霄洞主很熟悉，在远古岁月，与他们多次并肩作战，共同对抗那些巡狩大地、肆意斩杀地仙的神灵。

蛮荒大地之上，山顶那边，少女姿容的暮刻，抬起一只枯瘦的手，轻轻捶打心口。是浩然天下设置在蛮荒几处的大阵开启了，使得她有锥心之痛。白泽伸手拍了拍少女的胳膊，暮刻这才眉头舒展几分。

在胡涂即将在蛮荒天下落地，心中窃喜时，白泽无奈摇头，你说你招惹谁不好，偏要招惹那个三山九侯先生。而胡涂最糊涂的地方，是他不该这么快重返大地，蛮荒天下的土壤，就不是人间的土壤了吗？

刚刚聚拢起数万条黑烟的胡涂，在脚尖即将点地时，就敏锐察觉到大事不妙，他立即抬起脚，不承想周边千里的蛮荒大地，骤然间如浪花般起伏，一下子就将胡涂的脚踩裹挟其中。胡涂叫苦不迭，再次施展出另外一种本命遁法，却徒劳无功，好像被一个巨大旋涡扯入其中，又像是被人拖曳着登山而去。下一刻，胡涂就惊骇地发现自己来到了那个青年修士身边，他咽了口唾沫，一时间不知如何开口。

三山九侯先生神色淡然道："不与礼圣道个歉？"

胡涂刹那间脸色铁青，迅速挤出个笑脸，有模有样地与前方的礼圣作揖行礼："是我乱说话，在这里乖乖与小夫子赔罪了。"

被两位十四境大修士联手针对，这种滋味，可想而知。

白泽抬头望向天外，犹豫了一下，没有开口，胡涂也该吃一次苦头了。

先前曳落河聚在一起，议事过后，各自散开，其中竹冠老道士就与胡涂还有那个老妪，擅自暗中行事，在今年开春时分，联袂走了一趟日坠归墟渡口的边界。他们三个自以为凭借其实力，不说横扫那座渡口，难道还不能来去自如？在去的路上，他们就商量好了，随便杀掉几十万浩然山下士卒，好给斐然那拨年轻后辈们看看。只是半路上，竹冠老道士算了一卦，看着那个卦象，他的心里开始犯嘀咕了，之后又算了两卦，心情越来越凝重，只是碍于面子，还是陪着胡涂和老妪继续赶路。竹冠老道士毕竟谨慎，先在半路抓了两个妖族修士，分别是玉璞境和仙人境。先将那个玉璞境作为诱饵抛出去，让其去往浩然天下中土神洲某个大王朝的驻军所在，玉璞境还没出手，就被发现踪迹，给当场截杀了。

之后胡涂几个，就让那个仅剩的仙人境妖族，专门去截杀那些浩然天下的斥候和一些小规模骑兵，确实小有成效，还杀了数拨蝼蚁一般的所谓随军修士。在竹冠老道士的推衍之下，这个好似牵线傀儡的仙人境妖族，如同刺客，故意隐藏修为和境界，四处流窜，寻找那些驻地偏远的王朝军伍，专门斩杀那些山下武将和他们身边的随军修士。差不多一个月过后，这个仙人境妖族刚鬼鬼祟祟露头，就被一位身穿绣龙道袍的老真人，在千里之外以两条火龙烹杀得灰都不剩下半点，竹冠老道士他们三个差点陷入一个包围圈，真就只差一点。

竹冠老道士凭借一件半炼远古神兵的预兆感知到危险，果断迅速撤离。果不其然，他们三个前脚刚走，后脚就出现了数位浩然大修士。除了那个火龙真人，还有一个身穿黄紫法衣的背剑道士，以及两位剑修、一位气势惊人的女子武夫。

撇开那拨现身的浩然顶尖高手，老妪还凭借天地灵气的细微涟漪，敏锐发现正在途中的几股隐藏气息，估计因为扑了个空，就各自退去了。

暨刻问道："三山九侯先生为何这么坚定地站在礼圣这边？"

白泽笑道："其实早些时候，他们两个关系一般，很一般，我还给他们劝过架。"

有些朋友，一见如故，如饮烈酒，比如白泽跟小夫子。有些交情，却是一壶需要文火慢热之酒，就是礼圣跟三山九侯先生了。

登天一役结束后，在天下初定、逐渐趋于太平的上古岁月，约莫七八千年前，礼圣曾经做过一个尝试，专门邀请三山九侯先生出山，一起为浩然天下制定"新礼"。

天下事,归根结底,无非是分成阳间事和阴间事。显而易见,礼圣与三山九侯先生,就分别负责这两事。于是就有了后者的立碑昭告阴冥,碑上刻有七个大字:太平寰宇斩痴顽。而陆沉也将那些躲藏在阴冥路上的鬼仙,类似仙篝城大妖乌啼,比喻为"痴顽"之辈。

事实上,在那段漫长的远古岁月里,三山九侯先生与当年那位十豪之一的人间第一位鬼修,关系极好。甚至可以说,在某种程度上,三山九侯先生就是后世所有鬼物阴灵的真正护道者。

郑居中与李希圣和符箓于玄同时以心声说了一句。片刻后,三人各自心算推衍,得出三个结果,是蛮荒三处不同地点。郑居中在这个基础上,单独演算。

很快,蛮荒天下金翠城那边,就少了一个看似寂寂无名却已是金翠城真正主人的幕僚。

白泽眯起眼,他今天大部分注意力,其实都放在那个白帝城城主身上。白泽突然以心声说道:"晷刻,立即找出胡涂隐匿真身的准确位置。"

晷刻犹豫了一下,看在先前白泽伸手相助的分上,还是点点头。

天外,礼圣头也不转,一手抵住蛮荒天下,微笑道:"真身不在,诚意不够吧?"

毕竟是一头活了万年多的远古大妖,保命本事肯定不会差到哪里去。杀力不够,逃命来凑嘛。胡涂硬着头皮说道:"实在不敢以真身来见礼圣。"

礼圣点头道:"倒是说了句实诚话。"

胡涂嗓音微颤,说了句脸皮不薄的言语:"要是没事,我就走了,不敢耽误礼圣出手。"

礼圣笑着提议道:"不如你来试试看?"省得站着说话不腰疼。

胡涂还没开口"婉拒"这份邀请,就道心一震。

原来是白泽喊了一声胡涂的真名,沉声道:"直接舍弃这具分身不要,要快!"

不等胡涂有任何动作,礼圣一招手,胡涂分身的整个身躯便风驰电掣一般往前边掠去。礼圣伸手抓住胡涂这具分身的脑袋,稍稍用力,就逼迫这头蛮荒大妖现出"真身",再随随便便将其往那艘蛮荒"渡船"上边按去。

胡涂的分身与蛮荒天下接触的瞬间,就像山间崖壁上开出一朵鲜血四溅的小花。

郑居中远远看着那些溅射开来的散乱鲜血,弯曲手指,轻轻一勾,鲜血凝聚成一条纤细长线,落入郑居中手心。郑居中微微晃动手掌,那条鲜血变成一粒珠子,在他的掌心内滴溜溜旋转不停。

蛮荒大地之上的另外一个白帝城城主,随之稍稍更改路线,来到一座隐藏极深的洞府秘境门口。这个郑居中双指并拢作剑诀,如刀切豆腐一般,打破层层禁制,都不用绕路,径直向前即可。

胡涂看到那个面带笑意的家伙，顿时脸色惨白，被闲庭信步而来的郑居中一拳打穿胸腔。转瞬间又有异象，白泽来到两人身侧，一手按住胡涂头颅，一手推向郑居中，硬生生将双方扯开，再一卷袖子，将胡涂收入袖中，一并离开这处洞府秘境。

郑居中轻轻抖了抖手腕，被甩掉的鲜血在空中再次凝为一粒珠子，被他收入袖中。

再晚来片刻，胡涂至少跌境，若是白泽不来，那么蛮荒天下就再没有胡涂了。

郑居中心中默念几下，微笑道："螳螂捕蝉，可惜你们几只黄雀都不太济事啊，飞得太慢。"

话语落定，郑居中消失不见，秘境内就出现了大妖初升的身影，他环顾四周，冷哼一声。

天外，竹冠老道士单手缩在袖内掐诀不停，霎时间便神色僵硬起来，干笑几声："贫道就不留在这边看热闹了，先回，先回。"

官乙幽幽叹息一声，点点头，无奈道："一起吧。"

这个背剑秉拂的老道士，刚要弯腰轻拍坐骑，眼角余光就发现那个站在琉璃阁最高层的白袍男子，正笑望向自己。老道士顿时毛骨悚然，你他娘的看我作甚？无冤无仇的，怎么就盯上贫道了？贫道招你惹你了？只是化名王尤物，又不是真尤物。你倒是看看贫道身边的官乙啊！

郑居中好像知道老道士心中所想，便以心声与竹冠老者笑言一句："官乙好看也好杀，你难看却难杀，你自己说说看，我不看你看谁。"

姓郑的，你他娘的脑子有坑吧，有你这么想事情的？

于玄看了眼琉璃阁内的郑居中，又转头看了眼那个竹冠老道士，不知为何，又忍不住看了看那个年轻隐官。

至人神矣。

只见礼圣脚踩两座符山，突然法相拔高至少一倍，双足带动符山，如穿靴行走。礼圣侧过身，将那面由本命字汇聚而成的金色镜子留在原地，镜子如一堵松软却韧性十足的墙壁，继续拦阻"渡船"的去路。礼圣再以后背撞击蛮荒天下，而身后那条篆河，就像一条重新铺设的崭新轨道，岔开原先那条青道。礼圣法相身体后仰，双脚先后抬起，重重踩踏太虚，法相向后越发倾斜几分，一点点使"渡船"走向发生偏移，将整座蛮荒天下推向那条篆河水道中，礼圣那尊巨大法相的后背，与整座蛮荒天下摩擦出一片无比绚烂的琉璃光彩。

那拨跑来看戏的远古大妖，只剩下离垢和无名氏。

无名氏忍不住重新拿出酒壶，狠狠灌了口酒水，爽朗笑道："不用怀疑了，白玉京那位真无敌再无敌，肯定打不过小夫子。"

离垢说道："有什么值得高兴的吗？"

无名氏点头道："必须高兴啊，这说明万年以来，所谓的天才和术法再多，还是不如我们那辈修士的大道之高。"

离垢说道："不能这么算，小夫子在这一万年内，研习术法极多。"

无名氏脸色古怪，憋了半天，还是没能忍住，抬手拍了拍重瞳少年的脑袋："晓得你当年为何在那拨人族道士、书生当中混不开吗？"

离垢说道："不会说话。"

矮小汉子笑道："你原来知道啊。"

这个无名无姓，甚至连妖族真名都没有的汉子，当年确实与三山九侯先生关系不错，可以算半个朋友，半个酒友。大概是天性散漫的缘故，所以他朋友少，敌人也不多。与谢狗那种一结仇就做掉对方的路数不同，矮小汉子的几次出手，都是为了朋友，比如身边这个杀力远远不如防御高的离垢。汉子很惋惜那个未能返回蛮荒的剑修刘叉，不然会成为新酒友的。

谢狗笑得合不拢嘴，虽然不曾亲眼看见那个胡涂的下场，但也猜出了个大概。她故作哀伤，用一种心有戚戚的语气大声说道："痛心疾首，教人痛心疾首！胡涂你糊涂啊！"

汉子哑然失笑，朝谢狗那边抬起手，晃了晃手中的酒壶。以前怎么不知道你谢狗这么喜欢说风凉话？

谢狗白了一眼，挥挥手，示意咱俩不熟，少跟我套近乎，我家小陌心眼可小哩。要是小陌误会我，我就砍你。不过你要是愿意将手中酒壶送给我，以后咱俩就以姐弟相称了。

这个矮小汉子，喜欢在痛饮美酒的间隙，听那酒水在酒壶内晃荡的声响。他手中这只酒壶，其实是一件后世方寸物的"老祖宗"之一，因为只是一件半成品，所以品秩不算太高。

如今地仙几乎人手一件的方寸物、咫尺物，最早都是出自天下十豪之一的兰锜。这一类物件的出现，对后世整个山上格局影响之深远不可估量，甚至极大增加了当初人间修士登天一役的胜算。

汉子喝了口酒，抹了抹嘴角，没来由想起屈指可数的好友之一三山九侯先生当年的一句酒后真言："让那些不该被遗忘的道士，长久被后世记住，哪怕过去了千年万年，哪怕只是被一两个人记住而已。"

礼圣身后，三山九侯先生终于真正出手。他祭出一摞符箓，就只有两种大符，以水字符在蛮荒天下前冲道路上斩开一条光阴长河，打断这艘"渡船"与原本青道轨迹的相互牵引，再以山字符在蛮荒天下和箓河两侧竖起一道道墙壁，宛如在河床两边筑起长堤,好让这艘蹈虚"渡船"能够看似向下坠落、实则抬高上坡而行。

与此同时,三山九侯先生开始施展本命神通,驱使蛮荒天下的大地山岳。只是立即被那个晷刻阻拦,被三山九侯先生敕令迁徙的大地山脉,最终只能局限于那些浩然天下据点的周边地界。

十万大山那边,其中一座最高山之巅,有个身形佝偻的老人,双眼空洞。这个当下脚边连条看门狗都没有的老瞎子,孤零零一人站在崖畔,伸手揉着凹陷的脸颊,似乎在犹豫什么。

那个既是开门又是关门的好徒儿,如今好像才是个书院贤人。可是文庙那帮书呆子比较一根筋,先前说了句下不为例,看来凭借一笔新功德帮助徒弟当个君子是悬了,而他自己要那文庙功德簿上边的几笔?想了想,老瞎子觉得没啥意思,就转身走向住处,路过李槐的那间屋子,他停下脚步,推开屋门,只见桌上放着几壶酒,一叠书,约莫是李槐准备让他这个师父拿来看书下酒的。

于玄除了驾驭那条篆河,这位独占"符箓"二字的大修士,异想天开,魄力极大,竟是试图在篆河的道路上,再画符拧转一部分光阴长河,凭此打开一道大门,帮助那艘"渡船"越发远离那条既定青道。不承想大门尚未开启,只是出现了一道由层层符箓叠起的门槛,就已经被那股大潮气机冲散殆尽。于玄只得悻悻然作罢,迅速心算一番,路数是对的,就是准备不足,太过仓促,如果给他足够的时间,让他炼制出海量的符箓,说不定真可以在天外太虚两地建造出两道大门,"渡船"由第一道门进入,转瞬间由第二道门出,就像那几条衔接两座天下的归墟通道……

吕喦摇摇头,笑道:"于道友的想法是好,就是很难做成。"

于玄呵呵一笑,若说其他道法脉络,都好说,可以多聊几句,但是纯阳道友与我讨论符箓一道,可就真没啥可聊的了。

三山九侯先生除了祭出那两种大符,犹有一门压箱底的神通,只见他抬起双手,竟是直接将礼圣身后的光阴长河,以及天地四方一并反复折叠,然后将这只"纸鸢"轻轻放在篆河之上。这等通天手段,就像在一件衣服上打了个结,这件衣服所有的经纬线,都被不同程度拉扯到这个绳结上边。

再将蛮荒天下身后的一大截青道轨迹,同样折叠成一只纸鸢。最终两张纸鸢符箓,就像两只口子相对的鱼篓逐渐合拢,兜住了一条巨鱼。这就是一张研制极久、首次祭出的筌字符。

当初三山九侯先生做客白玉京青翠城,寇名与这位前辈请教符箓学问,最终创出包括三山符在内的数种大符。三山九侯先生亦是凭借这场气氛融洽的论道小有所得,例如筌字符,专门压胜、拆解和打破天地间大修士的各类"小天地"。

纯阳道人会心一笑,白玉京陆道友肯定出力不小,定然是在三山九侯先生与寇掌教坐而论道时,陆道友故意插科打诨了。

得道者如蛇蜕,忘形骸脱桎梏,修行一事,多是过河舍船,得鱼弃筌,上房抽梯,这类行径其实无关善恶。三山九侯先生这张大符的道意根本别开生面,就像是一个长辈在提醒作为晚辈的后世修道之人莫要忘本。又或者是干脆捅破一层窗户纸,直接告诉那些所谓的山巅修士,如今所谓的得道之人,远远未曾真正证得大道。

于玄瞪大眼睛,符箓还能这么要?天下大阵也好,小天地也罢,面对此符,岂不是无一例外地形同虚设?

吕喦看到这一幕后,仔细观摩一番,似有所悟,与自身剑术有所裨益。

三山九侯先生身边出现一个彩衣女子,衣袂飘摇,庞然身躯大如一轮悬空明月,一双金色眼眸,不同于冰冷的神灵,她的眼神、脸色、态度,都显得温婉柔和,极其像人。她是天下符箓的真灵,在符箓一道的地位和身份,就像那几种神仙钱的"祖钱"。

这大概就是符箓于玄单凭实物符箓无法合道十四境的根源所在了。别说炼制了千万张符箓,就是数量再多,于玄都无法凭此证道。只因为这条道路已有前贤坐断路头,飞升境想要跻身十四境,最怕走了一条桥那头已经有人的独木桥。比如:有白也,苏子与柳七就无法通过文运合道十四境;有玄都观孙怀中,小陌就晚了一步;有吾洲,离垢就必须改道。

这尊大道显化而生的符箓真灵,站在箓河的河床尽头,巨大法相面朝礼圣和三山九侯先生那边。女子姿容的符灵,倒行如插秧。每一把插在水田里的"青秧",就是她往天外太虚中撒落的不计其数的符箓。显而易见,她是要铺设出一条崭新"青道",好让蛮荒天下这艘渡船依循这条轨迹,逐渐远离浩然。

郑居中摇摇头。李希圣以心声询问道:"郑先生,有何不妥?"

郑居中微笑道:"就算整条既定青道都被改变,可只要没有创造出一条真正契合大道的新轨迹,还是徒劳。三山九侯先生能够以符箓之法复刻万法,包罗万象,但还不足以支撑起整座天下的大道循环,再加上前辈好像不经常涉足蛮荒大地,这条道路,虽说品秩比大妖初升略胜一筹,可要说坚固程度,反而逊色几分。假设周密已经没有了后手,但是别忘了,如今那座新天庭内,不只有周密。故而即便有一条粗略可算循规蹈矩的崭新道路,还是算不得万无一失。"

李希圣继续问道:"换成郑先生会怎么做?"

按照郑居中的说法,就算是礼圣和三山九侯先生联手,再加上他们的叠阵,好像还是没有什么万全之策。

郑居中摇头笑道:"换不成我。"

趁着一座叠阵尚未与蛮荒天下真正触及,陈平安试图在心湖中临摹这张暂不知名的大符,无果。只得其形不得其神,符箓的架子一起,很快就会摇摇欲坠,顷刻间崩塌,几次尝试，都是这么个惨淡结果。就像家底太薄，只能试图用一种最粗劣的黄玺符纸去承载一部上乘道书的真意，当然不成。

再就是陈平安的井中月，由于添了六百颗金精铜钱，品秩得到提升，大概可以称之为"井口月"了，只可惜分出的七十余万把飞剑都用来布阵，实在腾不出手来……开个小灶。

陈平安以心声问道："小陌，如果我来搭建此符的框架，你能用剑意填充脉络吗？"

小陌摇头道："我是符箓这行的门外汉，帮不上忙，差之毫厘，失之千里，就算返回浩然，沉下心来在道场内反复推衍，估计还是只会白白消磨公子宝贵的修道光阴。"

看了眼谢狗，小陌不情不愿说道："可能换成谢狗来当公子的帮手会更好。"

陈平安只得就此作罢。

青年修士瞬间进入叠阵内："陈山主，暂时由我来主持这座大阵，你准备那记后手。"

除了要靠叠阵来彻底扭转蛮荒天下的船头，强迫其步入一条由符灵铺设的"正轨"，还需要这位年轻隐官祭出关键的挡路一剑，环环相扣，缺一不可。

陈平安点点头。

三山九侯先生问道："知道如何出剑吗？"

陈平安答道："晚辈勉强为之。"

郑居中闻言，笑容玩味。

三山九侯先生察觉到郑居中的异样，以心声问道："郑先生有话要说？"

郑居中笑道："无话可说。"

原先叠阵之于那条宽阔箓河，恰似水上一叶浮萍而已。在陈平安交出大阵运转的主导权后，三山九侯先生坐镇其中，身后瞬间浮现出一尊不输礼圣的符箓法相，整座叠阵规模随之水涨船高，所有道场刹那之间扩张无数倍，却不是那种稀释，丝毫不减凝练程度。

谢狗咧嘴而笑，哈了一声，然后给出一个不偏不倚的公道评价："行家一出手，便知有没有。"

陈平安置若罔闻，只是将心神散出真身，在笼中雀天地的边缘地界远眺，只见三山九侯先生这尊由无数符箓组成的法相气象万千，根根筋骨由山字符积累而成，诸多龙脉蜿蜒千里，条条水脉由水字符汇聚而起，几座天下历史上所有大渎都可以在此看到水道，脖颈之上一颗头颅，脑海之内的景象宛如璀璨星辰，却非符箓于玄的那条银河。

大道之大，匪夷所思，超乎想象。

事关重大，三山九侯先生不得不再次提醒陈平安："我只是主持大阵，你才是大阵本身，我只能尽量帮你抵消蛮荒天下对叠阵的冲击。你到真正难以为继之时，不用苦苦支撑，只管收回两把飞剑，留有余力，保证能够递出那一剑。"

在三山九侯先生看来，陈平安既是这座恢宏叠阵的起源，同时又是这座大阵的短板所在。只是他无法苛求一个才不惑之年、道龄还不到三十的年轻练气士。

说实话，陈平安能够做到这一步，已经相当不易。其实先前三山九侯先生与礼圣进行演算，还有与陈平安差不多的八个浩然候补人选，其中剑修有三，其中就有北俱芦洲太徽剑宗的齐景龙。有或数人，或九人合力等诸多选择，各种组合方式多达百余种。最终，竟然还是单独选出陈平安一人。

不是风险与收益都很大的那些选择，就是一个相对最"无错"的选择。

陈平安点点头："我不会打肿脸充胖子，肯定会量力而为。"

青年修士从袖中摸出两张青紫符箓，交给陈平安，介绍起符箓的用途："一张用来定住魂魄，一张可以稳固肉身，可以同时使用，不到万不得已，不要祭出双符，一定要注意时机，不可冲动行事。一旦过早使用这两张符箓，人之真身连同魂魄，浑如砥柱扎根于洪水中央，只能打不还手，下场如何，看那胡涂就知道了，所以最好是撤掉叠阵后，你立即拿来养伤，以稳定道心和肉身，免得魂魄流散真身外，伤及大道根本。"

陈平安小心翼翼收起两张价值连城的保命符，若是用不好，可就是送命符了。

整座蛮荒天下在那条篆河之内航行，礼圣法相已经从背靠"渡船"的姿势，换成双手推动"船尾"。礼圣法相整个后背都被蛮荒大道消磨成漆黑的虚无之地，这种肉眼可见的大道损耗大到不可估量，任何一位飞升境甚至十四境修士，恐怕都会不由自主感到绝望。

三山九侯先生的两张筌字符，与那面由圣贤本命字汇聚成的金色圆镜，保证这艘"渡船"行驶在篆河之内。那尊作为三山九侯先生身边"侍女"的符箓真灵，在篆河尽头负责铺设出一条新路，已经在天外虚空搭建出一条长达数百万里的符道。

新路与青道偏离，呈现出一条清晰可见的圆弧，而陈平安他们的叠阵就刚好位于弧顶之外，如一座重甲步卒大阵抵御一支精锐骑军凿阵。

"渡船"与叠阵对撞之后，瞬间撕裂开笼中雀天地的一个口子，然后缓缓嵌入叠阵之内，天外顿时响起一阵阵如锋刃缓缓划割琉璃的刺耳声响。

便是如无名氏和离垢这般远远赏景的局外人，都有点头皮发麻。无名氏赶紧灌了口酒压压惊，打了个激灵，啧啧道："看着就有点疼，别说扛着的人了。"

离垢看了眼那个身形小如芥子、盘腿坐在剑阵天地的"天幕"处的年轻隐官，陈平安没有丝毫表情变化，凝神屏气，不动如山。

无名氏笑道："眉头都不皱一下，年纪轻轻的，的确是条汉子，看来我们陈隐官这个止境武夫的体魄很牢靠啊，就是不知是谁教的拳。"同样是站着说话不腰疼，这个无名氏，说得就要比胡涂顺耳中听多了。

坐镇小天地日月中的符箓于玄和纯阳道人,开始分别缝补那个窟窿,防止船头过快挤破剑阵天地的更多屏障。

一座蛮荒天下,一座叠阵,如两枚篆河中的流丸,前者移动迅速,后者静止不动,且大小悬殊,两者接触之地如磨盘互碾。

郑居中轻轻点头,叠阵的坚韧程度,比预期要好上几分。其实文庙那边肯定是做好了最坏打算的,就是他们一行在天外拦不住这条"渡船",最终两座天下撞在一起。那么浩然天下对于那处撞击点的选择就很有意思了,郑居中猜测文庙的选择,会是……那座中土文庙。届时顶替陈平安这个位置的人选,就是那位身在文庙地界就相当于十四境修士的经生熹平。

浩然天下,中土文庙。

一个老秀才揪须更揪心,站在一座凉亭台阶顶部,实在不忍心再看天外景象,急急收回视线,转头与身边一位儒生模样的老朋友说道:"熹平老哥,都说滴水之恩当涌泉相报,那么涌泉之恩可不能滴水相报啊,千千万万不能如此!"

经生熹平无奈道:"此事如何计较,文庙自有说法。"

若是较真,陈平安好像至今也没有求到文庙的地方。

老秀才一听就不乐意了,跺脚道:"只论事不论心,世道江河日下,如何能够满街是圣人?!何况你我,我们都是读书人啊!"

经生熹平越发无奈:"我是怎么个情况,你又不是不知情,由不得我不公事公办,必须照规矩走。"

受限于身份,经生熹平确实无法与谁谈什么私谊,即便身在文庙,也不参加议事。

老秀才其实也不图经生熹平什么,就只是为了分心,闲扯几句有的没的,免得自己像个不经事的愣头青。走入凉亭,刚刚落座,便像火烧屁股一般,又站起身,只是忍住没有走回亭边,他伸长脖子瞧了瞧外边——不还是像那热锅上转圈的蚂蚁。

老秀才开始嘀嘀咕咕,碎碎念叨,就像个喝闷酒的人在桌边说醉话:"读了百千万圣贤书,可不能只拉出一坨屎来。

"俗子拉屎撒尿,还能施肥田地;心术不正的读书人,拉了屎,狗都不叼。

"偶尔,美好的事,辛苦的人,会让铁石心肠者,心软一下。

"修道之士,性命之延续,高低长短,在于留下世道痕迹之深浅。"

经生熹平坐在一旁默默听着,习惯就好。

一座叠阵开始逐渐崩碎,那些断折飞剑如滂沱大雨落在天地间。于玄坐镇的填金峰已经彻底消散,郑居中的琉璃阁也分崩离析,轰然炸开,景象绚烂,流光溢彩。蛮荒天下以极其细微的幅度拨转船头,缓缓偏移向那条由符箓真灵铺设出来的轨迹。礼圣法相伸出一只手,替叠阵抵消掉一部分冲劲,紧贴"渡船"墙壁的法相一侧脸颊,被蛮荒天下消磨掉大半。

陈平安始终闭目，悬空坐定，单手贴住腹部，一手掌心朝上，一手握拳撑在膝盖上，浑身骨骼有如金石颤鸣，流淌出金色的流火。年轻隐官做出了一个出人意料的举动，真身如山岳，魂魄如山中万花共同燃烧，化作一股股流火溪涧浩浩荡荡流泻至山脚，所幸这些分头行事的溪涧，除了在山脚形成一座座深潭、池子，紧接着汇聚成一条环山之河，随后又有水床枯涸的小半数溪涧呈现出爬山之势，竟然开始逆流而上，复归山中各大"气府"，最终这副如火人身，形成了一个趋于稳定、井然有序的自我循环。

主持大阵运转的三山九侯先生，稍稍放心几分，不断调整大阵诸多细微处，不再如先前那般束手束脚，能够更大程度发挥这座叠阵威势。

叠阵之中的七十二候大阵，亦是不堪重负，作为阵法枢纽的七十二枚印章陆续崩裂。

纯阳道人单手托起一轮大日，重重一推，再双指并拢作剑诀敕令背后长剑，一把法剑铿锵出鞘作龙鸣，化作一条扭曲绳索牵日。吕喦一个身形拧转抡起胳膊，直接拖曳那轮冉冉升起的大日画出一个巨大圆弧，抛向笼中雀被"渡船"挤碎的巨大缺漏处。道法剑术兼具的这一手神通，火候恰到好处，只见去势汹汹、升天而起的一轮辉煌大日，在途中演化为一件摊放开来的金色法衣，此后一根长剑绳索牵连起千百颗骄阳，层层叠叠，依次攀高，直至天幕，千百颗骄阳纷纷化作件件法衣，阻拦缺口扩大的迹象。

于玄为了配合这轮大日的所行"天位"，便驾驭两仪阵中的那轮明月落地。

吕喦转头看了眼陈平安。陈平安微微挺直腰杆，以心声道："不打紧。"

吕喦和于玄的这一手，将陈平安的天魂和地魂拉扯成一条绷直的长线，如一根独木，撑起摇摇欲坠的笼中雀天地。

郑居中一抖袖子，将原本崩碎的琉璃阁，凝为一张好似"封条"的不知名符箓，就那么贴在那扇开在天幕的大门之上。与此同时，陈平安额头处出现了一条凹陷下去的血槽。

李希圣双指并拢，挪动脚步凌空蹈虚，在大地上画出了一道符箓，陈平安额头的那条血槽瞬间消散。

似乎得到了三山九侯先生的暗中授意，谢狗犹豫了一下，看了眼那个山主，后者微微点头，她便脚踩叠阵中的虚相闰月一格，朝高处祭出一剑，数千条如虹剑光冲天而起，就像无数条电光衔接起两座云海，剑光在笼中雀天地间乱窜如电蛇，同时在那蛮荒天下"上空"数百里化作一座雷池，缓缓推动船头一侧偏向符灵造就出来的那条道路。对于蛮荒天下某些抬头望天的大修士而言，那大概就是仙人境欲跻身飞升的天劫雷池了，天威浩荡，只是注定不会落地而已。

陈平安稍稍拧转手腕，从袖中掠出那两张符箓，分别融入左右手背。

这是？照理说，陈平安至少还能坚持短则半炷香、长则一炷香工夫。小陌阻拦不及，谢狗也是出现片刻恍惚，看架势，自家陈山主是要狗急跳墙了？

只见陈平安握拳抵住膝盖的右手轻轻松开，五指做虚握剑柄状。贴在腹部、掌心朝上的左手一个翻转，同样虚握，却是握住剑锋状，从右往左缓缓移动。

一粒精粹金色光亮在天地间绽放。

不但笼中雀内七十万余把长剑齐齐震动，就连纯阳道人那条化作牵日长绳的法剑也出现了一定程度的摇晃，如遇同道，高声颤鸣。谢狗剑光所化垂挂天地间的游走电蛇，如山木被劲风所吹，整齐倒向一侧。

半座剑气长城，手中一把剑。

天外极远处，一个头戴莲花冠的年轻道士缩了缩肩膀，伸出手心，摸了摸脖子。

就在此时，礼圣率先眯眼望向远方。片刻之后，便有一条纤细黑线蜿蜒而至，黑线之下，是一条火红道路。

鬼鬼祟祟躲在自家天下天幕处看热闹的陆沉蓦然瞪大眼睛，以拳击掌："来得早不如来得巧，大饱眼福了！"

那个无名氏见机不妙，立即伸手拽住身边离垢的肩膀，铆足劲遁入一处不易察觉的太虚沟壑中。

于玄沉声道："好像是那条游走太虚深处的太古螣蛇。"

郑居中与礼圣和三山九侯先生以心声言语一番。礼圣轻轻点头，三山九侯先生虽然面露疑惑神色，仍是敕令符灵返回袖中。

几个眨眼工夫，这条太古螣蛇就显现出它的巨大。整座蛮荒天下小如珠子，被它张嘴吞入腹中，脑袋稍晃，它就将那座叠阵撞开，庞大身躯碾碎符灵辛苦铺出的那条崭新道路，晃动一下尾巴，将那颗珠子吐出，再用脑袋一顶，蛮荒天下就更换了一条好似预设的崭新"青道"，螣蛇身形则没入太虚中，就此消失不见。方才依稀可见那条螣蛇头颅之上，站着一个只剩下皮囊而无神识的"陆法言"。在那条螣蛇行走道路上，大火灼烧的浓重道痕经久不散。

吕喦缩地山河，一步来到路旁，蹲下身，手指拈起些许灰烬，这位道号"纯阳"的得道真人，忍不住喟叹一声，抬头望向远处，连"大道"都可焚烧吗？

陈平安被一撞后仰倒地，一路翻滚，那把即将成形的左手长剑渐渐消散，最终右手撑地，大口呕血。

李希圣叹了口气，今天只是暂时解了燃眉之急，以后每隔十年，两座相互牵引的天下，就会出现一次冲撞。若是那条太古螣蛇不来搅局，礼圣可能毕其功于一役，当然浩然天下有可能伤亡惨重。

三山九侯先生将大阵归还陈平安。叠阵变成笼中雀和井口月两把飞剑，瞬间没入陈平安眉心处。

礼圣神色如常，与众人作揖致谢："辛苦诸位。"终究是多出了十年光阴。

除了三山九侯先生先生纹丝不动，其余修士各自还礼。

陈平安也想要站起身还礼，礼圣伸手虚按一下，笑道："好好养伤。"

小陌来到陈平安身边，扶起自家公子。陈平安伸手抹掉脸上的血污，还好，没有"又"跌境。

三山九侯先生微微皱眉，以心声问道："陈平安，为何提前使用那两张符箓？"

陈平安沉默不言。

郑居中小有惋惜。若是陈平安毅然决然一剑斩向蛮荒，他郑居中肯定会第一个跟上，火上浇油。想必那小陌和谢狗，两位飞升境剑修，都不会闲着，可以锦上添花。李希圣会被迫为陈平安护道，纯阳吕喦亦会接着出剑，阻拦白泽或者蛮荒暑刻……

礼圣笑着拍了拍三山九侯先生的手臂，说道："设身处地，搁我也不惯着谁。"

一处好似光阴长河旋涡的太虚缝隙内，离垢这么个出了名的面瘫，都有几分忍俊不禁，原来无名氏被一条莫名岔开的火道给烧了个灰头土脸，躲避不及的矮小汉子晃了晃脑袋，一撮撮被烧焦的头发簌簌而落。

离垢忍住笑，抬了抬下巴，好奇问道："以前招惹过那位？"不敢直呼其名。

无名氏郁闷道："怎么可能？我就只是遥遥见过对方几次，躲都来不及，哪敢主动招惹？"

在远古岁月的后期，以及登天一役之前，除了天下十豪中的那几位，谁敢挑衅那几位天庭至高神灵？

礼圣率先告辞离去，好像是去追那条被牵线傀儡"陆法言"掌控的太古螣蛇。

李希圣望向从头到尾都十分闲适的白帝城城主，笑问道："郑先生，择日不如撞日，下局棋？"

郑居中微笑道："还是等三教辩论结束之后吧，到时候我在白帝城恭迎寇掌教大驾。"双方现在就对弈，不管是几局棋，终究胜之不武。

李希圣点头道："那就恭敬不如从命。"

"真人玄同万方，我辈莫见其迹。"要知道这句溢美之词，可是陆沉亲口说的。

于玄眼角余光瞥了一下郑居中，捻须不语，奇也怪哉，你们俩怎么会有私人恩怨？对郑居中，于玄的态度只有一个，敬而远之。当朋友就算了，更别成为敌人。

随后李希圣便与三山九侯先生同行，一起沿着大妖初升的那条青道溯源而游。

于玄则邀请纯阳道友一起去合道所在饮酒。因为先前于玄在天外银河忙着合道，三山九侯先生难得地主动露面，所以于玄知道了一桩崭新"掌故"，以后几千年，再拿出来晒一晒太阳，就是那种被人津津乐道的老典故了。

先前五名剑气长城的剑修，手持三山符在蛮荒天下跨越山河。在陈平安他们几个烧香"礼敬"之后，没过多久，就又有青烟袅袅，在三山九侯先生身前升起。

第二拨人，敬香人数也不算多，只有九人，却同样香火鼎盛，气象极大，曹慈，元雾。两位白帝城郑居中的嫡传弟子，一开门，一关门，傅噤和顾璨。竹海洞天青神山一脉的少女纯青，龙虎山天师府道士，中土破山寺的僧人，出身兵家祖庭一脉的许白。总之儒释道和兵家，三教一家都有了。

在这么短的时间内，先后出现两拨手持三山符跨越山河的敬香回礼之人，而且他们还都很年轻，一个个都拥有值得期待和寄予厚望的大道成就。连三山九侯先生都小有意外，脸上难得有了些笑意。

与很多大修士不一样，他看重的，是未来，而且是他人的未来。若论往昔，峥嵘岁月，终究都是老皇历了。未来，却有无限的可能性。就像一本好小说，情节永远有转折，让看客觉得出乎意料。而前边已经烂熟于心的内容，再惊艳的人与事，至多就是翻回去多看几遍，而回忆与缅怀，反而容易让书中人感到伤感。

于玄跟陈平安这个年轻人，在那个时候，其实没半点交情可言。先前在金甲洲战场，陈平安的开山弟子"郑钱"，那个做事雷厉风行，还以诚待人的小姑娘，让老真人印象极好，顺带着就对那个素未谋面的年轻隐官有不错的观感了，什么样的师父带出什么样的徒弟嘛，要么是上梁不正下梁歪，要么就是青出于蓝而胜于蓝。所以当时于玄才极有深意地对三山九侯先生笑言一句："两次敬香，还得归功于那位陈小道友。"

三山九侯先生略微犹豫了一下，还是点点头，算是勉强认可了于玄的这个说法。不是三山九侯先生自视过高，吝啬好话，而是因为于玄之前与他说了句分量不轻的有心之语，故而他这一点头，就等于被迫给出了个答案。

于玄在这之前，曾经询问一事："是不是芝兰当道，不得不除？"

在那之后，陈平安为了缝补桐叶洲的一洲地缺，与诸君借取山水，俨然是"吾为东道主"。为何只是小有磕碰，大局依旧是顺遂的？因为冥冥之中，三山九侯先生在天外星河的这一点头，就等于让陈平安得到了一道名正言顺的旨意，这就像一个封疆大吏，得到了朝廷颁发的一纸公文，做事情就顺理成章。当然，三山九侯先生不点头，陈平安依旧可以缝补地缺，只是最终效果没有那么好。

这种天外赏景的机会实在难得，陈平安就带着小陌和谢狗一起慢悠悠御风返回浩然。而陈平安那一粒未曾被收回的心神，在与持剑者逆流光阴长河万年之后，见到了一幕，这让他长长久久，怔怔出神——落日熔金，暮云合璧。一处山顶，夜幕沉沉，围坐篝火。

除了天下十豪和四位候补，还有多个身影。他们坐在这里，就像整个人间曾经坐在此地，在山巅看高处，看远方。

第六章
开战

陈平安问道："先前在禺州地脉深处,具体是怎么个情况?"

谢狗已经恢复成貂帽少女的模样,答非所问："当初那场水火之争,大致缘由和过程都晓得吧?"

陈平安说道："只听说过些粗略的内幕,多是零零碎碎的只言片语,勉强知道几个重要节点。"

那场名副其实惊天动地的水火之争,当然是最重要的导火索。因为有灵众生"供奉"的香火一物能够淬炼神灵金身,导致同样位列五至高的两尊神灵大道此消彼长,出现了不可调和的矛盾,可以称之为一场亘古未有的大道之争。

按照青同的说法,那场架的结果,就是"天柱折,地维绝",整个天道随之倾斜,继而使得日月星辰的移动轨迹越发明显,从而衍生了后世的许多道脉。同时无数参战神灵如流星般陨落大地,遍地火海燎原,生灵涂炭,人间水潦尘埃四起,原本极为完美无缺漏的天道出现了诸多漏洞。这既是人间大地之上一切有灵众生的浩劫,对于"道士"而言,也是继"术法如雨落天下"之后的第二场大机遇。

谢狗显然不信这套说辞,瞥了眼年轻山主,笑道："真是这样吗?"

陈平安笑道："容我先喘口气,休歇片刻再赶路。"

天外御风,极其消耗练气士的心神和灵气,地仙修士置身其中,如同溺水,呼吸不畅,坚持不了多久。所幸这片广袤太虚犹有一些散乱流溢的灵气潮水可供陈平安汲取,不过以陈平安当下的御风速度,想要返回浩然天下,估计铆足劲,在自身灵气储备足够的前提下，也得花费个把月的光阴。所以等到陈平安调节好体内的五行本命物和紊乱灵气，还需要谢狗开道、小陌搭把手才行。

三位剑修蹈虚而立，周边这点灵气潮水，谢狗根本瞧不上眼，就像一次撒网只能兜住几条小鱼，费那力气作甚。

谢狗笑眯眯道："这次被小夫子亲自邀请赶赴天外，山主收益不大，出力不小。"

陈平安谦虚道："没有什么功劳，只有些许苦劳，不值一提。"

白景试探性问道："跟那白帝城郑居中和符箓于玄借取的六百颗金精铜钱，当真要还吗？"

小陌闻言揉了揉眉心。

陈平安没好气道："欠债还钱，天经地义，哪有借钱不还的道理？"

白景见风使舵，很快回了一句："对对对，有借有还再借不难，是这么个理儿。"

本来她还想好心好意与陈山主建言一番，那个白帝城城主，一看就是个难缠极了的主儿，这笔钱肯定得还，倒是那个符箓于玄，能拖就拖，反正没有订立字据，以后等他合道十四境再说。跻身了十四境，还有脸跟陈平安提钱？多拖几年，说不定就可以用谷雨钱折算了。

"落魄山泉府还有三百颗金精铜钱的盈余，回头就还给于老神仙，你要是愿意带着这笔巨款跑腿一趟，我就在这边先行谢过。"这么一笔巨款，陈平安实在不放心通过飞剑传信的方式寄往桃符山填金峰。

道场位于填金峰的符箓于玄，是桃符山的开山祖师，此山是目前浩然天下唯一一个同时拥有正宗、上宗和下宗的山头。

总有些吃饱了撑着的野修，喜欢打传信飞剑的主意。历史上有不少承载重要秘宝、书信的跨洲飞剑，就那么泥牛入海，不知所终，留下一笔糊涂账。

谢狗问道："山主就放心我独自游历中土？不怕我扯起落魄山的一杆旗帜，狐假虎威，在外边惹是生非？"

陈平安笑道："只看谢姑娘从北俱芦洲入境，一路跨洲南游至落魄山的所作所为，可以放心。"

谢狗看了眼小陌，要是小陌愿意同行中土神洲，她不介意远游一趟，路上喝点小酒，醉醺醺，酒是色媒，嘿嘿嘿。

小陌说道："如今公子受了点伤，我不会擅自离开大骊地界。"

陈平安突然问道："方才叠阵所在青道轨迹区域，附近灵气潮水还剩下多少？"

谢狗恍然，难怪陈平安这么乌龟爬爬慢悠悠御风，敢情是早有来一记回马枪的打算？只等礼圣他们一行离开，就去打扫战场，收拾残局？

小陌给出一个大致答案："归拢归拢，相当于一个仙人境的灵气储备。"

谢狗搓手笑道："就怕那个精通此道的老妪去而复返，已经被她捷足先登了。山主，要去咱们就抓紧。"

陈平安点点头，身形化作十八条白虹剑光，原路折返。

谢狗刺溜一声，咋舌不已：半点不像受伤的样子啊。

风驰电掣御剑途中，谢狗忍不住以心声问道："小陌小陌，你家公子先前瞧见了什么？那么生气，竟然差点没忍住就要一剑砍向蛮荒？"

"蛮荒大地上，出现了一个假的宗垣。"

"谁？"

"宗垣，他是继老大剑仙之后，剑气长城最有实力的剑修，如果不是战死，宗垣早就是十四境纯粹剑修了。公子猜测当初那场大战，蛮荒妖族的最终目的就是杀宗垣，防止剑气长城出现第二个十四境。宗垣在世的时候，口碑很好，公子很仰慕这位前辈。"

风雪庙剑仙魏晋，就得到了一部陈清都赠予、传自宗垣的剑谱，而被老大剑仙视为继承宗垣剑道最佳人选的魏晋，之所以迟迟无法获得那几缕上古剑意的"青睐"，就在于托月山百剑仙之一的年轻妖族剑修在城头炼剑时，利用"陆法言"，或者说周密私下传授的水月观和白骨观，试图摹刻出一个崭新的剑修宗垣。

因为老大剑仙的一番言语，再加上魏晋剑心足够通明，蛮荒天下和剑气长城，算是各有所得——周密还是算计得逞，大功告成，人间重见"宗垣"；魏晋则继承了宗垣遗留下来的四缕剑意，只说在飞升城的祖师堂谱牒，魏晋就是属于宗垣一脉的剑修了。

真是饿死胆小的，撑死胆大的。那个手持拐杖的蛮荒老妪，还真被谢狗说中了，当陈平安他们赶到青道旧轨附近时，老妪正在鲸吞方圆万里的灵气潮水，与此同时，老妪还在收拢那一截在此崩碎的"青道"的独有道意。些许灵气只是添头，后者才是老妪不惜涉险返回天外的关键。

谢狗二话不说，就是一剑斩出，漆黑苍茫的天外太虚被瞬间撕裂出一条雪白长线，兴许这就是远古大妖打招呼的方式了。官乙凭空现身，挡在老妪身前，伸手扯住那条白线，手掌晃动，剑光白线裹缠她整条胳膊，电光绽放，吱吱作响，搅烂了官乙的一条雪白胳膊，官乙肩头微动，又生出一条完整手臂。

谢狗疑惑道："官乙，你一个外人，为了帮她捞取这点灵气和道意，犯不着跟我结仇吧？你脑子都长在胸脯上边了吗？"

官乙苦笑道："有事相求，不得不出手相助。"但凡有点脑子的修士，都不愿意跟谢狗这种货色纠缠不清。

谢狗伸出一只手掌，勾了勾手指："一码归一码，好商量。"

官乙没有任何犹豫，朝谢狗抛出一根坠有绿芽的古老树枝，这就是破财消灾了。

那老妪身形消散，官乙随之失踪，小陌转头俯瞰一处，陈平安摇头道："算了，对方是有备而来，不宜追杀。"

谢狗环顾四周，说道："只是残羹冷炙，没剩下多少灵气了。"

陈平安说道："蚊子腿也是肉，就有劳谢姑娘帮忙了，能收回多少是多少。"

谢狗不太情愿，只是想起刚刚得到一件宝贝，便换了一张灿烂笑脸，她抬起一条胳膊，如立起一杆幡子，使劲摇晃数下，灵气便疯狂涌来。陈平安估算一下，这笔收益，相当于一个玉璞境修士的气府家底。将这些灵气放入藕花福地，散入天地，对整个福地来说，可能不是特别显著，可要是单独放置在某一座道场仙府内，例如高君的湖山派，某座大岳的山君府，或是赠予那位入山中修行的南苑国太上皇，就是一笔不小的入账。至于先前通过叠阵汲取的三股灵气潮水，陈平安打算落魄山和青萍剑宗各占其一，最后一股则放入密雪峰上的长春洞天赤松山。

谢狗将这股灵气凝为一颗青杏大小的珠子，丢给陈平安。陈平安将其收入袖中，之所以这颗宝珠会呈现碧绿颜色，是因为其蕴藉青道轨迹的道意，比起被大修士以秘法凝为实物的一般灵气灵珠，自然更为珍稀。

他们再次御风返回浩然，陈平安随口问道："谢姑娘，那截树枝是什么来路？"

谢狗笑哈哈道："天晓得官乙这婆姨是从哪里捡来的，值不了几个钱。"

陈平安学那谢狗，伸出一只手掌勾了勾——按照约定，坐地分赃。一路都在思索如何蒙混过关的谢狗，只得高高抬起袖子，伸手从里边摸出三颗大如拳头的碧绿珠子，灵气和道意更为充沛"结实"。陈平安将三颗宝珠叠放在一起，手心轻轻掂量一番，转头望向谢狗，微笑道："听小陌提起过，谢姑娘在北俱芦洲那边的市井山市，经常摆摊做买卖，可惜就是生意不太景气，挣不着几个铜钱，不会是因为缺斤短两的缘故吧？"

小陌难得帮着谢狗说了句公道话："公子，谢狗没有私自克扣，这三颗珠子有相当于两位寻常飞升境修士的灵气储蓄。"

由此可见，陈平安通过一座叠阵辛苦挣来的灵气潮水，还不如白景随便祭出几件法宝捞取的分量。

陈平安满脸意外："说好了五五分账，就是五五分账。不承想谢姑娘的包袱斋，还是童叟无欺、以诚待人的路数。"

谢狗揉了揉貂帽，她可感动了，小陌今儿胳膊肘拐向自己哩。其实陈平安就是故意有此一问，等于白给小陌一份人情。陈平安抛竿，小陌上钩，谢狗咬饵，皆大欢喜。

陈平安远眺一座"浩然天下"，日月循环之余，犹有五颗辅弼星辰，日月加上五星，光亮皆照天下，故而合称七曜。其中木曰岁星，体积最大，绕行一圈为十二年，与地支同，故名岁。而那颗鲜红色的荧惑星，轨迹路数最为不定，古称"大火"。

一场"共斩"之后的兵家初祖，就被囚禁在那颗象征杀伐的荧惑之内。自古以来，各朝各代钦天监的繁密记载中，关于可骇、可疑的种种天象，多与此星有关，每一次出现荧惑守心的天文,对于人间世俗君主都是一场无形的大考。

陈平安说道:"先前谢姑娘跑题了,我们继续聊。"根据从长春宫水榭那边旁听而来的消息,禹州地脉深处,其余大骊地支一脉六个修士,应该与谢狗碰头了。

"铺垫,怎么能算跑题呢?"白景笑着自我辩解,然后她从袖中掏出厚厚一大摞纸张。纸张极薄,故而数量极多,画面内容,都是远古岁月的景象,每一页都可谓孤本。

若是将其编订成册,再飞快翻页,挺像一本市井书肆卖给稚童的小人书。

谢狗将其丢给陈平安,说道:"事先声明,只是借阅。"

陈平安接过那摞绘画有诸多天地异象的纸张,没来由笑了笑。当年小黑炭去学塾读书,在课本每张书页的边角空白处,绘画了小人儿。

老厨子曾经偷藏了一本,作为裴钱"读书辛苦"的证据,再用另外一本替换,而且还有意照着画了些一模一样的小人儿。只是裴钱多人精,不知怎么就给她发现不对劲了。她担心不小心被师父瞧见,着急得团团转。结果裴钱翻箱倒柜都没能找到那本"离家出走"的课本,她便怀疑是不是有家贼犯案,于是她一手轻轻揪着骑龙巷右护法的耳朵,一脚重重踩住骑龙巷左护法的尾巴,让他们两个赶紧坦白从宽。

陈平安先一眼扫过所有在手中急速翻动的"书页"画面,然后从头再看一遍,这一次就慢了。

其中一页画面有两个空白处,分别位于这张书页的西北和东南角,其中一处如火灼烧出个窟窿,另外一处则是一片水渍,漫漶不清。

先前与青同那场闲聊,陈平安当时用了个很土气却极其恰当的比喻,水火之争宛如后世田地的火烧和翻土,经过浓郁充沛灵气的浸染,从贫瘠之地转为肥沃良田;散落各地的众多神灵尸骸,又成为天地灵气的源泉。遇到大年份,年景就好,就有大收获。不计其数的修道之士置身其中,各有机缘造化,得以占据一处处风水宝地,纷纷开辟道场,收拢天材地宝,人间大地之上,随处都是"裸露"出来的道法脉络,只说后世雷函这类原本秘不可显的"天书",是数不胜数。除了水火两部诸多神灵陨落之外,权柄极重的雷部诸司神将,又不可避免地被这场内乱裹挟。说句不夸张的,在那段天才辈出、"道士"如雨后春笋般涌现的岁月里,地上的机缘,简直就是"俯拾即是,不取诸邻"。

白景唏嘘不已:"等到登天一役结束,人间修道之士,终于反客为主。再就是那场分裂成两个阵营的内斗了。落败一方,惨兮兮啊,没谁有好果子吃。"

她跟小陌这拨大妖,为何会沉睡万年,还不就是那场架打输了,必须躲起来养伤。不过最惨的,还是那位作为一方领头者的兵家初祖,原本他是可以直接立教称祖的,当初儒释道三教祖师对此并无异议,只因为想要占据那座远古天庭遗址,结局就是那场共斩了。

谢狗还是极为佩服此人的,完完全全当得起"大丈夫"一称!这位兵家初祖的野心勃勃，可是毫不掩饰的，直接摊开来，没有玩弄任何阴谋诡计，直接掀桌子！

这次谢狗看似撂挑子，独自离开蛮荒，寻找小陌结成道侣，其实还藏着一份不可告人的私心，若是这位兵家初祖重新出山，再有类似的干仗，必须继续算她一份！

"之后便是小夫子出手，绝地天通。"

但是为后世天下修士专门留下了一道无形大门，或者说是一条通道，进身之阶。练气士除了炼日拜月之流，还可以通过自身命理和术法，牵引本是浮游天外神灵尸骸的天外群星，从中汲取天地灵气，不断壮大各座天下的那个"一"。

由道祖领头，三教祖师在河畔订立万年之期，就是道祖早早看到了这个"一"。在不断扩张之后，他们三位身为十五境修士在各自天下，最终会出现一种不可避免的"道化"。

准确说来，就是一种同化。此后礼圣联手"叛出"妖族的白泽，共同铸造九鼎，又有了后世几乎泛滥的搜山图。

再后来，就是请三山九侯先生出山，共同制定新礼。

谢狗转头望向天外茫茫深处，唏嘘不已，说道："无垠的天外太虚中，其实悬浮着无数的日月，荧惑也一样。"

陈平安点点头。

白景继续说道："但同样是日月之属，还是有品秩高低的，就像如今宝瓶洲各国境内多如牛毛的胥吏，只有极少数人，能够成为封疆大吏。我相中的那轮大日，就是出身比较好、品秩比较高的。万年之前，我就心心念念，要将其开辟为道场，按照当年的规矩，它就是属于我的私人地盘了。"

小陌终于开口反驳道："是想要将其炼化为本命物吧？"

谢狗的修行资质实在太好，以至于她在修行路上从无贪多嚼不烂的顾虑。打个比方，同样是一天光阴，小陌一整天专心炼剑，而谢狗花费半天就有同样的成效。剩下半天，谢狗可不会闲着，就跑去学兰锜那般炼物，或者修行那些远古地仙的旁门左道。

可能眼前的这个嬉皮笑脸的"谢狗"，就是白景故意剥离出来的那份……渣滓，貂帽少女好像每天游手好闲，不务正业。

谢狗哈哈笑道："还是小陌懂我。"然后她埋怨道："小陌，别打岔啊。这轮被我千挑万选出来的大日，是有机会开窍炼形，成为一头金乌的，我哪怕不吃掉它，当个宠物养在身边，修行之余，逗逗乐子解个闷，也是极好极好的，像那王尤物骑乘的那头白鹿，不就是脱胎于一轮明月。可惜人算不如天算，我在那边修道数百年，结果它还是给那场内战波及了，被道祖一袖子引发的那股磅礴道气远远砸中，啪叽一下，就掉地上了。亏得我咬咬牙，壮着胆子，豁出性命不要，帮它护道一程，才免去分崩离析的下场。我早早与它约好了，以后有缘再会！陈山主，你是读书人，来评评理，凭良心说，这轮大日，归属何人?! 大骊朝廷凭啥跟我抢,就知道欺负一个背井离乡、势单力薄、弱不禁风的小姑娘,好意思?!"

陈平安说道:"质胜文则野,文胜质则史。文质彬彬,然后君子。"

貂帽少女一脸懵懂:"啥个意思? 是在夸人吗?"

小陌见她故意装傻,便帮忙解释道:"公子在劝你少说废话,言语精练几分,多说点正事。"

陈平安笑道:"你们误会了,其实是自省。"

谢狗使劲点头:"晓得晓得,你们槐黄县的风俗嘛,骂人先骂己,吵架赢一半。"

陈平安不计较她的讥讽,说道:"别跑题了,你如何处置那轮大日?"

谢狗说道:"还能如何,学陈山主,和气生财呗,出门在外笑哈哈,伸手不打笑脸人嘛。"

原来谢狗跟大骊宋氏做了一笔交易,这轮大日算是她暂借给大骊朝廷的,所有权归白景,使用权属于大骊宋氏,被搁置在那座新福地内。她可以在大日内开辟道场,其余任何修士,都不得染指。而这处"道场"的租赁期限是一千年,每过百年结算一次。第一笔定金与后续的利息,大骊朝廷都需要以金精铜钱结算,按时送到她手上。若是她不在落魄山,比如已经返回蛮荒,大骊宋氏同样需要找机会与她私底下碰头,反正不得逾期,否则就别怪她翻脸不认人。

陈平安说道:"谢姑娘要是不在落魄山,送给小陌不是一样? 你有什么不放心的,难道还怕小陌贪墨了去?"

谢狗抽了抽鼻子,委屈道:"又不是道侣,无名无分、不清不楚的,搅和在一起,教人看笑话。我可不是那种随便的女子。"

不搭理这茬,陈平安故作后知后觉的恍然模样:"如此说来,谢姑娘岂不是手头颇为充裕? 随随便便拿出三五百颗金精铜钱,不在话下?"

来了来了。谢狗伸手揉了揉貂帽,开始装傻,甚至吹起了口哨。只要我比陈山主更不要脸,陈山主就拿我没办法。

其实有件事,谢狗故意忽略不计了,主要是担心被小肚鸡肠的陈山主秋后算账。过去的事情,就没有重提的必要了嘛,反正又没掀起任何波澜。原来在那地脉深处,作为谢狗允许李希圣打开匣子的"酬劳",她当时提出了一个条件:既然这么喜欢揽事上身,谢狗就让那个自称是跨越天下而来的年轻读书人,接下她轻如鹅毛的一剑。

对方还真就傻了吧唧答应了。不但如此,对方还真就毫发无损地接下了那一剑。虽说谢狗担心自己倾力一剑下去对方就完蛋了,陈平安就会联手小陌将她赶出落魄山,没有使出全力,但是一个飞升境圆满的剑修的"随手"一剑,一个才半百道龄的练气士,接得住? 不死也得掉半条命吧。不料一剑递出,李希圣依旧活蹦乱跳的,这让白景大受挫折,怎的随便碰到个年轻人,就这么扛揍? 难道她这个飞升境的剑术,在万年之后,就已经变得如此不值钱了吗? 还是说如今浩然天下的修士,随随便便就能获得"无境"二字的真意?

所以在天外,一见到那个跟李希圣差不多路数的离垢,谢狗就气不打一处来。谢狗哪里清楚自己所见的年轻儒士与那位白玉京大掌教的关系?

用至圣先师的话说,寇名要是生在远古岁月,不说一定可以跻身远古十豪之列,至少捞个候补是毫无悬念的。而十豪与候补的分别,其实并不单单是境界修为的高低,更多是"开辟道路"的功劳大小。

像那开创炼物一道的兰锜,虽然法宝堆积成山,只说她厮杀斗法的本事,其实是不如那几位候补的,但是这丝毫不妨碍她成为备受敬重的十豪之一。

陈平安问道:"谢姑娘,想好走哪条合道之路了?"

谢狗看了眼小陌,满脸幽怨,委屈极了:这种事,你也对外说? 谁是自己人谁是外人,小陌都分不清楚吗?

陈平安自顾自说道:"一粒剑光,无限小,就注定要找到那个组成天地的最小之'一',太难了,白玉京陆沉就是个反面例子,他至今未能找出一条在立教称祖之外的十五境道路。所以我觉得追求无限大,可能成功的概率更大。"

不得不承认,在陈平安内心深处,陆沉其实要比那位真无敌更有机会跻身十五境。毕竟至今还没有谁敢说自己已经找到了万事万物的最小之"一"。道祖可能已经找到了,但是道可道非常道,说即不中?

而追寻无限大的广袤天地,看似空泛,却是相对简单。两把本命飞剑,笼中雀和井口月,目前即是在走这条提升品秩的道路,至于未来能否开辟出新路,获得某种崭新神通,只能走一步看一步。

陈平安笑道:"而且这条力求宽广无量的剑道,与谢姑娘的性格是契合的。"

谢狗犹豫了一下,摇头道:"陈平安,你还是想得太简单了。"

"怎么说?"

"很多很多年前,我曾经无意间步入一座大殿,见过那种被具象化的'想象',那是一种根本无法用言语形容的古怪境界。你只要敢想,好像什么都可以实现,真真假假,虚虚实实,完全是颠倒的。不对,都不能说是颠倒,真实与虚幻,已经混淆不清,根本就没有界限。不知道有多少地仙被困其中,一颗道心深陷泥潭不可自拔,就此渐渐腐朽死去。"

听到这里,小陌终于开口说道:"据说只有佛陀能够完全压制此境,就算是道祖和至圣先师,都只能做到全身而退。"

"佛陀唉,是唯一一位真正脱离所有'障'的超然存在嘛,的的确确,厉害得不能再厉害了。"

谢狗满脸羡慕神色，使劲点头道："据说佛陀的法相，多如恒河之沙，可以遍及以前、现在、未来。我们剑修再厉害，都是没法比的。"

陈平安笑道："谢姑娘，你好像还没有说自己是如何离开那座大殿的。"

谢狗伸手挠挠脸，难得有几分赧颜："糗事一桩，不说也罢。"

之后陈平安便让小陌帮忙，御风速度暴涨，其间路过岁星附近，强劲的湍流和磅礴的罡风，地仙修士一着不慎就会被牵扯进去，被撕成粉碎，却是个止境武夫打熬体魄的绝佳地点，效果之好，如同"打潮"。只不过碍于文庙规矩，纯粹武夫是不可随便御风天外的，想必与那兵家初祖坐镇荧惑有关系。

刚刚与这颗岁星遥遥擦肩而过，陈平安突然察觉一丝气息，立即转头望去，依稀可见一位襦衫男子的渺茫身形——

千古悠悠，不知何人吹铁笛，清响破空冥。

陈平安立即让小陌停下御剑，与那位不知名的儒家圣贤作揖行礼。

等到陈平安作揖起身，那道身形却已经消散在天风旋涡中，没有要与他们客套寒暄的想法。

在陈平安一行继续赶路后，礼圣现身岁星一处旋涡边缘，有书生坐在旋涡中央，身前有一块石台，摆放了两摞书，数量分别是九本和十四本，最上边两本书，分别写着"流霞洲"和"翥州"。这个书生见到礼圣，没有起身相迎，只是称呼礼圣为小夫子。

书生问道："下个十年，找好帮手了？"

礼圣点头道："下次就人手充裕了，还可以喊上一拨年轻人。"

书生看了眼远处，说道："万年刑期即将结束了。"

礼圣笑问道："打过照面了？"

书生点头道："不出所料，我们这位文圣一脉的关门弟子，不辞辛苦回了一趟天外捡漏，确实是块做买卖的好材料。"

礼圣说道："伏羲曾经提议让陈平安秘密进入文庙，担任一段时间的财神爷，发挥特长，专门负责调拨整个浩然天下进入蛮荒天下的物资，只是被老秀才骂了一通才作罢。"

此地访客寥寥，儒家之外的练气士，就只有皑皑洲刘财神、商家范先生。

临近浩然，谢狗随口说道："陈山主，那位纯阳真人，那几手剑术抖搂的，瞧着相当不俗啊，跟谁学的本事？"

陈平安说道："是纯阳前辈自学，并无山上师传。"

谢狗撇撇嘴，显然不信，又问道："你好像很怕那个姓郑的？"

陈平安笑道："我劝你一句，以后哪天跟落魄山撇清关系了，谢姑娘还能留在浩然天下随便晃荡，招惹谁都可以，就是别去挑衅这位郑先生。"

谢狗笑呵呵道："十四境，谁敢招惹？"

小陌沉声道："白景，即便郑先生只是飞升境，你同样不可随意启衅。"

谢狗嫣然一笑，故作羞赧道："小陌，我改名啦，以后喊我梅花就是了。"

不理睬这一双万年冤家的"打情骂俏"，陈平安突然说道："我们绕路，换一处天幕大门，先走一趟中土神洲。"

小陌点点头，谢狗搓手道："做啥子？"

砸场子？记得先前那个道号"纯阳"的真人联手于玄，顺藤摸瓜，朝中土神洲落下一剑。莫非是要急匆匆登门讨要说法？没有隔夜仇？陈山主你这脾气，差得可以啊。

陈平安笑道："还能做啥子？我这个小小元婴境练气士，狐假虎威而已。"

看管中土神洲天幕的陪祀圣贤之一，是个身材魁梧的大髯老者，听闻陈平安一行要由此进入中土，也没有说什么，就打开大门。年轻隐官抱拳致谢，小陌跟上，谢狗竟然拎起裙摆，施了个万福。老者只觉得别扭。那个貂帽少女脚步轻灵，觉得自己真是贤淑，有此良配，小陌真有福气！

走入大门后，三道璀璨剑光皆一线坠落，直冲中土神洲的阴阳家陆氏。三位不请自来的不速之客，两位飞升境剑修，一巅峰一圆满，陈平安与小陌都是倒栽葱的俯冲姿势，唯独谢狗是双臂抱住那顶刚刚摘下的貂帽，任由天风吹拂，头发就跟撑伞一般，露出光洁饱满的额头。

小陌问道："公子，下边的陆氏大阵？"

陈平安眯眼微笑道："有阵破阵，有人打人。"

谢狗咧嘴笑道："陈山主陈山主，我觉得你越发对胃口嘞。"

陈平安调侃道："我可是有家有室的人了，谢姑娘可别见异思迁，教小陌伤心啊。"

谢狗挠挠脸："小陌，你放心，肯定不会的，我发过誓，最少还要喜欢你一万年呢。"

小陌板着脸，置若罔闻。

约莫是心情大好的缘故，谢狗骤然间加快速度，直接以双脚打破那座陆氏的层层大阵，空中响彻琉璃崩碎声。陈平安和小陌飘落在那座最高的陆氏禁地司天台之时，谢狗已经将原本就仅剩半座的司天台凿出个窟窿，整个人斜着钉入地面。貂帽少女晃了晃肩头，将双腿先后拔出地面，然后"哎哟喂"一声，一个后仰，倒地不起，双手抱住膝盖，扯开嗓子只喊疼，开始满地打滚起来。

陈平安面无表情，没来由想起早年游历壁画城途中的那场"碰瓷"，眼前谢狗，同样演技拙劣了点。一袭青色长袍，双手笼袖，站在半座司天台之上，俯瞰大如一座王朝巨城的陆氏家族。

黄帽青鞋的小陌，手持绿竹杖，以心声提醒白景别装了："你能跟陆氏讨要几个医药费？"

陈平安伸出一只手，指向司天台附近戒备森严的一处，谢狗所有剑气都被其抵挡在外："多半是那座芝兰署了。"

陆氏先祖，曾是文庙六官之一的太卜。

儒教历任太卜，其中一个极其重要的职责，就是看管那部号称万经之祖的经书。此外还有两部秘不示人的辅经：一部放在功德林的麟台，经生熹平负责日常看管；另外一部大经，初刻本就藏在阴阳家陆氏的这处芝兰署。凭借这部经书，"邹子谈天，陆氏说地"的陆氏，才得以衍生出作为重要分支的《地镜》一篇。又因为这篇地书，陆氏高人另辟蹊径，与邹子提出的五行相克学说走不同道路，以艮卦作为起始，人之命理如山连绵。潜藏在骊珠洞天多年的仙人陆尾，因此才得以帮助家族以勘察三元九运、六甲值符的秘法，订立某个将陈平安作为坐标的一幅完整堪舆图，然后一小撮身份隐蔽的"陆氏观天者"和"天台司辰师"，就可以通过陈平安的山川路线和成长轨迹来观道。

陆氏司天台与芝兰署相辅相成。

小陌笑道："不知道那位陆前辈今夜会不会露面？"

陈平安说道："在自家地盘，来这边见两个旧友的胆气，总归还是有的吧。比起我，我们陆前辈肯定更不愿意见你。"

确实，上次大骊京城皇宫一场叙旧，陆尾在小陌手上可谓吃尽苦头——小陌一手剑术如一张雪白蛛网遍布整座京城，再勘破障眼法，成功将遁地的陆尾揪出，掐住脖子，将其放回桌边。陆尾还被小陌一手割掉头颅，就那么放在桌上。

之后陈平安才有了抖搂一手雷局的机会，将陆尾魂魄困住。仙人被迫将心神凝为一粒，见到了不少光怪陆离的光阴长卷，最终经受不住煎熬，彻底心神失守。陆尾原本一颗几近无瑕的道心轰然崩碎，原本有望跻身飞升境的仙人就此跌境为玉璞。

小陌说道："好像陆氏撤掉了几座攻伐阵法。"

陈平安笑道："不然陆尾之流的阴阳家前辈，要与你们展开对攻吗？"

小陌会心一笑，也对，那个陆尾就是个纸糊的仙人，体魄孱弱到匪夷所思的地步，实在不堪一击。

从芝兰署内联袂走出五人，来到司天台之下停下脚步。这拨陆氏修士，相貌各异，气质如一，都是冷冷清清的神态，形若青鹤。他们站成一排，身高相差悬殊，高低不平如一道水纹。

居中一位，辈分和境界都是最高的，少年姿容，他正是现任陆氏家主陆神，道号古怪——天边。

其余四人中就有陆尾。这个陆尾的脖颈处,有一条不易察觉的青线。再次见到那个面带微笑的青衫剑客,陆尾看似神色平静,实则心有大恨!差点就被这个笑里藏刀的年轻隐官,关押在那座别称"天牢"的雷局炼狱之内磨灭魂魄。

谢狗坐在地上,可惜此地纤尘不染,否则满身尘土,就显得更可怜了,不赔偿个百颗金精铜钱,休想打发了她,她又不是乞丐。

陆神抬头拱手,淡然道:"贵客登门,有失远迎。"

陈平安根本没有理睬这位陆氏家主,只是随便抖了抖袖子,身边便多出一位妖族修士银鹿,仙簪城副城主,大妖玄圃的爱徒。

陈平安笑道:"银鹿,你与陆道友,难得故友相逢,都不打声招呼?"

之前陆尾心神曾经来到一处没关门的府邸门口,里边有个席地而坐的家伙正在持笔写书,兢兢业业。正是蛮荒仙簪城的副城主银鹿,他被年轻隐官拘拿了一魂一魄,真身跌境为玉璞,这个"分身"就被陈平安关在屋内,按照约定,不写够一百万字,而且必须保证内容的质量,否则这辈子就别想"出门"了。故而这段时日,这个"银鹿"可谓绞尽脑汁,将家乡天下的见闻秘史逸事一一记录在册,好不容易才凑齐五十万字。由不得这个副城主每日长吁短叹,写书真是一桩难事。

银鹿有模有样打了个道门稽首:"陆道友,又见面了。"难得出来透口气,却是如履薄冰,如果银鹿没猜错,地上那拨练气士,就是浩然中土陆氏的那些老不死了。

陆尾只能是装聋作哑,总不能真与那蛮荒妖族礼尚往来吧。

陆尾出身陆氏宗房,作为大骊地支修士之一的儒生陆翚则非陆氏宗房嫡传,只是陆翚与通过那串灵犀珠获知真相的太后南簪不同,他至今还被蒙在鼓里。陆尾在骊珠洞天内押注大骊宋氏,秘密扶植了后来成为大骊中兴双璧的曹沩和袁瀣。正因为这一文一武成为后来一洲门户都会张贴的门神,陆尾得到一大笔源源不断的"分红",仙人境瓶颈出现了一丝松动迹象。若非走了一趟大骊京城,为陆绛当说客,不小心阴沟里翻船,仙人陆尾本该功德圆满,返回中土陆氏闭关寻求飞升境了。

陆尾当时在大骊皇宫,不管是心中积郁已久,还是别有图谋,都是与陈平安吐了些苦水的。按照这位仙人的说法,陆氏家族实在过于庞大,宗房跟几个旁支之间,以及宗房内部,纷争不断。不单纯是利益之争,更存在着诸多微妙的大道分歧。所以陆氏家族的祠堂议事结果,与离开祠堂后的各自行事,在雾里看花的外人看来,往往是自相矛盾的。

好像被晾在一边的陆神神色自若,继续自顾自说道:"要与陈山主请教一事,不知那枚倒刻符字的六满雷印,是否出自我家某位祖师之手?"

按照陆氏谱牒,像陆尾这样的老人,都得称陆沉一声叔祖。而陆尾被一枚极有可能是陆沉亲手打造的法印拘押,差点魂飞魄散,只能通过一盏祠堂续命灯重塑肉身,从头修行。

陈平安明知故问道："某位祖师？陆氏族谱那么厚，我一个首次做客陆氏家族的外人，怎么知道陆家主是在说哪位？"

一个站在陆神身边的中人之姿的年轻女子，她竟是直接笑出声。虽是一个姓氏的同族，她真是半点面子都不给家主陆神。由此可见，阴阳家陆氏内部山头林立，各自为政，不是虚言。她确实是有资格不卖面子给陆神，因为陆氏有一条道脉，重要性半点不输观天者那一脉。这一脉负责辅佐酆都，保证世间人鬼殊途，幽明异路。所以这一脉的陆氏"土地官"，与酆都以及天下城隍庙都是极有香火情的。而她刚好就是这一脉的祖师。

陆神两次主动言语，陈平安都没有理会。

那个坐在地上的貂帽少女，还故意添油加醋："这都能忍，老王八吗？都说打人不打脸，被一个年轻晚辈如此欺辱，不得卷袖子狠狠干一架啊？"

谢狗又哎哟喂连连出声，才想起自己还身受重伤呢，她伸手揉着膝盖，打了个寒战，嚷着"疼疼疼，瘸了瘸了"。

一个相貌清癯的高个老者心中愤懑不已：什么时候我陆氏祖地落到如此地步？就是那文庙教主、祭酒来我陆氏做客，不一样需要处处恪守礼仪，该有的尊重，半点不缺！

陈平安挪步走到司天台边缘，轻轻跺脚，令半块青砖坠地，盯着那个陆氏家主："如果不是朋友陆台，今天我肯定要去芝兰署逛一逛，与你们借走几本书才肯离开。"

上次陈平安提醒过陆尾，记得给中土陆氏捎句话："以后别打大骊的主意。"还与陆尾彻底打开天窗说亮话："你陆尾的出现，就等同于陆氏率先亮剑，我陈平安和落魄山，则已经正式领剑。"对于山上修士而言，这其实就是彻底撕破脸皮了。

听到一个外人提起陆台，几个老人都是神色不悦。

陆台这个出身宗房的悖逆之徒、不肖子孙，差点给整个家族带来一场灭顶之灾——整座司天台上空，出现了一口好似倒悬的古井，井口朝下，遮天蔽日。当时聚在司天台的观天者，光是当场跌境者就有三个。而陆氏观天者的珍稀程度，外界根本无法想象。如果不是天地异象之初，家主陆神第一时间就动用了供奉在祠堂内的两件重宝，堪堪挡住了那口古井的下坠，恐怕绝对不许出现丝毫浑浊之气的芝兰署都会被殃及。

那个高瘦老者忍不住厉色训斥道："竖子成名，好大胆，竟敢在此大放厥词！"

谢狗一个蹦跳起身："贼老儿，谁借你的胆，敢这么跟我家小陌的公子如此这般大言不惭？！"

陆神一卷袖子在身前迅速画了个圆，空中出现了一面神光灿烂的八卦镜。一道雪白剑光瞬间砸中这面八卦镜，火光四溅，八卦镜逐渐出现一道裂纹，镜面龟裂声响越来越大。

芝兰署门口那边,有个慵懒青年从彩绘门神当中一步跨出,没睡醒似的,揉了揉眼睛。结果被谢狗手持一剑洞穿腹部,钉入大门,谢狗则被那个青年反手按住脑袋,转身按在门上。

少女咧嘴一笑,青年突然身形倒退,双指并拢掐诀,将身前出现的一团团绽放剑光压缩在一丈之内。若非其以秘法压制下剑光的威势,整座芝兰署就要报废了。

青年修士叹了口气,停下脚步,原来这具法相已经被无数条无形剑气切成了碎片。他正是陆神的出窍阴神,亏得不是一副阳神身外身。

陆神问道:"陈山主,这是要开战?"

陈平安将那"银鹿"收回袖子,再与谢狗招呼一声:"走了。"

蹲在芝兰署墙头上的貂帽少女哦了一声,化作剑光拔地而起,追随小陌一道离开。

那个胆战心惊的高瘦老者咬牙切齿道:"奇耻大辱!"

而那个好像唯恐天下不乱的女子点头附和道:"是啊是啊,奇耻大辱,不过如此。"

陆神只是仰头看着那座崩塌半数的司天台,神色凝重,轻轻叹息一声。

三人重返天幕途中,谢狗抱怨手都没焐热,太不过瘾。

小陌问道:"公子?"小陌发现身边公子好像一直心不在焉。

陈平安摇头笑道:"没什么,分神而已。"

万年之前,那处山顶的篝火旁,光是陈平安一粒远游心神认识、猜出身份之"道士",就有至圣先师,道祖,佛陀;人间第一位修道之士,兰锜,那位鬼物,剑道魁首,巫祝,兵家初祖。陈清都,礼圣,白泽,三山九侯先生。

一个神采奕奕的女子抬起手,晃了晃手中的一件刚刚铸造成功的物品:"瞧瞧,等着吧,肯定有大用处的!"

一旁的青年修士伸出手,微笑道:"我看看。"

有个身材魁梧的中年书生,双手握拳撑在膝盖上,闭着眼睛,或点头或摇头。

一旁坐着那位巫祝,言语似歌似吟,与那位后来的至圣先师一起商讨音律。

小夫子,未来的礼圣,手持一截树枝,在地上圈画。

白泽蹲在一旁,单手托腮,看着小夫子的"落笔"。

一个少年模样的道士,腰悬一截葫芦藤,一只手掐指,不断变幻,一只手摊开掌心,仔细观看掌心纹路。

一个神色妩媚的女子,站在一个身材壮硕的男人身后,双臂叠放在男子的脑袋上,下巴朝那少年抬了抬,笑眯眯道:"别总是招惹他啊,这个闷葫芦,反而最小心眼,暴脾气哩。"

男人笑声爽朗:"怕他个卵,等我那门拳脚功夫大成,可以单手揍他。"

女子笑得花枝招展,少年只是扯了扯嘴角,蹦出两个字:"莽夫。"

壮硕男人唉了一声:"打一架?"

不承想他的道侣后退一步。男人刚抬起屁股,只得悻悻然作罢,小声埋怨道:"也不拦着我。"

她坐在他身边,依偎着他的肩膀,柔声道:"打架输了又不丢脸。"

一个人坐得与所有人都隔得很远,云遮雾绕,身形模糊,不见面容,他横剑在膝,轻轻屈指一弹,然后微微歪着脑袋,竖耳倾听剑鸣。

有个笑容温和的年轻男子头别簪子,正在往篝火堆添加木柴。

一个姿容极其俊美的少年,躺在地上,跷起腿,他眼神明亮,怔怔看着天上。

一旁是个粗眉大眼的青年剑修,用后世眼光来看,只算相貌周正吧。他用一本正经的语气与那个躺在地上的少年说道:"你这模样,难看了点,小心以后找不到道侣。"年轻男人跷起大拇指,指向自己,"论相貌,得是我陈清都这样的,你不行。"

俊美少年翻了个白眼,从怀中摸出一卷刻字的竹编道书,高高举起,仰头观看。

三位剑修观照、元乡、龙君,与后来的托月山大祖,以及初升,竟然聚在一起喝酒,看着关系不错。

龙君微笑道:"那个落宝滩的碧霄洞主在这里就好了,他酿造的酒水才好喝。"

托月山大祖忍住笑,伸手指了指那位少年道士:"别提了,无缘无故打了一架,没打过咱们这位,听说碧霄道友正在生闷气呢,撂了句狠话,让他等着。"

初升笑着打趣道:"能不打架就别打了嘛,学我们小夫子,讲点道理。"

有人突然问道:"你们说以后,很久以后……比如一千年,两三千年以后,是怎么个世道?"

那个几乎从不与人言语的剑道魁首欲言又止,最终还是没有说什么。

陈清都眯眼而笑,双手抱住后脑勺,小声呢喃道:"都会很自由自在吧,能够上山修行的,保护那些不能修行的。"

未来的托月山大祖神采奕奕,突然挺起胸膛:"必须如此!"

那个身材魁梧的书生,朝他竖起大拇指。

一个始终闭目的中年男子,睁眼微笑道:"当为汝说,如是我闻。"

听到这句话,片刻寂静之后,他们一同哄堂大笑。

这就是万年之前,曾经的人间大地,而他们即将为整个人间与天庭开战。

文庙陪祀圣贤坐镇的天幕大门,相互间并不相通,所以陈平安三人就重新去了趟天外,再通过宝瓶洲那道大门重返浩然。既然到了宝瓶洲上空,他们就不用着急赶路了，去往大骊处州，三人如拾级而下。

俯瞰一洲大地山河，云在青天水在瓶。

蹦蹦跳跳的谢狗转头看了眼小陌，感叹道："小陌，你这般装束，照理说土气的，可是穿在你身上就不一样了，俊俏得很哩，真真切切应了一句诗文，眼前有景道不得！"

小陌默然。

谢狗大摇大摆行走，学那巡山小水怪肩头一晃一晃："黄帽青鞋绿竹杖，剑仙踏遍陇头云。"

在落魄山待久了，入乡随俗，谢狗学了不少习惯和人情世故。

小陌忍了又忍。谢狗好像文思如泉涌，挡都挡不住："三千年来寻剑客，道树枯木又逢春。自从一见梅花后，直至如今更不疑。"

陈平安笑问道："开篇为何不是'一万年来'？"

谢狗嘻笑道："能比'三千年'更好？"

陈平安点头道："倒也是。看来吟诗作对这一行，谢姑娘是登堂入室了。"

谢狗双手负后，缓缓说道："世事短如春梦，投簪下山阁，拾取水边钗，个中须着眼，诸君分明看，仔细认取自家身。"

陈平安沉默片刻，真心有点遭不住了，说道："小陌，你以后做自己就好了。"

小陌犹豫了一下，说道："白景的这句酸文，比打油诗好些。"

走在中间的陈平安抬起双手，朝他们分别竖起大拇指："你们俩，天造地设。"

谢狗突然说道："好像那个李希圣，在赶来这边的路上。"

陈平安点头说道："你们俩先回落魄山，我跟他聊完，就直接去村塾那边。"

其实在被陈平安喊走之前，谢狗在陆氏司天台和芝兰署那边偷偷留了一份"见面礼"。他们走后差不多半炷香工夫，整个陆氏家族出现了好似地牛翻身、鳌鱼拱背的异动，如今陆氏为了收拾烂摊子，已经忙得焦头烂额了。光是那笔修缮费用，就是一大笔谷雨钱。

在小陌和谢狗御风去往落魄山没多久后，李希圣在陈平安附近现身，面带笑意，开门见山道："陈平安，三山九侯先生让我捎句话给你，让你不用猜了，他当年游历骊珠洞天，确实曾经在泥瓶巷住过一段时日，只不过时间不长，几年而已。至于后来发生那么多事，这位前辈还是让你不用多想，是你'自找'的。放心，这位前辈的'自找'一语，是褒义的。"

陈平安松了口气。

李希圣笑道："从地理位置上算，你们确实是邻居，但是隔了太多年，其实没有什么道脉渊源可言，你大可以如释重负。"

陈平安终于从李希圣这边，验证了一个猜想。

李希圣以心声说道："陈平安，只说一个我的猜测，你听过就算。你可知道曾经三山九侯先生配合礼圣，尝试为浩然天下订立新礼？"

陈平安点头道："听先生说起过这件事，知道些内幕。"人间曾经有希望出现一位"人道之主"。

李希圣看了陈平安一眼，点点头，既然他已经获悉真相，就不用多说了，便转移话题："听说过闰月峰的辛苦吧？"

陈平安笑道："陆掌教多次提起此人，羡慕不已。"

"青冥天下的武夫辛苦，与那蛮荒瞥刻是一样的存在。"李希圣说道，"每座天下，都有这么一个存在。而我们浩然天下那位，他对于礼圣的做法并不认同，所以导致新礼无法推行下去。"

陈平安对此不予置评，实在是不敢妄加议论。犹豫了一下，陈平安小心翼翼说道："钟魁？"

如果说对于剑气长城而言，担任末代隐官的陈平安是一个变数。那么桐叶洲就有两个变数，一隐一显，分别是扶乩宗的那个杂役弟子，以及大伏书院的君子钟魁。

陈平安想知道，钟魁是不是三山九侯先生的道法传承者之一？

李希圣微笑道："既然是猜测，不妨胆子再大一点。"

陈平安震惊道："钟魁是三山九侯先生的分身之一？！"

原本他至多猜测钟魁是这位前辈某位嫡传弟子的兵解转世。就像陆沉所说，若非三山九侯先生几乎不怎么现身，不然那些犯了"前朝天条"的鬼仙，出现一个，就会被斩一个。这位不显山不露水的三山九侯先生，从自身修行的道路，到道统传承和收取弟子，都极为隐蔽。暂住京城火神庙的封姨，先前向陈平安泄露些许天机，陈平安这才知道三山九侯先生的一位亲传弟子和两位相对比较年轻的不记名弟子。

那位"有据可查"的嫡传弟子，是治所位于方柱山的青君。而上古三山的地位，还要高过如今的浩然中土五岳。此外两位不记名弟子，其中之一是道士王旻，与白也是同一个时代的练气士，遵旨奉敕出海访仙。另外一位剑修卢岳，在浩然天下出现和落幕极快。

那个远古天庭雷部出身的老车夫，在京城曾与陈平安提及三山九侯先生，也说了些老皇历：三山九侯先生曾经在骊珠洞天驻足，只是岁月长短未知。但是可以确定一事，骊珠洞天的福禄街和桃叶巷，归根结底，皆是因他而有。福禄街，自然是符箓街。桃叶巷的那些桃花，也是三山九侯先生随手种植。事实上，就连大骊王朝铸造的那三种金精铜钱的雕母，都是三山九侯先生赠予的。

而剑修卢岳，便是出身福禄街卢氏。与卢氏王朝有千丝万缕关系的福禄街卢氏，在卢氏王朝覆灭后，没有被连累，想必与此大有关系。陈平安猜测，剑修卢岳，虽说昙花一现,没有留下太多山上事迹,但是极有可能始终在世,至多有过一场兵解离世的劫数。通过某些秘术,卢岳能够保留前世记忆,所以才使得大骊朝廷如此忌惮,没有对福禄街卢氏这一脉赶尽杀绝。

李希圣无奈道:"都敢跑去中土陆氏砸场子了,陈山主就这么点胆子?"

陈平安愣了愣,望向李希圣。李希圣轻轻点头,没猜错,就是了。当然不是全部。

李希圣问道:"还记得你是怎么认识刘羡阳的吗?"

陈平安点点头,是刘羡阳被一伙同龄人追赶到泥瓶巷,那拨出身富贵的少年天不怕地不怕,下手极狠,差点打死了刘羡阳。为首之人,正是福禄街卢氏子弟,此人如今还在清风城那边博一份富贵前程。

李希圣笑道:"如果我的推衍没有出错,卢岳的转世,就是那个白裳。"

北俱芦洲的剑修第一人,白裳?!如此说来,徐铉岂不是三山九侯先生的再传弟子?难怪徐铉这个家伙,行事那般跳脱跋扈,敢在北俱芦洲横行无忌。

陈平安从袖中摸出一张纸,递给李希圣。

李希圣接过手后,笑道:"真迹无疑,好好珍藏。"

福禄街卢氏,曾经送给当时还是大骊皇后的南簪几页古书,都是祖传之物。其中一页,看似只是记录了一门山上最简单的穿墙术:"天地相通,山壁相连,软如杏花,薄如纸页,吾指一剑,急速开门,奉三山九侯先生律令。"

那会儿的南簪,或者说中土阴阳家陆氏的陆绛,当时还没有使用那串灵犀珠,再加上大骊先帝对她颇为约束,并不理解这张书页的珍贵程度。

两人边"下山"边闲聊,等到临近大地,大骊处州疆域一览无余,唯独家乡小镇的上空,依然云雾萦绕,看不清道不明。

上次陈平安与稚圭重逢于一处桐叶洲旧大渎龙宫遗址内,曾经问过她一个问题:认不认识三山九侯先生。虽然稚圭没有给出确切答案,但是显而易见,她不但认识,而且对他既恨,更怕。

一口铁锁井,却恰好是"苟延残喘"的真龙王朱那一口生气所在,让她与外界天地相通。

那座位于小镇和西边大山接壤处的真珠山,则是真龙所衔"骊珠"所在。一条龙须溪与一条小镇主街,是一隐一显的两条龙须,桃叶巷和福禄街则分别是一段龙脊和龙颈,街上的每一座府邸就是一张符箓,那些屋舍的占地大小都是有讲究的。桃叶巷的每一株桃树,根须扎入地底,就是一颗困龙钉。福禄街用以镇压真龙龙颈处的气府,防止其"抬头"。

那数十座烧造瓷器的龙窑,号称千年窑火不熄,对于王朱来说,就是一场名副其实的大火烹炼,让其宛如置身于油锅内。故而小镇窑工每一次开窑烧瓷,是为"业火"不断灼烧王朱的魂魄。

要知道这种符箓手段，不只是镇压一条真龙而已，而是在压制整个人间的蛟龙气运。一着不慎，就会疯狂反扑作为"始作俑者"的压胜之人。修士最怕沾染红尘因果，可从来不是一句虚言。

李希圣解释道："对于王朱来说，这既是一场漫长的残忍酷刑，又相当于一种迫不得已的淬炼和苦修。唯有熬过去了，才能脱胎换骨，等待重见天日，然后恢复自由身。

"小镇并非一开始就是如今的四姓十族，最早在这处古战场落脚扎根的各方练气士开枝散叶后，时日一久，势力各有消长，比如某个姓氏家道衰落了，不得不变卖祖产，搬迁到类似二郎巷、杏花巷这样的地界，交割地契后，原先旧宅邸被新主人拆掉墙壁。每一次变更地界，就等于其中一张符箓有所松动，这正是王朱的希望和盼头所在，她在长达三千年的漫长岁月里，凭此熬过了一场又一场的煎熬。

"齐先生当年对她起了恻隐之心，故而对她多有庇护。只是那会儿王朱尚未完全开窍，懵懂无知，对此并不领情就是了。所以齐先生，当然还有你这个邻居，在王朱心目中，都是很特殊的。"

李希圣说到这里，突然伸出手，问道："有酒吗？"

陈平安笑着取出两壶酒水，盘腿坐下，与李希圣轻轻磕碰酒壶，各自饮酒。

每一位路过旧龙州的外乡大修士，只要境界够高，眼力够好，就可以看出些深浅不一的端倪。

就像小陌，破碎坠地、降格为福地的骊珠洞天遗址，置身其中，就像在与一位十四境纯粹剑修对峙，而且双方近在咫尺。所以小陌上次听公子第一次说及关于两把飞剑的设想，就给出一个建议：可以悉心揣摩小镇的山水格局，相当于与三山九侯先生问道求法一场了。小镇处处暗藏玄机，都是学问，有点类似那兵家初祖的十一境一拳，拳谱就嵌在陈平安人身天地内的山河之中。

当时的陈平安却是知难而退，说了两句话："我如今想要让小天地内一朵花开都做不到，现在就想要仿制出这座大阵，有点好高骛远了。

"不过这是大道所指的方向，肯定是没问题的。大不了多花些时间，靠着滴水穿石的笨功夫，一点一点慢慢拆解吧。"

其实精通阵法的刘景龙，早就发现小镇本身就是一座宝山，根本就是一部无字的道书。毕竟那位三山九侯先生被推为天下符箓一脉的开山鼻祖，后世所谓的七十二家符法，至少半数道路，都是这位前辈开辟而出。

陈平安想了想，从心湖那边抽出一张纸，是一幅彩绘夹杂白描的画卷，类似一幅光阴走马图。纸上彩绘处，皆是陈平安记忆里的深刻景象；白描和粗糙处，便是记忆模糊的人与事。

李希圣接过纸张，扫了眼，问道："是北俱芦洲的鬼蜮谷？"

陈平安点点头，第一次游历骸骨滩的鬼蜮谷，在那宝镜山，曾经遇到当时还是金身境武夫的杨凝真。杨凝真是为了得到那把所谓的三山九侯镜，才在山中消磨光阴。不过此物得手后，杨凝真却是送给了那位被誉为"小天君"的弟弟杨凝性，后者如今已经进入白玉京修行。

在夜航船上，吴霜降也曾与陈平安提及一桩秘事，早年曾经碾压所有同辈修士的皑皑洲大修士韦赦，在跻身飞升境一百年后，就开始尝试合道，跻身十四境。结果第一次合道失败后，三山九侯先生便亲自走了一趟皑皑洲，按照吴霜降的说法，属于主动侧身让步，为韦赦留出了半条道路。可惜韦赦还是没能抓住机会，两次试图合道皆失败，韦赦好像就再没有尝试第三次合道的心气了。

李希圣将书页递还陈平安，忍俊不禁道："终于明白三山九侯先生为何在临行之前，要与我说一句'不必拘束，大可随意'了，原来是评价你的说法，害我这一路胡乱推衍，都是一团乱麻。"

陈平安自嘲道："关于那位，我如今得手的线索实在太少了，若是将茱萸峰田婉作为一条光阴长河的锚点，凭此展开各条脉络，我觉得只会是一条起步就是歧途的错路。思来想去，就想要换个与小镇既有交集，又有足够分量的练气士作为坐标，才不至于被那位自身道法带起的长河浪花一冲就散。"

即便身边有李希圣在，陈平安依旧不敢直接言说"邹子"二字。

先前在天外，陈平安几次话到嘴边，都不敢开口言说此事，就怕在三山九侯先生那边得到一个否定的答案——这意味着陈平安必须推倒重来，另寻人选。要说陆沉，境界当然足够，但是肯定不行。

好像每一位提及三山九侯先生的修士，或多或少都会带着一种油然而生的敬意。陆沉这种混不吝的，在他刚成为道祖小弟子那会儿，甚至会与结伴游历白玉京的纯阳吕嵒说一句"大话"："天下道法，自然始于师尊道祖，再薪火相传于师兄，香火鼎盛于陆沉，将来陆沉再将这份蔚为壮观还给天下。"可是当陆沉提及三山九侯先生时，同样不缺敬重。

嗯，只有一人算是例外——正是落魄山的首任看门人，郑大风。

邹子当初游历骊珠洞天，就在杏花巷那边摆了个卖糖葫芦的摊子。而此人的师妹田婉，正阳山茱萸峰的峰主，也曾偷偷进入小镇，找到那个开喜事铺子的真名蔡道煌的老人，也就是胡沣的爷爷，其真实身份是昔年所有定婚店的主人。而他手上只剩下半部的姻缘簿子，不知为何，一路辗转落入了柳七手中，被柳七带去了青冥天下。但是田婉依旧得到了一批"月老"红线，被她用来操控人心，继而通过对李抟景、魏晋以及刘羡阳等人的姻缘线乱点鸳鸯谱，掌握宝瓶洲剑道气运的流转，作为她砥砺自身大道的修行手段。

而红绳是无法炼制和仿制的，所以当时郑大风用了个褒贬皆有的说法："就算是三山九侯先生，他老人家的道法足够通天了吧，一样没法子炼制。"说这句话的时候，郑大风神色玩味，似乎想起了一些陈年旧事。

陈平安好奇问道："柳七先生游历青冥天下，是希望凑齐一部姻缘簿子，以此作为合道契机？"

李希圣点头道："因为下半部簿子就在道号'复勘'的朝歌手上，她是远古姻缘神的转世。"李希圣笑着说了句题外话："淇水鲫鱼，很美味的，绝对不比跳波河的杏花鲈逊色半点，你有机会一定要尝尝看。"

陈平安点点头。

李希圣喝了一口酒，问道："走了趟天外，经此一役，有何感想？"

陈平安想起剑气长城城头上的刻字——一横，就好像一条山间栈道，稍微思量一番，说道："好像天地间存在着一张张渔网，间距很大，凡夫俗子如小鱼，倏忽穿梭网格中，仿佛来去自由，甚至能够将那些绳线作为栖息之地，而练气士如大鱼，境界越高，体形越大，反而无法穿网而游，只能强行挣脱，比如成为陆地神仙，以及合道十四境。"

"所见略同。"李希圣会心一笑，放下酒壶，取出一个材质普通的麻绳圆环，然后将其打了许多绳结，笑道，"在白玉京青翠城散道之前，我觉得这就是我们所处的世道。只是后来我又觉得整个人间就是一本书，但是底本从来不在我们手中。有人随便单独摘出一页纸来，就能够延伸出一系列崭新故事。读书如树木，翻书若乘凉。"

听到这里，陈平安忍不住开口问道："如今想来？"

李希圣笑着摇头："没有头绪啊。"

陈平安晃了晃酒壶，不知不觉，已经喝完了一壶酒，又拿出一壶酒，李希圣却摆摆手："你喝，我酒量不行，难得喝酒。"

若说人情反复，世路崎岖，那就喝酒，唯有喝酒醉乡。

李希圣看着那个喝酒不停的陈平安，实在无法想象，当年的泥瓶巷少年会变得如此好酒，他笑问道："已经想好了如何打磨两把飞剑？"

陈平安抹了抹嘴角，道："除了一直吃金精铜钱，还需要不断添砖加瓦。"

"佛家说一尘含数刹，道家说一与万物，殊途同归。"李希圣点头说道，"笼中雀涵盖天地十方，井中月成就光阴长河，集一千小千世界。"

陈平安打算跟那位身为青萍剑宗客卿的青同道友，购买那些极为珍稀的梧桐叶。不过没什么把握，估计青同不会点头答应的，至多就是不卖只送，送出几张梧桐叶，不会超过十张，打发自己了事。陈平安的心理预期，是最少三张梧桐叶，当然多多益善。至于如何回报青同，不是什么难事。毕竟以后双方是近邻，打交道的机会多了去了。陈平安看得出来,青同明显是想要开山立派的,只是比较心虚,根本不敢主动与文庙提及此事。

之前在那旧钱塘长曹涌那边的七里泷,在征得这位大渎淋漓伯的同意后,陈平安将那些被地方志记录在册的诗词内容,总计数十万字,从书上剥离出来,让其化作一条金色长河涌入袖中。

此外,陈平安还曾在北俱芦洲那处仙府遗址内,得到一本当年谁都没有在意的书,上边写了许多悲欢离合。

自古观书喜夜长。

陈平安在村子那边当学塾先生,每晚都会亲自书写关于年轻游侠跟哑巴湖大水怪的一系列山水故事——一个年纪轻轻却剑术超群的江湖游侠,与担任军师和智囊的哑巴湖大水怪并肩作战,与各路妖魔鬼怪斗智斗勇……

相信一定可以给小米粒一个惊喜,就跟看一场活灵活现的镜花水月差不多,山山水水,人神鬼仙,走马观花都像真。不过这个长长的故事,只有竹楼一脉的那个小山头,才可以陪着小米粒一起观看,其他人就别想了。

不同于那个不学无术的银鹿觉得写书太难,陈平安反而觉得有耐心长久看本书更难。

李希圣说道:"陈平安,准确说来,我们两个还是同姓。"

其实双方都姓陈,只是同姓不同乡。陈平安当然是骊珠洞天本土人氏,李希圣的祖籍却是在那北俱芦洲。

陈平安点点头,早就知道此事了。兄妹三人,李宝瓶、李宝箴,作为大哥的却叫李希圣。

李希圣站起身,清风拂面,微笑道:"古诗有云,功成何必藏姓名,我非窃贼谁夜行。"

陈平安说道:"这句话,得记下来。"

闲来无事,两人并肩蹈虚,天风清凉,俱是心境祥和。逐渐恢复前身记忆的李希圣,是在想念白玉京那两位师弟。陈平安则是在担忧阿良和师兄左右的处境。之所以没有忧心忡忡,是因为直觉告诉陈平安,即便不是最好的那个结果,也肯定不是最坏的那个。只是不知为何,斐然、初升都已现身蛮荒,仍是没有阿良和左右的消息。

临行之前,郑居中给了个古怪说法,一个在很久以前,一个在很久以后。

陈平安与师兄左右,撇开第一次短暂见面不说,其实就只在剑气长城的那段岁月才勉强有点师兄弟的样子。左右虽说也传授给这个小师弟剑术,但是言语之中,陈平安可以明显感受到一点,师兄对自己的剑修身份,是不太看重的。师兄左右更像一位治学用功的醇儒,致力于追求读书人的三不朽——立德立功立言。

其实一开始陈平安就很好奇,只是碍于这位师兄的脾气,不敢问。后来陈平安实在忍不住询问了一句:"师兄的本命飞剑叫什么?"

左右果然脸色就难看起来,只用一句话就把陈平安堵了回去:"先生在场的时候,你怎么不问?"

陈平安哪敢继续追问,再问下去,肯定是要后果自负了。

陈平安突然内心一震,随即释然,因为李希圣已经告辞一声,赶赴桐叶洲了。

小陌身形落在小镇,跟着的谢狗疑惑道:"不直接回落魄山吗?"

小陌说道:"找个路边摊,吃顿夜宵再回。"

谢狗皱了皱眉头,有点不适应了。

挑了个摆在小镇主街的夜宵摊,小陌落座后,跟摊主要了两碗猪肉荠菜馅的馄饨,从桌上竹筒取出一双筷子,递给谢狗后,轻声问道:"什么时候返回蛮荒?"

谢狗默不作声,用袖子擦拭那双竹筷,像是在赌气。

等摊主端来两碗热气腾腾的馄饨,小陌这才拿起一双筷子,说道:"别发呆了,趁热吃。"

谢狗单手各持一只筷子,分别戳中一个馄饨,放入嘴中,腮帮鼓鼓:这么难吃,不付钱啊。

小陌细嚼慢咽一番,缓缓说道:"我知道你并没有剥离出魂魄,你一直是你,始终是白景。"

简而言之,所谓的"谢狗",就是一种蹩脚的伪装。

谢狗板着脸哦了一声。

小陌继续说道:"如果是一种迁就,我觉得没有必要。如果是一种嬉戏人间的姿态,可以照旧。"

谢狗问道:"那你觉得哪个更顺眼些?"

"说实话,都不顺眼。"小陌一向以诚待人,停顿片刻,笑道,"但是我很佩服那个好像永远在向前奔跑的白景,万年之前是如此,万年之后亦然。"

遥想当年,他第一次见到白景,她身陷重围,出剑凌厉,最终站在一具亲手斩杀的神灵尸骸之上。身材修长的女子,长长的头发扎了个马尾辫,环住脖子,她高高扬起脑袋,不知道嘀咕了什么,身形一闪而逝,剑光如虹,在空中划出一道极长的弧线,大地之上雷声大震。

谢狗神色复杂,只听前半句,不觉得意外,但是小陌的后半句,反而让她有几分不自在,便端起碗,喝了一口清汤:馄饨不好吃,汤不错。等会儿结账的时候,多给几枚铜钱。

谢狗闷闷说道:"我并不知道如何喜欢一个人。"这种狗屁倒灶的混账事,比练剑难太多了。

小陌说道:"别委屈了,你稍微设身处地,想想我的感受?"

谢狗咧嘴一笑。最后是小陌结的账,她也没抢着付钱。

一起走在街上,谢狗的尾巴又开始翘了,她嘿嘿说道:"小陌,我们要是有个女儿就好哩,嗯,就像小米粒那样的,每天憨憨傻傻的,我们把她保护得好好的,不着急,一天天慢慢长大。"

小陌无言以对,憋了半天,才憋出一句自认足以撇清关系的话语:"你开心就好。"

貂帽少女双手摊开,双脚并拢向前跳着格子,自顾自高兴着:"开心真开心。"

小陌记得自己第一次见到白景的画面,但是小陌却没办法知道白景第一次见到自己,是何时何地。毕竟双方第一次正式见面,就是白景直白无误地说要与他问剑一场,再结成道侣。看着一头雾水的小陌,当时白景还补充解释一句:"谁问剑赢了谁睡谁!"

天外,陆掌教远远看过了热闹,便开始躺着御风,做脸庞仰天向后凫水状,确实是优哉游哉。

结果就要被一个老道士抬脚踩在脸上。

陆沉赶紧一缩头,躲过那即将压顶的鞋底,翻转身形再站定,嬉皮笑脸打了个稽首:"见过碧霄师叔。"

老观主站在原地,讥笑道:"这种明知结果的热闹,有什么好看的?"

有小夫子在场,再加上那条青道的轨迹显示,从一开始蛮荒天下就没想着跟浩然天下来个玉石俱焚。否则重返蛮荒的白泽,也不会眼睁睁看着那两艘"渡船"交错为一。明摆着就是那个周密在恶心文庙,让礼圣无法通过自身行走的那条老路,顺利填补上至圣先师散道后留下的空缺。

陆掌教眼神呆滞,有苦难言:"碧霄师叔你很严于律人、宽于律己啊。"

老观主说道:"我是来看老友的,跟你能一样?"

陆沉埋怨道:"这个小陌,也真是的,都不晓得主动来见一见师叔,就凭他跟我的交情,跨越天下远游又咋的?我亲自去天幕迎接,谁敢拦着?"

老观主神色淡然道:"陆掌教记得自己今天说的话。"

陆沉悻悻然道:"小陌来我们这边做客,也别大张旗鼓了,见过碧霄师叔,悄悄来悄悄走就最好了。"

老观主说道:"那个吕喦的大道成就,会很高。"

陆沉使劲点头道:"有幸与纯阳道友同游青冥,与有荣焉。"

老观主笑了笑:"至于白景,一旦被她跻身十四境,同样不容小觑。"

陆沉还是点头如小鸡啄米:都厉害,都厉害,一个个都牛气冲天才好,反正贫道小胳膊细腿的,都喜闻乐见。

老观主冷笑道:"亲眼见识了陈平安的那两把飞剑,再加上最后那合道一剑,陆掌教是不是想想就后怕,脖子发凉啊?"

陆沉揉了揉下巴,开始一本正经地胡说八道:"还好还好,我与陈平安是至交好友,见面只会喝酒,不会刀兵相见的。"

因为陈平安没有联系已经碰头的郑居中和吴霜降,陆沉先前活蹦乱跳返回青冥天下,算是逃过一劫。至今想来,陆沉还是心有余悸,半点不夸张,一旦形成合围之势,真不是闹着玩的。

这位白玉京三掌教曾与老观主"师叔"有过一番复盘。按照老观主的说法,关键所在,是对方如何拘押陆沉的梦境和心相。对付一位十四境,终究没有任何捷径可走。就像周密针对白也的那场扶摇洲围杀,就只能是老老实实耗尽白也的心中诗篇。在那之前,白也手持仙剑,任你王座大妖数量再多,白也依旧立于不败之地。

陆沉心知肚明,主持这场围杀的,表面上是陈平安,幕后人却是那头阴魂不散的绣虎。而崔瀺与三山九侯先生学到几种远古"封山"之法,毫不稀奇,在此基础上,以崔瀺的脑子,宛如于高原之上起高峰。只说那"绣虎自称第二,无人敢说第一"的剥离神魂术法,一旦崔瀺与郑居中私底下切磋过道法,再被后者学了去,最终陈平安负责先手,那拨剑修负责中盘,郑居中和吴霜降负责收官,彻底困住陆沉的所有心相,并非不切实际的空想。

当时老观主说了句风凉话:"两个白帝城郑居中,一个岁除宫吴霜降,就是三个十四境了。再加上齐廷济、宁姚、豪素、陆芝、陈平安。这种阵容,这么大的排场,就只是为了对付一个十四境,你陆沉可以引以为傲,偷着乐了。"

当时陆沉果真就背转身去,挤出个笑脸,张大嘴巴"哈,哈,哈",如此这般,接连笑了三声。老观主瞥了眼陆沉,即便眼光高如自己,还是不得不承认,陆沉的修道资质,尤其是道心,实在太好。真正敢说自己道心即天心的,陆沉算一个。

万年以来,撇开蛮荒陆法言、大妖初升这些藏头藏尾的十四境修士,以及刻意隐匿行踪的女冠吾洲,被文庙"囚禁"在雄镇楼之内的白泽,有四位举世公认最"能打"的大修士:白也,即便不是纯粹剑修,依然杀力最大。落宝滩碧霄洞主,后来东海观道观的老观主,道法最高。在十万大山驱使金甲力士、不知捣鼓个什么的老瞎子,身份最为神秘,修为深不见底。此外绰号鸡汤和尚的僧人神清防御最强,被誉为"金身不败"第一。某人曾信誓旦旦、言之凿凿地对外大肆宣扬一番,说除他之外的任何一个飞升境剑修,砍上个三天三夜,都是给老和尚挠痒痒。

某人说鸡汤和尚有"半个十四境修士的杀力,一个半十四境修士的防御"。半个加一个半,如此算来,可不就是两个十四境修士了。所以在他看来,几个十四境修士里边,还是鸡汤和尚最厉害。

此言一出，天下震动，以至于老僧隔三岔五就要被人追着砍。这位原本只是以三场护道被山巅熟知的佛门龙象，修养和脾气再好，也经不住这种层出不穷的骚扰啊。后来老僧好不容易逮住个机会找到那厮，非要让这个口无遮拦的家伙，通过各路山水邸报与外人澄清一下。

不出意外，没谈拢。那厮坚决不改口，说他说话从来负责，一口唾沫一颗钉，让他昧着良心说话，以后还怎么混江湖？

鸡汤和尚只得"称赞"对方两句："阿良，你的加减法，这么强的吗？难道上学塾读书那会儿，亚圣府邸里边，别人都在念书，就你在吃书？"

那个脸皮厚到没边的家伙，不怒反喜，双手叉腰，只说"这么新颖的夸人路数，脸红，脸红了"。

老观主问道："有想过万年以后的世道吗？"

陆沉反问道："这是想了就有用的事情吗？"

老观主说道："那就瞪大眼睛看看眼前事？"

陆沉笑道："好像更没意思了。"

陆沉站在无垠太虚中，头戴一顶莲花冠，双袖垂落，神色肃穆，冷不丁冒出一句："您觉得我立即跻身十五伪境，会如何？"

老观主笑道："想入非非，说来容易。"

陆沉蓦然而笑："师叔，看破不说破嘛，否则没几个朋友的。"

老观主说道："我一个修道万年都未能跻身十五境的，高攀不起一个动动嘴皮子就能跻身十五境的。"

陆沉立即纠正道："伪境！"

老观主淡然道："挂一漏万吗？"

陆沉疑惑道："这个成语，难道还能这么用？"

老观主懒得搭话。

陆沉伸了个懒腰，准备打道回府，白玉京那边，有的忙。

老观主问道："佛陀当年拉你进入那处玄之又玄的大千世界，你见到、经历了什么？按照当时你的观感，度过了几万年？"

陆沉恍惚神色一闪而逝，很快就恢复如常，微笑道："的确见过了很多世界，一障接一障，田垄复田垄，稻谷也好，稗草也罢，终究都是无法跨越天堑的。若说空中楼阁的归纳法是小道，那么看似步步推进的演绎法就只是小术了……总之回头来看，这些所谓的屋舍和梯子，我们以为的道与路，半点都不重要，唯一重要的，是我明白了一个道理，我们都觉得自己很渺小，总觉得天外有天，但可能……可能恰恰相反。"

老观主说道:"但你还是需要有个亘古不变的坐标,帮你确定这种可能,否则就是刻舟求剑的下场。"

陆沉嗯了一声:"否则还是梦中说梦啊。经常扪心自问,想那么多做什么呢?"陆沉自问自答:"可是不想这么多又能做什么呢?"

老观主微笑道:"一位故友曾经提出一个异想天开的想法,说人间每一个疯子,都是真正的主人,早已独行思路之上。"

陆沉惋惜道:"若非是师叔的故友,贫道定要见上一见,好好聊几句肺腑之言。"在陆沉眼中,修行既是反客为主,又是天地间之大盗。

约莫三千年前,有个乘船出海的年轻道士,莫名其妙就满脸泪水。因为他觉得修道到最后,哪怕境界高如十五境,其实都是守着一块无边无际的田地,永远只是个不自知的佃农,只是与一个相互间从不打照面,也永远不会见面的地主租赁田地,勤勤恳恳,年复一年,打理着庄稼。

我们永远无法知道自己是谁。

陆沉朝着无垠太虚,轻轻喂了一声,然后询问:"在吗?"他伸出一只手,挡在耳边,做竖耳倾听状,如等回响。

老观主看着那个又一次满脸泪水,却犹有笑容的道士,叹了口气,一巴掌拍在对方肩膀:"陆沉,别犯傻了,陪师叔喝酒去。"

陆沉回过神,却是扯起老观主的袖子,擦了擦自己脸上的泪水:"师叔早说嘛。"

一个少年道士微笑道:"一起。"

一个火急火燎赶赴天外星河的老秀才,见着了于玄,双手抓起老真人的双手,使劲摇晃起来,左看右看:"纯阳道长呢?"

于玄笑道:"不凑巧,纯阳道友前脚刚走。"

老秀才手上动作幅度更大了:"于老哥,劳苦功高哇。这趟出远门,我虽未目睹,可就是用膝盖想,根本不用猜,就晓得于老哥又立奇功一桩了,就是免不了又耽搁了跻身十四境的进程。老弟我要是文庙管事的头把交椅,绝对不忍心如此调遣于老哥!"

于玄面带微笑,坚决不搭话:老秀才你一个文圣,出了名的滚刀肉嘛,你可以这么随意编派礼圣和亚圣,我可不蹚浑水。

老秀才小声道:"听我那关门弟子提及一件憾事,憾事啊!于老哥曾经尝试画出一张崭新的五岳符,响当当的大符,只是在穗山周游那个傻大个那边碰了壁,才功亏一篑?"

于玄挣开老秀才的双手,袖子一挥:"以讹传讹,没有的事,是那陈道友误会了。"

要是陈平安跟自己聊这茬,于玄也就照实说了,毕竟这位年轻隐官的人品,信得过。之前在文庙议事，于玄跟火龙真人、赵天籁闲聊，火龙真人着重提及一点，跟陈山主做生意，大可以放心，稳赚不赔的买卖，只需要闭着眼睛收钱。可这是老秀才上杆子谈买卖来了，无事献殷勤，自己还是得悠着点。

老秀才说道："咱们俩啥交情？自家兄弟！又不是外人。说吧，需要几斤穗山土？五斤够不够？不够的话，我就多拿点，十斤！"

于玄笑呵呵道："文圣就别开玩笑了。"一个能跑去九嶷山，在一尊山君眼皮子底下假传圣旨，想要搬走几盆文运菖蒲的老秀才，就算你拿得出来，我敢收？敢买？

老秀才把胸脯拍得震天响："只要于老哥愿意开口，给句准话，老弟刀山火海都去得，几斤土算什么？而且我可以保证，周游那个傻大个绝对不会找任何人的麻烦。"

于玄将信将疑："真能成？"

老秀才笑呵呵道："只管放心，在傻大个那边，我都不提于老哥半句，随便编个理由，就能蒙混过关。"

于玄捻须沉吟片刻："如此简单？"这就乖乖上钩了不是。

老秀才使劲点头："我毕竟是读书人，不太擅长说谎。"

于玄说道："不如说你那关门弟子需要五色土？"好像这个理由比较合情合理。

老秀才嗯了一声："可行。"

于玄试探性问道："是怎么个价格？"大岳五色土，自然是没有市价可供参考的。

老秀才跺脚道："于老哥，怎么还骂上人了呢？！这话就说得太不中听了。"

于玄顿时一阵头大，说实话，他还真希望跟老秀才只是清清爽爽的钱财往来，别欠人情。觉得自己已经跳入一个大坑的于玄，不打算再跳第二个了："钱财分明大丈夫，亲兄弟明算账嘛。"

老秀才说道："问题是咱哥俩也不是亲兄弟啊！"

于玄笑容尴尬。

老秀才随即补救道："不得比一般的亲兄弟更亲？"

于玄笑容僵硬起来。

于老哥个儿也不高，老秀才不用踮脚，就可以拍对方的肩膀："听说我那关门弟子，跟老哥借了三百颗金精铜钱？"

于玄心一紧，不妙。

老秀才感叹道："这得是多少颗谷雨钱哪。"

于玄绷着脸，打定主意，坚决不松口，借出去的金精铜钱，陈平安和落魄山就得用金精铜钱还。谷雨钱？他于玄会缺这个玩意儿？

老秀才一计不成再生一计："于老哥，打个商量，不如这笔账，就由我这个当先生的来偿还？"

于玄硬着头皮坚持己见:"不好吧?只有父债子偿的道理,哪有学生欠债先生还债的说法。"

你偿还?怎么还?还不是赊账,一年年利滚利的,哪天拖欠到三千颗,就更不用还了吧?

就在于玄即将认命的时候,老秀才自顾自乐和得不行,从袖中摸出一只袋子,交给于玄:"看把你吓的,只管放心拿着,我与周游原原本本说清楚了,这十斤穗山土,是傻大个亲自点头答应下来的。他还说了,如果分量不够,回头你于玄只需跟穗山打声招呼即可,都不用亲自跑一趟。

"再就是那笔金精铜钱,平安那孩子,打小就最是知冷知热,本金加利息,肯定会一颗不少,还给你这位前辈的。可不是我乱夸人,在不欠人情这件事上,我这个关门弟子比我强,跟你是一样的性格。当然了,于老哥是一辈子没为钱发愁过,这一点,你们俩就又不一样了。"

于玄收起那只装满泥土的袋子,点头道:"陈平安有你这个先生,是他的幸运;文圣一脉,有个陈平安,同样是幸事。"

老秀才笑容灿烂:"善,此言大善!"

于玄说道:"咱哥俩喝点酒?"

"不着急,好酒自己又不长脚,跑不掉的。"老秀才抖了抖袖子,再正了正衣襟,朝于玄伸出一只手掌,微笑道,"于玄道友,请坐。"

老秀才继续说道:"我曾在宝瓶洲,在那仿白玉京内与一位前辈论道,谈天说地,小有心得。今宵天河清澈,最宜与豪杰论道。"

于玄呆滞无言,道心一震,深呼吸一口气,郑重其事地打个道门稽首,沉声道:"有请文圣赐教!"

陈平安返回严州府境内的村塾,至于那几个分散各地的符箓分身,都不敢离开宝瓶洲,当下也都一一"醒来"。

一直站在檐下的赵树下望向风尘仆仆返回学塾的师父。

陈平安笑着解释道:"去了趟天外,做了点力所能及的小事,嗯,勉强算是帮了点小忙。"

师父去天外做什么事?帮谁的忙?虽然心中十分好奇,但是赵树下没有多问。

陈平安说道:"就别管我了,早睡早起。"

赵树下点点头,回灶房那边打地铺。

夜幕中,一个苗条身影御风极快,一个转折,飘然落地。陈平安躺在一张藤椅上闭目养神,手里拿着一把蒲扇,放在腹部。方才女子在御风途中只是瞥了眼,等她近距离见到那张面孔,确认无误后,顿时大为震惊——这位年轻隐官,怎么跑来这边了?

如今负责看管那座龙宫遗址的修士主要有两个,她就是其中之一,却不是她道法如何了不起的缘故,只是这座龙宫与她极有仙家缘法,开门一事,她立功不小。真正管事的,是另外一个藏在暗中的大骊皇家供奉,老元婴,行事稳重,且精通风水堪舆术。她就是风雪庙女修余蕙亭,这些年一直担任大骊随军修士。

魏晋属于神仙台一脉,按照祖师堂谱牒,她称呼魏晋一声师叔,毫无问题。事实上,余蕙亭对这位魏师叔,那是极其崇拜的,当然了,整个风雪庙,仰慕魏晋的各脉女修多了去了。

今夜的余蕙亭,依旧是腰间佩刀,穿窄袖锦衣和墨色纱裤。按照米大剑仙的说法,早年她脚上这双绣鞋,鞋尖曾经坠有两粒"龙眼"宝珠,只是都被她拿来当作打开龙宫禁制的"敲门砖"了。

她见那位年轻隐官毫无反应,只是发出轻微鼾声,她犹豫了一下,以为对方是下了一道无形的逐客令,就打算识趣地"悄然"离去。

她之所以赶来此地,是之前有谍报说,新任细眉河水神高酿好像来过这个位于山脚的僻远村落,反正闲着也是闲着,就想来这边看看。

余蕙亭想起了她心中记挂的魏师叔,没有就此御风离去,硬着头皮轻轻咳嗽一声,小声说道:"陈山主,冒昧登门,还望见谅。这次前来,并非专程来找陈山主,只是误打误撞,实属偶然。"

陈平安睁开眼,立即坐起身,笑道:"不好意思,不好意思,刚才在想事情。"

余蕙亭自然不信,一位大剑仙,还是止境武夫,能察觉不到自己的那点动静?

陈平安拿蒲扇指了指一旁檐下的竹椅,笑道:"比较简陋,余姑娘不介意的话,可以随便坐。"

余蕙亭才坐下,那个先前得到陈山主授意的高酿,在得到一道大骊礼部下达给各路山水神灵的旨令后,就急匆匆赶来这边与年轻隐官汇报情况,结果就撞见了余蕙亭。高酿一脸尴尬,看来先前登门拜访这件事,是自己做得有失水准了。

陈平安笑着让两人稍等,自己去灶房那边搬来一张矮几,搁放在檐下,三人围桌而坐。三条竹椅,矮桌上搁放三只白碗,几碟佐酒小菜。

看着那个摆好"酒桌"的年轻隐官,余蕙亭哑然失笑,怎么莫名其妙就喝上酒了?

算不算一桩山野逸事?陈平安已经跟高酿碰碗饮酒了。倒是真没什么架子,在这件事上,陈平安跟魏师叔好像是一种人。

余蕙亭不是那种扭捏的女子,端起酒碗喝了一大口,直接问道:"魏师叔当年在剑气长城那边,除了练剑,还做什么?"

高酿低下头喝酒的时候笑了笑,都说英雄难过美人关,美人何尝不是难过英雄

关啊?

天下关隘,情关最高。

高酿拈起一粒盐水花生,丢入嘴里慢慢嚼着,男人嘛,不都是这么走过来的,谁还没有点花前月下的缠绵悱恻呢?

陈平安笑道:"魏剑仙在那边,还是很有声望的,虽然平时不苟言笑,其实人缘不错,他更是极少数能够与老大剑仙聊几句的剑修。

"魏剑仙还是我们那个酒铺的大主顾,独一份,最好的酒水都被他包圆了,买酒爽快,喝酒更是豪迈。

"相信魏剑仙再返回宝瓶洲时,剑术又会精进一大截。说句一般人不敢信的实话,风雪庙魏晋,如今剑术近道。"

余蕙亭闻言顿时笑靥如花。就算陈山主所说内容,如酒兑水了,可魏师叔与那位老大剑仙聊天,总不能作假吧? 剑术近道的评价,是能瞎说的?

"同乡之谊,这就是极其珍贵的同乡之谊啊。"高酿立即点头附和道,"如果没记错的话,咱们宝瓶洲修士,到了剑气长城那边且长久留下的,就陈山主和魏大剑仙两个,定然是当之无愧的英雄相惜了,美谈啊。可惜陈山主跟魏大剑仙,都不喜自夸,甚至不喜他人夸奖,否则名气之大,至少翻几番。"

余蕙亭一时无言。

陈平安忍住笑,朝灶房那边喊道:"树下,给我们做点宵夜,然后一起来这边喝酒。"陈平安与面前两人笑问道:"两位,有没有忌口的?"

余蕙亭想要多听些关于魏师叔的故事,就没有客气,说没啥忌口。这会儿高酿是赶都赶不走,巴不得在这边多留片刻,只说随意。余蕙亭虽然不太喜欢官场那套,却并不是那种不谙世情的修士,所以在酒桌上,她端起碗,主动向高酿敬了两次酒。

之后多了个赵树下。

陈平安毫不掩饰自己对赵树下的喜爱,笑着介绍道:"高老哥,余姑娘,这位是我的嫡传弟子,姓赵名树下,如今跟我学拳法学剑术,是我碰运气才能找到的得意弟子。"

听到师父竟然这么说,赵树下赧颜。余蕙亭没有太当真,高酿好像太当真,赵树下自己则不敢当真。

陈平安无所谓,反正自己说的是实话。

之后一桌谈笑风生,气氛融洽。各喝各酒无须劝,就已如沐春风。

第七章
年少曾学登山法

宝瓶洲西岳地界，大骊王朝众多藩属国之一玉宣国的京城，夜幕里，华灯初上，一个摆在街边的算命摊子，趴在桌上醉酒不醒的中年道士打了个激灵，抬起头，还是两眼无神的醉醺醺模样，他拿起手边的酒壶，喝了口以酒解酒的还魂汤，这才长呼一口气，准备收摊打道回府。道士伸手掏袖，悄悄掂量了一下钱袋子，挣了些碎银子，更多还是铜钱。

草色青青柳色黄，醉杀多少轻薄儿。街上有些踏春郊游晚归的宦官子弟，他们骑马夜游返回城内，仿佛马蹄都沾着春草香味。

中年道士开始收拾桌上的签筒，他拈起几颗卜卦用的铜钱，常年摩挲的缘故，铜钱包浆发亮。将它们一并丢入签筒里边，再扯起一张写满姓氏的桌布。平时道士在这边，就是看签文测吉凶，给人看手相算姻缘，还会测字、代写家书之类，都能添补些家用。京城开销，不比地方郡县，物价高得令人咋舌。

至于给人猜姓氏，还是他早年跟小黑炭学来的一种偏门"傍身技艺"，都是不入流的江湖路数。还记得她小时候的梦想之一，就是拉着师父一起行走江湖，合伙挣大钱！寻一处闹市通衢，她先帮忙敲锣打鼓，吆喝起来，聚了人气，师父先耍几手刀，再耍那胸口碎大石，卖狗皮膏药和大力丸啥的，不愁销路，这些行当，她都门儿清，极其擅长啊。当然辛苦是辛苦了点，可毕竟是正经行当，另外一些上不得台面的腌臜营生，昧良心的银子，不挣也罢。

陈平安笑了笑，再与开山大弟子这般混江湖，好像不太可能了，就算他这个当师父的愿意,估计裴钱自己都觉得胡闹。

这个算命摊子,如今在京城这一片坊市中小有名气。不过自然是入不了达官显贵的法眼,骗骗老百姓还可以,在真正的练气士看来,与那些坑蒙拐骗的没什么两样。

除去一些零散物件,主要的家伙什就是一张桌子、两条长条凳和一杆幡子。这张桌子,面板和桌脚也是可以拆卸的,方便搬徙,摊子后边就是一架木板推车,将那些桌凳幡子放上边一推就能走。道士云游,一人吃饱万事不愁,天大地大,四海为家。

不过这个道士还是在京城租了一个长久无人问津的荒废宅子,倒不是那种阴森森的凶宅,就是住在这里的人经常像是被鬼压床一般,容易睡不好觉,长此以往,自然精神萎靡,久而久之,就没有人愿意来这边花钱买罪受了。宅子主人,请过所谓的高功道士前来劾治,既管用又不管用,因为设坛做法一场,就消停了,可是再过一段时日,就又闹了起来,真没辙。宅子主人家底丰厚,祖孙几代人是专门做京城宅邸租赁买卖的,手头还有一大批宅子,不在乎这么一处宅子如何作祟,何况从未闹出人命,就没太当回事。然后终于来了个冤大头,是个外乡道士,反正注定当不成回头客,租金价格都没降低,就让道士一次性给了半年押金,能宰一刀是一刀。

后来道士果真吃了苦头,立马就不乐意了,找上门闹了两次,都被轻松打发了。店大欺客?一纸契约,黑纸白字,写得清清楚楚,官司打破天去都没用,一个没根脚没靠山的道士又能如何?何况玉宣国京城百姓是出了名的排外,道士想要找讼师,与县老爷那边讨要个公道,结果愣是没人敢帮忙写状纸。后来算命摊子名气渐渐大了,那个宅子主人约莫觉得冤家宜解不宜结,就让在县衙承发房捞了个差事的儿子主动请道士去酒楼喝了顿酒,再归还了一部分押金,算是息事宁人了。只是喝酒的时候,那个担任衙署书吏的公子哥,把脚放在桌上,打着酒嗝,调侃对方一句:"你不是个降妖除魔的道士吗,还怕那些鬼鬼怪怪的脏东西?"

道士只是笑着回了一句:"幽明殊途,阴阳异道,若是只会一味依仗仙家术法打打杀杀,常在河边走,哪有不湿鞋的时候,还是要与人与鬼皆为善才好。"

到底是个在公门厮混多年的公子哥,立即就从话里挑刺,用靴子磕着桌面,笑问:"吴道长这句话说得话里藏话,不知在道长眼中,我与家父是人是鬼,宅内作祟异类是鬼是人?"

今夜,中年道士推着木板车返回宅子,来到宅子侧门这边,掏出一串钥匙。这边没有台阶,可以直接推车进入。

道士才刚刚闩门,就脚不沾地"飘来"一位红裙女子,调侃道:"吴道长,也就是咱们朝廷管得不严,否则你这种假冒的道士,别说在京城落脚,都进不了城。"

宫样宝髻妆,肌肤如雪,眼儿媚,脸嫩鬓长,可惜非人。

道士立即反驳道:"薛姑娘,这话就说得差了,按照你们玉宣国律例,一国境内,除朝廷礼部管辖道录院之外,诸家法坛颁发的道士私箓也算度牒,朝廷这边历来是承认的。贫道走门路,打点关系,花了足足八十两银子,真金白银买来的度牒,莫说是玉宣国,便是大骊京城都敢去。这就叫有理走遍天下,身正不怕影子斜。"

等于用八十两银子买了一张护身符,要是没有这层身份,外乡道士想要在这摆摊挣钱,恐怕会被那些衙门胥吏剥掉几层皮。

女子点头笑道:"是极,斜封官怎就不是官了?"

她姓薛名如意,是鬼物,只不过与那厉鬼凶煞不沾边,光天化日之下都能行走无碍,只有附近县衙升堂,响起胥吏木棒敲地声"威武"声,她才会避入屋内。

道士从袖中摸出一纸兜花饼,交给那个红裙女鬼,这就是他需要支付的第二笔租金了。每天摆完摊子,都得花点小钱,买点京城特色吃食,孝敬这位宅子的"女主人",不然她就会作妖闹鬼,不伤人,但是会整宿喧哗,在窗外晃荡,让人不得清闲,想要睡个安稳觉就是奢望。

时日一久,相互间摸清了脾气,如今双方算是井水不犯河水,相安无事了,甚至平时还能闲聊几句,道士经常会与她请教一些鬼物之属行走阴冥路上的规矩。

这个相貌显老的道士吴镝,据说都已经想好以后的道号了,取个谐音,就叫"无敌"。

她是阴灵,无所谓饮食,但是宅子这边却有个俗子邻居,必须享用一日三餐。她有些埋怨道:"吴镝,今儿怎么这么晚才回? 都饿了,赶紧下厨,给张侯做顿好吃的,他正是长个儿的时候,可不能胡乱将就。张侯马上就要参加院试了,能否入泮在此一举,若是考不中秀才,我就怨你。"

道士天生脾气好,没架子,寄人篱下嘛,嘴上连连应承下来,说放好家伙什就去灶房开工。

这个道士是个不亏待自己的,喜欢穷讲究,比如做一碗面条,除了备好料酒,各种浇头,光是油辣子就有四五种,搭配剁好的姜葱蒜……就那么一浇,哧哧作响,再趁热端上桌,味道绝了。

道士去了厨房,手脚娴熟,很快就做好了一桌子家常菜,红裙女子帮忙"端菜"上桌,一盘盘菜如一条悬空水流,飘落在桌。

女鬼再去喊来隔壁宅子那个名叫张侯的少年读书郎,她之所以在此徘徊不去,就是为了某个山盟海誓,照顾对方的后人。

京城重地,附近就有座县城隍庙,与宅子只隔着一条街,就是京城两座县衙之一,衙署后边有座衙神祠。为何城隍和衙神会对她睁一只眼闭一只眼? 就因为都城隍庙内某位上司的暗中提点。

饭桌上,道士显摆自己与县衙盐房典吏的关系不浅,说昨天在衙神祠里边召开了一场内部议事,很快就会有几个屡教不改、触犯房规的"白书",被县衙老爷一怒之下逐出县衙了。他们当然可以改个名字再进入某房谋生,可不花费个三五十两银子的班规和案费,休想在衙神祠那边议事过关……

张侯是个两耳不闻窗外事,一心只读圣贤书的,每次听到吴镝聊这些有的没的,少年都会不耐烦,只是硬忍着不开口。一县衙署除了六房,还有盐、仓、柬和承受四房,总计十房,在这里当差的书办胥吏和衙役,又分在册和"不在册"的。所谓"不在册",其实又分两种,分别掌握在吏房和各房典吏手中,故而衙役数量之多,动辄数百人,恐怕连极为勤政的县令都弄不清楚具体人数。哪怕是按照朝廷定额设置、"吃皇粮"的经制书吏,都谈不上有什么地位,就更别提那些都属于贱业的各房各班成员了,也难怪少年会厌烦这些鸡零狗碎、毫无用处的小道消息。

红裙女子察觉到少年的不悦,她立即瞪了眼道士,暗示他别提这些大煞风景的无趣事务了。

道士举杯抿了一口酒,笑道:"像我这种跑江湖的,消息就是财路,难免要跟三教九流打交道。话说回来,像张公子这些苦读圣贤书的读书人,自然是奔着经世济民,以后在庙堂和官场施展抱负去的,可若是多知道些下边的门道,也是好事。以后哪天真要中举了,再金榜题名,当了官,就不至于被身边的幕僚师爷和底下的胥吏们随便糊弄过去。否则与衙门外边的老百姓隔了一层,一门之隔,就是天壤之别,身为一地父母官、亲民官,如何能够真正体察民间疾苦呢?"

她难得点头附和道:"吴镝除了会点鬼画符的三脚猫功夫,他这个假道士,估计连名字都是假的,可是这几句话,还算有几分真知灼见。艺多不压身,跟钱多不压手是一个道理,就像吴镝所说,多知道些官场内幕,即便不是好事,也算不得坏事。"

说实话,她待在这条街数百年了,有时候觉得闷了,也偶尔会去"旁听"衙神祠或是城隍庙的内部议事,但是真正涉及一县阳间官场的流转内幕,恐怕她懂的门门道道,还不如这个外乡道士多。

少年闷不吭声,只是低头吃饭,显然没有听进去,只是觉得那个道士言语絮叨,好为人师。

那道士也不以为意,双手举杯:"酒桌上不聊烦心事,薛姑娘,咱俩走一个。"

少年吃完就走,与那位薛姐姐告辞一声。马上就要参加学政亲自主持的院试了,压力不小。

道士收拾菜盘碗筷的时候,笑呵呵问道:"薛姑娘,你说张侯是觉得我是个江湖骗子,所以不爱听我的道理,还是由衷觉得我说得没道理,所以不听?换成某个功成名就的人来说,道理才是道理?"

她皱了皱眉头,故作轻描淡写道:"张侯又不是你这种走南闯北的老油子,少年心性单纯,哪里能够想这么多?"

道士微笑道:"'单纯'二字,包治百病。"

她一下子就不乐意了。

道士立即澄清道:"绝对是个褒义说法!"

收拾过桌上的菜盘碗筷,道士清洗过手,抖了抖袖子,见那薛姑娘斜靠屋门,一副愁眉不展的模样。

中年道士是个人精,笑道:"以张侯的学识,莫说是院试,之后的乡试和会试,只会一路春风马蹄疾,薛姑娘何须担心? 将来张榜,贫道定会第一个跑来报喜。"

薛如意展颜一笑,问道:"你觉得张侯可以顺顺利利金榜题名吗?"

道士想了想:"考取进士,想必问题不大。贫道看过张侯的几篇制艺文章,用笔老辣,尤其是一手馆阁体,端正不失妩媚,不管此次春闱谁来担任总裁官,谁看谁喜欢。"

在薛如意的要求下,道士经常去京城书市那边,帮少年买了不少编订成册的考场文章范文,道士行事油滑,从中没少赚差价。

道士走到自己屋门口,女鬼一路悬空飘荡尾随,道士掏出钥匙,却不着急开门,她笑道:"屋内有什么见不得人的? 莫非是吴道长金屋藏娇了?"

道士一身正气道:"大晚上的,到底是男女授受不亲,孤男寡女,共处一宅,需要避嫌。"

她讥笑道:"你是个道士,又不是每天之乎者也的道学家。"

道士大义凛然道:"贫道也是读过好些圣贤书的,若非年少误入山中,走上了修行路,早就博取功名,步入仕途了。"

她从袖中摸出一只笔筒,晃着手腕,自言自语道:"如此精美的文房清供,放哪里好呢?"

道士眼睛一亮,以迅雷不及掩耳之势打开屋门,轻轻推开,再侧身伸出一只手掌:"朗朗乾坤,只需问心无愧,何惧流言蜚语,薛姑娘快快请进。"

宅子房间颇多,道士却专门挑选了一处小屋作为住处。按他的说法,就是宅子可以大,但是睡觉的屋子一定要小,可以聚气。

春气转暖,虫声新透绿窗纱。

进了屋子,她将那只油红描金缠枝莲镂空龙穿六方笔筒,轻轻放在桌上。道士取出火折子,点燃桌上一盏油灯。

先前这栋府邸大堂一侧用以待客的花厅内就放了这只笔筒,道士是个识货的,眼馋不已。

当时嘴上却说:"不眼馋,就是见着了好物件,爱美之心人皆有之,欣赏,纯粹是欣赏。"

其实她还有一支珍藏多年的竹箫，很有些年头了，篆刻有一竖填绿铭文：英雄心为神仙调。

道士一见倾心，愿意出高价购买。所谓高价，只是相对市井人家的开销而言——二百两银子，她都没耳朵听。

书桌上搁放着一整块琉璃镜片，覆盖住整张桌面。

见桌上有一摞以工整小楷抄写的经书，她疑惑道："你一个道士，抄佛经作甚？"

道士笑道："偶尔为之，用以定心。"

道士搬动两条椅子，相互间坐得远远的，薛如意落座后，坐姿倾斜，手肘靠在椅把手上，看着那个中年道士。

道士被她瞧得有点不自在，问道："薛姑娘今夜拜访寒舍，可是有什么吩咐？"

薛如意说道："老话说远亲不如近邻，吴镝，你说是不是这么个理儿？"

道士点头道："当然，这些老理儿最是在理，很有嚼劲。"

她犹豫了一下，说道："我确实有一事相求，希望你能够帮忙将张侯的诗集草稿，转交给一位翰林院学士。"

道士哑然失笑，沉吟片刻，瞥了眼桌上那只名贵笔筒："就怕贫道只见得着门房，见不着那位身份清贵的学士大人吧。"

薛如意幽幽叹息一声。

道士心中疑惑，她为何如此乱了方寸，难道就这么希望张侯通过科举鲤鱼跃龙门吗？若说求个富贵，就凭她的家底，足可保证少年几辈子衣食无忧了。即便张侯是个身份隐蔽的练气士，将来修行路上，跻身中五境之前一切所需，她都可以保证张侯不用发愁。况且张侯如此年少，想要凭借科举进阶，根本无须如此着急。

女鬼薛如意与少年张侯，平日里都是姐弟相称。看得出来，张侯其实对她的女鬼身份，是有所察觉的。

她自嘲道："是我病急乱投医了，若是被张侯知晓此事，会一辈子怨我的。"

在道士看来，少年是个毋庸置疑的读书种子，却算不得太好的修道坯子，资质一般，不出意外的话，很难跻身洞府境。凡夫俗子，富贵之家，养尊处优，讲究一个居养气移养体。反观练气士，无论人鬼精怪，另有玄妙——居养体移养气，反其道行之。即便不是幽居山中道场洞府，只需取一洁净屋舍坐定，收束杂念做一念寂然，身躯筋骨不动，气血却随同魂魄做神游，缓缓汲取天地灵气，炼百骸宛若金枝玉叶，从此就有了仙凡之别。

这座府邸占地大，尤其是后院多森森古木，夜深人静，响起数声杜鹃啼鸣。

女鬼站起身，笑道："吴镝，你就当我没说过这件事好了。"

道士跟着起身："没事，万一哪天需要如此作为，薛姑娘就与贫道知会一声，莫说是一座门槛高高的学士府,就是刀山火海也去得。"

女鬼嫣然一笑:"吴道长不去给那些京城权贵当个帮闲,真是屈才了。"

道士无奈道:"帮闲狗腿多难听,薛姑娘说是当个谋主、师爷也好啊。"

她伸手一摸,将那笔筒重新收入袖中,姗姗离去。道士阻拦不及,只得眼睁睁看着煮熟的鸭子飞走。

女鬼独自穿廊过道,来到后院,登上阁楼,从这边可以看到隔壁宅子的少年,书房窗口透出泛黄光亮。一片月唤起万户捣衣声,吵醒无数春闺梦里人。

道士收拾好桌上抄写的经书,打开抽屉,取出刻刀和石材,开始雕琢印章,给其中一对形制相同、已经刻完底款的藏书印,分别补上两句边款:众善奉行,诸恶莫作。施惠莫念,受恩勿忘。

娴熟地刻完印章,之后道士借着灯光翻看一本地方志,玉宣国京城的雕版印行极为发达,在这边买了不少好书。

看新书,如久旱逢甘霖。翻旧书,如小别胜新婚。抄书需端坐,翻看杂书就随意了,道士跷起二郎腿,摸出一捧瓜子,一边嗑瓜子一边翻页。

窗外又响起一阵杜鹃声响。中年道士念念有词:"千秋百代人,消磨数声里。忧勤与淡泊,毋太苦与枯。"

此次游历,这个学陆沉摆摊的"道士",是要来与一户人家收取一笔陈年旧账,故而其中一方印章的底款篆刻二字:秋后。

陈平安取出那枚养剑葫芦,走到窗口,长久仰头,将壶内酒水一饮而尽,眼神越发明亮。

闭上眼睛,如听一场多年之前的暴雨滂沱声。

天外七八颗星。

京郊,路边有座茅屋酒肆,狐裘醉卧,一个贵公子手脚摊开,怀捧一根缠金丝马鞭,脑袋枕在旁边妇人的大腿上。垆边人似月,皓腕凝霜雪。美妇人席地而坐,裙摆如鲜红花开,她双手动作轻柔,俯身帮着公子哥揉着眉心。

夜幕官道上响起一阵马蹄声,为首年轻女子骑乘一匹神俊非凡的青骢马,身后跟着一拨英姿飒爽的矫健少女,皆佩剑。而且这拨年纪不大的少女,一个个呼吸绵长,绝非绣花枕头,行家一看就晓得是那种有名师指点的练家子。她翻身下马,看着那个躲在这边享福的贵公子,气不打一处来,柳眉倒竖,高高举起手中的马鞭,使劲一挥,鞭子响如爆竹。

在此贩酒的美妇人,抬头朝那兴师问罪的年轻女子嫣然而笑,伸出手指在嘴边,示意噤声,莫要打搅了男子的春困熟睡。

女子看也不看那骚狐狸，多看一眼都嫌脏了眼睛，她快步走入酒肆，一脚重重踹在睡如死猪的年轻男人身上，怒道："马研山，别装死！"

这对年轻男女相貌有几分相似，被直呼其名的贵公子睁开眼，打了个哈欠，睡眼惺忪，坐起身笑问道："又怎么了？有谁惹到你啦？只管跟二哥说，保证没有隔夜仇。"

女子怒其不争，难道家族将来就靠这种惫懒货色挑大梁吗？恨不得一马鞭甩在对方脸上："马研山，瞧瞧你这副烂酒鬼德行，给马彻牵马都不配！"

马研山嬉皮笑脸道："表弟而已，从小就只会读死书死读书。三岁看老，真不是咒这小子，我觉得他以后出息不到哪里去。退一万步说，就算这小子读书有出息，做到了公卿又如何？再说了，我不也是探花郎出身？马彻这个小兔崽子，有本事就去连中三元好了，我这个当哥的，亲自负责给他办场酒宴，六部，小九卿，他想要几个正印官给他敬酒？五个够不够？不够的话，我可以喊十个……"说到这里，贵公子抬起那只手持金鞭的胳膊，晃了晃，再抬起另外一只手，笑道："就怕马彻不领情。"

那马彻是公认的神童，典型的白衣之士，已经有了卿相声望。与这个吊儿郎当的"马探花"不同，马彻生长在富贵丛中、销金窟里，少年已读万卷书。

见那女子就要动手打人，马研山只得求饶道："马月眉，好妹妹，算我怕了你了。说吧，到底是什么天大事情，要劳您大驾，亲自抓我回家。"

马月眉瞪眼训斥道："家里事，回家说去！"

马研山微笑道："没事，宋夫人也不是外人。"

美妇人满脸无奈，可不敢掺和马氏的家务事。

玉宣国京城，约莫在二十年前搬来了一户马姓人家。马家人一到京城，就用高价买下了一栋前朝宰相旧宅。

一国之内，所谓的富豪之家，是分三种境界的：第一种是很多百姓都知道，这样的有钱人家，数量很多；第二种，是所有百姓都听说过，这就屈指可数了；而最后一种，是所有百姓和几乎整个地方官场都不知道，甚至连听都没听说过。马家就属于最后一种，明明既富且贵，却名声不显。只有跻身朝廷中枢的一小撮公卿将相，和几个山上门派，才对这个外来家族有所耳闻。具体是什么来历，扑朔迷离，只有几个无从考证的小道消息：有人说这个马家，是那大骊王朝某个上柱国的"钱袋子"；也有人说现任家主有个极有出息的大儿子，上山修行，极其天才，年纪轻轻就是陆地神仙了，一人得道鸡犬升天，整个家族就跟着飞黄腾达。

京城内最大的酒楼，一座仙家客栈，还有京畿之地的那座仙家渡口，都是马家的私人产业。此外还有数量众多的银庄、矿山，只是它们都记在家族扶植起来的各路傀儡名下，可能是某位皇子、县主的家奴，可能是某位侍郎的爱子、漕运总督的远房亲戚。

眼前这个吊儿郎当的马研山，少年时就参加过科举，一路过关斩将，最终骑白马，探花京城。

可事实上，却是妹妹马月眉替考，他这个当哥哥的，白得一个探花郎的身份。如今在翰林院当差，懒得点卯，至于考核，考不到他头上。玉宣国京城这边，从礼部到翰林院，从头到尾，没有泄露半点风声。足可见马氏的威势到了何种夸张地步。

当年举族搬迁来玉宣国京城，经过二十来年的开枝散叶，四代同堂，加上几房子弟，最新编修的那部族谱有了百余人。

马家不是不能把持朝政，是完全没有这个想法，这其实归功于马研山和马月眉这对兄妹的那个精明娘亲。

马研山眯眼道："容我猜一猜，该不会是他，终于回家了吧？"

马月眉默不作声。

马研山脸色淡然道："咱们俩就这么个亲哥，不是堂哥不是表哥，名副其实的亲哥唉，是咱们同一个爹娘的大哥。月眉，你说说看，从我们两个生下来算起，这么多年过去了，他见过我们一次吗？"

马研山摇摇头，伸出一根手指，微笑道："如果我没有记错，好像，似乎，可能，大概，一次都没有啊。"身披雪白狐裘的贵公子后仰倒去，跷起腿："这样顾家的好大哥，上哪儿找去喔？"

马月眉黑着脸说道："少在这边胡说八道，赶紧给我滚回去！"

她对那个没有见过一面的大哥始终敬若神明，若非马研山是二哥，她真就一鞭子砸下去了。其实那场席卷半洲的大战落幕，世道重归太平时，他们就有过回乡祭祖的想法，只是平时无比疼爱他们两个的爹娘，唯独在这件事上如何都不同意，用各种理由推托，只说他们一家都搬迁出来这么多年了，路途遥远。约莫是担心马研山和马月眉偷偷离家出走，甚至严令这对兄妹不可擅自返乡，否则就家法伺候。他们两个，与爹娘反复提了几次，都不管用，也就打消了念头。

因为家里有座仙家渡口，还有两条往南边跑商贸的私人渡船，所以可以经常接触山上邸报。对于祖籍所在的那个家乡，兄妹两个都是好奇的，不过不同于对那座骊珠洞天心神往之的妹妹马月眉，马研山对那些山上的神神道道并不感兴趣，这个游手好闲的酒鬼浪荡子，他唯一好奇的事情，还是那北岳披云山的夜游宴。马研山想要亲身参加一次，见一见世面就知足。

马研山站起身，笑道："行了行了，回去与爹娘说一声，今晚肯定回家住，若是两个时辰内没有见着我的人影，就派人来打断我的腿！"

马月眉转身离去，马研山偷偷朝一个骑马佩剑的少女挤眉弄眼。少女面无表情，却依旧挨了马月眉狠狠一鞭子，少女脸上瞬间出现一条血槽，还是纹丝不动。

马研山对此亦是无动于衷，等到她们策马远去，重新躺回地板，随口问道："我那个哥哥,很厉害吗?"

美妇人妖媚而笑,点头道:"当然,厉害得实在是不能再厉害了。"说到这里,她眼神恍惚,幽幽叹息一声,可惜始终未能见着一面。

她是本地的山神,山名折耳。按照如今的山水谱牒,她是七品神位。在一个藩属国内,比上不足比下有余。

马研山眼神恍惚道:"既然是亲哥哥,为何我们做得好,不管,做得坏了,也不管呢?"

她笑着解释道:"按照山上的说法,入山修道,六亲缘浅,不宜牵扯过深。"

马研山哈了一声:"直接说六亲不认呗。"

她犹豫了一下,俯下身,伸出两根手指,轻轻揉搓马研山的太阳穴,小声道:"这种赌气话,以后还是莫要说了。"

这对兄妹的那个大哥,对于她这种小国的山神而言,简直是那种远在天边、高不可攀的存在———一个四十多岁的玉璞境,板上钉钉的仙人境,将来甚至有可能是飞升境,一洲年轻十人的榜首呢。在他的屁股后头,有风雷园的元婴境剑仙刘灞桥,有真境宗仙人刘老成的嫡传弟子,还有一位观湖书院的年轻副山长……

这不是高不可攀是什么?

最匪夷所思的,是此人竟然可以敕令许多远古神灵! 她都担心,哪天真有幸瞧见了对方,一言不合,自己哪句话说得差了,可能对方打个响指,她的金身就当场崩碎了。

察觉到妇人的细微异样,马研山重新坐起身,从她裙摆下边好不容易摸出一壶酒,妇人咯咯直笑,他仰头灌了一大口仙家酒酿,伸出拇指,抹了抹嘴角:"我那个大哥,脾气不好嘛,这是举洲皆知的事实。听说他在那座兵家祖庭修行的时候,连同门都不放过,被他废掉了好几个修道天才,就是个天字号的惹祸精。"

假扮沽酒妇人的山神娘娘轻声笑道:"有这么一个大哥,是几辈子修来的福气。研山,听我句劝,真要见了面,千万别跟他怄气啊。"

马研山置若罔闻,不知为何,显得忧心忡忡。

妇人疑惑道:"怎么了?"

马研山晃着酒壶,抬头望向夜幕:"你说明儿会下雨吗?"

妇人掩嘴笑道:"肯定不会。"

马研山喃喃道:"但是总有一天会打雷下雨,对不对?"

若是一般酒客说如此傻话,这位山神娘娘也就当没听见了,她很清楚,这个看似金玉其外败絮其中的马研山,很不简单。只说西岳储君之山的山神,也就是宋夫人的那位顶头上司,就对马研山很看重,经常私下宴请此人。

她想了想,说道:"肯定迟早会下雨,但是只要有那么一把大伞撑着,莫说是黄豆大小的雨点,就算天上下刀子都不怕。"

马研山神色间依然布满阴霾，拢了拢狐裘领子，低声骂道："狗日的倒春寒。"

虽然马研山整天浪迹花丛，声名狼藉，在人情世故这一块，却比那个看似聪明的妹妹，直觉更加敏锐。说句实话，马研山是把妹妹马月眉当个傻子看待的，可她终究是自己的同胞妹妹，脾气差点就差点，马研山一直不跟她计较什么。

马研山记得自己小时候，有次深夜散步，循着灯光路过父亲的书房，发现爹娘好像正在里边谈事情，父亲不知为何暴跳如雷，连连大骂狗杂种，一个就该早死早超生的小贱种，踩了什么狗屎，竟然能够攀附上一尊山君……越说越气，还直接摔碎了一只价格不菲的官窑笔筒。娘亲便出声埋怨一句，三百两银子呢，就这么摔没了，败家比挣钱本事大。然后娘亲就开始编派那个姓魏的，不是个什么好东西，按照传回的消息，好像只是红烛镇附近棋墩山土地的卑贱出身……一个孩子，当时就默默蹲在墙脚根，竖起耳朵。

当年搬家，可能是在躲什么？

前些年，爹娘的这种焦虑就更明显了。自家的仙家客栈和渡口，开始有人专门负责搜集大骊旧龙州的情报，关于披云山和牛角渡的消息，不分大小巨细，都会被秘密记录在案。

照理说，这是毫无道理的事情。马家的底蕴，马研山最清楚不过，父亲极其擅长经营之道，天生就是当商人的材料，娘亲也是极有眼光和魄力的，甚至很多时候，要比父亲更有主见，用马研山的话说，就是特别"来事"。京城那拨品秩足够高的诰命夫人，不足一手之数，不是一般的大富大贵，如今她们却都隐约"唯马首是瞻"。嘿，马首是瞻，这个说法好，妙极。要不是出了他这么个喜欢惹是生非的不肖子，实在扶不起来，估计各种势力盘根错节的马家，早就从玉宣国幕后走到前台了。

当然了，林子大了什么鸟都有，那几个家族宗房之外的旁支子弟，好像连他都不如，吃喝嫖赌样样精通，甚至还闹出了不少人命，这么多年，他没少帮忙擦屁股。还有一些见不得光的事情，他只是假装不知道而已，比如：京畿之地的一处皇庄私自设置了一个牢狱，专门用来杀人取乐；一拨玉宣国京城豪阀子弟，还会经常举办所谓的"秋狩"，成群结队去南边的几个小国境内，在当地权贵子弟的带领下，骑马背弓，专门挑选那些乡野村落，或手起刀落，或挽弓射箭……事后当地官府就用马匪流寇的名义结案，甚至还能与朝廷骗取一笔用来"练兵"的军饷，这拨权贵当中，就有两个姓马的旁支子弟。

马研山曾经亲眼见到，一个出身很好的懦弱少年，原本大概算是个与自家马彻差不多的读书种子吧，自从他参加过一场乘坐仙家渡船远游的秋狩后，少年再与人对视，眼神就变得凌厉异常。妹妹马月眉对此还奇怪来着。马研山只是开玩笑说："少年到了时候就会开窍，有什么好奇怪的？不信？你看他如今看女子，还只是看脸吗？都会看胸脯腚儿大长腿了。"

马家在京城并不扎眼，当年精心挑选的宅子所在街道，其实都是些祖上阔过的破落户而已。甚至很多当了二十年的街坊邻居，都只是将马家误认为一个小有家底的暴发户，平时相处起来，可能都瞧不上只是有几个臭钱的马家。

马家府门张贴的彩绘门神，家族供奉修士，那拨不是七境就是六境的护院拳师……

马研山大略估算过，就马家明里暗里的底蕴，别说对付个玉宣国生意上的对手或仇敌，就是扫平宝瓶洲山上的一座三流仙府，都足够了。

马研山收起杂乱思绪，伸手拍了拍美妇人的脸颊："山名更改一事，我肯定会帮忙的。"这位山神娘娘一直觉得折耳山不好听，想要改名为"折腰"。

妇人不恼反笑，施了个万福，与马研山致谢。马研山走出酒肆，拇指抵住食指，吹了一声口哨，很快就跑来一匹没有缰绳的枣红色骏马。

醉醺醺的贵公子娴熟上马，手中金鞭重重一甩，在官道上纵马狂奔。

折耳山祠庙附近的一座山岭，有个青年坐在一棵古松树枝上边，看着远方山脚酒肆，那支骑队来了又去，最后是那个狐裘公子纵马扬鞭。他站起身，视野开阔，折耳山素来以山势高耸著称，周边群山尽收眼底，一览无余。远山绵延，如庙堂朝士抱玉笏；近山美若仕女盘鬓发。

此身如在巨海中，青浪昂头复垂首。这个第一次踏足玉宣国山河的青年，孑然一身，双手抱住后脑勺，远眺那座灯火如昼的繁华京城。他扯了扯嘴角，自言自语道："不朽是不朽的牢笼，永生是永生的代价。"身形一闪而逝。

山脚酒肆那边，美妇人正在关门，她转头望向那个缓缓走来的年轻男子，妩媚笑道："客官，对不住，酒铺要打烊了。"

青年笑道："既然是开门做生意，不差这一会儿。"

妇人皱了皱眉头，若非瞧不出对方的道行深浅，她还不稀罕这点酒钱；脸上挤出个笑容："公子，酒肆是小，酒水却贵。"

青年点头道："价格再贵都不怕，宋夫人都记在马研山账上好了。"

妇人心一紧，一只绣花鞋鞋尖不易察觉地轻轻碾土，与折耳山祠庙供奉的那尊金身相互牵引。

青年缓缓前行，走向酒肆，当他第一步落地时，山神娘娘就惊骇地发现自己与祠庙金身失去了联系。

青年与那个身体僵硬的山神娘娘即将擦肩而过之时，突然伸出手，胳膊挽住她的脖子，将她往后拖曳而去，走了几步，约莫是嫌弃对方累赘，轻轻一推，美妇人便摔倒在店铺内。青年走入铺子，一屁股坐地，一手撑在膝盖上，再挥挥手："赶紧地，煮两壶铺子最贵的酒水,年头越久越好。"

妇人摇晃起身,胆战心惊,颤声道:"小神折耳山宋腴,敢问仙师名讳?"

"我运气不错,投了个好胎,跟马研山同姓。"青年咧嘴笑道,"看在你跟我这个宝贝弟弟关系如此好的分上,就直接喊我名字好了,马苦玄。"

宋腴脸色惨白。

马苦玄问道:"怎么,还要我亲自煮酒请你喝?"

在折耳山神忙着煮酒的时候,面朝铺子大门的马苦玄单手托腮,死死盯着路旁茂密的丛丛野草。

他要是再不来玉宣国京城,估计就只能收尸了吧?说来有趣,杏花巷的他,跟那个泥瓶巷姓陈的泥腿子,一个同龄人眼中的傻子,一个唯恐避之不及的扫把星,差不多时候离开家乡,好像此生皆喜作远游,他们留在家乡的岁月反而不多。

新仇变旧恨,怨如春草,游子更行更远还生。就像有一坛窖藏了四十多年的老酒,被某人摆放在一张桌上,对饮双方,愿不愿意喝都得喝,醉者必死醒者生。

惊蛰一过,斗指丁;春分将至,斗指壬。

庭院静谧,淡淡风溶溶月,被道士称呼为薛姑娘的红裙女鬼,今夜换上了一身素雅白裙,来这边赏花。毕竟女鬼也是女子,屋内衣裙满满当当几大箱子。不过她只是孤芳自赏罢了,与那种女为悦己者容,没有一枚铜钱的关系。毕竟那个中年道士,论相貌,真心不够看,又是个掉钱眼里出不来、俗不可耐的庸碌男人。

墙里花开满地,院内还有一架秋千。她坐在木板上,双手拽着绳子,脚尖一点地面再悬空,一架秋千便轻轻摇晃起来。

其实在道士入住之前,宅子早就荒废了,杂草丛生,蛇鼠流窜。如今却是处处井然有序,花开满院,争芳斗艳。

那个作为最大功臣的中年道士,此刻正蹲在台阶顶部,一手端着装满某种草药汁水的白碗,一手手持木柄刷子,在那儿擦拭牙齿,偶尔抬起头,喉咙咕咚作响,再一口吐掉汁水,重新"洗刷"牙齿。

她问道:"就只是蒲公英熬成的汤汁,用来洗牙,真有你说得那么玄乎?能够帮人稳固齿牙,壮筋骨?"

蒲公英如野草一般,别称黄花郎,它们随意生长在石罅砖隙间,天底下的花草图集、画册,好像都不稀罕绘录此物。

"骗你作甚,有钱挣吗?"道士刚刚仰头灌了一口汁水,这会儿使劲点头,含糊不清道,"若是按照药方炼制成一种山上的仙家还少丹,须发皆白的古稀老人服了,都能白发还黑,齿落更生,青壮男子吃了,更了不得,效果绝佳,像张侯这样的,服用此丹,耳目清明,筋骨强健,完全不在话下。"

薛如意笑呵呵道:"好巧不巧,道长刚好手边有这么一瓶秘制丹药,对吧?就是价格不便宜,不过熟人可以打五折?"

"没呢,天底下哪有这么巧合的事情?"道士歪头吐出一口汁水,将那柄木刷子斜放在白碗内,将白碗放在脚边,摇头道,"薛姑娘还记得前些日子的粥菜吗?还说鲜嫩好吃呢,询问贫道是什么菜蔬来着。当时贫道卖了个关子,故意没有说破,其实就是这蒲公英的早春叶苗了,只需入锅煤熟,再用贫道秘制的辣酱、麻油稍微一拌,拿来就白米粥吃,山珍海错都是没法比的。"

薛如意点点头,在犒劳五脏庙这件事上,这位道长还是很有几手的,而且都不太花钱。

道士试探性问道:"要是薛姑娘诚心,我就可以循着那张药方炼制一炉丹药,张侯最近读书太辛苦了,得补补,再过段时日,蒲公英可就老了,丹药效果会没那么好。"

薛如意白了一眼,拐弯抹角兜了这么大个圈子,还不是想要从她兜里骗钱?

无须旁人推动,一架秋千自行晃荡,一高一低,她就看着那些高高低低的花卉草木,依稀想起很多年前,红墙黄蜡梅,美极了。

按照这个道士的说法,一个人侥幸生逢盛世,百虑可忘,若是再精通种植花草之术,宛如四时皆春,可教人不知老之将至。所以一座庭院,被他打理得井井有条,或地植或盆栽,花草繁茂,清香扑鼻,不同花种,次第花开,或浓而不妖,或淡而不冷。宅子庭院这边,光是被道士作为迎春的盆栽,就多达七八种之多,除了松竹梅外,还有数盆被道士说成是迎春"主帅"的花。

几句话倒是说得漂亮,其实就是被道士拿出去卖钱罢了。比如其中有一盆不知道士从哪里搬来的花卉,枝干粗如女子手臂,部分已脱皮露骨,老根突起如龙爪,栽在一只红砂盆中,做古拙欹斜形貌。哪怕只是个外行,薛如意都知道这盆景,不愁出高价的买家。那几本被道士说成"殿春花"的地栽芍药,种在向阳处,天寒地冻时,道士还曾特地为它们铺盖稻草,今年入春后,道士都会逐日浇水,在发芽前,他还曾特地浇粪水施肥一次,当时看得薛如意直皱眉头。

薛如意瞥了眼整齐摆放在墙角的那几盆盆栽,枝条细长,略带蔓性,花开鹅黄。许多盆景在院内来来去去,大概都被换成一粒粒碎银子,唯独此花,出现后就没动过一盆,可能是那个道士特别喜欢,当然更可能是卖不出好价钱,就干脆不卖了。

她伸手指了指,问道:"你最钟情那几盆金腰带?"此花有个更通俗的名称:迎春花。

道士抬头看了眼墙角那边,点头道:"贫道于花木如名帅将兵,多多益善,来者不拒。此花率先迎春,开花能够抢在梅花之先呢,而且开花既多,花期又长久,所以贫道最喜欢此花,没有之一。"

她心不在焉问道："吴镝，你本名叫什么？"

中年道士微笑道："陈见贤。看见之见，圣贤之贤。"

她一愣，这么坦诚吗？

道士诚恳建议道："薛姑娘以后可以喊我全名。"

默念两遍名字，陈见贤，陈剑仙？终于回过味来了，薛如意啐了一声："狗嘴里吐不出象牙，就没一句真话！"

吴镝，无敌。陈见贤，陈剑仙？

中年道士笑道："好好的，干吗骂人？贫道如今也就是年纪大了，修心养性功夫见长，搁在贫道年轻气盛那会儿，非要跟你掰扯掰扯，尤其是疾恶如仇的少年岁月，呵。"

真是名副其实的骗鬼了，薛如意懒得搭理这茬，问道："一直没问，你来京城这边做什么？"

"叙旧。"

"叙旧？找谁？亲眷，远方亲戚？还是江湖上认识的朋友？在外边混不出名堂，打算找道上的朋友混口饭吃，一起合伙骗人？"

自称陈见贤的道士摇头笑道："都不是。"

薛如意一下子就来了兴趣，开玩笑道："总不会是寻仇来的吧？"她转头看了眼道士，可能是觉得自己这个说法太有趣，忍俊不禁，自顾自笑起来："就凭你？那几手不入流的鬼画符，连我都吓不住，真要跟人寻衅斗殴，你打得过几个青壮？"

道士笑道："你没瞧见我每天早晨和晚上都会练拳走桩？根本无须使用仙术，徒手打两三个青壮男子，根本不成问题。"

她翻了个白眼，就那么来来回回走几步的拳法，京城大大小小的武馆几十个，随便拎出个武把式，都能把他打趴下。

"说说看，若真是寻仇，我可以帮你出谋划策，说不定闹出命案来，我还可以帮你掩护跑路。"她也是个看热闹不嫌大的。

道士摇头道："薛姑娘就别瞎猜了，叙旧而已，闹哄哄打打杀杀的，不是我这种身世清白的良民所为。"

如果不是被他提前知道了马家的某桩长远谋划，肯定会更早来到玉宣国这边"叙旧"。当然，双方早些时候碰头也无意义，极有可能寻仇不成，反而被仇家给斩草除根了。

护送李宝瓶等人去往大隋书院之后，第一次南游宝瓶洲，就曾与马苦玄在异乡相逢，还打了一架。世事难料，不承想第二次游历剑气长城，会在那边逗留那么久。等到返回浩然天下，起宗门，建下宗，借取山水补地缺，去天外炼剑……

薛如意没来由说了句："咬人的狗从来不叫，我觉得你这种人，瞧着是块软面团，可若是发狠起来，手起刀落，定是心狠手辣极了。"

道士神色自若，笑道："世间悲欢离合，爱恨情仇，皆如缓缓酿酒，唯有揭开泥封饮酒时，必须痛快，得是豪饮。"

薛如意转过头："可怕。"

道士笑道："天不怕地不怕的人，何曾少了？"

她没来由想起附近那个县衙里边当官的，就有私底下放高利贷的，同时贩卖私盐的。当然，当官的不会亲自去做，都由心腹爪牙做这类脏活，而且有靠山。靠山的靠山，好像是一位刑部侍郎，至于这位侍郎大人的靠山是谁，她就不清楚了，尚书大人？皇帝陛下？或是某位山上修道有成的神仙？

薛如意问道："你说他们都这么有钱了，怎么就不知道收手？挣了几辈子都花不完的钱，家里都堆起银山了吧？"

陈平安笑道："好些个所谓的伐冰之家，一门心思搜刮民脂民膏，每天忙着敲骨吸髓，为人处世百无禁忌，如果不是这么个行事风格，就没办法成为薛姑娘说的'这么有钱'的人了。这里边藏个先后顺序，其实并不复杂。"

薛如意一时语噎，跟他说话，闲聊还好，可只要涉及道理，就没意思了。

先前这个道士，也会跟着许多百姓去冰河凿冰卖钱，但凡能够挣钱的营生如盆景这般，他都愿意去碰，都很擅长。道士刚来宅子没多久，她大致看出对方的品行了，别管他怎么财迷，只说在男女一事，确实还算个正人君子。所以之前她还经常调戏这个一本正经如道学家的男人，结果某天道士只是说了一句话，就把她给恶心坏了，打那之后，她就再无逗弄道士的想法。她当时就坐在这架秋千上边，中年道士同样是坐在身后台阶上，她转头笑问那吴镝，是不是在看她的屁股？

其实在那之前，她的一些个荤话，道士都会假装没听见，从不搭腔。估计是被她纠缠得实在烦了，道士便撂下一句："腚儿大些，可以多拉几斤屎吗？"

粗鄙！下流！

薛如意没来由叹息一声："花草一秋。"修道之人也好，精怪鬼魅也罢，看待山下的生老病死，与凡夫俗子看这院内的花开花落，又有何异？

她转头问道："你是怎么成为练气士的？"

道士微笑道："机缘巧合之下，年少曾学登山法。"

她转回头，轻声道："你是聪明人，想必已经猜出个大概，我身为鬼物，之所以能够久居此地，定然是有所依仗。"

道士点点头，很好理解，不难猜："上边有人。"

京师都城隍庙那边，有一尊位高权重的文判官，与她在生前好像是旧识。这位判官曾经两次夜巡宅邸，与她见面，不过并没有大张旗鼓。阴阳各有官场，作为玉宣国的都城隍庙,按例设置了二十四司。这位文判官作为城隍爷的左膀右臂,统辖包括诸司之首阴阳司在内的其中六司。不过这是已经翻篇的老皇历了,现在嘛,不好说了。

只要在官场,不管学识深浅本事高低,不管阳间阴间,就怕一点,不合群。

薛如意突然转头,冷若冰霜,满脸煞气。

道士无奈道:"薛姑娘,都是正经人,想啥呢?"就说嘛,少看些才子佳人小说,多看几本经传注疏。

薛如意怒道:"那你知道我在想什么?!"

道士说道:"欲加之罪,何患无辞?"见那女鬼依旧脸色难看,道士只得解释道:"你说贫道贪财也就罢了,但是好色? 薛姑娘你可以信不过贫道的人品,但是总不能不相信自己的眼光吧?"

薛如意觉得这个说法在理。

道士好奇问道:"能不能冒昧问一句,薛姑娘在官场的靠山是何方神圣? 得是多大的官,才能让薛姑娘就在距县衙几步远的地方落脚,县城隍那边从无任何一个冥官鬼差登门?"

薛如意冷笑道:"我与县城隍庙的枷锁将军是好友,你怕不怕?"

道士偷偷咽了口唾沫,站起身,朝那县城隍庙遥遥抱拳,使劲晃了几下,沉声道:"贫道一心修行,身存正气,邪不可干,从不怕走夜路。何况枷锁将军本就司职惩奸除恶一事,最是秉公执法,尤其是我们县的枷锁将军,与那七爷、八爷,是有口皆碑的好官!贫道若是在都城隍庙那边能说上话,早就建议将这三位大人提拔重用了。"

薛如意揉了揉眉心,这么溜须拍马,他们几位也听不着啊。此地不比别处,县城隍爷都不管的。

"陈见贤,你就没有喜欢的女子吗?"否则岂会这么不着家。

"有啊,怎么没有?"

"还真有啊?"

薛如意知道对方是个货真价实的练气士,虽然境界不值一提,两境? 撑死了就是个三境练气士? 可毕竟是一只脚踩在山上的人。她打趣道:"哪家姑娘啊? 多大岁数? 是跟你年纪相当,还是个年轻女子? 对方是鬼迷心窍了吧,才会瞧上你。人到中年万事休,你说你都这么大岁数了,四十好几的人了,还一事无成,靠着个道门私箓度牒成天乱晃荡。找机会领过来给我瞧瞧,呵,我非把你们拆散了,省得你祸害人家。"

其实这个道士每天摆摊算命,没少挣钱,比起一般的京城小门小户,犹有过之。只不过作为一个练气士,就完全不够看了。就这么每天风吹日晒,几年下来,能挣着几颗雪花钱?

道士笑了笑:"那你可拆不散。"

薛如意转头打趣道："能看中你的女子，模样估计不太好看吧？"

坐在台阶上的中年男人，一笑置之，只是双臂抱胸，抬头望月，眼神温柔。

薛如意撇撇嘴，哎哟喂，酸哩。可能身后那个男人是没出息，可能那个心心念念的女子模样确实一般，可他们到底是相亲相爱的。男人的嘴，骗人的鬼，花言巧语，但是眼神骗不了人。

道士取出一枚朱红色酒葫芦，老物件，包浆油亮。

薛如意闻见酒香，忍不住问道："哪家酒水这么香？"

道士笑道："自家酿造的酒水，好喝是自然的，公认的价廉物美，就是得省着点喝。"

薛如意干脆起身站在秋千上。

记得中年道士刚搬来宅子的时候，一架秋千无人而晃，还发出一连串银铃般的娇笑声。过路道士被吓得立即从袖中抓出一摞符箓，手腕颤抖不已，掏出火折子，点燃符箓之后，高高举起，步罡踩斗，乱晃一通，一边晃荡出一条火龙，一边飞奔而逃，嘴上嚷嚷着些不知道是哪一脉道家传下的真言咒语，砰的一声关上屋门，动作极快，噼里啪啦，往门上、墙壁跟窗户贴满了不值钱的黄纸符箓。

道士看着那个站在秋千上的背影，叹了口气，提起手中酒葫芦，默默喝了口酒。似是而非的场景，同样是墙里秋千墙外道。

薛如意玩笑道："对了，你到底找谁叙旧？都来京城这么久了，一面都没见着？这么难打照面，难道是皇帝陛下吗？"

道士好像不愿意提及此事，转移话题："再过几天，就是春分了，薛姑娘要多注意几分。"

天时至春分，刚好阴阳相半，昼夜均而寒暑平，阴阳相薄为雷，激扬为电。对于世间鬼物来说，惊蛰后到清明前，都是一段比较难熬的岁月，尤其是春分过后，阳气渐盛，以击于阴，雷乃发生。

薛如意显然没有上心，她虽是女鬼，却属于修道有成的阴物，近乎英灵，自然不惧这些追随节气运转、天然而生的雷电。

中年道士也只是随口一提，自顾自搓手道："春分日，我再露一手，给你们摆一桌子春盘，春分吃春菜，笋、碧蒿、椿芽……贫道走南闯北，去过很多地方。春分过后，彩衣国附近有那桃花汛，河里边的鳜鱼、鲫鱼，清蒸红烧俱是美味。更南边，靠海的地方，若是这个时节来一大盘黄沙蚬炒韭菜，啧。"

薛如意没好气道："你就只知道吃吗？"

道士微笑道："民以食为天。"

薛如意一时语噎，跳下秋千，十指交错，伸了个懒腰。

道士抬头望天，轻声道："春分有雨是丰年，不过今年京城地界估计是那天晴无雨的气候了。"收回视线，道士笑道："贫道掐指一算，清明这一天，可能会打雷，而且动静比较大。届时薛姑娘不必多想。"

薛如意讥笑道："原来陈道长除了算人，还能算天？真人不露相呢。"

道士说道："万般学问，难易深浅，不过都是个'积思顿释'，难也不难，不难也难。"

薛如意抖了抖手腕，打算回了。

道士指了指身后正堂一侧花厅："薛姑娘，最近几天，贫道可能要借此宝地一用，与薛姑娘先打声招呼。"

薛如意点点头，疑惑道："要做什么？准备宴请朋友，担心我跑出来搅局？"

道士摇头笑道："天机不可泄露。"

薛如意提醒道："摆酒宴无妨，可别喊几个青楼女子过来嬉戏助兴，乌烟瘴气！"

道士连连摆手："动辄几十两银子，到底是喝酒，还是喝钱啊？"

薛如意冷笑道："倒是晓得行情，果然是人不风流只因贫。"

道士微笑道："男人最怕装傻扮痴，有钱动手，无钱也动心，如贫道这般光风霁月的，反而是真正的老实本分。"

薛如意飘然而走。

道士步入侧厅，看了眼长条桌案，点点头，双手握拳轻轻拧转，准备去住处取来笔墨纸砚，在此大展拳脚。刚转头，道士便瞧见一颗头朝地的脑袋挂在自己眼前，下意识就是一拳砸去，拳头堪堪在那女鬼面门停下，怒道："薛如意，会吓死人的！"

女鬼飘然而落，道士气呼呼大步走出侧厅，她跟在身后，问道："借用花厅作甚？"

道士没好气道："京城居不易，马无夜草不肥，贫道不得挣钱赚房租啊。"

女鬼打着哈欠："我就奇了怪了，你一个三脚猫练气士，好歹也是个练气士，就这么喜欢钱？"

"过日子，柴米油盐，认钱不认人，莫要有个'只'字即可。做神仙，所谓真人，无非认真不认人，切莫无个'只'字。修道修道，千百条道路，万法只作一字解。"

薛如意皱眉问道："何解？"

"心。形神合一，心与神契。"

约莫是在外闯荡多年、走惯了江湖的缘故，很是知道些乌七八糟的旁门左道，总之这个假道士修为不高，学问很杂，反正不管她聊什么都能接上话。

那道士一边走一边娓娓道来："地仙地仙，陆地神仙，天地之半，炼形住世，常驻人间，阳寿绵长，几近长生不死。

"鬼修证道者，是谓鬼仙。相较于那些陆地真人，还是要略逊一筹的，毕竟是舍了阳神身外身，只余下一尊阴神的清灵之鬼，不算真正的大道，因此神象不明，三山无名，虽然可以不坠轮回，但是依旧难登绿籍，前无所去，退无所归，想要证道，就比较难了……"

薛如意跟在一旁,听得迷迷糊糊的,好些内容,她都是头回听说,也不知道他从哪本神异小说里照搬而来的。

那中年道士停下脚步,开始掏袖子,他抬头笑道:"薛姑娘,我们都这么熟了,也算投缘。你别看贫道帮人看相奇准,其实真正拿手的,还是符箓一道。不如做笔买卖?此符对于如薛姑娘这般出身的修道之士,最有奇效,只需沐浴斋戒后,再焚此符,点燃三炷香,心中默念几遍'某某人礼敬三山九侯先生',没什么繁文缛节,效果之好,匪夷所思!"

她嗤笑道:"故技重演,又要杀熟?!都不知道换个新花样吗?"

道士唉了一声:"其他符箓不去说,确实是稍微差了点火候,唯独这张符箓,货真价实,童叟无欺,买一张是小赚,买一摞是大赚,总之买得越多挣得越多。贫道要不是与薛姑娘关系莫逆,绝不轻易示人。"

薛如意冷笑道:"这么好,你怎么不自己用啊?"

道士眼神怜悯,是那种聪明人可怜一个傻子的眼神。

她自知失言,犹豫了一下,招招手:"先给我瞅瞅,勘验优劣。"

普通的黄色符纸,研磨朱砂作墨,符纸上边绘制三座山头,古里古怪的,瞧着不像是什么正经符箓。

虽说内心主意已定,不想当这个冤大头,她还是问道:"一张符箓,卖几枚铜钱?"

道士埋怨道:"想啥呢,几枚铜钱?一张符纸都买不起!"

薛如意说道:"隔壁街的老刘头铺子,这样的低劣黄纸,一刀才卖几个钱?陈道长再裁剪得小些,岂不是一本万利?"

难怪道士每次见着老刘头就喊老哥。

"符纸不贵术法高啊,都说山不在高有仙则灵,符箓一道亦是同理,画符看符胆,符纸贵贱是很次要的。"

见那道士不动声色,毫不脸红,又从袖中掏出几张符箓:"罢了罢了,薛姑娘到底是眼光高,无妨,贫道这几张品秩更好,就是价格贵了点。压箱底的,一般都是秘不示人的……"

啧啧,不愧是个做惯了买卖的生意人,环环相扣,后手颇多呢。

"别一口一个贫道贫道了,陈仙师你就不燥得慌吗?"

薛如意将符箓丢还给道士,扬长而去。

春分,天无雨,地气温暖。

京城郊外踏青,除了那些鲜衣怒马的官宦子弟,水边多佳丽,美人头上,袅袅春幡。

空中满是风筝,灵巧的燕子,极长的蜈蚣,或相约作鸢鹞相斗。京城内那些老字号的风筝铺子,挣了个盆满钵满。

按照朝廷礼制,皇帝需在春分日祭日于坛。今天祭祀结束后,玉宣国皇帝就会让礼部衙门,向四品以上的京官送出一幅宫内御制的春牛图,二开的龙纹红纸,印上翰林院学士书写的二十四节气名言警句、新鲜出炉的诗词,再配合一幅画院待诏精心绘制的农耕图。负责送图的多是礼部相貌端正的年轻官员,其余诸部司的新科进士,往往也会参与其中,他们在这一天被誉为春官。那些皇亲国戚和将相公卿的府邸门房,都需要给春官一个象征性的红包。上行下效,京城坊间也有了类似的"说春人",朝廷给当官的送图,一些个心眼活络、生财有道的老百姓就给有钱人送图。敲开门后,与主人家说些类似不违农时、五风十雨的吉庆话,只要腿脚伶俐,忙碌一天也能挣不少。当然吃闭门羹的更多,一些个被频繁敲门讨要红包的富裕门户,不胜其烦,就直接让门房赶人。

玉宣国京城里边,一些个经验老到的说春人,哪怕走远路,都会去一趟永嘉街。街上多是祖上极其阔绰的家族,否则也不会用县名来命名,自然轮不到他们这些市井说春人登门送图,他们只是去找一户姓马的人家,因为肯定不会白跑,谁都能拿个大红包。据说这户人家的门房,一天到晚就在那边发红包呢。只要登门送图,说几句类似五谷丰登、风调雨顺的好话,那么见者有份,足足六两银子!马家的门房再累,对所有送图的说春人,都是满脸笑容,极为和气的。

京城有两县,大致上是北边富贵南边穷,后者即长宁县。

两位从北边跑到南边讨营生的说春人,一老年一少年,一个送春牛图一个说吉语,从早到晚,跑了一天,刨去必须上缴给某个江湖帮派的孝敬,其实他们才挣到三两银子。没法子,这个看似临时的行当,年复一年,也有了许多门道和规矩需要遵守,不是谁都能当说春人的,更不能乱跑乱敲门。如果不按规矩来,一个不小心就会被人堵在街巷挨揍。

暮色里,少年还好,老人就有点乏了,这条街上敲门都不应,身材消瘦的老人坐在一处台阶上,一手撑腰,一手敲腿,看样子是要两手空空而返了。这条街的住户就这么穷吗?照理说离着长宁县衙这么近,不该如此拮据才对。先前老人咬咬牙,用八钱银子与人买来一条街的送图说春,八钱银子哪,就这么打了水漂,老人愁眉不展。少年说要去别处碰碰运气,老人笑着说不用了,背着箩筐的少年便蹲下身,帮着老人轻轻捶腿。

宅子大门吱呀打开,走出一个中年道士,少年立即起身,从背后竹箱里取出一幅春牛图,爷爷已经很疲惫了,所以本该由爷爷来说的开场白,少年今天跟了一路,都背得滚瓜烂熟了,就由他代劳好了。只是不等少年开口,那道士就笑着摆手,蹦出两个字:"同行。"

"同行"二字,比什么婉言拒绝都管用。少年大为失望,一脸将信将疑的神色。不给钱就算了,很正常不过的事情,这位道长何必诳人?

中年道士伸手从袖中掏出一张宣纸,轻轻抖了抖,抚须而笑道:"长宁县这一大片坊市,春牛图的底稿,都是贫道亲手画的。"

老人立即站起身,迅速扫了几眼那幅所谓的春牛图底稿,先行拱手礼,再笑问道:"道长怎么还会绘制春牛图?"

道士低头,单手掐诀还礼:"贫道清贫哪。"

"敢问道长绘制的春牛图,多少钱一幅?"

"十文钱。"

"价格这么低?!怎的比永嘉县那边便宜一半?"

市井坊间的春牛图,几乎一幅比一幅粗糙,与那官家御制的春牛图,不管材质还是内容,都是云泥之别。

"贫道厚道。"

"那我能不能与道长预订明年的一百幅春牛图?"

道士摇头笑道:"不凑巧,贫道只是云游至此,暂时落脚,不会久住。"

少年终于开口,试探性说道:"听说长宁县衙附近有个算命摊子,算命很准,抽签手相,测字和铜钱卜卦,很厉害。"

中年道士抚须而笑:"这就赶巧了,若无意外,远在天边近在眼前,正是贫道。"

少年满脸意外之喜:"道长真是那位铁口神断的吴仙长?!"

道士眯眼捻须:"浪得虚名。"

墙头那边,彩裙女鬼翻了个白眼。

台阶一旁老人欲言又止,只是看了眼相依为命的少年,少年的一双眼眸里满是憧憬和希望,便不忍心说什么。

道士微笑道:"这位公子,是算姻缘,还是财运?"

少年霎时脸红,怎么还称呼公子了?这位道长也太和蔼了些。

少年鼓起勇气,说道:"这些都不算,能不能请道长帮忙画几张符,就是在路边搁放一个盆,里边烧符纸,远远祭奠先人。"

道士疑惑问道:"为何不在清明时候,上坟扫墓烧纸?"

少年说道:"我跟爷爷是外乡人,从南边来的,走了很远的路,家很早就没了。"

老人叹了口气,其实他们不是亲爷孙,其中曲折,一言难尽。最早是老人照顾孩子,后来是孩子照顾老人,相依为命,就像相互还债。

道士问道:"如果真有这种符箓,你愿意花多少钱买?"

"身上所有的钱!如果暂时不够,我可以跟道长写欠条立字据!"

"字据什么的岂可当真?你目前有多少积蓄呢?"

"这些年我攒了七两八钱银子,还有一罐子铜钱!"

"才这么点?"

少年赧颜不言,老人愧疚。

"贫道是可以画出三官符箓,此符可为逝者赐福、赦罪和消灾减厄。"道士沉吟不语,片刻之后,摇摇头,"只是此符珍贵,你这点银子,远远不够啊。"

少年刚要说话,道士满脸不耐烦,一挥袖子,开始下逐客令了:"休要多言。"

少年站在原地,道士问道:"给你十天,愿意去借去偷去抢,凑足一百两银子吗?"

黝黑消瘦的少年低下头去,神色黯然。道士看着少年,看着少年眼中的自己。

少年鞠躬致谢,带着老人一并离去。无家可归的游子,思念故乡,郁郁累累。

墙头那边的女鬼脸色阴沉。伤人言语,有剑戟之痛。

道士突然喊住少年,少年茫然转头,道士笑言一句:"天行健,君子以自强不息,自助者天助之。"道士挥挥手:"去吧。"

少年愣了愣,再次鞠躬。

道士双手笼袖,转身走回宅子。薛如意站在门内,冷笑道:"好个修道之人,真是铁石心肠!帮不上忙就别装神弄鬼,偏要耍些虚头巴脑的言语伎俩,恶心不恶心?!"

原本对这个一门心思赚钱的假道士,相处久了,印象好转,还有几分亲近之心,今天亲眼见到这个场景,真是气坏了她。

道士笑道:"虚心者无虚言。"

彩裙女鬼一闪而逝,撂下一句:"三天之内,滚出宅子。"

道士一笑置之。

夜幕沉沉,远处街上响起打更声。张贴在宅邸门上的两幅彩绘门神金光一闪,走出两位来自都城隍庙的高官,男子做文士装束,女子身披金甲,背一把七星铜钱宝剑。

薛如意察觉到门口那边的异样,赶紧从阁楼飘荡而出,来到正堂大厅门口待客,毕恭毕敬地与他们施了个万福,嗓音轻柔道:"见过洪判官,纪姐姐。"

文判官轻轻点头致意,他已经职掌阴阳司三百年,此次离开城隍庙,只带了一名心腹,各地城隍庙阴阳司的主官作为诸司之首,都可算是城隍爷的第一辅吏。

那位身居要职的女子英灵笑道:"如意娘,好久不见,别来无恙。"

薛如意是立国之初的宫娥出身,专门为玉宣国历史上那位只差一步就篡位登基的皇后娘娘,开箱验取石榴裙,昵称如意娘。

她轻声问道:"院试案首也被内定了吗?"

那位被薛如意昵称为纪姐姐的城隍英灵叹了口气说:"不光是案首,就连之后春闱的会元头衔,也要给一个草包。事实上,会试和殿试,除了马彻是状元,榜眼、探花和传胪等名额,早就被关起门来内定了。"

薛如意咬了咬嘴唇，满脸悲苦："这是为何？若说是那个有真才实学的马彻，也就罢了，凭什么那些纨绔子弟都能登科?!"按照与张氏先人的那个约定，后者的后世子孙，只要出现一位光宗耀祖的一甲进士，她就算完成契约。

那位阴阳司主官犹豫了一下，一语道破玄机："武判官参与其中了。"

薛如意愤懑道："一国文运之权衡，他们岂敢如此儿戏?! 纪小蕨，你与洪判官，还有城隍爷，明知如此，就都不管吗?!"

纪小蕨说道："武判官那边自有一套说辞，可以为自己的徇私枉法开脱，其中涉及祖荫等事，再加上一些阳间善举等。薛如意，你可以理解为是钻了某些阴冥律例的空子。而且管辖玉宣国的那座西岳储君之山……"

文判官皱眉道："慎言。"

纪小蕨只得改口说道："除非是一纸诉状，烧符投牒到那座西岳山君府的纠察司。只是越级告状，一直是官场大忌。"纪小蕨说到这里，看了眼身边的文判官，神色复杂。

文判官自嘲道："虽说还不至于到泥菩萨过河自身难保的境地，但是如今我在都城隍庙内，除了纪小蕨的阴阳司，已经调动不了谁了。实不相瞒，就连文运司都已经转投那位武判官了。文运司尚且如此，更不谈其余诸司了。呵呵，一朝天子一朝臣，阴阳殊途同归。"

城隍庙文运、武运两司，权柄大小，并无定数，因时因地而异，就像附近那处县衙的盐房。

纪小蕨说道："是幕后有高人故意为之，想要将洪老爷调离玉宣国都城隍庙。"说到这里，她愤愤道："一颗老鼠屎坏了一锅粥！"

纪小蕨深呼吸一口气，与薛如意继续解释道："洪老爷有可能去往大骊陪都附近，担任一州城隍爷。"

从玉宣国京师都城隍庙文判官，转任大骊王朝的一州城隍爷，绝对不能算是贬谪，而是实打实的官运亨通了。薛如意立即施了个万福，忍住心中愤懑，轻声道贺："奴婢在这里先行祝贺洪判官高升。"

文判官神色郁郁道："在官场，高升自然是高升了，可是就这么离开，到底不甘心啊。"

世间各地各级城隍官吏，不比阳间官场那么讲究人情，没有任何人脉和香火情可言，无法遥遥插手别地事务，一旦离开某地，是不许插手原处公务的，这是一条雷打不动的阴冥铁律。除非是异乡人在某地涉及类似命案这种事情，两地城隍庙才有可能联手办案。

薛如意苦笑道："这么多年都熬过来了，再等几年便是。"

文判官瞥了眼窗外庭院，笑道："这位只有私箓道牒的道士，倒是个当之无愧的雅人。"

纪小蘋点头道:"只需看那些花木的养护,就知道此人不俗,更像是一位闲云孤鹤的山野逸民,绝非表面上那种浑身铜臭的贪财之辈。"

一处小屋内,道士鼾声阵阵。

薛如意一想到这厮就来气,黑着脸说道:"他自称真名叫陈见贤。"

纪小蘋摇头道:"听过就算了,当不得真。"

洪判官笑道:"还是这个化名更好些。见贤思齐,择善而从。"取法乎上,见贤思齐焉,君子慎独,见不贤而内自省也。

纪小蘋犹豫了一下,说道:"薛姑娘,这个临时住客,洪老爷和我都看不出他的道行深浅,兴许是那种喜好游戏人间的世外高人,也可能就是个骗子。毕竟他不是玉宣国本土人氏,不知他的真实籍贯,那份与私篆挂钩的通关文牒分明是伪造的。关键是他在京城这边又无犯禁违例之举,我们就没办法从别国调阅秘册了。"她不可能为了这种私事,就让都城隍庙与大骊王朝那边打交道。

京城如此之大,对方偏偏选取这栋宅子作为落脚地,由不得薛如意不怀疑对方有所企图。身为都城隍庙的文判官,之前两次夜游此地,除了来见故人,再就是为了确定这个假道士的修为境界,以及是否别有用心,对宅子和那件秘宝有所图谋。练气士,尤其是为达目的不择手段的那种山泽野修,什么手段用不出来?

其实陈平安还真就只是偶然路过,没有任何用心和企图。一件早已名花有主的法宝而已,值钱是值钱,又非那类无主之物,难不成还要强取豪夺吗?

纪小蘋突然脸色剧变,说道:"是他来了?"马苦玄!她甚至都不敢直呼其名。

文判官亦是头疼不已,点头道:"刚刚入城,先前在折耳山神宋腴那边喝了顿酒,就失踪了,不知为何直到现在才入京?"

小屋内,道士缓缓睁开眼,只是很快就鼻息如雷鸣。

第八章
谁不是黄雀

清晨时分,天蒙蒙亮,那个即将卷铺盖滚蛋的道士就开始作妖了。

只见道士手持一把桃木剑,踏罡步斗,朗声咏唱一篇不知从哪里抄来的"道诀":"请君听我言,太古有太虚,日月两交光,山川添壮观,炼成一颗金丹无漏,无漏无漏,起陆龙蛇战斗。"道士抖搂出一个扫堂腿,卷起地上些许落叶,再一个金鸡独立,右手递出一剑,剑尖处恰好停留一片树叶。"清轻浊重阴阳正,天高地厚秉性灵,一点灵光起火烛,如云绽遍天星宿,急急如律令,将乾坤收一袖。"道士抖了个剑花,左手袖子一甩,拧转身形,剑尖朝天,同时试图将那落叶卷入袖中,约莫是力道没有掌握好,那片树叶在空中打了个旋儿,未能收入袖中,无妨,道士自有补救手段,一个蹦跳,高踢腿,左手双指并拢,与剑尖一同指向别处,"酒色财气都远离,云朋雨友日月侣,垒纯阳积阴德,天关转地轴,琼浆仙酒,有风仙师父,专来拯救。"

薛如意长久怔怔无言,突然有点可怜这个好似喝了点酒就发癫的道士。她叹了口气:"别这样瞎折腾了,不赶你离开宅子便是。"

只见那道士终于停下身形,一手负后,一手双指并拢作剑诀竖在身前,用鼻音冷哼一声。

薛如意一下子就不乐意了:你还敢得寸进尺,真当老娘求你留下不成?

中年道士收起桃木剑,朝泥地随手一丢,本想着来一手入地三分的剑术,约莫是力道不够,或是角度不对,木剑戳中泥地,晃了晃,最终仍是坠地。

薛如意心中到底还是有些芥蒂,问道:"你当真能够绘制出三官符箓?"

昨夜她询问过洪判官和纪小蘋，两位都城隍庙的大官都是摇头，说这种符箓闻所未闻。

洪判官最后只说，兴许山巅的符箓大家别有秘传，而且必须是上五境，否则一般的符箓修士，即便是那种道行深厚的陆地神仙，也休想画出这等功效的符箓。

道士摇摇头，指了指躺在地上的那把桃木剑："可以画，但是符成的把握不大，即便凭借符箓成功勾连阴阳，越过城隍庙老爷们，之后想要在冥府那边勘合过关，难度极大。打个不是特别恰当的比方，有点类似拿前朝的尚方宝剑斩本朝的官了。"

薛如意顿时柳眉倒竖，果然是个骗子。

道士立即补上一句："但是贫道有个好朋友，了不得，有大神通，能够言出法随，效果之好，无异于祭出三官符箓。"

薛如意嗤笑道："吹牛皮不打草稿吗？你还能认识这种山上朋友？"

"福生无量天尊。"道士单手掐诀，"绝非胡诌，贫道的山上朋友中，有几个绝顶厉害的角色。"

薛如意追问道："比如？"

道士说道："以后要是有机会，就介绍一个姓钟的朋友与薛姑娘认识。"

薛如意疑惑道："什么身份？莫非是某个仙府的谱牒修士？"

道士笑道："见面就知道了，什么身份不重要，豪杰无所谓出身，英雄不问出处嘛。"

见这道士不像是在开玩笑，薛如意又有新的疑问："你真要帮那少年？图什么？"

道士说道："人之双眼所见即天地。"

薛如意一头雾水："什么意思？"

道士只得解释道："某位高人说过，我辈修道之士，力所能及，帮得眼前一个人，就是帮得整个天下人。"

一趟天外远游，之前跟郑居中、李希圣聊多了，再来与人闲聊，难免就少了几分耐心。

薛如意沉默片刻："谁说的？"

道士笑道："远在天边近在眼前。"

薛如意黑着脸。

道士说道："相信薛姑娘也看出几分，那少年如今'命薄'，只因为身世坎坷，命数被大小劫数剥啄极多，所以如今外人额外给他什么，钱财也好，其他也罢，少年未必接得住，极容易非福反祸。市井凡俗，对穷困之辈，施以援手是无妨的，自是积攒阴德与福报的好事和善举。但是修道之人与俗子结缘，一如巨湖一如溪涧，湖水逆流入溪水，若是后者命厚，如小溪水床宽广，承载得住，便是山上所说的仙家缘法，可要是命薄，如洪水汹涌倒流，漫延两岸，伤的就是人之根骨和阳气，这便是老话所谓的'无福消受'了，此理不可不察,需要慎之又慎。所幸命之厚薄,福禄寿之增减,并非一成不变。那少年在贫道看来,就是命薄却福厚的人。简单来说,就是有晚福,无欠于天,勿愧于地,不取于人为富,不屈于人为贵,这就是贫道昨天为何要说一句'自助者天助之'的根源所在。"

薛如意点点头,可其实她根本没看出那少年的命数厚薄,她只是一个鬼物,既非望气士,又非城隍庙官吏,如何看得出这些玄之又玄的命理?

她犹豫了一下:"那我和张侯?"

道士笑道:"张侯有祖荫庇护,他自身又是一个碧纱笼中人,薛姑娘给予他一桩仙家缘法,张侯也是接得住的。"

她问道:"当真没有后遗症?"毕竟她是鬼物,少年却是阳间人。

道士说道:"阴阳岂是只在地理不在人心? 薛姑娘,可莫要搞错顺序,本末倒置啊。"

薛如意松了口气,她第一次发现这个假道士,好像还是有几分真本事的?

道士问道:"薛姑娘,以你的道行,既然不惧烈日罡风,为何在此逗留,徘徊不去?"

对于玉宣国这样的偏隅小国而言,一个观海境修士,找个灵气充沛的道场,开山立派,绰绰有余了。薛如意虽是鬼物,可她既然能够与一国都城隍文判官和阴阳司主官都关系匪浅,想来不缺阴德,其实她找一处龙脉,建立祠庙、塑造金身,再由朝廷封正,当个山神娘娘是最佳选择。

薛如意说得含糊其词:"最早是跟人打了个赌,学古人红叶题诗,被人无意间拾取,与他在一处祠庙内立下誓言。"

年复一年,宝扇闲置,辜负明月清风。春去秋来,寒蝉凄切,无语凝噎。雁过也,月如钩。

道士犹豫了一下,小心酝酿措辞,旁敲侧击问道:"薛姑娘,是否精通句读?"

薛如意笑道:"还行,我对训诂一事,还算比较感兴趣,闲来无事,翻了不少前贤著作,怎么? 你看古书有疑难处,需要我帮忙断句?"

要是与她探讨训诂,薛如意还真不怵,她自认是行家里手。隔壁少年张侯珍藏有一张"祖传"的字帖,总计三十六字,无落款,却被洪判官誉为三十六骊珠。这张字帖,也是少年的立道之基,只可惜张侯资质一般,进展缓慢,如今才堪堪是二境修士。而这三十六个字,大致上可以断为两句话,内容颇为晦涩,这就涉及训诂功力。她就是根据自己的断句,来为张侯解释其中深意,再根据字帖三十六字蕴藏的一门上乘导引之法,帮助张侯走上了修道之路。

道士笑道:"少年时,曾经听闻一个朋友、半个长辈,说及字、词、句与义的关系,他说每一句话的每一个字,都是有重量的。当时只是听了记住而已,感触不深。后来发现文圣原来著有《正名篇》,看到其中有载'名闻而实喻,名之用也。累而成文,名之丽也。

用丽俱得,谓之知名',我就恍然大悟了。"

薛如意满脸得意神色,指了指地上的那把桃木剑:"少废话,就知道卖弄学问,赶紧地,以剑作笔,写下内容,我帮你断句。"

陈平安小有郁闷,一时间不知如何开口,那张被薛如意和少年奉若珍宝的字帖,内容其实并不复杂,反正也就三十六个字,其中确实隐藏有一门上古导引法,而且陈平安只是扫了一眼,观其道意,就发现与三山之一和文庙礼制都是有些道缘的。陈平安当然不会觊觎这件法宝品秩的"道书",但问题在于薛如意这个半吊子的训诂高手为张侯断句,不能说她全错,但肯定是有误差的。山上道书,往往一字之差便离题万里,否则山上为何会有"一字师"这种练气士?

也就是那张字帖所载内容和蕴藉道诀极为精纯宽厚,若是一般旁门左道的天书道诀,张侯再按照薛如意的传道授业解惑去修行,估计早就导引岔气,走火入魔了。张侯虽然资质一般,算不得什么修道天才,将来极难跻身洞府境,但是少年在薛如意的传道下,自幼修行这门导引术,结果至今才是二境练气士,就很能说明问题了。

陈平安想了想,罢了罢了,大不了就被当作居心叵测之辈赶出宅子,开门见山说道:"薛姑娘,那位郑众郑司农,自然是一位极有功底的经学大家,但是他在儒家历史上,在训诂一道,其著述的许多细节是有待商榷的,比如他的某些断句,就曾引来一位同样姓郑的文庙圣贤逐字逐句批驳,所以薛姑娘若是照搬郑司农的句读法……"

薛如意眼神幽幽:"你看过那张字帖了?"

陈平安点头道:"看过,我还知道字帖里边藏着一门导引法。"

薛如意默不作声。

以木铎修火禁凡邦之事跸宫中庙中则执烛东渐于海西被于流沙朔南暨声教讫于四海。

陈平安一伸手,将那桃木剑驾驭在手中,在地上开始书写那三十六字,帮忙断句,同时为她详细解释为何如此:

"郑司农将前十八字断句为三,其中'火禁'分读,义不可通。礼圣著作屡见'修火禁'正是连文之证,若是按照郑司农的解法,这上古宫正官的职责就过于宽泛了。故而郑司农如此训诂,被另外那位圣贤直接斥为'不辞'。不辞,就是不成话,对读书人而言,是一个很重的批评了。

"至于后十八字,其实文庙内部一直存在争议,确实吵了好几百年,但是按照……文圣的看法,字圣许夫子解'暨'与'讫',应当无误。暨,与也,日颇见也,形容日光偏射,讫同'迄'解,直行也。故而比较合理的断句,就是'东渐于海,西被于流沙,朔南暨,声教讫于四海'。即'凡日光所临照之处皆行其声教'。

"所以张侯的导引术,其中一处头颅洞府的顶部,凿开天门引领日光之法,作为火法日炼之道,看似是在追求日悬中天的巍峨气象,然后笔直一线地导引阳光,于每日正午时分,让阳光直截了当照射在天灵盖,以外景勾连内景。实则洞府错了,阳光照射之路径也错了。如此按部就班修行炼气,虽说不至于走火入魔,终非正途。道理很简单,试想人间屋舍住处,除非是那四水归堂的天井,否则哪有屋顶大开的宅邸,如何遮风挡雨……"

薛如意时而皱眉,时而恍然。

将这般见解娓娓道来的"假道士",吴镝也好,陈见贤也罢,只是陈平安的分身之一。先前陈平安以符箓之法,分神依附在一具具符箓傀儡身上,如星落于宝瓶洲各地。

玉宣国京城这个"假道士",平时除了摆摊,还会研究龙虎山外姓大天师秘密传授的道门科仪,因为这幅字帖的关系,随缘而走,又开始着手对训诂的深入研究。

禺州那边,有个"陈平安"以向佛的居士身份,去了一座律宗寺庙,研习持戒,尤其在《四分律》上下了一番苦功夫。而律宗之佛理、宗旨,关键就在于一个"戒"字,而诸戒又归纳为"止持"和"作持"两类,止持即诸恶莫作,是止诸恶门,作持即众善奉行,是修诸善门,所以此地"陈平安"先前才会写下那句佛家语。

青杏国地界,有个外乡练气士,在仙家客栈内每天就是看兵书,若是外出游历,就手持罗盘寻龙点穴,兼修阴阳五行术。

在正阳山附近,一个叫裁玉山竹枝派的地方,有个外门知客,以数算之法深究农家、商家根柢。

薛如意看着地上三十六字,抬起头,问道:"你到底是谁?"

陈平安笑道:"人间山上,谁不是'道士'?"

薛如意重新低下头,看着重新断句的三十六字,她越琢磨越觉得深意无穷,不出意外,如此句读才是正解!薛如意抬起头,那中年道士已经提着桃木剑走远,她问道:"摆摊去?"

陈平安转头笑道:"贫道最是擅长察言观色,这就主动卷铺盖滚蛋了。"

薛如意摇摇头:"你又不是跟我租的宅子,住与不住,我说了又不作数。"

中年道士咦了一声,恍然大悟,对啊,他们都是住客,一新一旧而已。

薛如意犹豫了一下:"陈道长能否传授最恰当的开府和火炼之法?"

道士摇摇头:"张侯一心只读圣贤书,贫道粗鄙,可教不了他上乘的仙家术法。"

薛如意有些着急,"你怎么还记仇呢?"

道士微笑道:"钱财分明大丈夫,爱憎分明真豪杰,没点脾气和风骨,怎么当道长?"

薛如意伸出手:"之前道长与我兜售的那几种符箓,我都买了。"

道士哎哟一声,连忙抬起袖子,快步走向她:"贫道早就觉得张公子根骨清奇,有此符箓,有如神助!"

今年的倒春寒,尤其明显,二月末还下了一场鹅毛大雪。

青灵国旌阳府这边,自古就有喝早酒的习俗。化雪过后,即便被冻成了鹌鹑,男人和女人,还是会呼朋唤友,市井坊间处处飘起肉香和酒香。

旌阳府境内有一个历史久远的仙家门派——裁玉山竹枝派,是那剑仙如云的正阳山的藩属门派之一。

一条冰面刚刚解冻的溪边,流水潺潺,有个中年男人身穿棉袍,脚踩一双麂皮靴,脚步匆匆,一边走在泥泞道路上,一边拍打身上的石屑尘土,瞧见远方一个黑着脸的老人,赶忙三步并作两步跑上前去。

老人疾言厉色道:"陈旧!你到底怎么回事?正主都到了,你还没个人影,要我来这边接你,好大架子,当是夏侯公子请你喝酒吗?!"

男人委屈道:"白伯,我都提前一刻钟出门了。"

白伯怒道:"约好了巳时中喝早酒,夏侯公子便要准时到场吗?提早一刻钟赴约怎么够?你该至少提前半个时辰!这点人情世故都不懂,怎么当的知客!"

男人低头哈腰,呵气暖手:"外门知客,外门知客。白伯,消消气,回头请你喝壶松脂酒。"

老人瞪眼道:"下不为例!"

男人使劲点头:"保证保证,下不为例!"

老人犹豫了一下,以心声说道:"夏侯公子是怎么个脾气,你就算没有亲身领教过,多少也该听说几分。没轻没重的,这个酒局被你搞砸了,好事变坏事,到时候不还得转头怨我?"

男人搓手笑道:"要是真因为这么点小事,就被夏侯公子记恨上了,怨谁也不会埋怨白伯,我的良心又没被狗吃掉。"

老人瞥了眼男人肩头的碎屑,显然这小子又亲自下坑洞寻脉采石去了。老人眼神柔和几分,却冷哼一声:"你一个光脚不怕穿鞋的外门知客,是不用怕吃夏侯公子的挂落,大不了拍拍屁股一走了之,此地不留爷自有留爷处嘛。我要是被你连累了,还怎么走?扛着一整座裁玉山跑路吗?到时候你小子别被我碰上,否则我见你一次骂一次。"

所谓的面冷心肠热,不过如此了。总有些老人,喜欢说些不中听却在理的话,仿佛生怕别人念他的好。

男人嬉皮笑脸给老人揉起了肩膀:"白伯可是老神仙,扛座裁玉山还不是照旧健步如飞?"

老人一抖肩膀,震掉那个棉袍男子的双手,教训道:"好歹是个知客,攒了钱,买件像样的法袍,瞧你这穷酸样!"

男人笑道："法袍这玩意儿,穿几件不是穿?再说山上真正的有钱人,都是我这般模样,穿件法袍,反而不大气。"

"你小子有几个钱?还敢谈什么真正的有钱人,你见过吗?"

"白伯,等我哪天阔绰了,将七八件法袍穿在身上,招摇过市。"

"你是穿法袍还是卖法袍?"

"边穿边卖两不误。白伯,我这生意经不错吧?"

白伯说道："陈旧,门派重建一事,急是急不来的,任重道远,你还是要多看看山水邸报,先找到那几个师门长辈和师兄弟再说,否则祖师堂神主牌位、挂像谱牒,你一样都没有,名不正言不顺。朝廷岂会乐意将偌大一座仙府遗址交给你这么个四境练气士?就算那位新君大度,肯将原址归还,你就守得住家业了?"

当初整个宝瓶洲南方都被蛮荒妖族侵占,无数山门纷纷北迁,过大渎进入北方地带,如今宝瓶洲各家山水邸报,还是有许多南方仙府、山上门派或是招兵买马,试图补充人手,恢复旧日荣光,或是祖师堂已经改迁,与门派原址离得太远,必须通过山水邸报提醒那些失散多年的谱牒修士,山门新地址位于哪国哪地。

陈旧点头道："实在不行,真要寻不见师门长辈,我就去找郭掌门,让她帮我重建山门,再与郭掌门签订一纸山盟,如此一来,竹枝派都有下山了。"

白伯气笑道："异想天开!"

竹枝派最早的祖师堂就设立在裁玉山之巅,如今犹有一处祖师堂遗址,只是在第二代山主手上搬迁到了别处,毕竟一座山头开凿不断,土石越来越小,总让人觉得兆头不好。裁玉山这个聚宝盆,有一座名为野溪的采石场,此地出产的玉石,既可以啄砚,也可以拿来雕刻成各类名贵玉器和玉山子。玉石天然蕴含丝丝缕缕的灵气,灵气脉络类似石髓水路,虽然含量不高,但在山上已经算是极为稀罕之物了。尤其是那些大型玉石,作为风水石摆放在庭院内,几乎是青灵国那些世族豪门的标配。这类可遇不可求的巨石,竹枝派从来不敢藏私,都会进贡给正阳山,再由某峰高价转卖给达官显贵。

竹枝派的开山祖师擅长地理堪舆,独具慧眼,早年与朝廷签订了契约,用了一个极低的价格,购买了整座裁玉山以及附近群脉,等于坐拥一座宝山。正阳山那边后知后觉,不承想就在自己的眼皮子底下,还藏着这么一条价值连城的玉石矿脉。正阳山倒是没有做出赶尽杀绝的狠辣举动,而是派出一位祖师堂剑仙与竹枝派缔结盟约。名义上说是盟约,其实就是让竹枝派成为正阳山的藩属门派。

现任竹枝派掌门郭惠风,是一位金丹境女修。

因为竹枝派的开山祖师是与前朝订立的契约,所以两百年前青灵国的开国皇帝坐上龙椅时,竹枝派和裁玉山,就遇到了一场风雨欲来的危机。据说郭惠风就坐在裁玉山一座大阵之内,摆明了正阳山剑仙若敢强占祖业裁玉山,她就来个玉石俱焚,正阳山、青灵国和竹枝派三方，谁都别想要这条矿脉了。

这位掌门女修性格之刚毅，可见一斑。

陈平安笑了笑，终于要见到那位水龙峰劳苦功高的奇才兄了。他这个当山主的，在落魄山的时候几乎很少主动谈及别家山头，就更别提某个修士了。但是此人，绝对是例外。不说小米粒，就连暖树、骑龙巷掌柜石柔都对此人有所耳闻。

这位奇才兄一定想不到，自己在落魄山竟然有如此高的"威望"。按照老厨子的说法，酒桌上边，不聊几句夏侯兄的壮举，喝酒无滋味。

这位声名远播的"奇才兄"，名夏侯瓒，作为水龙峰晏老祖师的得意弟子，一直负责正阳山谍报事务，二十年间搜集情报可谓兢兢业业、勤勤恳恳，不敢有丝毫懈怠。其中最重要的一条情报线，就是盯着旧龙州槐黄县的陈平安和刘羡阳。为此，夏侯兄几个堪称心腹的干练下属，还与红烛镇那边的绣花、玉液、冲澹三江水府，或深或浅都攀上了关系，向不少自称手眼通天、耳目灵光的水府胥吏，砸了不少神仙钱。

不过这位夏侯兄从头到尾没有用过下三烂的手段。当然，他也实在是不敢轻举妄动，毕竟那座落魄山的靠山是北岳披云山，都说那个泥腿子出身的年轻山主，一直是山君魏檗扶植起来的账房先生，负责将山君府许多灰色收入，通过一座两山合租的牛角渡洗成干净的神仙钱，秘密流入山君府财库。

至于那个刘羡阳，早早离开家乡，去往婆娑洲醇儒陈氏求学多年，结果一回家，就鸿运当头，摇身一变，直接成了龙泉剑宗阮邛的嫡传弟子，而阮邛又是大骊王朝的首席供奉。

那场名动一洲的"宗门庆典"结束后，夏侯兄就"功德圆满"了。

陈旧突然说道："白伯，求你一件事，若是那位夏侯剑仙问起，你能不能说这顿酒，是我打肿脸充胖子掏的钱？"

白伯说道："三壶松脂酒。"

本来裁玉山就要按时与夏侯瓒对接账簿，所以这顿酒是竹枝派的公费支出，白泥不用自己掏钱。

"两壶！"

"成交。"

在裁玉山地界，一处名为散花滩的岸边，有个竹枝派不对外开放的自家酒楼，当下有个酒局。

今天做东之人，便是负责裁玉山采石场的现任开采官，老人名叫白泥，是竹枝派祖师堂修士，门派修士都习惯称呼老人为白伯。客人就只有一位，来自上宗正阳山的贵人，不算太年轻却也绝对不老的剑仙，夏侯瓒。

作陪的，一男一女，外门知客陈旧，女修梁玉屏，道号"蕉叶"。女修的"发钗"，是一把小巧玲珑的芭蕉扇。至于那位男子，就没什么可说道的地方了，只是个外门知客，模样普通，境界不高，身份一般。

梁玉屏不知怎么得到的消息，主动要求参加酒局，白伯不好阻拦。她是鸡足山一脉的高徒，不出意外，她就是下任峰主人选。而鸡足山一脉是上任掌门传下的香火道脉。事实上，竹枝派内部就分成了两派，裁玉山一脉修士，不愿太过依附正阳山，而鸡足山一脉，是铁了心想要投靠正阳山。以前鸡足山是与秋令山处示好，如今则转去抱满月峰的大腿。山上的藩属、从属关系分三种：第一种，明文确定双方属于上、下山关系，下山修士谱牒必须纳入上山祖师堂的谱牒副册，地位自然低人一等，而且极难脱离上山掌控；第二种，藩属门派需要按时向宗主门派进贡钱财、物资，竹枝派与正阳山的关系，就是这一种；第三种，山上盟友，两者实力悬殊，而弱势一方却无须纳贡，比如落魄山和螯鱼背的珠钗岛。

酒楼高两层，二楼有一间大屋子，历来是专门用来款待正阳山贵客的。

白伯带着名为陈旧的男人走上楼梯，廊道内，梁玉屏已经站在门口，亭亭玉立，白藕般手腕有一串有市无价的虹珠手钏。女修瞧着约莫三十岁，身材修长，嘴角有痣。她今天这身法袍，显然是精心挑选过的，瘦处更瘦，胖处显腴。

梁玉屏瞧见了手握开采实权的白泥，轻声埋怨道："白伯唉，岂可让夏侯公子久等？我若是夏侯公子，稍有气性，早就走了，哪里会耐着性子等你们赶来？夏侯公子还反过来劝我别着急哩。"

女修嗓音不大不小，廊道内洞府境的白伯听得真切，屋内那位龙门境的夏侯剑仙，想必肯定听得更真切。

白伯轻声笑道："这就是有玉屏负责待客的好了。"

女修回嗔作喜。

进了屋子，白伯拱手致歉，夏侯瓒放下手中的那只斗笠盏，站起身，笑着说不必如此见外。

白伯问道："夏侯剑仙，我这就让人上菜？"

夏侯瓒点头笑道："自然是客随主便，反正我如今无事一身轻，再等上片刻又算什么？何况'蕉叶'道友煮得一手好茶，这散花滩老茶树摘下的明前茶，味道尚可。"

白伯眼角余光看着那个如释重负的知客，傻子吗？开始兴师问罪了，这点言外之意都听不出来的？

白伯连连抱拳讨饶道："是我做事不老到了，稍后先喝三杯罚酒。"

"长者为尊，白伯再这样说些虚头巴脑的，就真把我当外人了。"

"不敢不敢。"

女修开始打圆场："夏侯公子，今日有一道主菜醉虾，我们酒楼买来十八只银子，凑成了一盘。是我们竹枝派与一位大骊督运官有香火情,好不容易才买来的。"说得就像是她自掏腰包买来似的。

白伯也无所谓被她抢了功劳。

夏侯瓒笑道:"银子,别称河龙嘛,以前沾师父的光,两指长的,吃过几次。"

女修顿时脸色尴尬至极。白泥也是头大不已:只是你梁玉屏觉得稀罕,你说你与一位水龙峰剑仙瞎显摆什么?水龙峰嫡传弟子既修剑道,也往往兼修水法,一洲水中"清供野味",肯定不缺。

原来宝瓶洲有条地下河,被誉为走龙道,来来往往俱是仙家渡船。水中有一种独有的奇异河虾,通体雪白,天生汲取水运精华,在夜幕中熠熠生辉,被河道北方梳水国等称为"河龙",在南边则昵称"银子"。一指长短的河龙,就是头等的奇珍河鲜了,若是活到百年的河龙,身形能长到两指。如今一只一指长的河龙就能卖到一颗雪花钱,而且千金难买,若是与大骊督运衙署或是老龙城侯家没点交情,根本买不着。

夏侯瓒随口问道:"是哪位督运官?"

白伯说道:"是一位姓黄的押运官。"

"几品官?"

"好像是从五品。"

夏侯瓒点点头:"那就是虞督运手底下的某位佐官了。"

以前这种山上美食,都是水龙峰管钱的一位师兄,直接跟大骊漕运总督署的虞督运预订的。那个姓虞的架子大,据说他跟一个大骊上柱国关氏子弟极有交情,才得了这么个肥缺。

陈平安笑了笑。说起来,他与如今大骊督运衙署那边、掌管这条走龙道航线的督运官虞山房,因为关翳然的关系还是旧识,老酒友了。虞山房酒量差,酒品更差,说他假醉吧,他一喝高了就钻桌底下去,说他真醉吧,在桌底下就摸女修戚琦的靴子。

当年大骊朝廷新设一座衙门,专门监督一洲渡船航线、仙家渡口与山上物资运转,当时主官的官职是正三品,只比户部尚书低一品。在这座衙署里边,关家得了三把椅子。原本关翳然就是要坐那把官身最低的椅子,还说服虞山房一起,去新开辟出来的漕运衙署当差。他的本意是让虞山房与一个叫董水井的新朋友联手,后者干干净净挣钱,前者顺顺利利升官。

结果虞山房不情不愿上任了,关翳然这个说话跟放屁一样的王八蛋,竟然自己撂挑子,转头跑去那条大渎当督造官了。

如今虞山房作为督运官之一,最重要的分管职责,就是那条宝瓶洲南北向的漫长走龙道。至于更早涉足走龙道生意的老龙城侯家,曾经占据半条航线,在大骊朝廷介入后,就只能乖乖退居幕后,吃点残羹冷炙。

现在的大骊督运总署衙门,设置在济渎之畔,不在大骊陪都洛京内,与长春侯水府是近邻。

被誉为"漕帅"的主官,已经由三品升为从二品,两位辅官,也顺势升为正三品。按例,漕运总督不受部院节制,直接向皇帝负责,可以专折奏事。

在这二十来年中,官运亨通的虞山房因为起步就不低,还是衙门设立之初的元老,现在算是一方封疆大吏了。最早的三十条山上航线,因为大骊王朝退回大渎以北,缩减为十七条,宋氏朝廷就裁撤掉了一部分督运官和相关佐吏,多是高升或平调至地方州郡。剩下的督运官当中,就有虞山房,从四品,关键是他全权管辖的走龙道,由于北端尽头位于一洲中部的梳水国,故而是唯一一条延伸到宝瓶洲南方地界的水路要道。傻子都看得出来,虞督运手上的权柄,绝对不仅限于走龙道督运一事。河道沿途诸国、仙府,在大骊朝廷归还整个宝瓶洲南方山河之后,至今对大骊朝廷还是以藩属国自居,估计其中的一部分功劳都得划到虞山房头上。至于功劳到底有多大,只需看未来虞山房转任别地的官身高低,就能一清二楚。

夏侯瓒好像终于瞧见那个一直杵在原地当哑巴的外门知客,微笑道:"白伯,这位是?"

白伯沉声道:"陈旧!还愣着做什么?"

陈旧立即抱拳道:"竹枝派外门知客陈旧,见过夏侯剑仙。"

夏侯瓒沉默片刻,笑着点头:"幸会,久仰大名。"

陈旧动作僵硬,一直保持那个抱拳动作,憋了半天,说道:"终于见到了夏侯剑仙,荣幸荣幸,荣幸至极。"

夏侯瓒笑着不说话。

梁玉屏扯了扯嘴角:真是狗肉上不了席,白泥怎么想的,竟然愿意为这种废物牵线搭桥,夏侯瓒瞧得上眼才奇了怪了。

正阳山的一个藩属门派的外门知客而已,负责迎来送往,不涉及竹枝派的机密要事,甚至都接触不到外门和裁玉山的账簿。而且作为知客,每一笔支出都需要详细记账,与账房那边报备,还有可能往外贴钱。要想成为一个正儿八经仙府门派的知客,必须身世清白,有据可查。毕竟大骊王朝颁发的关牒,不是那么容易作假的,何况作假的代价太大,一经发现,需要面对的,可就不是青灵国朝廷的追究了,而是与大骊刑部单线联系的直属修士。

落座之前,夏侯瓒与白伯又是一番谦让,梁玉屏在一旁笑语劝说,众人方算坐定。

白伯果然先喝了三杯罚酒,然后才带着陈旧一起给夏侯公子敬酒。陈旧傻了吧唧喝完酒坐回位置后又无动静,白伯给这个外门知客使了个眼色,陈旧后知后觉,单独起身敬酒。夏侯瓒坐在位置上,抿了口酒,伸手虚按两下,示意对面那个男人坐下吃菜。

夏侯瓒喝酒时，神色郁闷，显然心情不佳。正阳山诸峰，与夏侯瓒同辈，以及差不多境界的剑修，说起了关于他的风凉话。都怪名字没取好，瓒，三玉二石也，既然玉石相杂，可不就是质地不纯的玉？

等到那盘银子端上桌，夏侯瓒兴致缺缺，只是给身边梁玉屏先夹了一筷子醉虾。女修受宠若惊，笑靥如花。陈旧想要夹一筷子醉虾尝尝鲜，立即挨了白伯一记瞪眼，只得悻悻然转移筷子，夹了一条野溪杂鱼。

经过那场问剑，正阳山诸峰出现了一连串翻天覆地的变化。满月峰那位辈分最高的老祖师夏远翠，身为玉璞境剑仙，担任掌律不说，还占据了两座闲置多年的山峰。陶烟波的秋令山已经封山，元婴境老剑仙主动辞去了一切宗门职务，宗主竹皇责令陶烟波闭门思过一甲子。水龙峰晏础的身份，则从掌律祖师变成了正阳山财库的头把交椅。

琼枝峰峰主冷绮对外宣称闭关，由弟子柳玉接管事务。雨脚峰峰主庾檩，这位年轻的金丹境剑仙，虽然在那场变故中出了个大丑，但是并未就此颓废。正阳山在边境立碑一事，几经波折终于告成，如今甚至有一拨血气方刚的年轻剑修，将近十人，在石碑附近结茅修行。他们来自五峰，据说私底下形成了一座小山头，总计二十多人，都是诸峰比较年轻的天才，庾檩是其中主心骨之一。宗主竹皇和祖师堂众人，对此也没有说什么，竹皇只是让那些年轻人所在诸峰峰主，私底下与这些年轻人提醒，不许他们损坏石碑，其余的，就都不用去管。

其实水龙峰在这场变故当中，折损不大，甚至可以说是唯一因祸得福的山头，宗门地位还略有抬升。唯独夏侯瓒，这位水龙峰晏老剑仙的得意弟子，最为失意，没有之一。

梁玉屏开始编派几个正阳山藩属的不是，再说几句自家门派的好，尤其是她所在鸡足山一脉，那几位师妹是如何仰慕水龙峰。

夏侯瓒点头笑道："你们竹枝派与我们正阳山世代交好，师父每每提起鸡足山，总是赞不绝口，不吝好话。"

梁玉屏斜瞥一眼白伯。

裁玉山竹枝派，是正阳山众多藩属门派之一。其实正阳山最为鼎盛时，这类"下山"或是附庸门派，多达十几个，只是今时不同往日，半数藩属附庸，虽然暂时没有正式脱离，但是以往每次聚集，其掌门都会乘坐符舟、私家渡船准时赶往正阳山的祖山"点卯"，现在一个个开始推三阻四，找各种理由，或者派个手下露个面，来这边交差。

而夏侯瓒这位水龙峰老祖的嫡传弟子，堂堂龙门境剑修，如今就只是管着正阳山北边三个藩属门派的"收账"一事，其中就有竹枝派。其实哪需要他催促，又不是那几块天高皇帝远的"飞地"山头，这座裁玉山离着正阳山才几步远？明眼人都清楚，夏侯瓒算是被正阳山和水龙峰当作弃子了，被一贬再贬，彻彻底底坐了冷板凳。

凭良心讲,在收集谍报一事上,夏侯瓒没有任何懈怠或掉以轻心,他十分用心,尽心尽责。虽然这个职务其实油水颇多,但是夏侯瓒可以摸着心口说句实诚话,自己没有中饱私囊,连一颗雪花钱都不曾贪墨。他只是想着借助功劳,在祖山祖师堂里边有个位置。即便境界不够,于礼不合,那么未来下宗呢?

　　故而以前几乎滴酒不沾的夏侯瓒,如今一有机会就喝闷酒。不然以白泥的身份,请得动他夏侯瓒?难道就凭走龙道那几条不足半筷子长的银子?由竹枝派掌门郭惠风亲自请他喝酒,才算"门当户对"。

　　如今正阳山有一大堆说闲话的,夏侯瓒的师父虽然在震怒的宗主那边,好不容易保住了他的水龙峰嫡传身份,但是也只能让这个极为器重的得意弟子外出避一避风头。外人哪里知道他夏侯瓒的难处?收集落魄山的谍报,得绕过大骊朝廷和龙州官府,还需要避开那个跟落魄山好到穿一条裤子的北岳披云山。至于刘羡阳,让他怎么查?都跑去南婆娑洲醇儒陈氏那边游学了,而且那座龙泉剑宗,整个宗门就那么几个人,让他如何渗透,如何秘密安插人手?

　　雨脚峰庾檩与琼枝峰柳玉,都曾在龙泉剑宗练剑修行,只是夏侯瓒始终问不出什么有用的消息,尤其是那个庾檩,以前敬称他为夏侯剑仙,后来随便称呼他为夏侯道友,判若两人。

　　夏侯瓒就只能哑巴吃黄连了,听师父的,先蛰伏几年,别抛头露面,回头师父会找机会,在中岳地界的篁山剑派那边,给他安排个肥缺。

　　夏侯瓒脸色阴沉,低头喝了口闷酒:隐官?很厉害吗?真要遇到了,面对面,就老子这脾气,非要跟他姓陈的问剑一场!输了又如何?骨气不能丢。相信对方总不至于活活打死自己。

　　那个名为陈旧的外门知客,终于壮起胆子说了句公道话:"大宗门如官场,难免会沾染些不好的习气,总是那些真正认真做事的人最吃亏。做好了是应当的,做不好,闲言碎语就一股脑涌来,明里暗里,哪里拦得住?如夏侯剑仙这般境遇,随便翻翻史书,何曾少了?我得在这里与夏侯剑仙敬一杯酒。"

　　白伯满眼惊讶,看着那个双手持杯敬酒的陈旧:这小子终于开窍了?

　　夏侯瓒斜眼瞥去,点点头:不承想还是个会说话的,难怪能在裁玉山这边当个外门知客。

　　夏侯瓒便问道:"你叫什么名字来着?"

　　那人赶忙再次自报名号:"陈旧,耳东陈,旧物的旧。"估计先前自己说话嗓音小了,或者是夏侯瓒没记住,贵人多忘事嘛。

　　夏侯瓒微微皱眉,怎么也姓陈,听着就烦人。

　　陈旧看来是个还算擅长察言观色的,立即开始表忠心:"那落魄山姓陈的,我自打听说有这么一号人物起，便素无好感，若非我实在道行浅薄，否则定要对他饱以老拳！"

夏侯瓒脸上少了几分厌恶，肉麻是肉麻了点，可毕竟是顺耳的言语。他眯眼问道："陈知客，你跟那位山主无亲无故又无冤无仇的，为何如此反感？"夏侯瓒夹了一条河龙，细嚼慢咽起来："不用着急回答，想好了再说。酒可以乱喝，话可不能胡说。"

酒桌气氛一下子就凝重起来。梁玉屏有些幸灾乐祸。白伯开始揪心，担忧不已：陈旧你一个外门知客，犯得着拍这种马屁？胆肥吗？

约莫是酒壮厌人胆的缘故，陈旧毫不怯场，说道："我看过一本山水游记，就是写那家伙的，艳遇不断，不堪入目！满嘴仁义道德，看似一路行侠仗义斩妖除魔，实则是在紧要关头便严于待人宽以待己，半点不肯吃亏的，就是个道貌岸然的伪君子罢了。美人，银子，机缘，声望，都给他便宜占尽了。艳鬼，狐魅，符箓美人，偎红倚翠，莺莺燕燕从来不缺。反正一遇到点事情，就有美人相救，渡过难关，这样充满脂粉气的江湖游历，哪有半点凶险可言？搁我我也行！"陈旧又喝了一杯酒，再呸了一声："一个成天只喜欢讲道理的人，和一个从不喜欢讲道理的人，两者只有一点相同，那就是运气好！除此之外，再无半点真本事了。"

白伯一时无言：你陈旧到底是看不惯那个年轻隐官的为人，还是只是羡慕嫉妒他的艳遇不断？

夏侯瓒大致有数了，这陈旧是个浅薄之徒，不过说话做事还算得体，不是那种掉钱眼里出不来的财迷，简而言之，就是还有点野心，是想着往上爬的。愿意自掏腰包往外贴钱的外门知客，只有两种人，一种是兜里钱多得没地方花了，一种是舍得花今天的小钱，挣明后天的大钱。而一个流落到竹枝派的外乡练气士，四境修为，怎么可能有丰厚的家底？不出意外，就是想着与竹枝派攀上关系，来年好衣锦还乡。夏侯瓒自认看人的眼光还是很准的，对那种尽量不让谄媚表现得太过露骨的卑微，是从骨子里透出来的，假装不来。

得知这顿酒是陈旧掏的钱，夏侯瓒难得主动敬酒。放下酒杯后，夏侯瓒笑问道："陈知客，听说你来自南边的黄花川，门派不小啊，放在宝瓶洲都是稳稳当当的三流仙府了。虽说打仗打没了，这么些年，始终没个顶梁柱将旧门户重新撑起来，可真计较起来，你们黄花川比起竹枝派，规模只大不小，底蕴只深不浅。怎么跑这来混饭吃，不觉得寒碜吗？对了，我听说黄花川有几处胜景，其中玄铜山与盘螭山，两山对峙，都不高，全是梅树，花开时一白如雪，盘螭山中有一座元元讲寺，据说寺内珍藏有一幅长卷，叫什么来着？"

梁玉屏脸色微变，先前对话时，夏侯瓒看似连此人姓名都没听说过，如今看来，他不仅知道此人来自南边的黄花川，而且对于那边的风土人情更是如数家珍。

陈旧愣了愣，小心翼翼说道："只是听师尊偶尔提起，玄铜山的山脚，那座元元讲寺内,确实珍藏有《一蒲团外万梅花》,但是一般不会轻易拿出来给外人过目。师尊还是与方丈关系好,才看过一次。事后师尊与我们几个嫡传泄露,说这幅长卷保管不善,可惜了,上边黑斑极多,许多题诗文字都辨认不清。至于盘螭山附近,以往确实梅花开得如同……大块文章,只是早些年,当地乡人土民因为种梅利薄,不及兰花可以作为盆栽贩卖,故而砍伐梅树颇多,所谓梅开如雪,就有点名不副实了,文人骚客都喜欢转去别地赏梅。"

"花开如大块文章,嗯,听着是要比一白如雪更冷僻几分,陈知客,谈吐不俗啊。"夏侯瓒点点头,伸出筷子去夹醉虾,转头问道,"白伯,如今竹枝派外门知客,每个月俸禄是多少?"

白伯赶紧报了一个数字:六颗雪花钱。年底有分红,不过得看行情。

夏侯瓒手中那双筷子略微停顿片刻,点点头,只说了三个字:"不算少。"然后就没有说什么。

白伯却心领神会,不算少,那就是也不多嘛,得给陈旧涨薪水了。

这顿酒,陈旧还真没白"请"。

裁玉山脚野溪汇入一条大河,宽阔河道内,青灵国官船往来穿梭。许多竹枝派山上匠人精心打造的珍贵器物,就通过这条大河"流入"一国勋贵将相之家。两岸种满杏花树,满树杏花,风吹如雪。

风雨杏花雪,南北水拍天。

夜幕里,一个女修站在杏花树下。不知为何,落花时节,都是蹙眉。

白泥单独前来此地,说道:"掌门,夏侯瓒看似散漫,实则为人极为谨慎,酒桌上根本套不出半句有用的话。"

郭惠风点头道:"若是个管不住嘴的,如何能管正阳山情报。"

白泥轻声道:"青灵国朝廷签订的两百年租期,马上就要到期了,这个夏侯瓒,在这种时候负责跟我们几个门派的催账事务,就可以正大光明地定期来裁玉山这边晃荡,会不会是正阳山祖师堂或是水龙峰的意思?"

郭惠风幽幽叹息:"就算没有竹宗主或是晏剑仙的暗中授意,夏侯瓒自己也有将功补过的想法。"上次就是在她手上,竹枝派与青灵国续签了一份两百年期限的租赁裁玉山契约,这次竹枝派恐怕很难守住这座裁玉山了。

白泥说道:"在契约里,白纸黑字写得清清楚楚,我们竹枝派可以优先续约,而且即便有别家仙府想要购买裁玉山,竹枝派也可以与它们竞价,价高者得。"

郭惠风苦笑道:"怕就怕树欲静而风不止。"

白泥何尝不清楚其中的弯弯绕绕,在师叔祖这边,他故意说些轻巧话罢了。既然期限到了,竹枝派就再无正当理由占据裁玉山,青灵国若是想要将其转卖给别家,例如正阳山,竹枝派是很难争过正阳山的。再说了,正阳山只要愿意出价,竹枝派敢竞价?

难怪青灵国朝廷前不久来了个皇家供奉,藏头藏尾的,不敢让正阳山知道行踪,只是私底下找到郭惠风,拐弯抹角说了些话,大体上就是暗示郭惠风,皇帝陛下那边,其实是很愿意与竹枝派续约的,价格好商量。显然是担心竹枝派连价都不出,就被正阳山用一个极低价格捡漏了。

对青灵国和竹枝派来说,一座裁玉山接下来数百年的归属,是一个极其极其微妙的复杂局面。只说青灵国皇帝,既不敢招惹正阳山,也不愿白送一座裁玉山;既想竹枝派和郭惠风尽量出价,又不愿因此惹恼正阳山。而对郭惠风而言,如果打定主意不去争夺裁玉山,那就干脆不喊价了,正阳山当然乐见其成,却要与青灵国朝廷就此关系交恶。要么不去计较正阳山和青灵国两边的脸色,直接让白泥代替他那个担任门派财神爷的师父,一路喊价到三十颗谷雨钱,不管正阳山如何开价,成就成,不成就不成。

如果不是受到自家门派地理位置的限制,郭惠风不想与正阳山有半点关系,这一点,从她继任掌门之前就是如此,实在是或亲眼见过,或亲耳听过太多关于正阳山的见不得光的作为。

白泥几次欲言又止,最终还是鼓起勇气建议道:"掌门,若是真想要守住祖业,又不被正阳山记恨,我们能不能与……北边那座山头,那个年轻隐官……"说到最后,老者大概自己也觉得荒谬,便说不下去了。

郭惠风忍了忍,还是笑出声,她显然是被白伯这个异想天开的想法给逗乐了:"白伯,你当我是谁?上五境修士吗?还是骊珠洞天本土修士出身?你觉得我去了那边,就能与那人见着面吗?退一万步说,没有吃闭门羹,与那人见了面,就能谈成事吗?白伯,你当他们落魄山是开善堂的啊?"

因为相貌"显老",哪怕是境界、道龄远远高过白泥的郭惠风,也会喊一声"白伯"。由此可见,竹枝派的门风,还不至于那么等级森严,一切唯修士境界论。

"也对。"白泥点点头,他记起先前酒桌上那个自家知客的说法,"况且根据早年那本流传颇广的山水游记,陈山主年轻那会儿,是个极喜欢拈花惹草的多情郎。"若真是如此,一个不小心,掌门岂不是自投罗网?可别肉包子打狗了……

那本游记的内容,宁可信其有不可信其无。设身处地,都是男人,人不风流枉少年,有几个红颜知己,再正常不过了,没有才是怪事吧?

郭惠风满脸疑惑,好奇问道:"什么山水游记?内容与那位陈隐官有关?这种书也能刊印售卖吗?"

白泥老脸一红:"没什么没什么,就是一本不知谁杜撰出来的杂书,脂粉气略重,其实没什么看头。"

河道内,一条官船上,两位师出同门,却差了一个辈分的老剑仙在此秘密聚会。垂挂的帘子,就是一层山水禁制,以防隔墙有耳。

正阳山两位峰主,满月峰夏远翠,水龙峰晏础。

"晏础,还不与夏侯瓒明说?"

"夏老祖,我这徒儿,才智足够,嘴巴也是严实的,但是他最大的缺点,是做事情不够狠。他至今未能跻身金丹境,不是没有理由的。这等秘事,他肯定帮不上忙,就不让他掺和了,免得节外生枝。竹皇毕竟不笨,若是被他察觉到端倪就不妙了。"

夏远翠眯眼望向远处的那座裁玉山:"一条已经开采数百年的玉石矿脉而已,青灵国钦天监的地师,前不久估算过储量,约莫还值百余颗谷雨钱,而且耗时耗力,其实让给郭惠风也没什么,反正我们正阳山每年都有一笔不小的分账,就当是雇人凿山的薪水了。关键就是这个郭惠风太犟,不识大体,总想着要与正阳山划清界限。刚好拿她来杀鸡儆猴,通过这个机会,让郭惠风身败名裂,再扶植鸡足山一脉,竹枝派必须与我们正阳山签订上、下山契约。其余藩属门派,尽是些墙头草,只要看到了郭惠风的凄惨境遇,自然就会老实了。"

"如何逼迫她与竹皇彻底撕破脸皮?"

"我自有妙计,你等着看热闹就是了。"

"夏老祖,雨脚峰那边,庚檩靠得住?"

"我承诺事成之后,让他兼任下山篁竹剑派的掌律祖师,庚檩没理由不答应。"

"总觉得这小子是个白眼狼,天生有反骨。"

"有反骨? 不挺好。等尘埃落定之后,他又能反到哪里去?"说到这里,夏远翠笑望向晏础,"先反竹皇再反我吗? 就凭他一个金丹境剑修?"

晏础听出了老祖师的言下之意,略显尴尬:"夏老祖高估我了,我哪有当宗主的命,更无这种野心和实力。年纪大了,自己有几斤几两,很清楚。我将来能够以上宗掌律身份兼任下山的山主,就已经心满意足。"

"庚檩是聪明人,一点就透,我根本就没有明说什么。他要是敢去竹皇那边诬陷我这个老祖谋朝篡位,我倒是佩服这小子的胆识和魄力了。"夏远翠突然眯眼笑道,"晏础,若是下山能够跻身宗门,你必须卸任上宗掌律。"

晏础见那夏远翠不像是在开玩笑,这个老元婴瞬间眼神炙热,斩钉截铁道:"没有问题!"下宗宗主,也是货真价实的一宗之主! 宝瓶洲三千年以来,才几座宗门,才几人担任过宗主?

先前夏远翠在一次祖师堂议事中,突然建议正阳山诸峰剑修,不管男女老幼,不论境界高低、道脉出身,只要愿意,都可以赶赴蛮荒天下建功立业,出剑杀妖,而且他夏远翠和满月峰其他人可以带队,通过一处归墟通道乘坐渡船跨越天下远游。此言一出,满堂哗然,许多习惯了议一半就退场的老剑修,顿时对这位闭关多年的老祖师高看一眼。而宗主竹皇却只说此事重大，需要从长计议。

很快，竹皇便登上满月峰，埋怨师叔为何事先不打声招呼就一意孤行。夏远翠便说只是远游历练，又不会当真赶赴战场，就算要与妖族厮杀，他也会早做安排，如此一来，就能够扭转宝瓶洲人对正阳山的观感。竹皇默不作声，离去之时，郁闷不已。

如今正阳山诸峰，尤其是那些血气方刚的年轻修士，大多对宗主竹皇极其不满，觉得竹皇身为一山宗主，面对落魄山的那场观礼，表现得如此懦弱，处处退让，尤其是与落魄山约定边界立碑一事，更是被他们视为正阳山千年未有之羞辱。

再加上正阳山试图建立下宗一事也不了了之；巡狩使曹枰突兀离去，大骊朝廷摆明了选择偏袒落魄山，正阳山已经沦为一洲笑柄，本该在宝瓶洲如日中天的一座崭新剑道宗门，其年轻剑修如今都没脸下山历练。竹篮打水一场空，原本有望一山两宗门的格局，成了泡影，拥有一座下宗的诸多好处和实惠，都成了空想。

从山主变成一宗之主的竹皇，个人声望降到了谷底。

若是正阳山只有竹皇一位上五境剑修，竹皇的宗主之位自然稳如泰山，但是竹皇的师叔夏远翠，好巧不巧，也是一位玉璞境剑仙。

"夏祖师，陶烟波那边怎么说？"

"自然是对我那个师侄心怀怨怼，且不说封山一甲子，自己也被逼着闭门思过，换成谁都会觉得是一种奇耻大辱。何况陶烟波心里有数，如果还想与那个姓陈的找回场子，只要竹皇一天是山主，就是痴人说梦，必须改朝换代才行。不然六十年封山，什么剑修坯子都捞不着，秋令山肯定就此一蹶不振，过云楼那个女娃儿的山头，就是前车之鉴。"

晏础点点头，陶烟波是真有狗急跳墙的理由了。自己的水龙峰，再加上眼前这位玉璞境老祖的满月峰，以及陶烟波的秋令山，如此一来，除了竹皇自家祖山一脉，竹皇差不多是个名副其实的孤家寡人了。

夏远翠笑道："说实话，我要是在竹皇那个位置上，面对那场气势汹汹且有备而来的观礼，我恐怕不比他好到哪去。"摇摇头，夏远翠啧啧道："只能怨我这师侄命不好。我这个当师叔的，就只好替他分忧了。"

竹皇在元婴境时，碰到了个风雷园的李抟景，跻身玉璞境没多久，又遇到了那两个年轻人。

晏础举起酒杯："在此预祝夏老祖更换座椅！"

夏远翠也举起酒杯，淡然笑道："好说。"

晏础突然轻轻打了自己一耳光："其实这会儿就该称呼夏宗主了。"

夏远翠放声大笑，各自一饮而尽。

竹枝派鸡足山，一处不起眼的雅静宅邸内，一个年迈女修正在款待一位天字号的贵客。她便是鸡足山一脉峰主，梁玉屏的师父，也是竹枝派的现任掌律祖师。而客人，正是竹皇。

竹枝派在郭惠风接手掌门后，逐渐分成裁玉山和鸡足山两脉，不能说双方是势同水火，却也暗流涌动，其实最根本的分歧，还在于到底是与正阳山渐行渐远，最终脱离从属身份，还是干脆全盘投靠正阳山。

竹皇正在把玩一把山上炼制的竹黄裁纸刀。山下的书香门第，多是用来裁剪宣纸，竹皇手中这把切割金石亦可。

竹皇将裁纸刀重新装入古琴形制的木盒中，递给女修，微笑道："送你了。"

她接过刀。略加思索，她便知道是什么意思了，要她推波助澜，他要借刀杀人。

竹皇笑了笑："别多想，礼物就只是礼物，你不用做任何多余的事情，否则只会坏事。再说了，你好不容易有了个落脚地方，与郭惠风还是师姐妹，何必自相残杀？我倒是希望你到时候能够帮郭惠风一把，免得这场闹剧，落个过犹不及的下场。那个人可比你，当然也比我聪明太多了。"

她大为意外，确定他不是开玩笑后，以心声问道："宗主如何确定那人如今就一定藏在某地，而且一定会管这闲事？"

"直觉。"

"如果，我是说万一，那人故意袖手旁观，怎么办？"

竹皇淡然道："只需夏远翠一死，晏础、陶烟波这些此生无望上五境的酒囊饭袋，又能掀起什么风浪？"

其中有一事，竹皇并没有与女修交底，正是在他的授意下，秋令山陶烟波才主动勾结那位师叔。倒是雨脚峰那个庾檩，比竹皇想象中聪明很多，竟敢主动揭发师叔的谋逆篡位之举。

野溪边，那个名叫陈旧的外门知客，开始钓鱼。

白泥与掌门作别，独自返回散花滩那边，发现陈旧这家伙倒是晓得偷闲，竟然蹲在一棵杏花树旁，双手笼袖，轻轻跺脚，脚边还有酒局剩下没喝完的一壶酒，直愣愣盯着水面。

老人踱步来到溪边，笑道："别忘了两壶松脂酒。"

陈旧抬起头："啥？"

白伯坐在一旁，也不计较这小子的装傻充愣，抬头看了眼杏树，没来由感叹道："陈旧，我当年刚刚进入竹枝派，记得第一次跟随师父来到这裁玉山，一路散步，就觉得河边满树杏花，好看是好看，但是想到了一句家乡的谚语，总觉得不是滋味，桃养人杏伤人，李子树下埋死人。那会儿不懂什么忌讳，就与师父直说了，师父却与我说，山下有山下的说法,山上却有山上的道理,而且这个道理,非但不差,反而寓意极好。"白伯笑问道:"知道这句话在山上,是什么道理吗?"

陈旧摇摇头:"白伯,这怎么猜嘛。"

白伯点点头:"我当年也是这么跟师父说的。"

陈旧笑道:"后来有答案了吗?"

白伯双手抱住后脑勺,懒洋洋道:"只是偶然翻书看得一桩典故,相传有位远人迹而独立的白骨真人,曾经长久睡在一棵李子树下,最终证得长生不朽的大道。"

陈平安目视前方,微笑道:"陆掌教就这么闲吗?"身边老人分明是被陆沉用秘法附身了。

陆沉赶紧伸出手指抵在嘴边:"别声张啊,咱俩可以多聊几句!"

"敢问陆掌教,怎么找到我的?"

"碰运气!"

"不说就算了,相信礼圣很快就会赶来此地,记得到了功德林,帮忙看看刘叉如今钓技如何。"

陆沉无奈道:"贫道之所以偷摸来浩然,就是忍不住想问问,好与你确定一事,世间到底有无光阴? 是否由无数个定格的静止组成一个一。"

"出门在外,不得以诚待人?"

"好吧,怕了你了,陈平安,你与我透个底,咱哥俩打开天窗说亮话,你是不是关押了我的某个假相?"

"是。"

"……"

正午时分,日在中天。

陈平安将竹竿放在地上,站起身,脚尖一挑,将酒壶挑起,抿了一口酒水:"边走边聊。"

陆沉便暂住于老人这座逆旅客舍当中,与陈平安在这条溪边散步。落在旁人眼中,也不觉奇异,身为裁玉山开采官的白伯,与外门知客陈旧素来交好。

陈平安说道:"一个凭空想象而成的假相而已,陆掌教何必如此兴师动众,不惜违反文庙礼制,擅自潜入浩然天下? 除非……"

陆沉笑着接话道:"除非贫道原本就有心相之一,一直没有收回,始终在浩然长久飘荡,既然贫道并非从白玉京赶来,所以不算违反文庙规矩。"

陈平安摇摇头:"除非陆掌教想要立即跻身十五境,填补师尊散道之后、大掌教师兄返回白玉京之前的那个空缺,好震慑青冥十四州。既然浩然、蛮荒皆可视为一条蹈虚渡船,想必青冥亦然,恰好古语有言,'若君不修德,舟中之人尽为敌国也'。至于无敌是否真无敌,想必陆掌教作为旁观者,对此心中自有答案。结果陆掌教经过推衍,发现当下破境,成功的可能性毫无征兆降低了,觉得不对劲,思来想去,就想到了我,不惜压境,使用秘法瞒天过海。陆掌教能在此逗留多久,一刻钟?还是一炷香?"

"陈平安,你不是一个如何难猜的人。分出心神,涉险行事,想要将一座心中天地无限趋于真相,以术近道,结果被外人看穿分身,寻常修士还会举棋不定,想个折中法子,你不一样。你只有两种选择:一种是静观其变,押注虚惊一场;一种是果断炸碎一粒心神,不惜伤及大道根本,双方就此结下死仇,然后你一边通知坐镇天幕的文庙圣贤关门,帮忙盯着天地屏障,一边喊来小陌先生和谢姑娘堵路。陈平安,这么多年过去了,你好像还是没有彻底改变这种非对即错的想法和思路。"

两位关系颇为复杂的"道友",他乡重逢,却在这边各说各话,鸡同鸭讲。

"想法和思路有何不同?"

"想法可以无边无垠无量,思路却有条理、脉络和门径。"

陈平安点点头:"这算不算心神有别?比如同一条道路,逐渐衍生出了感性与理性。"

陆沉笑道:"天学修心,人学修身。身安心乐,即是天人。可能说得比较笼统了,那贫道就举个简单例子,后世神主牌位,山上的祖师堂、山下民间祠堂和一国太庙都有,一般是用来供奉祖宗和先人,立神主以事死,神主当中写逝者名讳,一旁小字题主祀者姓名,敬天法祖,慎终追远,如此说来,你觉得心神若果真有别,谁是主谁是次?"

陈平安疑惑道:"能这么比喻?"

"当然。"陆沉说道,"不能!"

陈平安转过头,若非是白伯的身躯,真想对其饱以老拳。

陆沉说道:"贫道只是为了证明你猜错了,没有什么一刻钟一炷香的时限,贫道在浩然天下想待多久就待多久,文庙管不了贫道。"

陈平安突然说道:"其实是我一开始就说错了,人的感性与理性,其实不是岔出两条道路,而是一脉相承,先有感性才有理性,不对,是先有理性才有感性,天理人欲之别?就像你所谓的神主的被供奉者与祭祀者……追本溯源,可以往前追溯到一姓之祖,再往上……便是身主于人,心主于天?"

陆沉小鸡啄米,使劲点头:"咦,竟然还能如此解释,贫道岂不是瞎猫撞见死耗子了?妙极妙极。"

陆沉先抬头望日,再环顾四周,抖了抖袖子:"果然是大言炎炎,大道之言势若烈火,朔南暨声教讫于四海,嘿,尢不包括,无所遁形。"

陈平安感叹道:"陆掌教厉害啊,这么快就找到我的第二个分身了。"

陆沉微笑道:"反正闲来无事,不如猜谜破题。"咦了一声,陆沉侧过身子,横着行走,望向陈平安的侧脸:"此地知客陈旧,玉宣国道士吴镝,再加上落魄山竹楼分身,这就已经是三粒心神了,再加上那郓州山脚村塾的'神主',开馆蒙学,想必不太走动,不动如山,那就宛如天上北极了,遥遥笔直一线牵引,莫非其余分身,是一分为七的路数?嗯,贫道终于想明白了,竟然是一座法天象地的北斗七星阵,陈山主是从桐叶洲金顶观那边得到的灵感?不过归根结底,还是师法于贫道,荣幸荣幸,荣幸至极。既然人间以日月升落确定东西,以紫微星断南北,这就意味着陈山主七个心神附着在符箓的分身,除了斗口必须始终指向学塾主身之外,在宝瓶洲的活动范围,都是有一定限制的?剩余三个分身的藏匿之地,容贫道猜一猜,大骊禺州,大渎以南的青杏国一带,最后一个,稍微有点难猜……不管怎么说,为了保护好七粒心神不被修士截获,各个击破,陈山主确实花了不少心思。"

如此结阵,陈平安原本极为冒险的分神之举就安稳多了,就像为散落各地的七粒心神,同时在"祖师堂"设置了一盏续命灯。除非是被未卜先知的大修士刻意针对,否则宝瓶洲地仙之流,就再难剥离、拘押一副分身的心神。真要斗法厮杀起来,敌对修士即便获胜,只会诧异一个大活人竟然连魂魄都没有,等到陈平安那一粒心神退散失踪,重归"祖师堂",露出符箓傀儡的本来面目,那些修士就会明白,自己已经招惹到不该招惹的角色。

陈平安说道:"其实还有两颗辅弼隐星,负责从旁策应,免得被地仙太过轻松就打碎某张符纸,牵一发而动全身,功亏一篑,导致我必须立即收回全部符箓分身。"

陆沉唏嘘道:"难怪当年在泥瓶巷,你会与贫道说一句,自己的记性很好,看东西都记得住。"

那会儿的泥瓶巷草鞋少年,还会毕恭毕敬称呼自己一声陆道长,真是叫人怀念。从陆道长、陆沉、王八蛋,到如今的陆掌教,好生伤感。

陆沉现在庆幸自己这趟没白走,绝对是不虚此行,当下的陈平安,入山修行,已经走到半山腰了。陆沉所谓的半山腰,与一般练气士不一样,那种可以看到山顶风光的位置,才有资格被说成半山腰,与境界高低没有绝对关系。许多飞升境大修士,一辈子都不曾找到合道契机所在,在陆沉眼中,就还是那种未至山腰的门外汉。

如今陈平安凭借两把飞剑本命神通的叠加,已经找到了一条极为宽广的"剑道",就是通过眼见、耳闻、道听途说,以及想象等诸多法门,集合出一个又一个小千世界。如果说从剑气长城返回浩然天下之前,只是一个略显稚嫩的构想,那么等到陈平安开始着手通过金精铜钱炼化出一条光阴长河,尤其是这趟从天外返回,提升了井中月的飞剑品秩,七个"陈平安"在宝瓶洲不同地界的一切所见所闻所思所想,皆是一种时时刻刻都在以真实天地作为斩龙台砥砺剑锋的"炼剑"。

如此练剑之道，让陆沉都要备感大开眼界。

今日知客陈旧在酒局所见，白泥、夏侯瓒和梁玉屏，三人的身材、容貌、眉眼、语调、气态、神色，都已经被知客陈旧"记录在册"，已经悄然融入主身陈平安的那座剑法天地。简而言之，所有人物和山水景象，在陈平安行走的这条道路上，都是一个"字"或者"词语"，那么裁玉山散花滩的这顿酒宴，就组成了"一句话"。组成这句话的字词，数量越多，越是繁密，内容越是详细，就越是接近与"假相"对立的"真相"。

就像先前陆沉所询问的，世间到底有无光阴？是否由无数个定格的静止组成一个一？陆沉此说，就等于将整个天下视为一本完全静止不动的书，等到陆沉认定的"那个一"开始翻书，书上人物与景象才会"自觉"和"被动"地流转起来。而陆沉的这个说法，显然与李希圣的那个想法，属于同源不同流。

突然忘记某个字，又突然记起某件事，好像曾经经历过……人生在世，何其悲哀。杞人忧天之哀，穷途末路之哭，都曾让陆沉心有戚戚然。

陈平安之前在天外，与小陌和谢狗御风返回浩然途中，谢狗抛给他一大摞绘画有远古风景的纸张，当时陈平安觉得像一本小人书，更像裴钱在课堂上画了某个小人儿的书页，不同姿态，快速翻页，就是一整套完整动作。故而等到陈平安这个写书人再将"这句话"单独摘出来，放入笼中雀内的那条光阴长河当中，将来旁人看到，就会觉得更加真实。

如果说今日酒宴是一个"短句"，那么在玉宣国京城永宁县的那座宅邸内，女鬼薛如意，少年张侯，还有那些院内的花花草草，再加上吴镝每天外出与那些衙门胥吏的请客喝酒，街上闲聊，摆摊算命看相……就是一个光阴长河被拉伸到数月之久的"长句"。

而陆沉的那个"假相"，就是万法之宗，如同第一块……神主牌位。但是陈平安在与李希圣闲聊时，双方聊到邹子，陈平安心中有个念头，作为河道定位的船锚，不可能是陆沉。

这就是陈平安一种类似惯性"思路"的自欺欺人。而这种先自欺再欺人继而欺天的手法，自然是陈平安与崔瀺学的，可惜未能学到全部，毕竟是陈平安自学，全凭自己摸索，就像一道术算题，知道了答案，再去追溯一个极为烦琐的解题过程。这种画蛇添足的自欺欺人，等于以心声言语陆沉名讳，这就让当时远在天外作壁上观的陆沉，一下子就察觉不对劲，同样开始倒推回去……又是一场心有余悸，甚至半点不逊色于先前剑气长城的那场将至未至的伏杀。而陆沉若是不曾离开青冥天下，没有凑这个热闹，被一座大天地隔绝了天机，兴许就会错过这条线索。

陆沉这次返回浩然，还真不是违例"偷渡"，而是事先与礼圣报备过的。是真有一件正事来着，至于见陈平安，只是顺路。

"容贫道再算一算，今年清明日，陈山主这座七星阵的斗口，是指向……玉宣国京城的那条永嘉街?!”陆沉始终学螃蟹走路,跟着陈平安的脚步,问道,“一个马苦玄而已,值得你如此分神去封神?”

陆沉所谓的封神,却非封正之封,而是封禁、封山之封。陈平安和马苦玄,双方心知肚明,有一笔陈年旧账,有人讨债有人还账。可能是两个,可能是三个。如果马苦玄一定要阻拦,那就可能是三个或者四个——都会死。

陆沉转过身,一脚将路上石头踢入溪水中:“照理说,即便马苦玄的父母能够成为一路山水神祇,无形中得了一洲西岳山君府的神道庇护,又如何?能拦得住你报仇?

“是了是了,原来如此,确实有点棘手。这对夫妇,竟然要跻身城隍爷之列,获得冥府官牒作为护身符,这就与山水神灵别出一道岔路了。呵,何止是护身符,真是世间最名副其实的救命符了。

“奇也怪哉,是如何做到的?以马苦玄这对父母的刻薄品行,即便他们想要凭借各类行善之举,积累阴德跻身此列,可是酆都冥府自古就有‘有心为善虽善不赏’的铁律,阳间人物,即便精通冥间阴律,光是这道门槛,他们就注定跨不过去,想要担任高位城隍爷,纯属痴心妄想了。”

陈平安终于开口说道:“马苦玄很聪明,早就有意绕过他们两个,在玉宣国京城偷偷安排了人手,只逼着他的父母不得不去做某些事,却故意不明言缘由,不许他们追问为什么,曾经用极其严厉的言语,警告甚至恐吓过他的父母。授人以鱼不如授人以渔,马苦玄是反其道行之,可能慢了点,但是有效。”

陆沉笑道:“马苦玄大概是什么时候开始这种谋划的?”

陈平安说道:“不会太晚,也绝对不会太早。当年杏花巷马氏连同那拨亲戚一起搬出小镇,直接搬出了当时的大骊王朝,去往西岳地界的玉宣国。那会儿的马苦玄,心高气傲,根本不觉得我有资格当他的仇家,之所以让父母搬出家乡,估计至多是担心他们的下场跟蔡金简和苻南华比较像,毕竟他要在真武山修行,不可能时时刻刻盯着骊珠洞天。

“等我第一次离开剑气长城,返回宝瓶洲,尤其是走出书简湖,马苦玄可能就有所警惕了。但更多的是,为了故意恶心我,有意让我一心报仇却迟迟无法报仇,甚至觉得一辈子都报仇无望,要我一辈子都生活在仇恨和愧疚当中。等到我担任剑气长城的隐官,消息传回浩然天下,马苦玄才开始真正将我视为威胁。我仔细研究过玉宣国马氏台前幕后的所作所为,就是在那几年里,各房子弟开始频繁出手,甚至开始试图通过科举一道,得诰命,光耀门楣,之后再试图让某些人得到朝廷谥号。这些都开始按部就班进行了,唯一的意外,就是马苦玄没有想到我会这么快就追上他的境界。”

上次落魄山观礼正阳山,真武山余时务坦言,如果马苦玄再不出手,就没有机会了。只可惜陈平安几乎拆掉了整座正阳山,依旧没有给马苦玄出手的机会。

陈平安微笑道:"等到马苦玄的父母成为玉宣国一方城隍爷,相信他们第一个要收拾的,就是马氏家族内那些作恶多端的自家人,凭此坐稳金身。都城隍庙,文判官高升,被调离玉宣国京城,原阴阳司主官纪小蓨顺势升迁为文判官,阴阳司与某司官位空缺出来,两人便由地方州郡城隍身份进京述职,按功升迁补位。"

陆沉笑呵呵道:"不愧是马苦玄,委实用心良苦。"

一国各级城隍爷,不同于山水神祇,虽然五岳山君有权力管辖两者,但是城隍爷真正的上级还是酆都冥府。简而言之,五岳山君可以直接决定境内山水神灵的升迁,甚至生杀予夺,但是没有资格惩罚各级城隍爷,必须按律转交给酆都判定罪责,就是说大岳山君府对各级城隍有一部分定罪权,却无执行权。

当然,马苦玄能够做成此事,就在于骊珠洞天自成天道循环,昔年小镇百姓的生死与祸福,都不被包括酆都在内的几处阴间冥府掌控。

陆沉问道:"可有破解之法?"

陈平安点头道:"有。"

"你们剑修偶尔不讲理一次的那种路数?"

"刚好相反,循规蹈矩。别说是玉宣国都城隍庙,酆都冥府也挑不出半点毛病。既然挑不出毛病,就无法按照冥科阴律庇护马苦玄的父母,最终只能秉公行事,两不偏袒。不这样,只会纠缠不休,冤冤相报何时了。上一代人的恩怨,我们这一代人做个彻底了结,有恩报恩有仇报仇,不留给下一代人。"

陆沉笑道:"马苦玄处心积虑,满盘皆输,岂不是要被你气死?"

陈平安说道:"他道心坚韧,气不死他。"

陆沉无言:贫道只是与你开句玩笑,你不用这么一板一眼。

陆沉换了个更为讨喜的话题:"陈平安,你还真当起了知客啊。"

先前陆沉曾经提议陈平安,有机会一定要当个迎来送往的知客,很有意思。

陈平安笑道:"从善如流。"

陆沉没来由感叹一句:"双眼所见即天地,一个人的记忆,何等宝贵又何等脆弱。"

夕阳即将落山,紫青万状,顷刻间变化无端,如梦如幻。

不对啊,不才是正午时分,怎的就日落西山了? 托大了托大了,陆沉心知不妙,立即闭上眼睛再睁眼。

常在河边走哪有不湿鞋,惨也。你陈平安也太不念旧情了,贫道可是帮你与宁姑娘牵红线的月老!

河边,白伯坐在杏花树旁,问道:"钓上几条鱼了?"

蹲着的陈旧手持鱼竿,笑道:"暂时没有渔获,只有一条大鱼咬饵了,可即便上钩,也未必能遛上岸。"

白伯笑道："你好歹是个练气士,还拽不上一条鱼?"

陈旧板起脸点头道："鱼成精了呗。"

白伯哑然失笑,臭小子还挺会说笑话。

一处光怪陆离的神异境界中,陆沉与另一个陆沉面面相觑,如照镜,故而双方眼中,存在着无数个陆沉。

落魄山的山门口,小米粒正襟危坐,金扁担和绿竹杖都放在桌上。

仙尉道长,正在跟一个头戴莲花冠的年轻道士聊得火热,投缘。年轻道士自称与山主相逢于青蘋之末,还是景清道友的挚友亲朋。

黑衣小姑娘一直盯着两个道士的茶碗,只见他们喝,就是不见底,帮忙添水的机会都不给。

她百无聊赖,下意识伸出手,捻动绿竹杖,绿竹杖轻轻翻滚,咯吱作响,她立即停下动作,果然见那外乡道士转头望来。小米粒连忙道了个歉,再挺直腰杆,朝前伸出一只手,示意两位继续论道。

那道士脾气好啊,笑道："没事,在道场那边,经常有瘦如野鹤的高士或闲聊或吵架,若有谁说到精彩处,就会响起一声玉磬,清脆悦耳极了。"

落魄山山上,一个青衣小童甩着袖子,大摇大摆,由山间青石板路走向那条昔年通往山顶祠庙的神道台阶,打算去山顶透口气。到了台阶那边,陈灵均打算看看看门人仙尉有无偷懒,他双手叉腰,眺望山门,心一紧,赶忙伸出一只手掌遮在眉眼,狗日的,没有看错,果真是那个挨千刀的,竟然杀到自家门口了。一想到自家老爷的真身还在学塾那边当教书先生,陈灵均立即缩了缩脖子,蹑手蹑脚,就要返回住处。到了宅子,跳上床,以被褥闷头,打雷都别想吵醒他。

"景清道友,别假装瞧不见贫道,来山脚一起喝茶。"

陈灵均双手捂住耳朵,假装听不见,只管埋头一路飞奔,自言自语道："昨夜暴雨倾盆,电闪雷鸣,风拔木,楼房摇摇欲坠,整个住处如同一叶扁舟置身惊涛骇浪中,震耳欲聋。好家伙,这等声势实在太可怕了,难怪今儿个一整天什么都听不见了,原来是真给震聋了,如何是好,这该如何是好……"

结果被一只手按住脑袋,陈灵均抬头一看,是笑容和煦的自家老爷："一起下山待客。"

青衣小童咳嗽一声,蓦然胆气雄壮："也好,是得去会一会那个不速之客,看他不顺眼也不是一两天了,是可忍孰不可忍。"

眼前山主,虽说不是老爷的真身,又何妨?!

上次观礼黄粱派开峰,山主老爷不在身边,跟这个姓陆的不太对付,丢了些许脸面,今儿得找回场子。

陆沉转过头,瞧见了那个走下山的青衫陈平安,手上还有些许墨渍。神主在那条细眉河源头附近的山脚学塾,眼前这个陈平安亦是分身之一,负责"抄书",记录汇总其余六人的所见所闻。

陆沉眼神哀怨道:"陈平安,贫道今儿就是串门,两手空空,没带礼物而已,你咋个还生气了?"

原来裁玉山散花滩那边,陆沉与自己那粒心神,已经彻底失去了大道牵引。要说是自己一个不留神,着了道,让地肺山华阳宫的高孤做成此事,也就罢了,偏偏陈平安如今还只是个元婴境。等到陈平安是飞升境,那还了得?

陈灵均瞪眼道:"放肆,好大胆,竟敢对我家山主老爷直呼其名!"只要好人山主待在身边,陈灵均就跟彻底喝高了差不多,酒壮怂人胆,见谁都不怂。

"景清道友你等着,咱哥俩总有山水重逢的时候。"陆沉朝那青衣小童竖起大拇指,"到时候贫道送你一只碗,老乡见老乡,两眼泪汪汪,你哭得稀里哗啦,就可以回请贫道一碗苦酒了。"

陈灵均脸色尴尬,伸手攥住陈平安的袖子,想起了白玄的一句口头禅:别走夜路别落单。

陈平安抖了抖袖子,按住青衣小童的脑袋:"好歹是在自家地盘,讲一个输人不输阵。"

有人撑腰就是不一样,陈灵均双手叉腰,嘴巴微动,看样子在酝酿一招"撒手铜"。

陆沉怒道:"你敢吐口水,就别怪我……"说到这里,陆沉提碗喝了一口茶水,仰起头,咕咚咚喝完,晃了晃脑袋,喉结微动:"那就各凭本事战一场!"

小米粒赶忙跑到陈平安身边,踮起脚尖,伸手挡在嘴边,小声传递情报:"好人山主,方才这位陆道长了,你们曾经一起外出历练,跋山涉水,不知走过多少山山水水,历经千难万险,所幸兄弟齐心,其利断金,次次有惊无险。某次在一个叫裁玉山的地方,他掏腰包你请客,攒了个酒局,酒局上有一个叫梁玉屏、道号'蕉山'的仙子,你当面夸她长得好看呢!我当然不信,半点不相信!仙尉道长……半信半疑吧。

"仙尉道长还询问那位梁姑娘的胖瘦哩。陆道长说那个仙子姐姐,是如何如何貌美如花,用了七八个成语嘞。仙尉道长听了半天,只是说个'虚',陆道长便立即换了个通俗说法,说那梁姑娘,前面看和后面看,都是极好的,就是侧面看略显平淡。仙尉道长闻言就长长叹息一声,端起碗喝茶,变得无精打采了。再往后,两位道长就跟对对子似的,一个说雪中行地角,一个便说火处宿天倪……其余还有好些弯来绕去的,我都不太记得嘞。好人山主你走到山门口这边,刚才陆道长说到了神道衰而归敬于宿命,宿命衰又该归敬于何……"

陈灵均竖起耳朵:还有这档子事?想来山主老爷在酒桌上说几句场面话,情有可原,可以理解。

仙尉一脸蒙:小米粒,你原来都仔细听着呢?先前你坐那儿打哈欠,犯迷糊,小鸡啄米状,难道都是假象吗?只是贫道与陆道长聊了那么多正经学问,你怎么就不太记得,偏偏这几句无关紧要的闲天,记得如此牢靠?

小米粒还不忘朝仙尉道长咧嘴一笑,伸出大拇指,既是说好话,又是在邀功:"好人山主,咱们仙尉道长,待客周到,我都看在眼里哩,滴水不漏,说话做事,很稳重的。"

陈平安走到那个被表扬了一通的仙尉身后,双手按住自家看门人的肩膀,轻声埋怨道:"陈某人的人品,外人信不过,都随他去,仙尉道长可是自家人,怎么可以半信半疑?"

仙尉叫屈道:"我这不是被带到沟里去了嘛。"

陆沉扶了扶头顶莲花冠,笑道:"小米粒,仙尉道长,这里没你们的事了,容贫道与陈山主还有景清道友,忆苦思甜一番。"

陈平安点点头,小米粒就乖巧起身,返回山上,打算与暖树姐姐说,在山脚碰到个姓陆的年轻道长,说话风趣,和气得很嘞。仙尉告辞一句,去门口竹椅那边坐着,从怀中摸出一本被摩挲得厉害的书。咦?拿错了,赶忙换一本崭新的正经书。

陈灵均跟好人山主坐在一条长凳上,发现如此一来,就需要与那陆掌教面对面,觉得不妥,就一点一点挪动屁股,慢慢挪到了另外一条长凳的一端坐着,还是觉得不太稳当,就抬起双脚,一个转身,面朝山外,一下子就觉得风景这边独好。

陆沉看着那个青衣小童的背影,笑着抓起白碗,碗口朝下,滴了一滴茶水在桌上,霎时间云雾升腾,出现一幅山水画卷——是一条雄浑山脉,祖山顶有坳,坳内小桥流水,还有座古老祠庙。

陈平安看了眼,问道:"是不是缺少了一棵树?"

陆沉抖了抖手腕,又有茶水滴落在桌上,满脸惊讶道:"陈山主对我们青冥天下的风土人情,就这么熟稔吗?"

陈平安笑道:"青冥天下是九山一水的地理形势,当年陈灵均如果跟着你去那边,鱼符王朝想要成事,很难吧?"

陆沉笑道:"事在人为,又有贫道在旁摇旗呐喊,鼓吹造势,某位道友走读一事,真不敢说一定成或一定不成。"

陈灵均闻言立即转身,双手按住桌面:"你们在说啥?"

桌上这幅画卷所绘之处,位于青冥天下雍州与沛州的交界处,两州被一条大渎分割开来。而雍州境内,这条位于水底的山脉之巅,有一处被地方志记载为"梳妆台"、俗称"洗脸盆"的地方,有石桥跨涧,名为回龙桥。桥边有座山神祠,藏着昔年那场"共斩"

之一。祠外有一棵万年老樟树，传闻主掌青冥四州气运。

鱼符王朝女帝朱璇，要在此举办一场普天大醮，以她的性格，陆沉用屁股想都知道，她一定会劈砍四条树枝。陆沉当年远游赶赴骊珠洞天之前，曾经答应过这个朱璇，要为她和鱼符王朝带来一位首席供奉。结果陆掌教说话就跟放屁一样，一拖再拖，上次陆沉竟然还有脸去山神祠，干脆就翻脸不认账了。就像陈平安说的，青冥天下与水运充沛的浩然天下不同，水运贫瘠，如此一来，想要养出真龙，难如登天。

陈平安恍然道："老观主离开浩然天下之前，带走了极多的东海水。按辈分，老观主算是陆掌教的师叔，将这些水运倾泻到大渎源头，陈灵均再凭此走渎入海，化龙的机会，确实不小。毕竟这般走水，以前没有过，以后估计更不会有了。老观主给予水运，功德一桩，为大渎增添水势，汹汹入海。要是陆掌教与师叔事先谈拢了，还可以将一部分功德转嫁给陈灵均，再由鱼符王朝供奉修士在两岸一路倾力护道，陆掌教暗中盯着，排除所有意外。"

陆沉看着那个青衣小童，冷哼一声："景清道友，听见没？！还在这边跟贫道鼻子不是鼻子、眼睛不是眼睛的，你自己摸着良心说说看，你跟谁横呢？"他娘的，这个傻了吧唧的小兔崽子，太忘恩负义了，当年若是跟着他去了青冥天下，一桩多大福缘在等着他？躺着享福就是了。

由他陆沉来牵线搭桥，按照约定，先在那鱼符王朝捞个首席供奉。皇帝朱璇是个极有魄力的女子，肯定会竭尽国库保证陈灵均大渎走水成功，一切都是奔着帮他化龙而去，不出意外，他都可以与泥瓶巷王朱，去争一争世间第一条真龙的天大机缘。当人间重现真龙，身为斩龙之人的陈清流，凭此重返十四境，就得跨越天下赶赴青冥，一探究竟。即便这位剑修不掺和浩然、蛮荒的战事，也未必会斩龙。不过以陈清流的脾气，十有八九，会与朱璇还有那座山神祠，或是道场位于雍州的女冠吾洲，起冲突。不出意外的话，届时那棵万年老樟树，就会被一场问剑给砍断，朱璇还占卜个什么？那么如今天下数州将乱未乱之局，就算破了。虽说还是治标不治本的手段，陆沉却可以至少为白玉京和余师兄，拖延一甲子光阴。

在这其中，得利最多的，还是陈灵均这条御江小蛇。什么都不用他做，而且注定安稳，没有什么后遗症，甚至无形中还会多出一位护道人，毕竟陈清流如果想维持十四境，世间就必须有一条真龙，且只有一条。再说了，以陈灵均这些年与那斩龙之人的相处情况来看，相信那雍州鱼符王朝，陈灵均也只会与陈清流称兄道弟，处得很好，比如隔三岔五喝个小酒？

至于走渎一事，大致如陈平安所说，碧霄师叔如今还搁放在那枚养剑葫芦内的东海之水，是一个不可或缺的关键环节。否则陆沉就算执掌白玉京期间，也不可能拆东墙补西墙，冒天下之大不韪，倾斜整座青冥天下的水运来为陈灵均一人走渎。

陈灵均皱着眉头，竖起一根手指，神色严肃道："让我缓缓，一时半会儿转不过脑子，我得深思熟虑再下定论……"

陆沉白眼道："一团糨糊的脑子，你能想出个屁。"

陈平安笑道："陆掌教的大致意思是说，你只要当年跟着他去了雍州，就有很大的把握，成功走渎化龙，会在浩然天下的王朱之前，成为世间第一条真龙，货真价实，要风得风，要雨得雨，而且不用担心会被斩龙之人盯上。飞升境，真龙，在鱼符王朝当首席供奉，身份无异于青冥的水运共主，而且最关键的，还有一张最大的护身符，因为你等同于得到了白玉京的大道庇护，一座天下，山上仙府，山下王朝，走到哪里都是座上宾，都要与你称赞一句，景清老祖，英雄了得。"

青衣小童眨了眨眼睛，山主老爷这么说就听明白了嘛，他沉默片刻，最后问了个问题："然后呢？"

在那异乡，飞黄腾达了，富贵之交，新朋友满天下，就算撇开那些只在酒桌上称兄道弟的酒肉朋友不说，其中也有几个称得上是患难与共的真心好友，但是落魄山这边，怎么办？陈灵均抬头望向山上，有笨丫头、小米粒、老厨子，再转头看了眼门口的仙尉道长……再远一些，不还有个抠抠搜搜、经常落自己面子，却其实始终好到跟落魄山穿一条裤子的魏兄弟？

陈平安跟陆沉对视一眼，如何？

陆沉笑了笑，果然。

别人这么说，可能是悔青了肠子，明知事已至此，故作轻松言语，至少也是打肿脸充胖子，不愿承认自己错过了那么一桩机缘。但是陈灵均还真不一样。只要看陈灵均这么多年来，对那御江水神兄弟如何心心念念，一次又一次帮忙，就知道自称"御江浪里小白条，落魄山上小龙王"的青衣小童，是何等看重义气了。

朋友对我不住，总有他的难处，我却不能对朋友不地道。我不能让我的朋友觉得白交了我这么个朋友，否则就是我做人有问题。这大概就是陈灵均这辈子行走江湖的唯一宗旨。

归根结底，陈灵均舍不得落魄山的所有人，所有事。

陆沉一卷袖子，收起桌上那幅山水画卷，陈平安让陈灵均去火炉那边取壶添水。茶叶是今年老厨子从黄湖山那边几棵老茶树采摘下来的茶青，亲手炒制的。雨前茶就是经得起泡，又是山泉水，喝起来极有回甘。陈灵均往桌上两只碗里边倒了热水，唯独自己那只白碗好像忘了，陈平安就让他把茶壶放在这边，自己忙去。

走路有点飘，不着急登山，陈灵均先双手负后去了仙尉道长那边，拍了拍肩膀，说了几句语重心长的言语，才缓缓登山："混江湖，义字当头，贫贱不能移，威武不能屈。形势所迫，偶尔磕几个头，不丢人，亦是大丈夫能屈能伸。

"陆沉这瓜皮,当我傻吗,成了真龙,斩龙之人不得找上门来砍我?

"啥脑子,不灵光,但凡聪明一点,都说不出这种吹牛皮不打草稿的混账话,还白玉京三掌教呢,搁我也行,求我都不去。"

看见那个肩挑金扁担手持绿竹杖的小米粒,陈灵均双手负后,点点头,老气横秋道:"小米粒啊,巡山呢。"

小米粒没有停下脚步,只是看了眼他,叹了口气,继续巡山。景清好是好,就是这脑子,唉,愁。

原本还想跟小米粒吹嘘几句的陈灵均,立即就觉得没啥意思,不扯那有的没的了,快步跟上小米粒,噼里啪啦甩起两只袖子,一起巡山,低声问道:"那边还有茶片吗? 前几天瞧着还有不少,装满一兜不成问题,没给老厨子偷吃了吧?"

小米粒立即抿起嘴唇,转动眼珠,蓦然眼睛一亮,哎哟喂一声,跺脚道:"就说嘛,睡了觉再去看,说没就没了的!"

陈灵均佯怒道:"老厨子这馋嘴毛贼,无法无天! 走,咱俩找他说理去!"

小米粒连忙拽住陈灵均的袖子,皱着两条疏淡微黄的眉头,一本正经道:"景清景清,我晓得还有个好地方,有茶片,可多!"

陆沉冷不丁道:"组词造句,层层叠叠,只加不减,过犹不及。"

陈平安点头道:"那几个分身,不会在外逗留太久。"

陆沉笑道:"大致需要多少个底本? 三十,还是凑足一百,或者求稳一点,三五百?"

一个人说话聊天,真正用上的文字,其实也就那几百个常用字。裁玉山竹枝派那边,陈平安仔细临摹的重点人物,除了外门知客一脉的几个帮手,还有裁玉山那拨石匠,开采官白伯,水龙峰夏侯瓒和鸡足山梁玉屏,加在一起,估计三十多号形形色色人物,但是真正算得上陆沉所谓"底本"的人物,只说竹枝派一地,估计不会超过双手之数,这类底本,与是否修士、境界高低全无关系。

陆沉总觉得陈平安待在裁玉山那边,好像别有所求,而且意图隐藏极深,当然不是通过竹枝派来盯着正阳山那种小事。当陆沉决定好好推衍一番的时候,在散花滩那边,就被陈平安可能是凭借符箓于玄设置的那道禁制,也可能是凭借某种本能,抓了个现行。陈平安顺水推舟,将陆沉的一粒心神丢入那座"囚笼"当中。陆沉不是无法强行破开禁制脱困,但是如此一来,就真要与陈平安彻底结仇了。陆沉从不怕谁,是只怕"非己"。陆沉修道,几无善恶,与陈平安当年心中善恶两条线极为靠拢的场景截然相反。陈平安的心境,或者说认知,如天地未开,而陆沉的一颗道心,宛如天壤之别,近乎无穷大,可谓另一种意义上大道纯粹的绝地天通。

陈平安说道:"不强求,反正以后还会游历中土神洲。"

陆沉笑道:"你这条剑道,玄妙是玄妙,不过比起余师兄寻求五百灵官,要简单太多太多了。"

陈平安说道:"陆掌教不用提醒我跟他的差距,我比谁都清楚。"

陆沉疑惑道:"你又没亲身领教过余师兄的道法和剑术,怎么敢说清楚差距大小?"

陈平安说道:"那就当我在吹牛。"

陆沉喝了一口茶水,嘴里嚼着茶叶。

陈平安说道:"分身在外,其实修行之外,还有一种心思,登山修行久了,就容易忘记前身。"那就待在山脚看山上风光。

陆沉点点头:"所有习惯本身,就是一种自找的遗忘。"

陈平安举起碗,与陆沉磕碰一下,都以茶代酒。只说陆掌教这句话,一般的山上人就说不出口。

陈平安笑道:"年少起,每次出门游历,看书时有个小习惯,会把不同书上提到的人物做个计数,前十人物当中,陆掌教可谓一骑绝尘,第四名到第十名,加起来都不如一个'陆沉'。"

陆沉好奇问道:"若是加上第三呢?"

陈平安说道:"也是不如陆掌教一人。"

陆沉又问:"再加上第二?"

"还是不如。"

陆沉赞叹道:"原来贫道如此厉害啊。"

头戴莲花冠的年轻道士,抬头望向落魄山。白云生处有人家。道冠一瓣莲花宝光闪烁,那粒心神归拢。

陆沉一手端碗,双指并拢轻敲桌面:"君不见人间如壁画,水作颜料山作纸。神鬼精怪满壁走,春风飒飒生剑光。贫道曾闻仙人传古语,天王分理四天下,水晶宫殿碧绿瓦。彩仗高撑孔雀扇,天女身着狒狳装,金鞭频策麒麟马。日对月,阴对阳。天神对地祇,神灵对仙真,雷电对罡风。左边文庙右武庙,中间犹有城隍庙。山中芙蕖云锦裳,宝瓶清供坐生凉。谁与诸天相礼敬,金钟玉磬映山鸣。杞人驾车半道返,李子树下枕白骨。尝忧壁底生云雾,揭起山门天上去……"

就在此时,从山上跑下一人,大笑道:"陆道长,又来摆摊揩油啦?! 当年在小镇,与你我兄弟二人眉来眼去的俏姑娘,如今早就嫁为人妇了。走,我带路,州城那边,如今好看的姑娘,何曾少了? 一茬老了又是一茬新,比起当年只多不少!"

陆沉听那嗓音就只觉得一阵头大,刚要脚底抹油,结果被那汉子伸手抓住肩膀,加重力道:"跑啥啊? 老朋友了,兄弟齐心,生意兴隆,当年你沾我的光,就没少挣银子……"

陆沉只得把屁股放回长凳,无奈道:"大风兄弟,一家人不说两家话,当年只要你蹲在贫道摊子旁边,那是真没生意,挡财路还差不多。只说那些小娘子,一个个奔着贫道来的,结果瞧见你就绕着摊子走,贫道有说过半句不是吗? 够不够兄弟义气?!"

郑大风笑呵呵道:"过去的事,提它作甚?"

陆沉点点头,歪着肩膀,叫苦不迭:"疼疼疼。"

陈平安笑着起身:"你们聊你们的,你们聊的内容,我估计也听不懂。"

陆沉急眼了:"别啊,咱仨都是熟人,要聊就一起聊!"

陈平安重新坐下,问道:"陆掌教这次来浩然天下,忙什么正事?"

陆沉干笑道:"陈山主要是有事忙的话,可以先走,这边有大风兄弟款待,够够的了。"

陈平安想了想:"是要找某个修士?"

事实上,扶摇洲在找,桐叶洲在找,宝瓶洲也在找这么个潜在的"修士"。按照崔东山的推测,是浩然人族女子与某位蛮荒妖族修士的子嗣。崔东山就想要率先找到此人,但是徒劳无功,就像他之前想要在五彩天下找到那个小姑娘"元宵"一样,注定找即不见。

虽然陈平安说得近乎莫名其妙,陆沉还是点点头,忧心忡忡道:"很麻烦,相当麻烦! 从某种意义上说,其实已经找到两次了,结果都没能抓住。至于为何抓不住,看看那个蛮荒天下的晷刻就清楚了。所以文庙那边也很头疼,这次贫道主动过来帮忙,文庙就没拦着。留在浩然这边,就是个烫手山芋,既没办法斩草除根,于礼不合,又不能将其关押起来,毕竟对方目前也没犯什么错,也不好撒手不管,任其发展,只会自生不会自灭,天生的修道坯子,保管是走在路上捡着钱、上一趟山就能捡着道书秘籍的。要说悄悄让某个大修士盯着,等着对方犯错,然后杀掉,不还是属于不教而诛吗? 要说耐心教以诗书仁义、圣贤道理,又有谁肯接下这么一桩天大的因果? 即便有人肯接下这么个烂摊子,当真以为能够改变轨迹改变结果了? 如果贫道没有猜错的话,在那个孩子心中,已经对整个浩然天下产生了巨大的敌意,比如……亲眼见到与世无争,甚至是……一个好人的父亲,只因为捞取战功,被浩然修士不问青红皂白就杀了,甚至那个孩子都来不及知道父亲是蛮荒妖族。母亲也被殃及,若是妇人的姿色再好几分,那些浩然修士再不当个人? 贫道的这个猜测,还只是其中一种可能性罢了,事实上,可以有无数种更坏的情况和结果。他对浩然天下深入骨髓的敌意,会随着岁月的推移,以及他在修行路上的登高,水涨船高。蛮荒天下死在这边的妖族,那些所有纯粹的恶意,会用一种很难观测和追查的古怪方式,不断传递,叠加在这个修士身上,直到某天,比如等他跻身了飞升境,才会水落石出。但是等到那个时候,他多半已经身在蛮荒天下,与斐然、绥臣站在一起。极有可能,这次两座天下差点相撞,就是某个家伙有意为之,只为了让这个孩子用一种更隐蔽的方式快速成长起来。礼圣每十年一次离开浩然天下，去往天外，此人身负气运就会悄然壮大一分，而且境界攀升不会太快，免得露出马脚。亏得你没冲动行事，若是中土陆氏的那座司天台和芝兰署都被毁掉……这也就罢了，修缮砸钱而已。若是陆氏阴阳家的观天者和测地者，因为一场问剑而伤亡惨重，零零落落不剩几个，再加上那个家主陆神被砍得跌境，那就真是后果不堪设想了。陆氏如今有一双男女，属于天造地设，道心精纯无瑕，整个浩然天下，不能说只有他们能够找到那个修士，文庙那边还是有高人坐镇的，但是有他们没他们，的的确确，还是很不一样的。如果他们两个，那天晚上跟你、小陌先生，还有谢姑娘对上，如何是好？岂不是一笔天大的糊涂账了？"

竹筒倒豆子说了一大通，陆沉赶忙喝光了一碗茶水："好久没一口气说这么多话了，贫道差点没喘上气直接噶屁。"

郑大风笑道："那我认你当个爹，赶紧立个遗嘱，遗产归我。"

陆沉满脸哀怨："大风兄弟，这是人说的话吗？"

陈平安问道："退一万步说，假设文庙如何都找不到此人，从今天算起，距离此人跻身十四境，最短多少年？"

陆沉说道："贫道只说一种猜测，作不得准，事先说好，仅供参考啊。比如此人甲子过后才洞府，百年之内却可飞升。至于飞升境过后，需要耗时多久合道十四境，就难说了，短则百年，长则千年？大风兄弟，贫道替你说了这句话便是，贫道说了等于白说。"

陈平安继续问道："那你找到此人的把握有多大？"

"卦象很怪。"陆沉抬起手，双指抵颔做捻须状，"实不相瞒，真只差毫厘，就被贫道找到蛛丝马迹了，结果等到贫道踏足宝瓶洲，立即就断了线索。"陆沉摆摆手："只是听上去可怕而已，我们再把话说回来，一个百年飞升境而已，又能如何？至于百年复百年之后，或是千年以后，撑死了，就是人间多出一个十四境，好像……也就那样了。"

郑大风淡然说道："将来等到此人对整个浩然天下大开杀戒，当他问心无愧地以恶意报复恶意时，又有几个人记得当年一个孩子看待世界的眼光，可能……连他自己都忘了吧。"

年轻道士默不作声，陈平安脸色晦暗。

陆沉双手抱住后脑勺，喃喃道："怎么办呢？"只能是顺其自然地力所能及再顺其自然吧。

陆沉轻轻摇晃身体，突然问道："陈平安，你要是见到此人，会怎么做？"

陈平安起身说道："平常心。"

陆沉转头看着那个走在台阶上的青衫背影。

郑大风一拍桌子："陆道长，咱哥俩啥时候去州城摆摊？"

陆沉吓得一哆嗦，说话都不利索了："大风兄弟，我看就木有咋锅必要了吧。"

先前与师尊和碧霄师叔喝了顿酒，之后陆沉就立即跑了一趟白玉京的镇岳宫烟霞洞，果然有所收获，张风海这小子很有能耐，竟然算出了大半句话，是板上钉钉的谶语："道丧三百年而得此君。"经过陆沉的推衍之后，更加接近真相了："道丧五百年乃得陈君。"

可问题在于陈平安姓陈，实则大师兄如今也姓陈啊！

第九章
风雨桃李荞菜花

陈平安重新落座,就听陆沉跟郑大风在那边瞎扯闲天。

"大风兄弟若居儒家门内,道力不在董、韩两位教主之下。"

"这种话你得去中土文庙门口嚷嚷去,才显诚意。你敢吗?"

"儒家规矩多,大风兄弟,愿不愿意去青冥天下某地高就?贫道愿意为你鼎力引荐,白玉京内外,随便挑。"

"吾洲那婆姨,脾气太过凶悍,年纪也大了点,我未必压得住她。朝歌早就有了道侣,如果没记错好像都摆过喜酒了。两京山和大潮宗如今已经联姻,当那第三者插足到底不妥,免得徐隽受了情伤,从此一蹶不振。莫非是朱璇姐姐的鱼符王朝,抑或是那白藕妹子的青神王朝?"

聊着聊着,双方就坐到了一条长凳上,开始交头接耳,窃窃私语。想来双方当年交情是相当不俗的。

陈平安刚要起身,陆沉就赶忙摸出一只铭文繁密、落款是琳琅楼的锡罐,给山主和郑大风都换了茶叶,再添了热水,说道:"尝尝匡庐山的云茶,贫道花了九牛二虎之力才偷来这么点,代价不小,如今山门口专门为贫道立了块碑文。大家都是修道之人,怎么火气这么大,几斤茶青而已。陈平安,接下来有什么打算?如果赶巧,咱们俩可以同行一段山水路程,有个伴,不至于太闷。"

陈平安岔开话题,问道:"玉枢城张风海,是不是已经离开镇岳宫烟霞洞了?"

陆沉点头道:"他会参加三教辩论,白玉京就对他网开一面了。不过这小子脾气冲，脑子里有瑫筋一般，已经脱离白玉京道官谱牒，甚至连玉枢城道牒都不要了。那两个历来把他当半个儿子看待的城主师兄，又喜又怒，找不到师弟张风海的行踪，就知道捡软柿子拿捏，只会拿贫道撒气，当出气筒，到南华城大闹一场。真当贫道是吃素的吗？泼妇骂街谁不会？贫道可是在槐黄县城摆过十年摊子的！"

因为陆沉提及骂街一事，陈平安便问道："程荽？"

当年在城头，程荽与赵个槎两位老剑修，都对二掌柜很是佩服，与剑术高低完全无关，作为外来户的年轻隐官，就只是在他们最擅长的领域，恰巧完全碾压了他们。

陆沉笑道："他与纳兰烧苇，如今将岁除宫水中央那处歇龙石作为炼剑道场，混得风生水起，岁除宫的排外和护短都是极负盛名的，将来出门游历，只管在十四州横着走。至于董黑炭和晏胖子几个，你就更不用担心了，退一步说，只要有刑官豪素坐镇，只有他们欺负别人的份。"

陈平安点点头。

陆沉突然小声说道："你欠于玄的三百颗金精铜钱，贫道小有积蓄，生平最见不得朋友欠债不还，一想到这个就会浑身不自在，故而已经帮落魄山垫上了，就咱俩的交情，些许钱财，休要再提！"

陈平安冷笑一声。

陆沉悻悻然："好吧，与你实话实说了，其实是贫道与于老神仙好说歹说，磨了好些嘴皮子，才帮着落魄山免掉这笔债务。"

陈平安微笑道："陆掌教除了喜欢揽事，揽功的本领也不小。"

陆沉疑惑道："老秀才已经与你说了此事？"

陈平安皱眉道："什么意思？"

陆沉脸色尴尬，只得老实交代其中缘由："贫道离开白玉京，来浩然之前，确实跑了一趟天外星河，与于玄相谈尽欢。老神仙主动提及三百颗金精铜钱一事，说老秀才与他坐而论道一场，大道裨益颇多，他脸皮薄，金精铜钱与之相比，根本不算什么，就一笔勾销了，'些许钱财，休要再提'。贫道只是帮于老神仙捎话而已，他还说下次陈山主做客中土神洲，哪怕他于玄不在宗门内，可以直接与填金峰那边再借三五……五六百颗金精铜钱，他已经与正宗、上宗那边管钱的两个嫡传弟子都打过招呼了，届时陈山主只需开口就有钱拿。"

说到"三五……"一语之时，见那陈平安眼神好像不对劲，陆沉瞬间心领神会，立即改口，将数量直接说成了五六百颗。贫道义薄云天，愿为自家兄弟两肋插刀，这个锅，贫道背了便是！

陆沉试探性问道："六个分身，受限于符纸品秩，好像境界都不高，真不需要贫道帮忙护道？"

"免谈。"

陈平安起身告辞，独自默默登山。

如果陆沉没有胡说八道，落魄山泉府等于凭空多出三百颗金精铜钱，若是都炼化了，虽然无法提升井口月的飞剑品秩，但是分化出来的飞剑数量可以显著增加。

之后禺州之行，除了见一见大骊皇帝陛下，就是不知道大骊国库里边，如今还有多少金精铜钱的盈余。当然还要去一趟豫章郡采伐院。在确定林守一的父亲没有参与当年那桩恩怨之后，陈平安的那种如释重负，不足为外人道也。

今年清明节这一天，玉宣国京城，马苦玄要拦着，他大可以试试看。至于会不会牵扯出真武山、宝瓶洲西岳山君府，都无妨。

再就是先前在牛角山，陈平安答应了张彩芹和洪扬波，年中时分要参加青杏国观礼。而桐叶洲开凿大渎一事，陈平安已经打定主意撂挑子不过问了，全盘交给崔东山和青萍剑宗去跟各方势力磨合。

之前在天外，陈平安确定了一件事情，文庙确实要封正宝瓶洲五岳，魏檗、晋青等五位山君，即将获封神号。

至于那场三教辩论，陈平安还在犹豫要不要旁听，如果参加，要不要带仙尉。

当务之急，当然还是重返玉璞境。

之后与刘酒仙一起游历浩然天下，原本皑皑洲刘氏家族和沛阿香的雷公庙，都是一定要去拜访的，现在陈平安已经懒得去刘氏家族了，关系没熟到那个份上，就只是个不记名客卿而已。

门口那边，山主一走，很快就多出了小陌和谢狗。

陆沉看着那个貂帽少女，貂帽少女弯曲双指，指了指眼睛，示意这位头戴莲花冠的年轻道士，管好那一双贼亮招子。

陆沉以心声说道："万物兴歇皆自然，天生旧物不如新。只是谢姑娘想要偷天换日，凭此合道，在贫道看来，大不易啊。"

谢狗咧嘴笑道："事在人为。"然后谢狗可怜兮兮开口道："小陌，这个道士偷偷调戏我，方才他的心声言语，荤得很哩。"

郑大风立即举起白碗："我可以拿陆道长的狗头做担保，是陆道长做得出来的事情。"

小陌笑了笑，显然没当真："郑先生莫要说笑了，我信得过陆道长。"

陆沉朝小陌先生竖起大拇指，喝了口茶压压惊："再说了，荤口念佛好过素口骂人。"

谢狗嗤笑道："你一个道士，还会吃斋念佛？"

陆沉点点头："贫道遇到难关，过不去的坎，总要在心里边默念几遍佛祖保佑，阿弥陀佛。"

　　谢狗有些疑惑,眼前道士,就是白玉京三掌教陆沉?很难杀吗?有多难杀?

　　陆沉却转头望向落魄山中。山上有个被裴钱说成"厨子里边最能打的,武夫里边厨艺最好"的佝偻老人,笑眯眯望向山脚。

　　别后不知君远近,醉中忘却来时路。

　　天地寂静,只有山门口竹椅那边的细微翻书声。一楼竹屋内,陈平安继续"抄书"。

　　陈平安主身所在的那座心湖畔,已经站着数十人,比如夏侯瓒、梁玉屏,他们的姿态神色,缓缓变幻,如水流转,他们的穿着衣饰,纤毫毕现,即便是一位大修士凝神望去,其法袍每一根丝线的破损都契合"道理"。既然本就皆是经过光阴长河反复冲刷的真实之物,自然无破绽可言。而他们所说过的每句话,其文字都飘荡在空中,如一群飞鸟萦绕高山,徘徊不去。

　　落魄山和青萍剑宗。上宗有集灵峰的藕花福地,下宗有密雪峰的长春洞天。

　　洞天内有山名为赤松,自然是因为山中多古松。按照崔东山的解释,是因为上任主人清心寡欲,不喜喧哗,便施展了一种极为高明的"封山"之法,使得山中至今未能出现一头开窍的草木精魅。当然,如今已经被崔东山解除了这道封禁,相信过不了多久,山中就会陆陆续续出现开窍的古松木精,不过草木之属从开窍到炼形,难度不小。

　　原本在此山中结茅练剑的于斜回和何辜,如今都外出游历了,忙正事,说是为了开凿大渎一事,他们可以略尽绵薄之力。

　　只留下柴芜、白玄、孙春王和程朝露几个。柴芜已经跻身玉璞境,如今是最闲的一个了。

　　白玄几个难得今天都是练剑空隙,聚在了一起。柴芜察觉到这边的聚会,才赶过来凑热闹。

　　瞧见那个手里拎着酒壶的小姑娘,白玄又是抱拳又是作揖:"哎哟喂,这不是有那仙长嘛,什么风把您老人家给吹来了?大驾光临,蓬荜生辉,晚辈境界低家底薄,寒舍无酒,招待不周,罪过罪过。程小厨子,还愣在那边做什么,赶紧给咱们有那仙长磕几个响头赔不是……"

　　坐在一旁的孙春王,瞥了眼满嘴酸话的白玄,每次都这样,没完没了,亏得柴芜的脾气好,换成是她,真不惯着白玄。

　　白玄其实也就是心里不得劲,过过嘴瘾,要说真嫉妒柴芜,见不得她好,还真犯不着,不至于,当他志在证道飞升的白大爷是啥人了?!

　　只是自打柴芜跻身了玉璞境,白玄就觉得自己这辈子跟"天才"二字,算是彻彻底底做不成亲戚了。毕竟自己与那个号称"小隐官"的陈李,白玄都不觉得差距有多大,随便加把劲,稍微努把力,也就把对方超过去了。结果柴芜直接从练气士三境柳筋境,一个蹦跳,就到了玉璞境,这让白大爷咋个办?

难道狠狠心,让隐官大人砍自己几剑,先从洞府境砍回三境吗?问题在于,即便如此他白大爷也只是跟在"草木"这个丫头片子的屁股后头有样学样啊,不还是在气势上先输给她一筹了?

实在无聊,白玄就从袖中摸出一本册子,放在桌上,郑重其事,搓搓手,这才慢慢翻开这部英雄谱。第一页,就有刚认识没多久的九弈峰剑修邱植,好兄弟。难怪隐官大人总喜欢出远门,走江湖,约莫朋友都是这么来的,天上掉不下来,得靠缘分,自己去找,去结交。

白玄转头说道:"小厨子,你也学拳——"

程朝露立即摇头如拨浪鼓,斩钉截铁道:"我就算了,学拳资质太差,根本不够看的,就不滥竽充数了!"

看在同乡的分上,白玄继续劝说道:"小厨子,做人何必如此妄自菲薄呢?在旁边吆喝几声,也是好的嘛。"

白玄见那胖子还是直摇头:罢了罢了,反正不差一个程朝露,跟那个翩然峰白首是一路货色,全无胆气,都是尿包。尤其是白首,亏得都姓白,白家儿郎皆豪杰,下次见面,非要劝他一劝,把姓氏改了吧。

宝瓶洲南部,云霄王朝的东北边境,一个浓眉大眼的青年,身边跟着一个手挽拂尘年轻女冠,他们来到一座山脚就停步。

女冠微笑道:"水井,你那朋友,怎么挑了这么个灵气稀薄的地方开山立派?"

董水井说道:"他打小就是这么个性格,不喜热闹,巴不得谁都不认识他,只喜欢闷声赚钱。"

此山主人,一掌门一掌律,联袂下山迎接贵客。

下山途中,吴提京开玩笑道:"无事不登三宝殿,胡大掌门,你可得悠着点,小心被骗了还给人数钱。"

胡沣说道:"在看待钱财一事上,董水井跟你是差不多的,都不贪,信得过。"胡沣这辈子只有一个半朋友,身边吴提京算一个,山脚那个同乡董水井,算半个。

吴提京抬了抬下巴:"董水井身边那个道姑,瞧着气象不俗。"

胡沣说道:"不出意外,是灵飞宫现任宫主。"

果不其然,双方碰头后,董水井就介绍起了那位同行的女冠,灵飞宫现任宫主黄历,道号"洞庭"。

早年灵飞观位于旧白霜王朝境内。之前旧白霜王朝被一路南下的大骊铁骑攻破京城,国祚断绝,如今变成了版图略小的云霄王朝。前不久灵飞观也由观升宫,只是不在云霄王朝境内。

传闻这位玉璞境女冠,极擅长青章祝词,修六甲上道,能够请神降真,役使万鬼,驱策阴兵。她在宫观之外的两国边境,开辟出一座阴兵数量众多的古战场,作为她的第二道场,如今极有声势,云霄王朝为此头疼不已。

董水井的第一个生意伙伴,其实是胡沣。在那旧龙州新处州地界,董水井有个"董半城"的绰号,他之所以能够发迹,胡沣是有不小功劳的。

见了面,董水井也没有如何客套寒暄,直奔主题:"胡沣,还记不记得你交给我的那笔本金数目,以及我们当时的分账约定?"

胡沣点点头。贫苦出身,又不是那种大手大脚、不把钱当钱的主,胡沣虽然对这笔钱财不是特别上心,但肯定记得清楚账目,懒得催而已。

两拨人,一起登山,边走边聊。

胡沣当时在龙须河里捡到了品相极好的八颗蛇胆石,分别卖给了福禄街李氏和桃叶巷的一位老人。胡沣虽然年少,却经验老到,将蛇胆石对半分,两边不得罪,得到了两大摞银票。之后胡沣只花了一小部分银子,就在州城买了一整条街的宅子,得到了三十余张衙门户房交割的地契。那会儿州城内的宅邸还是极低的价格,再加上大骊朝廷有意从洪州、郓州几地"填充"旧龙州,为了鼓励别州富豪、百姓移民至此,龙州官府的许多政策都是独一份的让利于民。胡沣将其余家底一并交给了董水井打理,算是入伙。除此之外,因为年少时经常跟着爷爷走街串巷,胡沣收了一大堆的"破烂",多是铜镜、古钱币之类的不起眼物件,这些都交给董水井,让其帮忙售卖。卖高卖低,胡沣都没有过问,反正董水井只管做买卖,全亏了都无所谓,若是挣了以后双方分红。

当年董水井将这些"破烂货"高价卖出,折合成雪花钱后,胡沣的两笔神仙钱,差不多占了董水井的三成家底。

董水井笑道:"现在有两种方式,第一,我们就此拆伙,你收回本金和分红。第二,本金继续留着,先收取第一笔分红,以后的分红我让人年年送上门来,嫌麻烦,十年,一甲子,都是可以的。"

胡沣毫不犹豫地说道:"第二种,十年分红一次就可以了。"

吴提京随口问道:"要是胡掌门选择第一种方式,可以拿到多少颗谷雨钱?"

胡沣也有些好奇,几十颗?少了点。一百颗,数百颗?反正只要有一百颗以上的谷雨钱,那么山门就可以很轻松地渡过眼前的难关了。

董水井笑着报出一个数字:两千两百颗谷雨钱。

胡沣以为自己听错了。吴提京则只有一个感觉:莫非赚钱是这么一件容易的事情吗?董兄,以后带带我?

董水井从袖中取出一件方寸物,是一把并拢起来的折扇:"里边有两百颗谷雨钱,至于这件方寸物,就当是恭贺胡掌门和吴掌律开山立派的贺礼了。这把扇子没有设置禁制,打开就是开门了,扇有善缘,谐音善有善缘嘛,就当是讨个好兆头。希望我们双方的合作,能够细水长流,长长久久。"

胡沣没有矫情,直接收下了那把折扇。吴提京对董水井的印象又好了几分,确实是个爽快人。

胡沣难得开句玩笑:"早知道可以这么赚钱,我当年就不花钱买下那些州城宅子了。"

董水井调侃道:"按照目前的分账,当年你差不多是把一颗谷雨钱当成雪花钱开销了。"说到这里,董水井竖起大拇指:"不愧是当掌门的人,少年时就尽显阔气风采了。"

董水井问道:"胡沣,你当年在老瓷山捡的那些碎瓷片,愿不愿意出售?"

胡沣摇摇头,然后笑着补了一句:"你要是先说此事,不提分红,我咬咬牙,也就卖了。"

董水井笑道:"跟别人做买卖,可能是这么个法子,跟你就不玩这些虚头巴脑的路数了,同乡之谊,还是要讲一讲的。"

同乡之谊,兴许很多人听了觉得滑稽,胡沣却不会。董水井确实在乎,胡沣也由衷当真。

董水井径直说道:"那就再商量个事,我想跟你买下那座蝉蜕洞天。"虽然失踪已久,但是这座洞天始终位列三十六小洞天之一。

胡沣摇摇头。至于董水井是如何晓得这座洞天在自己手上的,胡沣不愿意多问,他相信董水井没有恶意。总有些人,好像天生就能够让旁人信赖。其实胡沣如此看待董水井,董水井和吴提京,亦是如此看待他胡沣。否则一般练气士早就疑神疑鬼起来了,至于山泽野修之间,估计已经开始盘算着如何杀人灭口了。

吴提京瞥了眼董水井身边的女冠。黄历则与少年剑修报以微笑。

董水井笑道:"不着急拒绝,先听听看我的开价,第一,我开价一万颗谷雨钱,购买蝉蜕洞天。

"第二,准确说来,我是只与你购买蝉蜕洞天的所有权,六百年内,不会干涉你们的使用权,你们就算掏空了洞天内的天材地宝,我都不管,只余下一个空壳,都是没问题的,六百年之后,我才收回这座洞天。当然,你们要是觉得期限太短,可以再谈。

"第三,我当然没有这么多的现钱,一万颗谷雨钱,毕竟不是小数目,所以分三笔支付。第一笔,三千颗谷雨钱,现在就可以给你们。第二笔,一百年之后,四千颗。第三笔,三百年后,全部付清。这四百年,就当是我逾期付款,利息另算,如何?"

吴提京惊叹不已,再不把钱当回事,也被董水井的大手笔给震慑住了,忍不住一手肘打在胡沣肋部,直截了当说道:"胡沣,我觉得可以谈啊!"

六百年,就凭自己和胡沣的修道资质,即便不动那些剑仙遗蜕,剑意还能学不到手?

胡沣摇头说道:"不谈这个。"

董水井也不愿强人所难,笑道:"没事,哪天改变主意了,记得第一个找我,这总能答应吧?"

胡沣点头道:"这个没问题。"

众人还未走到半山腰的那两座毗邻茅屋,董水井就停下脚步,拱手告辞道:"回了,黄宫主还有一大堆事务需要处理。胡沣,说真的,我都没眼看,连我这种已经很不讲究的人,都觉得你们这个门派实在是太寒酸了,就说我当年的那间馄饨铺,都比你们强上几分。"

胡沣笑道:"你们下次再来这边,肯定不一样了。"

董水井聊完事,水都没喝一口,就带着女冠黄历一同下山,到了山脚,黄历便祭出一艘符舟,两人腾云驾雾而去。可谓来也匆匆去也匆匆,雷厉风行。

吴提京一向极少认可某人:"这个董水井,算是个厚道人。"

胡沣点点头:"我爷爷曾经说过,精明、聪明、智慧,三者是不一样的境界,还说一个天生有慧根的人,虽然容易被世俗红尘浸染,但是只要有慧根,就更容易'转念'和'回头'。当年爷爷去老瓷山找我,第一眼看见董水井,就说三岁看老,将来肯定是个手头不缺钱的人,而且最大本事,是挣了大钱,还能留得住钱。

"其实董水井很早就不读书了,是靠开馄饨铺和卖糯米酒酿发家的。在那之前,我还劝过他,让他留在那个齐先生身边念书,只是董水井打定了主意,说反正读书也读不过林守一,不如早点赚钱。"

吴提京笑道:"看得出来,那个灵飞宫的黄历,对董水井就很客气。"

作为仙君曹溶的嫡传弟子,继承了灵飞宫,按照道门法统的辈分算,她可就是白玉京三掌教陆沉的再传弟子了。这么一位要靠山有靠山、要境界有境界的道门女仙,好像扈从一般,陪着他一起登山。由此可见,董水井是真发达了。

云海滔滔,符舟之上,女冠笑问道:"水井,真不跟我一起去那清静峰金仙庵看看?"

董水井摇头道:"我要去一趟苗山。"

"赊刀人就是忙碌。"

"人忙心不忙。"

大骊禹州境内,荆溪之畔,有座香火只能算是一般的古寺,虽是千年古刹,却因为属于佛门最讲究清规戒律的律宗一脉,即便是初一十五,香客也算不得多。这还是近些年来,大骊朝廷开始在各地敕建寺庙、推广佛法,想必在这之前,寺庙真是香火一线如坠的惨淡境况了。若是在中土神洲,或是佛法昌盛的流霞洲,以这座寺庙被誉为宝瓶洲律宗第一山的佛门崇高地位,香火鼎盛,可想而知。据说这座寺庙的开山祖师,曾经担任中土神洲某座著名大寺的上座,还参加过一位三藏法师的译场。

记得年少时,陈平安与姚师傅一起进山寻找合适的瓷土,老人曾经自言自语一句:"树挪死人挪活,泥土挪窝成了佛。"

一位两鬓霜白的年迈书生,貌似古稀之年,相貌清癯,在此借住多日,经常与大和尚请教律宗学问,尤其是那部《四分律》。

先前陈平安收敛心神归位,这位"居士"不愿在寺内显露,便立即施展了遁地法,寻了处山野洞窟"蝉蜕"为一纸符箓,等到陈平安重新散开心神,再悄然返回寺庙,过山门,入客房,点灯抄经。

今天午时,乌云密布,天将大雨,一时间白昼晦暗如夜。

头别木簪的襦衫文士,坐在廊道中的一张蒲团上,手持一串念珠,轻轻捻动珠子。来这座古寺数月之久,文士身边并无书童、仆役跟随,只带了些许行李,衣笥、书箧而已,一切从简。

寺内藏书颇丰,惜半残蚀,多虫蛀。大雄宝殿前边有小池,池中金鲤、金鲫数十尾,鱼鳞灿灿。按照山志记载,历史上,曾有仙君异人豢数条小龙于池,皆尺余长,蛇首四爪。有附近香客自年幼到古稀,甲子光阴,每次来寺庙烧香,都会看几眼水池,不见它们有任何茁壮老死的迹象。传闻曾有外乡毛贼数次闻风而动,夜中潜入寺庙,捕捉小龙装入水瓶内,携带离去,小龙皆半途逃逸,自行返回寺庙池内,水瓶封禁俨然。只可惜一场暴雨过后,小龙皆随云升空,就此销声匿迹,如今水中金鲤、金鲫,据说都是受龙气浸染之缘故,才由最初的青黑转为金色,它们久听梵音,晨钟暮鼓,在此闻道修行,求转人身。

襦衫文士是个大香客,寺内僧人之前见其谈吐不俗,京城口音纯正,怀疑此人为达官显贵,经常与其主动攀谈,旁敲侧击。后来文士百般解释自己并非出身官宦家族,久而久之,僧人们恭敬之色渐淡,倨傲转浓。有一沙弥则笃定此人是大商巨贾,常问诸多外乡州郡事,经常主动邀请文士一起登山赏景。山巅有一处崖畔,常起白云,云势极宽,凝如玉脂,如雪芝之海,唯山立不移。小沙弥只需叩窗,言"云起"二字,文士便会换上草鞋,手持两支游山之竹杖,借与小沙弥一支,一同登山。云雾缭绕满山,登山时浑然不知是山起入云,抑或是云下接山。

寺侧有泉净且冽,山僧以青竹长筒引入灶房,煮茶甘甜。那年老文士在此长住,每日都会抄经。随身带有一方古砚,文士经常亲自持砚去往青筒,汲泉而归,用以研墨。后山有御碑亭,是前朝皇帝为太后祈福所立。亭外道旁犹有十数石碑,多是当地官员祈雨而起,碑文皆言此寺求雨灵验,与朝廷奏请寺田几亩云云。

禹州境内,百里不同天,自古午时便有晴天响雷的异象,而且沛然水汽遇高山而阻,若两兵相接,沙场对垒,故而山中古寺多暴雨,声势惊人,若旱蛟赴壑,急急匆匆,往往短则一盏茶工夫,长则一炊,即可复见天日。土人皆言有隐龙行雨至人间,拖尾过此山也。

历史上,这座古寺曾多次遭受兵灾和雷击,一次次毁弃和重建,所幸寺内功德碑上都记得清楚。

曾有巡夜僧人目睹古怪一幕,电火交织一团,自窗户而入,亮晃晃蹿上屋檐。天火灼烧屋内神像的金粉佛面,熄火之后,佛像面有泪痕,而大殿栋梁、窗户皆无损,还有一尊骑着狮子的佛像也破裂了,所涂金粉也都熔化如水,其余颜色如故。

等到现任住持在此驻锡,升座讲法,每逢夜间雷电,一处塔顶便会金色绽放,若流星四散。但是别处再无古怪异象,寺庙一时间香火大盛,善男信女络绎不绝,愿意绕过诸多道观、寺庙来此敬香。

不承想这位和尚竟然为僧人和香客一一详细解释了他亲自绘制图纸的屋脊鸱尾,为何能够防止雷击和天火,那寺庙内的塔尖为何要镀上一层金,以及那根直达地底的塔心圆柱,材质是什么,为何会在古书上被称为雷公柱,建造地底下那座"龙窟"的用意是什么……总之按照老和尚的说法,其实没有那么玄乎,与鬼怪作祟、祥瑞皆无关系,

在那之后,寺庙内外,不管是听得一知半解,还是完全听明白了,都觉得这雷击天火,好像无甚意思了。古古与怪怪,道破就见怪不怪;神神和奇奇,看穿便不值钱了。只是老和尚如此作为,直接导致好起来的香火,再次冷落下去。为此,庙内僧人不是没有怨言,只是老和尚是大骊朝廷钦定的住持,请神容易送神难哪。

这位在庙内借住的陈居士,也曾好奇询问,大和尚为何如此"多此一举"。

老僧的解释很简单:"佛法不当以神异示人。"

居士便好奇询问:"佛门有神通,不是方便法门吗?"

老僧笑言:"终究只是方便法门,并非不二法门。"

双鬓霜白的书生点头道:"善。"

"既然居士也信佛,那贫僧就有一问了。"

"大和尚请问。"

"你觉得佛法是厌世之法吗?"

"如来说世界,即非世界,是名世界。"居士沉默片刻,给出这用来壮胆和当作定心丸的三句后,"如果仅限于我们所处的这个世界,佛法……自然是厌世的。"

老僧轻轻点头,笑着离去。

大雨将至,文士起身行礼。一位老僧停步还礼,走入廊道中。

老僧笑道："原来陈居士是修道之人,修行雷法?"

文士点头道："不敢说登堂入室,略懂皮毛而已。"

老僧笑道："如果陈居士是为了修行而来,不管是引雷还是炼物,陈居士岂不是都要白跑一趟?"毕竟如今寺庙只有避雷而无引雷了。

历史上本寺有武僧修行神通,作金刚怒目,外出降妖除魔,寺庙为此专门开辟出一间引雷屋室,内有木鞘的百炼刀剑。每当雷击过后,刀剑往往就在鞘中熔为液,而刀鞘依然完整。此外还有各类镀金、镶银的漆器,让上面的金银全部熔化,流入专门设置的众多器皿中,再用山上冶炼秘术将其重铸为崭新刀剑,或是将其当成符箓"丹砂",用以画符,皆能震慑鬼物邪祟,无往不利。

文士摇头道："只是慕名而来,与方丈请教佛理。"

老僧问道："佛家八万四千法门,唯有律宗最为清苦。陈居士既非佛门中人,为何独独对我们律宗感兴趣?"

律宗可谓戒律森严,持戒修行,公认最苦。

"先难后易难也易。再者不敢与大和尚打诳语,只是在寺内苦修,出了寺庙山门,另有修行法。"

老僧闻言点头道："在此敬过香拜过佛,出了山门,也是修行。"

文士问道："芸芸众生,各有业障,如何教以因果报应之说?"

老僧笑道："因果一说,古来圣贤不必信,痴顽愚人不肯信,机巧小人不敢信,中人则不可不信,宁可信其有,不可信其无。"

天边闪电雷鸣过后,骤然间大雨滂沱,就像一座悬天巨湖漏了个口子,大水肆意倾泻人间。

老僧盘腿而坐,闭目养神。

文士轻轻捻动一颗颗念珠。

檐声如瀑,雨幕如帘。

水深无声,大雨不长。

雨后初霁,暖日和风,青山带雨翠欲滴。

老僧睁开眼,轻声笑道："城中桃李愁风雨。"

陈平安会心一笑点头道："春在溪头荠菜花。"

宝瓶洲南方地界,陈平安确实游历不多,除了上次与宋前辈一起走过一段山水路程,每次南下,陈平安都是乘坐渡船去往老龙城。先前答应了青蚨坊张彩芹和洪扬波,要去青杏国参加那场储君的及冠礼,陈平安就想要多了解一些青杏国的世情风貌。青蚨坊所在的地龙山渡口就属于青杏国柳氏。因为位于齐渡以南,青杏国得以脱离大骊藩属国身份,重整旧山河。柳氏皇帝如今年纪不小了,已经将近古稀之年,本该立储树嫡,守器承祧,只是不知为何,柳氏皇帝却是立幼子为一国储君,又破例为这个年轻太子举办一场对外的及冠礼,也算是一种铺路。

青杏国新任国师是洪扬波的山上老友,而青蚨坊的东家女子剑修张彩芹,她所在家族,却不在青杏国境内,而是更南边的梅霁国,其家族是一个将相辈出的头等豪族。梅霁国的天曹郡张氏,在以前的宝瓶洲中部偏南地界,是一个很有底蕴的仙家门阀,在山上的名气,要比民间更大。

余霞散绮后,圆月又摇金。

一位神色木讷的背剑少年,独自行走在月夜中的荒郊野岭。凭借月色照耀和异于寻常的眼力,少年正在翻看一本兵书。

这是一处潦草打扫过的战场遗址。早年青杏国朝廷在这办了场水陆法会,户部拨下来的银子,层层克扣,八万两纹银,最后真正用在这边的,恐怕还不到八千两。

天不管地不管,朝廷想管管不了,修士管过还吃个大亏。故而淫祠神祇,山精水怪,凶鬼恶煞,阴灵邪祟,纷纷聚集在这方圆千里之地。好像天曹郡张氏曾经秘密派一拨张氏子弟,结果铩羽而归,折损颇多,使得这一处地界,聚拢了更多闻讯赶来的穷凶极恶之辈。

这个脚踩一双草鞋的背剑少年,走到一处孤零零的高山山脚处,便合上那本书,收入袖中,沿着一条羊肠小道,开始独自登山。

历来登顶天地宽,人间春色从容看。只是这处山巅所见,四周天地间都是瘴气缥缈的阴恻恻景象。

极尽目力,远处荒原,白雾茫茫,依稀可见一高一低两座山峰,若依偎状。山中有两粒萤火,多半是山中府邸,灯火通明。去往两座山头的大地之上,还有一条缓缓移动的红色丝线,约莫是有一支队伍在赶路,浩浩荡荡,点燃了火把,高悬大红灯笼。

等背剑少年走入山顶一处平坦大石岗后,已经有旅人早早在此歇脚,他们架起火堆,一口大锅内,沸水噗噗作响,翻滚着牲畜的各类下水。

一个背对着少年的干瘦身影,正蹲在地上,手拿一只勺子,尝了尝汤水滋味,摇摇头,又拿起脚边的瓶瓶罐罐,往里边倒去。还有个肩挑油纸伞的女子,面朝崖外,不见容貌。距离少年最近的,是个脸色惨白的年轻男子,像个弱不禁风的病秧子,将那货郎担放在一旁,箱子里堆满了各种衣饰的纸人和纸质元宝、银锭。他们对于少年的到来,都浑然不觉,也没有打招呼的意思。

没过多久,四个脚夫挑着个简陋轿子,轻声闷喊着号子走来,竹编轿子上边坐着个身披鹤氅的中年文士。落轿后,四名精壮挑夫便杵在原地,双目无神。那个文士腰系一条青玉材质的蹀躞,上面悬挂着各色官印、兵符,琳琅满目。

鹤氅文士瞥见那个清秀少年，竟是一张陌生面孔，便小有意外，犹豫了一下，沙哑开口道："这位小兄弟，是艺高人胆大，不惧瘴气，还是运道不好，误入此地，又或者是与我们是同道中人，奔着合欢山那桩艳福来的？"

不承想那少年是个脾气极差的主儿，闻言只说了一个字："滚。"

文士吃瘪，洒脱一笑："现在的少年郎，一个个的，本事不大脾气不小。"

货郎笑出声，不知是危言耸听，还是别有用意："如果不是天曹郡张氏子弟的话，那你是年纪轻轻就想不开了，敢这么跟我们白府主说话，是想着早死早投胎吗？"

鹤氅文士赶紧摆手："小兄弟莫怕，别听这个病秧子乱说，鬼话连篇，信不得，谁信谁死。"

少年从袖中摸出一枚铜钱，眯起眼，举起那枚铜钱，透过孔洞望向鹤氅文士，竟是一副枯骨，再稍稍转移铜钱，观察起那个货郎，倒是个阳间人。

货郎有点幸灾乐祸，哈哈笑道："白府主，露馅了吧，没想到这位小哥还有此等傍身手艺吧？"

鹤氅文士笑道："出门在外，跋山涉水，谁还没点三脚猫功夫？否则活不长久。"好言难劝找死鬼，这个暂时不知身份根脚的少年，要是觉得那个货郎才是好人，就去死好了。

货郎笑道："少年郎，既然有此手段，就不看看这口锅内所煮食材是何物，还有那位撑伞的姑娘，长得到底好不好看？"

背对众人的女子拧转伞柄，油纸伞轻轻旋转起来。

背剑少年说道："他们对我都无杀意，看什么看？挑衅吗？"

货郎咦了一声："不承想还是个懂点江湖规矩的，如此说来，肯定不是天曹郡张氏子弟了，他们可都是些眼高于顶的仙裔。"

鹤氅文士点点头："吓了我一跳，差点以为是张家子弟，或是金阙派的谱牒仙师，吃饱了撑着要来这边替天行道。"

那个等着一锅下水煮烂的男人低声笑道："怕什么，天曹张氏不是才在这边碰了一鼻子灰？嘿，断肠人忆断肠人。"

鹤氅文士叹气道："为了逼退天曹张氏，合欢山那边也是元气大伤，我有一个在山神府内当差的朋友，说没就没了。"

那少年问道："合欢山那边，有什么艳福？"

鹤氅文士哈哈笑道："好小子，原来是同道中人，一听这个就来劲了。"

少年脸色阴沉："说话小心点，不然狗吃王八。"

鹤氅文士显然没有听懂这半句歇后语。

那个走南闯北的货郎忍不住笑道："狗吃王八，找不到头。"

鹤氅文士犹豫了一下,还是忍住没有出手,搓手笑道:"大人有大量,本府主宰相肚里能撑船,不跟你一个莽撞少年置气。"

少年不知是个不谙世故的愣头青,还是真有依仗的高人,反正说话是真不中听:"就凭你,小爷一脚就把你裤裆里的卵蛋都给踢爆,哦,你就是个骷髅架子,没卵的。"

蹲在锅边的汉子直接伸手从油锅里捞起一串肠子,抬头放入嘴中,转头,满嘴油渍,朝那鹤氅文士扯了扯嘴角,含糊不清道:"白府主,搁我忍不了,非要跟这个外来户过过招,手底下见真章。若真是天曹张氏或是金阙派来这边打探消息的奸细,回头白府主只需将尸体丢给合欢山,也是大功一桩,可不就是一份聘礼吗?"

那撑伞女子转过身,竟是无头者。少年微微皱眉,拱手道:"姑娘,对不住,无心之语。"

无头女子抬起手,捂嘴娇笑状,轻晃肩膀,约莫是示意无妨。

那男子大口嚼着肚肠,问道:"少年郎,姓甚名谁。"

"行不更名坐不改姓,叫陈仁。"

"少侠这名字取得是不是有点,嗯?"杀身成仁。

"我觉得很好。"

"既然不是谱牒修士,来这种鸟不拉屎的地方做什么?"

"游山玩水。"

男子一愣。

货郎坐在那条扁担上边,双臂抱胸:"既然是山泽野修,想要在这边找个靠山落脚?"

鹤氅文士微笑道:"不是剑修却背剑,难道是个武把式?"

少年盯着这个白府主:"府主?哪个弹丸小国的淫祠小庙,竟敢自行开府,不怕遭雷劈吗?呵,小腚儿非要拉粗屎,小心屁眼开花以后放个屁都是一裤裆。"

不光是那个鹤氅文士,就连其余几个,都给这少年的言语整蒙了。行走江湖,这样不太好吧?

货郎以心声言语道:"各位都悠着点,我前不久听到一个小道消息,天曹张氏出了个女子剑仙,隐藏极深,前些年才崭露头角。她还有一个贴身扈从,资质惊人,具体道龄不知,反正瞧着年少,也是位中五境修为的剑仙了。上次张氏子弟在这边吃了大苦头,不出意外,他们再来这边,要么是跟青杏国国师的金阙派联手,要么就是那两个剑仙联袂而至了。眼前这个说话跟吃了爆竹似的背剑少年,可别是那个张氏扈从才好。"

世间修道之人,就没几个不怕剑修的。尤其是山泽野修和鬼怪之属,只要碰到剑修,别管对方境界高低,就算他们倒了大霉了,只要对方不痛下杀手,都是能逃就逃,能躲就躲。

鹤氅文士埋怨道:"石壶,你不早说!"

货郎笑道:"白茅你也没有早问啊。"

鹤氅文士问道:"石壶,你消息灵通,我此次登山,就是想问你一句,听说合欢山那边山神嫁女的嫁妆之一是部兵书,消息确凿无误吗?"

货郎伸出手:"老规矩。"

鹤氅文士从袖中摸出两颗雪花钱,抛给货郎。货郎将那雪花钱径直丢入嘴中,当场大口咀嚼起来,几缕雪白灵气从嘴角流散,被他伸手全部笼住,重新拍入嘴中,似乎还有些许残余,货郎仰头刺溜一口,悉数吸入口中,脸上布满陶醉神色,原本好似病秧子的汉子,脸庞便以肉眼可见的速度红润起来。

白茅沉声道:"吃饱喝足,现在可以说了吧?"

石壶以心声笑道:"可以确定是真有这么一部兵书,只是品秩高低,就难说了,有猜是件法宝的。白茅,你说你一具冢中枯骨,生前也不是带兵打仗的武将,就是个守土失职被上司斩首示众的可怜虫,小小知县而已,要这部兵书有何用? 擦屁股吗?"

白茅拢了拢鹤氅,冷声道:"这就别管了,鸟有鸟道,蛇有蛇路,你我无冤无仇,只管各走各的。"

石壶点头道:"各走各路,有机会就合作一把。"

山顶一阵大风吹过,少年袖子猎猎作响,所背长剑剑柄微微摇晃起来,发出细微声响。少年连忙挪步侧过身,迎风而立。

撑伞女子抬臂做扶额状:你说你一个才四境的纯粹武夫,来这山顶做什么? 来就来了,看完风景,走就是了。这帮疑神疑鬼的货色,忙着参加合欢山的喜宴,误以为你是个硬茬,多半不会出手阻拦你下山。何况白茅方才故意开口挑衅,再假装对你忌惮,不愿出手,其实就是替你挡灾了。

依旧不知道轻重利害的背剑少年,还在那边自顾自说道:"那天曹郡张氏子弟,还有金阙派仙师,术法都很了不起? 怎么个高法? 你们谁领教过? 说来听听。"

约莫是送出去两颗雪花钱的缘故,白府主心情不太好,嗤笑道:"两家宗房和嫡系,都是些高不可攀的天上人物,你一个假冒剑修的蹩脚货色,少在这边丢人现眼,赶紧滚蛋,走慢了,本府主就将你炼为挑夫……"白茅同时以心声说道:"陈仁,你速速离开此地。"

见那少年满脸狐疑神色,鹤氅文士立即以心声急急说道:"少年,这个货郎与那架锅的汉子,是一伙的,锅内所煮下水,你真以为是牲畜的脏腑? 赶紧走! 你这蠢货,真以为在这无法无天的鬼蜮地界,人便比鬼好吗? 那两颗雪花钱……罢了,你逃不掉了,下辈子再还我吧。他们只要联手,我注定斗不过,没道理为你这种傻子搭上一条命。"

那货郎站起身:"陈仁,虽说今夜之前,咱俩素未谋面,不过我作为江湖前辈,可就要与你说句掏心窝子的话了。"

鹤氅文士叹了口气,犹豫再三,还是没打算出手。这可是那石壶的口头禅,他说掏心窝子,就真会掏心窝子。

背剑少年干脆伸手绕后,将那用桃胶粘在剑鞘内的剑柄给扳下来,放入袖中,微笑道:"你叫石斛?注意点,别自寻死路,我可是会仙家剑术的!"如此一来,少年便背着一把空空的剑鞘。

那无头女鬼幽幽叹息,死到临头还要如此大言不惭,那就不救这少年了。看少年那种不见棺材不掉泪的行事风格,在这鬼吃人、人也吃鬼的地界能活多久?只是她难免心生疑惑,就这么个愣头青,怎么一路走到这处腹地的?

不知为何,那货郎脸色剧变,正要说话,山外异象横生,宝光熠熠,几道流彩一下子撕裂沉沉夜幕,格外扎眼。

一对少男少女转瞬之间就从十数里外来到山顶,一双璧人,前者背剑,手持马鞭,骑一匹雪白骏马,后者乘鸾。好个宝剑珠袍美少年,追风一抹紫鸾鞭。他们身后还跟着一个魁梧壮汉,上身裸露,遍体鲜红色文身。凌空蹈虚,风驰电掣,跟着前边两人。

三人飘然落地,白马与青鸾都各自化作一张符箓,被少男和少女拈在指尖,再放入怀中。光凭这一手"家当",就让鹤氅文士羡慕不已,眼馋垂涎之余,他没有忘记身形倒掠,尽量远离这几个练气士。

少女眼神凌厉,道:"怎么说?"

那壮汉看了眼鹤氅文士:"有业无孽之鬼,死后执念深重,立起淫祠,却无法成为一地英灵。"视线转移向那个背剑少年:"活人,好像是个武夫。"再看那撑伞女子:"无头鬼,秋分日,正午时,死在一个阳气鼎盛的刽子手手中。"最后望向那口油锅和汉子:"练气士,好食人肉,作恶多端,比那山野作祟的伥鬼还不如。"

少男冷笑道:"那就斩了。"

剑光一闪,便是一颗人头滚落,刚好坠入那口油锅当中,一颗脑袋在沸水中扑腾腾起伏。少女满脸厌恶神色,袖中瞬间绽放出一道璀璨金光,将那口油锅连同头颅一并打碎。伴随着一阵铃声,金光一旋,返回少女袖中,在空中带起一条经久不散的金色丝线。

壮汉再望向那病秧子货郎:"狼狈为奸,一路货色,还是个炼成人形的妖族。"

少女神采奕奕,问道:"可是蛮荒余孽?"

壮汉摇头说道:"本土妖族。"

少女有些惋惜神色,这就没有战功可换了。

少男微笑道:"再斩。"

货郎一脚挑起货担,砸向那少男,再朝崖外纵身一跃,仍是被一道画弧剑光戳中后背心,剑光再起,又割掉头颅。壮汉蒲扇一般大小的巴掌挥出,便将那只货郎担打成齑粉。

少男嗤笑一声:"雕虫小技,也想瞒天过海。"

少女摘下腰间一串金色铃铛,轻轻一晃,崖外一缕黑烟砰地散开,化作数百张白纸,少年双指并拢,轻轻一划,飞剑如获敕令,雪白剑光在崖外纵横交错,将那些白纸搅了个粉碎,壮汉再张开嘴一吸,便将那散乱的妖族精血凝为一粒珠子,连同妖丹一并吞入腹中。

一时间山顶唯有风声。

撑伞女鬼已站起身,犹豫了一下,她还是选择站在背剑少年身边。

鹤氅文士咽了口唾沫,既然对方没有赶人下山,那他就打算开口求饶了。这个丫头片子,明摆着是一位来自金阙仙府的嫡传仙师,故而才有资格拥有一个"朱兵"神将扈从。至于那少年,分明是一位剑仙!这还是白府主这辈子第二次见到剑仙。

还是那个不知天高地厚的背剑少年,率先开口打破寂静。他双手负后,望向那个瞧着像是同龄人的少年,点点头,脸上流露出几分前辈看晚辈的赞赏神色,沉声道:"不承想还能在这种鬼地方,遇到一个同道中人。"

站在最后边的鹤氅文士,都被这个叫陈仁的少年给整蒙了,你小子真是要脸不要命啊,有本事说大话的时候手别抖啊。所幸那少男根本没搭理这个脑子有坑的。

少女轻声问道:"张姐姐何时赶来?是与我们在合欢山那边碰头吗?凭我们几个,能不能一路从山脚杀到那两处山中府邸?"

少男皱眉道:"我家主人未必会来,所以这场外出历练,必须生死自负。"

少女脸色看似失落,实则心中窃喜。

一座高山内外,黑云连鸟道,青壁带猿声。

撑伞女鬼"看着"那对身份高高在天的少男少女,世间喜欢好像都一般,低低在地——她喜欢他,他喜欢她,就是不知道那个她又会喜欢哪个他。

鹤氅文士叫苦不迭,一波未平一波又起——山巅才来了三条惹不起的过江龙,怎么连合欢山的地头蛇都赶来了?难不成这就要狭路相逢,来上一场厮杀?

那背剑少年还在说些臭不要脸的言语:"白府主,只管放一百个心,有我在,天塌不下来。"

鹤氅文士苦笑道:"那我谢谢你啊。"

背剑少年点头道:"我与姓白的,历来投缘。既然是自家兄弟,无须客气。"

一个身穿黑色官袍的山神,虽是灵祠淫祀之属,却声势煊赫排场很大,坐着一顶由鬼吏肩扛的八抬大轿。赶路期间,他用一支碧玉灵芝轻轻挑开帘子,目睹了这边的剑光闪烁。慢慢放下帘子,这尊山神老爷脸色阴晴不定,如山君府情报显示,此子确是一个中五境剑修,天曹郡张氏,真心捡着宝了。

一旁还有个头戴幂篱的女子,身姿曼妙,绯衣骑乘桃花马。一人一骑,与那顶黑金轿子并驾齐驱。只是不同于先前少男少女的符箓坐骑,这匹能够腾云驾雾的桃花马,是一匹货真价实的神异灵驹。

他们身后还有一拨身高两丈的力士扈从,或遍身挂满活物蛇虺,或以一串白骨骷髅绕颈,它们看着非阳间人物,非善类,个个眉粗发如锥,诡异得令人汗毛直竖。

山神轻声提醒道:"四小姐,等会儿到了泼墨峰那边,可别一言不合就跟他们打起来啊,教下官为难。不小心误了府君的大事,下官是百死莫赎。"

女子神采奕奕道:"一位资质好到没边的少年剑仙唉,岂敢招惹?李员外且放心,到了那边,我保证不说话。"

被揭了老底的山神老爷,脸色阴沉如水,嘴上却是笑呵呵,抱拳摇晃几下:"那下官就先行谢过四小姐了。"

这支队伍,在崖外数十丈外停步,霎时间黑云滚滚,如地衣在天,轿马鬼吏皆立其上,与那泼墨峰遥遥对峙。

女子透过幂篱薄纱,盯着那个相貌英俊的张氏子弟,等她近距离瞧见这位少年剑仙,便越发挪不开眼睛了。若是她能娶了这个少年郎,便能将大姐、三姐都比下去了吧?大姐不用说了,本就是下嫁,委屈了她。三姐可真算是一桩好姻缘,即将与那绛山国一个巨湖水君的嫡子定亲,说是招亲嫁女,其实早就内定了这么一个乘龙快婿。只不过父亲最喜欢热闹,而且合欢山如今财库缺钱,上次被天曹郡张氏打闹一场,伤亡惨重,兵饷都快发不出了,近期合欢山又忙着打造一座护山大阵,花钱如流水,缺钱,实在是太缺钱了,所以就想着通过招亲一事收些彩礼、贺礼找补找补。据说这还是父亲前不久从某份山水邸报上得到的灵感,娘亲又是一个极痴迷那类才子佳人市井艳本小说的,什么抛绣球、猜灯谜,花前月下卿卿我我……都是她的心头好。

轿子晃了晃,身材臃肿的山神老爷伸手掀起轿帘,低头弯腰走出,嗓音嘹亮,他没有废话,先说正事:"下官李梃,忝为合欢山下祠山神,兼领合欢山诸部三千兵马的观军容使,要为两位府君大人给诸位捎几句话。"山神咳嗽几声,润了润嗓子,稍稍侧过身,高高抱拳,换了一种威严语气和浑厚嗓音:"天曹郡剑修张雨脚,金阙派垂青峰金缕,来者是客,随便游历,便是去小镇晃荡都无碍。只是你们两个记得止步于山脚,不得登山,否则就视为与合欢两府的挑衅,到时候本府君可就不念与程虔在阳世的那点旧谊了,胆敢登山过界半步,杀无赦,斩立决!"

张雨脚扯了扯嘴角,毫不掩饰自己脸上的讥讽神色。一口一个本府君,好大的官威,真当自己是这处腌臜之地的土皇帝了?怎么不干脆自称寡人,以"钦此"二字结尾?

貌若地方豪绅的山神宣读完这道"圣旨",立即重新换上一副脸孔,略带几分谄媚,拱手笑道:"府君法旨,不得违抗,还望张剑仙、金姑娘放在心上才好。"

不提张雨脚,只说那个细皮嫩肉的小姑娘,年纪不大,在金阙派的辈分却高得吓人,只因为这个小娘皮的师尊,便是那个连自家两位府君都要忌惮几分的程度。程虔贵为青杏国的护国真人,是一位久负盛名的陆地神仙,精通水火雷三法,将一枚开山祖师得自古仙遗物的青精神符炼成了一枚鎏金火铃,驱邪却魔,易如反掌,麾下数百朱兵,皆是半人半灵真的高手……修道五百载,仙迹颇多,山上的朋友多,仇家更多,总之就是点子很硬。

李桢以心声笑道:"金姑娘,游历过后,返回仙府,替下官与你师尊问个好。"

少女笑着点头:"一定替李军容带到。"少女虽然是第一次出门历练,可这点粗浅的人情世故,还是懂的。

听闻那小姑娘以"军容"称呼,李桢顿时眉开眼笑,觉得这金阙派女修越发顺眼。话已带到,李桢本已准备打道回府,只是自家小姐直愣愣盯着那个张雨脚,李桢心中颇为无奈,天曹郡张氏出身的少年剑修,合欢山势力再大,也不是你可以随便掳回山中当压寨夫君的,再说了,侥天之幸,被你抢了张雨脚回山,府上那几个面首怎么处置?

李桢只得帮忙介绍道:"这位是咱们合欢山的四小姐,两位府君大人最是喜爱,摘星星摘月亮都是愿意的。"

如今合欢山那边,长女已经嫁人,次子喜好远游,而这次对外招亲的,是合欢山的三姑娘。

合欢山的赵、虞两位府君,属于半路鸳鸯,在那之前,各有山上道侣和子嗣道种,故而真正能够称得上双方皆是亲生的,还真就只有眼前这个头戴幂篱的绯衣女子了,否则合欢山也不可能将那匹桃花马赠给她当坐骑。换成那种出不了一个中五境练气士的偏远小国,桃花马早已炼形成功,轻轻松松占山为王。

所幸这个绯衣女子没有纠缠张雨脚,她只是直了直纤细腰肢,斜瞥一眼他身边的少女,嗤笑出声,然后她伸出两根青葱玉指,掀起幂篱一角,有意无意挺起胸膛,笑道:"张公子,妾身闺名小眉,有缘再会。"

张雨脚置若罔闻。一骑一轿,带着大队扈从渐渐远离泼墨峰。

金缕嫣然笑问道:"雨脚,我们接下来怎么说?"

张雨脚说道:"那就先去山脚小镇看看,是否登山,到了那边看过情况再定。"

金缕点点头,看架势,只要张雨脚选择登山,她会毫不犹豫跟着他一起闯山门。

从头到尾一言不发的白府主,心中感慨万分,这些个谱牒仙师的胆识气魄,就是跟他们这些孤魂野鬼不一样,走到哪里都是天不怕地不怕的德行。就说这个垂青峰的少女,既投了个好胎,又拜了个好师父,出门历练,身边不仅有师门赐下的朱兵扈从,还与一个同门的少年剑仙结伴而行。

张雨脚望向那拨当地"土民",问道:"请教诸位,合欢山招亲嫁女,什么时候开始?具体时辰是?"

背剑少年双臂抱胸。白府主装聋作哑,生怕说错一句话,就落个被"再斩"的下场。只有那撑伞的无头女鬼,好像不是特别惧怕张雨脚,她从袖中摸出一片青翠欲滴的柳叶。随着柳叶旋转起来,女子的清脆嗓音响起:"回禀剑仙,约莫还有两个半时辰。"

张雨脚点点头,与身边少女说道:"那就徒步前往合欢山。"

少女只管点头。

张雨脚望向女鬼:"姑娘若是愿意的话,可以与我们同行,前提是别怕被合欢山那边误会,事后被穿小鞋。"

她扛着油纸伞,侧身敛衽施了个万福。张雨脚和金缕带着那个金阙派独有的"朱兵"神将,下山去了。撑伞女鬼姗姗而行,与他们保持着一段不远不近的距离。

这泼墨峰之巅,只剩下背剑少年跟白府主大眼瞪小眼。

"白府主还不动身赶路?"

"不着急,距离招亲典礼还有两个半时辰,你呢,留在这边作甚?"

"继续赏月。"

两两无言,就这么长久沉默,最后还是白茅率先开口说道:"那货郎和吃肚肠的,他们都是穷鬼,一个杀人越货的山泽野修,一个刚刚炼形成功的精怪,稍微有点家底,就像先前我丢过去的雪花钱,能吃的马上吃了,全部用来提升修为和增补灵气,只求个立竿见影。身外物,积攒多了,反而是祸事,没个山头,没个靠山,很容易招来杀身之祸,为他人作嫁衣裳,那就不值当了。先前那位少年剑仙一斩再斩的,都给打没了,只说那货郎的妖丹都被金阙派那尊朱兵吃掉了,半点渣滓不剩,那口油锅本是一件颇为邪祟古怪的值钱灵器,可惜也连同那根货担被打碎了,就只剩下地上那些纸钱……"

少年说道:"废什么话,见者有份,五五分账。"

白府主心中大定:"陈老弟真是痛快人,一言为定!"只是他很快就狐疑起来,这少年答应得如此痛快,该不会是个深藏不露的山泽野修吧?是个熟稔黑吃黑的阴狠主儿?

白茅与那背剑少年拉开距离,笑问道:"少侠如此年轻,就有武道四境的实力了,出身应当非富即贵,否则如何能够有此不俗的武学成就?想来是位外出游历的豪阀子弟了?少侠身边就没有几个护卫扈从?"

练气士还有野修散仙,而纯粹武夫里边的武学大宗师,几乎个个有来历,有明确的师承,这是山上的共识。

尤其是那场让半洲陆沉的大战落幕后,宝瓶洲南边,几乎所有吃尽苦头的豪阀世族，越发铆足劲培养家族刺客和死士，大肆搜寻、拣选那些根骨好的孩子，从年幼起就让担任家族供奉的武学宗师传授拳法，不惜本钱，一日三餐皆吃药膳，每天泡药罐子，打熬筋骨，不惜走那寅吃卯粮的路数，也要使其快速提升境界，只求他们在二三十岁就能够独当一面。看这少年，若非那种故意施展障眼法假装成纯粹武夫的练气士，那么多半就是这种情况了。

"少什么侠？才下山历练没几天，尚未做成几件英雄好汉事迹。"那草鞋少年淡然道，"要么直接喊我名字，要么喊我陈公子。"

白茅心中腹诽不已：先前合欢山四小姐称呼张雨脚为张公子，你就嫉妒上了？

两人一同走往崖畔，地上落满了纸钱，以及各种折纸屋舍、车驾、美人，而那些金元宝和银锭，与一般白事铺子所售卖的不同之处，就是被那货郎用朱砂笔写有国号年份。

跟那练气士拣选某些铜钱作为"法宝"的路数不同。挑铜钱，必须找那些国力鼎盛、寓意美好的王朝年号，据说如此才会阳气重，一颗铜钱经手之人越多，沾染阳气自然就越多。反观这些纸钱的底款，往往是国力衰弱到了极点的年号，故而多是亡国之君在位时所铸，阴气便重。多是货郎从坟头捡来的"挂纸"，或是有人在坟头烧纸钱时，货郎便用上某种障眼法，纸钱看似烧完，实则却被货郎给半路劫道了。

姓陈的背剑少年，跟腰悬官印、兵符的白府主，各捡各的，井水不犯河水。白茅故意挑选了那些精巧的车马阁楼、丫鬟婢女，约莫百来颗雪花钱总是有的。

见那背剑少年蹲在地上，从袖中掏出火折子，竟然将那一大堆刚刚得手的纸钱全部烧了，白府主一头雾水，忍不住问道："小兄弟，这是作甚？"

这些纸钱，碰到识货的市井有钱人家，可是能卖不少真金白银的，折算起来，怎么也能卖出几十颗雪花钱。

少年说道："老话说财如流水流水财，都是过手即得又无的东西。只说这些纸钱，本来就是烧给死人的，当年就已经缺斤短两，如今烧掉，下边就等于多出一笔本该属于他们的钱财。"

白府主怔怔无言，沉默许久才蹦出一句："你倒是心善。"

少年纠正道："我这叫艺高人胆大，不怕走夜路，这点横财算什么？毛毛雨。"他站起身，问道："一起下山？"

白茅点点头，总觉得这个不知道从哪个旮旯里蹦出的愣头青，傻归傻，运道是真不错，这都能逃过一劫。

少年突然说道："我好像还欠你两颗雪花钱。"

白茅抖了抖袖子，笑道："都算在这里边了。"

少年瞥了眼白府主的那条蹀躞，说了句："生前只当过芝麻官，没当过大官吧？"

白茅笑容苦涩，倒是没反驳什么。他们一起走向那轿椅，还有四个始终杵在原地的挑夫。

少年笑呵呵道："都说货比货得扔,人比人得死,以前没觉得如何,今儿算是明白这些老话的精妙了。看看天曹郡的张剑仙,再看看那位山神老爷的八抬大轿,最后瞧瞧你,我都要替你觉得心酸,人家出门都是腰缠万贯,镶金戴玉的,白老哥你倒好,腰有十文必振衣作响,还府主呢,你咋个不把府门设在合欢山的山脚当山门?"

白茅尴尬一笑,伸手掐诀,念念有词,将那轿椅和挑夫都变成几张折纸,再伸手一抓,白纸飘入袖中。这套出门行头,还是早年与那货郎花钱买来的,花了白府主好几颗雪花钱。

这无知莽撞少年,说话是难听了点,人倒是好人。只是白府主越想越气,话不是一般难听啊,好像总能戳中心窝子。他到底从哪儿来的,大家族除了传授武学,也教这种嘴上功夫?

少年问道："前边那个瞧着就是知书达理、大家闺秀、好看女子的撑伞姑娘,白府主知道她是什么来路吗?"

白茅看了眼前边的油纸伞和绣花鞋:你小子哪只眼睛瞧出一个无头女鬼"好看"的? 你小子莫非是只对女子如此积口德? 白府主暂时还不清楚,先前背剑少年那份烧纸钱的阴德,其实都记在了他白茅头上。

白茅犹豫片刻,拣选一些不犯忌讳的说法:"只知道她姓柳,当然跟青杏国柳氏皇室没半颗铜钱的关系。都说她是给读书人殉情而死,被刽子手斩首示众,生前就不入族谱了,死后自然更不被收入祖坟,也是个可怜人。"

"那个四小姐屁股底下的那匹马,是真马?"

"千真万确,这类山中精怪既然能够御风,修为境界之高,可想而知了,说不定就是一头早就炼形、已经得道的大妖,不得是个洞府境? 也就合欢山赵、虞两尊府君的千金小姐,能够将它当作坐骑了。大小姐、二公子,还有今夜出嫁的三姑娘,好像都无此待遇。"白茅想起先前的险境,问道,"你就这么穷,连把铁剑都买不起? 就只能捣鼓个剑柄装模作样,到底是怎么想的?"

"有钱没钱,关你屁事。"

"随便劈砍一棵桃树,打造一把桃木剑都不会吗?"

"你江湖经验浅,我这叫示敌以弱。"

半晌无言的白茅朝最前边三个身影抬了抬下巴:"说真的,你小子也算福大命大了,这都能碰上他们,要是再晚来一时半刻,后果不堪设想。货郎与那个喜欢吃人肚肠的,可都不是什么善茬,境界不低,凶名在外。"

"不还是被一个毛都没长齐的少年给随手宰掉了。"

白茅气笑道:"剑仙,那位来自天曹郡的张家公子,是一位被誉为剑仙的修道天才,仙材中的天才！你小子知道什么叫剑仙吗？天下练气士只分两种，剑修与剑修之外的练气士！"

草鞋少年淡然道："我也是剑修，会不知道这个？你傻吗？"

白茅差点没被气得七窍生烟。

少年双臂抱胸，问道："既然天曹郡张氏这么牛，为何不干脆荡平那座合欢山，还天地一个朗朗乾坤，也是一桩莫大功德。"

白茅嗤笑道："你既然江湖经验丰富，还会问这种白痴问题？"

少年说道："不耻下问。"

白茅揉了揉眉心，犹豫要不要撇下这个小王八蛋，跟那姓柳的撑伞女鬼一起走。少年从袖中摸出一只油纸包，打开之后，是香气弥漫的酱肉，不是老字号铺子没这手艺。他摊开手掌，递给身边的白府主。

"好意心领了。"白茅笑了笑，伸手推回去，"只是人鬼殊途，暂时吃不了这个。"

等到跻身了洞府境，成为中五境的一方鬼王，想必就可以恢复口舌之欲。

走在山路最前边的张雨脚和金缕，对于最后边草鞋少年和那头鬼物的对话，其实清晰可闻。金缕有一张师尊赐下的玄妙符箓，祭出之后，极为隐蔽，能够让她听清楚方圆一里之内的细微声响。

张雨脚以心声说道："这个不知来历的少年，是个武夫，或三境或四境，就他的年龄来说，相当不俗了。而且他其实还是一个半吊子的阵师，会几手无须动用灵气的奇门布阵之法。先前在泼墨峰山顶那边，你可能没有注意到，地上有几截枯枝，方位极有讲究，你单独对上他，要是不留神，一旦被他偷偷占了先手，让他近身出拳，你可能会吃大亏。"

金缕震惊道："这家伙会不会是那种驻颜有术的世外高人？"

张雨脚摇摇头："肯定不是。他体内无丝毫灵气流转，是一位纯粹武夫无疑了。看架势和谈吐，多半与我是差不多的出身。"都是被大家族相中，栽培。

金缕笑道："他怎么能跟你比？"

张雨脚脸色淡然道："只是说出身类似，又没说后天际遇和境界修为。"

金缕突然气愤道："这合欢山，真是贼胆包天，横行无忌，真以为没有人可以收拾他们吗？等着，迟早有一天，会被师尊带兵剿灭殆尽！"

张雨脚一笑置之。这些出身太好的谱牒修士，好像总是这般天真幼稚。合欢山这些年能够在此屹立不倒，底蕴深厚，除了那些故意展露在表面的战力之外，犹有一些见不得光的撒手锏，以及在周边青杏国等四个国家中盘根交错的人情关系，所以他们上次能够轻松挡下天曹郡张氏将近三十位练气士的攻伐，甚至张氏连合欢山的山脚小镇都没走到，就已经元气大伤。六百里山水路程，两场袭杀，一场光明正大的对阵厮杀，张氏可谓折损严重,所幸除了两名修士战死,其余都是受伤。灵器损耗极多,尤其是十数名修士的攻伐、防御本命物都不同程度破损,光是战后修缮、炼物的补偿,张氏事后召开家族祠堂议事,粗略算了一笔账,足足七十二颗谷雨钱!事实证明,天曹郡张氏还是太小觑原本以为只是一群乌合之众和散兵游勇的合欢山了。要知道在这拨参与围剿合欢山的练气士当中,光是中五境练气士就有六名,其中还有两位前辈是家族极其倚重的供奉和客卿,皆是金丹境地仙,一位还是成名已久的符箓真人,有那撒豆成兵的神通,与合欢山的三场交手当中,老神仙用掉了将近三百张不同品秩的符箓。亏得天曹郡张氏有一位金身境武夫坐镇战场,否则想要捞个勉强能算全身而退的结果都难。方才那个李梃,绰号李员外,生前是个富甲一方的豪绅巨贾,死后不知怎么就成了合欢山两座淫祠之一的山神。既然是淫祠神灵,自然就没有山水官场的谱牒品秩可言了。若是在大渎以北,李梃这种不入流的山神,哪敢如此占山立祠,找死吗?大骊朝廷曾经立碑于一洲群山之巅,岂是闹着玩的?

当年一洲版图之上,多少藩属小国的淫祠被大骊朝廷禁绝?可不是几十几百,而是破千。问题是大渎以南,如今都不归大骊朝廷了,各路山精水怪,魑魅魍魉就一股脑儿冒出来,它们绕开南边云霄王朝那种国力雄厚的地界,拣选那些练气士和仙府寥寥的小国。尤其是当年祠庙、金身都被大骊铁骑捣毁的那些淫祠神灵纷纷现世,各找门路,走通关系,在各国州郡建祠庙、重塑神像,与当地官府各取所需,前者赚取人间香火,缝补金身,后者从前者手中捞取真金白银。

张雨脚因为出身天曹郡张氏,所以要比金缕知道更多见不得光的内幕,比如投靠合欢山的鬼物、精怪,通过两座山君府的秘密运作和牵线搭桥,一个个成为数国地方上的淫祠神灵,只要给的神仙钱足够多,获得某国朝廷的封正都可以。当然,山水谱牒的品秩会很低,只在本国山水官场副册之上,而且肯定不在书院录档。比如那个身为鬼物的白府主,估计就是想要借助参加婚宴的机会,给一笔钱,抱上合欢山的大腿,好转任一县城隍爷之类的。

眼前那座合欢山,曾被那位洪老先生,私底下讥笑一句:"真是数国山上之吏礼两部衙门了。"

程虔作为青杏国的国师,上次为何不与关系极好的天曹郡张氏同行?可还是因为那三方印玺的缘故,青杏国皇帝有把柄落在合欢山手中。

金缕想起一事,好奇问道:"雨脚,先前你说那个云霄王朝想要砸掉国境内六块石碑,后来就没有下文了,是为什么啊?不是都说那个崔瀺已经死了吗?大骊宋氏又按照约定退回了大渎以北,于情于理,大骊王朝如今都管不着南边各国内政了啊,留着那几块山顶石碑不是看着碍心烦吗?当地朝廷和山上仙师,肯定都不愿意继续留着石碑啊,云霄王朝是担心大骊宋氏问罪?但是如今文庙规矩重,大骊铁骑再厉害,总不能再来一次挥师南下吧？"

　　她自幼就在山中修行，一来年纪小，二来金阙派门规严，不许下五境的嫡传弟子知晓太多山外红尘事。所以她对那场蛮荒妖族一路打到大渎和大骊陪都的惨烈战事，都只是耳闻。上次跟随几位师兄师姐一起出门历练，才道听途说了些许事迹。她这次私自偷溜出京城，与张雨脚同行，她通过与这位少年剑仙的对话，见识了不少真正的山上事，山巅事，甚至天上事，但是由于中土文庙曾经禁绝邸报多年，她听说的也只是些零碎消息，而且她在未经师尊允许的情况下，也不敢在仙家渡口、客栈私自购买山水邸报。

　　按照张雨脚的说法，连同云霄王朝在内，前些年南边诸国蠢蠢欲动，都有想要捣毁石碑的迹象，只是很快就消停了，雷声大雨点小，莫名其妙就没了下文。

　　张雨脚露出一抹恍惚神色，深呼吸一口气，说道："据说是因为崔瀺的一个师弟，此人是个剑修，前段时间活着重返浩然天下了。"直呼大骊国师崔瀺的名讳，在山上，尤其是比较年轻的修士当中，其实不是一种不敬，反而是一种比较古怪的礼敬。

　　金缕疑惑道："崔瀺不是早就叛出文圣一脉了吗？他还有师弟？"

　　张雨脚笑道："谁说没有呢？"

　　金缕越发奇怪："再说了，一位剑修而已，就能震慑半洲？莫非是风雪庙魏晋那样的大剑仙？"

　　张雨脚沉默片刻："论境界，论功绩，我给此人提鞋都不配。"

　　金缕目瞪口呆。

　　张雨脚微笑道："当然，即便有幸与此人见面，我也不会给他提鞋。"

　　金缕想要询问更多关于此人的消息，但是张雨脚显然不愿多说，便不了了之。

　　走出泼墨峰山脚，张雨脚说道："可以确定了，那个背剑少年，不是三境，而是四境武夫。"

　　金缕咋舌道："年轻有为，能算个武学天才了！"

　　难怪敢单枪匹马行走在合欢山地界，一个不到二十岁的炼气境武夫，很稀罕了，若是熬到甲子岁数，能够跻身六境，在一国之内的江湖上足可呼风唤雨，成为帝王将相的座上宾。纯粹武夫，可不是修道资质好就境界势如破竹的练气士，最讲究稳扎稳打的武道攀登。金阙派就有一位师尊都很敬重的宗师供奉，金身境，好像二十岁也才四境瓶颈？

　　最后边，白府主正在为少年说些小道消息："青杏国的柳氏皇帝，当今天子，在山上修士眼中，其实是个白板皇帝。"

　　见那少年一脸想问又碍于脸面不愿问的表情，白茅笑着解释道："所谓的白板皇帝，就是失去了最重要的那几方传国玉玺。若是改朝换代也就罢了，国祚未断而玉玺失踪，这就很麻烦；这三方据传是"流落民间"的宝玺，一金质，一青玉，一檀香木质。

在青杏国十二宝中,青玉之玺用来敕正番邦、册封外夷,柳氏算不得什么大国,本就是一直摆着吃灰尘;那方蹲龙纽檀木玉玺,倒也好说,可以用别的玉玺替代;最最麻烦的,还是那方金质的绞龙纽嗣天子宝玺,是专门用来册立太子的。如今青杏国那位即将及冠的太子殿下,既非嫡长子,朝廷又无这方玉玺,不是一般的名不正言不顺了,否则何曾听说一个储君的及冠礼,需要请人观礼?这不是笑话是什么?

"不过有消息说青杏国柳氏皇帝,起先为了这场观礼有足够分量,四处求爷爷告奶奶,大费周章,除了礼部尚书、侍郎,其余五部高官和各家勋贵,都派出去了,但凡是有点名气的山上门派,只要愿意去京城,都给钱!只是不晓得为什么,突然就没动静了,好些个端架子摆谱的仙府,不来就算,一夜之间,在外边低头哈腰、给仙师当孙子的官员,全部返回京城。只流露出一点点风声,好像柳氏皇帝已经请到了一个大人物,至于具体是怎么个大人物,天晓得,总不能是将那神诰宗或是正阳山的祖师堂成员请来了吧?我猜还是虚晃一枪,给自己一个台阶下,到最后还是天曹郡张氏家主来的几个山上朋友,至多是三五位金丹境地仙,帮忙撑场面而已。"

少年恍然点头道:"原来如此。怎的,青杏国这几方印玺,被合欢山得手了?"

"给你猜中了。"

白茅点点头,抬手晃了晃袖子:"你就不知道咱们这里,有个响当当的绰号?"

"怎么说?"

"小书简湖!"

"啥玩意儿?"

"你小子竟然连书简湖都没听说过?!"

"刚听说。"

白茅被噎得不行,只得换了一个问法:"真境宗总该知道吧?"

少年摇头。

白茅将信将疑:"那么刘老宗主和截江真君刘老神仙,总该听说过吧?"

就算没听说过上宗是那桐叶洲玉圭宗的真境宗,这两位鼎鼎大名的山泽野修,在宝瓶洲,但凡是个练气士,都该听说过一些他们的事迹。

结果那少年问了个让白茅差点抓狂的问题:"这个截江真君,都当上宗主啦?"

"你倒是还知道一宗之主不是谁都能当的?"白茅转头看着那个一手托着酱肉、细嚼慢咽的少年,气笑一句,然后耐心解释道,"他们只是都姓刘,不是一个人,刘老宗主是仙人,仙人境!我们宝瓶洲历史上第一位跻身玉璞境、仙人境的山泽野修,那可真是厉害到不能再厉害的通天人物哪。"

"至于那位截江真君,也是一位极为厉害的得道神仙。听说这位老神仙水法之高,冠绝一洲。青杏国程廷的水法,已经很厉害了吧?对上这位截江真君,呵呵,不够看,这可是程虔自己说的。而这位刘截江,如今就是真境宗的首席供奉,玉璞境,道场在那一座名为青峡岛的风水宝地,听闻早年还当过一段时日的书简湖共主。

"你以为书简湖是什么地方? 在真境宗入主之前,那才叫真正的无法无天,每天都会杀来杀去,死的都是练气士,一般的中五境神仙,出门在外都得担心会不会暴毙在外,合欢山比起书简湖,小巫见大巫了。"

说到这里,白茅扬扬自得:他娘的,自己还是前不久通过几颗雪花钱才知道原来地仙之上又有"上五境"一说。本以为所谓的陆地神仙就是练气士的修道极致了。

少年问道:"在这书简湖,除了刘宗主和截江真君,你还知道哪个老神仙?"

白茅一时语噎。确实,不是他见多识广,只是那两位书简湖老神仙名声太大,谁人不知谁人不晓? 再让他说出几个书简湖的得道高人,还真难住了。

白茅犹豫了一下:"我还真知道一位得道高人,是那五岛派的盟主,据说是一位鬼仙,姓曾,年纪轻轻,资质与福缘皆是罕见,即便在那修士扎堆的书简湖,也是数得着的天纵之才。少年时便可以同时修习数种大道正法,以后的大道成就,可想而知。"

少年笑道:"五岛派? 这名字取得真够马虎的,是在那书简湖占据了五座岛屿? 以后地盘扩张了,多出几座岛屿,咋个办?"

白茅瞪眼道:"慎言!"

那五岛派能够在那真境宗的眼皮子底下,拉起一杆旗帜来,岂是他们这些蝼蚁角色可以随便调侃的? 何况白茅对那五岛派颇为向往,毕竟是一个鬼修聚集的山头,平日里总想着自己若是在那边修行,会如何如何。只是合欢山与那书简湖,隔着重重山水,一路上山水仙府和各级城隍庙数不胜数,他一个下五境鬼物如何能够顺利走到五岛派,觐见那位曾鬼仙?

约莫是听见了五岛派的缘故,前边那撑伞女鬼故意放缓脚步,最终与他们并肩而行,她那肩膀之上再次浮现一片柳叶:"方才顺风,不小心听见两位的对话了,你们方才是在聊书简湖和那位五岛派的曾师兄吗?"

白茅哈哈笑道:"反正都是些一辈子都不沾边的天边人物,闲来无事,本官就随便跟陈老弟显摆些山水见闻。"

她犹豫了一下,问道:"白府主也想要去五岛派碰碰运气?"

背剑少年疑惑道:"也?"

她拧转油纸伞,幽幽叹息一声:"偌大一座宝瓶洲,难得有一处鬼物不用担心朝不保夕的地盘,岂能不心向往之?"

背剑少年说道:"都说树挪死人挪活,柳姑娘如果真有此意,确实可以去五岛派那边碰碰运气,总好过在这边厮混,说不定哪天就被朝廷兵马联手山上仙师给剿灭了。"

白茅咳嗽一声:"别说这种晦气话。"

她倒是毫不介意："做了鬼，还怕什么晦气。"

少年抬起手，做掐诀心算状，自顾自点头道："柳姑娘，我根据你的姓氏，算了一卦，去五岛派，大有作为！"

无头女鬼抬起手，掩嘴娇笑："陈公子，我不姓柳，姓柳与殉情一说，都是外边以讹传讹的。"

白茅忍住笑。

少年默默缩回手，继续吃酱肉，吃完最后一块，将那油纸揉成一团收入袖中，拍拍手，只当方才的那份尴尬已经随风而散了，问道："白府主，柳……姑娘，先前那种符纸坐骑，瞧着既光鲜又实用，哪里买得着？入手后，日常开销大不大？"

白茅说道："不是寻常物，金贵得很，据说这类能算私人符舟的玩意儿，稍微偏远一点的小渡口都未必有卖，即便是大的仙家渡口，还得碰运气，一有就无的好东西，有钱都未必买得着，我们这种人，看看就好。"

少年说道："我只是问那符马符鸢，骑乘千里，需要几颗神仙钱。"

白茅摇头道："这等秘事，如何知晓？"

撑伞女鬼笑道："如果不曾遇到迎面而来的大风气流，御风千里，约莫开销十颗雪花钱。"

白茅咋舌不已，这可真是花钱如流水了，如此摆阔，太不划算。白茅后知后觉，问道："你怎么不问一张符纸售价几何？"

少年冷笑道："傻子吗？老子兜里才几个钱，买得起？"

"那你还问日常开销？"

"就不兴路边捡着个符箓坐骑啊？"

白茅忍了。

那女鬼问道："陈公子，能不能问一句，你是纯粹武夫？"

背剑少年坦诚得一塌糊涂，直接点头道："实不相瞒，少年起习武练拳，因为资质尚可，又有名师指点，所以十八般武艺都精通。拳法大成之后，就有点懈怠了，所以近些年主要精力，还是放在练习上乘剑术上边，琢磨着如何自创几手高明剑招，要跟一个既是苦手又是朋友的同龄人，分出个胜负。同时兼修雷法和阵法，不过都只能说是修道小成，尚未登堂入室。我不轻易与外人抖搂这些，交浅言深是江湖大忌，何况也怕一不小心就吓着别人。只是白府主瞧着面善，柳姑娘又是个心善的，就无所谓了。"

白茅忍不住调侃道："你如今多大岁数，十四五？怎么来的'少年习武'，'年少习武'是不是更好些？"至于什么雷法、阵法，白府主问都不想问，已习惯了，这个姓陈的草鞋少年，喜欢张口就来。

那女鬼也是一笑而过，再不说话了。

她只是心中疑惑,若这少年真是一个炼气境纯粹武夫,为何一身鼎盛阳气如此内敛,她和白茅几乎察觉不到?这恐怕只有炼神三境的武学宗师才能做到吧?

她曾经在山脚小镇那边,有幸见过一位金身境武夫。金身境武夫行走在夜幕中,哪怕没有刻意绽放满身拳意罡气,对她这种鬼物而言,就已经如一轮烈日平地滚走,教她不敢直视。那座鱼龙混杂的小镇,悉数避其锋芒,都关起门来,没有谁胆敢撂半句狠话。此人进了一间酒铺,要了一碗酒喝,老者身上那种原本如骄阳灼眼的武夫气象就瞬间消散,变得与市井坊间的凡夫俗子无异。

背剑少年讥笑道:"迂腐酸儒,冬烘先生,只晓得跟老子在这边咬文嚼字,先前见着了天曹郡张剑仙,咋个没见你说一个字。"

白茅真忍不了了,怒道:"陈仁!泥菩萨还有三分火气,你少跟本官说些怪话,没完没了,真不怕本官与你翻脸吗?"

少年一本正经说道:"你未必是个好官,却是个好人,如今只能算是个好鬼吧。再说咱俩还是一见如故的自家兄弟,几句逆耳的话,怎就听不得了?官场修行是修行,日常修行亦是修行,起居饮食,吃喝拉撒,都是修行,修道之士,一颗道心是否坚韧,何等重要,是也不是?"如果只说到这里,白茅还真就听进去了,问题在于这家伙还有几句肺腑之言:"我是纯粹武夫,自然不用如此修行,时刻打熬的都是拳脚功夫,所以你别跟我说些弯来拐去的怪话,否则伤了自家兄弟的情谊。我们习武之人,尤其是练外家拳的,脾气都暴。"

那撑伞女鬼可怜兮兮地"看"了白府主一眼,悠然加快步伐,脚不沾地,蹈虚飘荡远去。

少年看那白府主已经被自己的道理给说服了,点点头,说了句"孺子可教",再随口问道:"那金阙派的掌门,是怎么个道法?也是个玉璞境?"

"你当玉璞境是路边大白菜吗?"白茅满脸无奈,小心翼翼瞥了眼前边的金缕,压低嗓音说道,"不过咱们这位程真人,听说确有玉璞的道根,合欢山地界都说这位神通广大的道门真人,已经达到了那种'分道散躯,阳神坐镇小天地,恣意化形,阴神远游千万里'的玄妙境界。附近数国山河,奇人异士无数,唯有天曹郡张氏老祖与合欢山赵府君,能够与之平起平坐。尤其是一手五行之金的独门雷法,玄之又玄,威力之大,不可想象。"

少年嗤笑道:"这世间雷法的修炼之道,有什么玄乎的?撇开龙虎山秘传的五雷正法不谈,不过是身内若有及时雨,五脏六腑各凝一片云,在这之后分出了三家:下乘之法,炼出个目痒双眸闪烁如电光,三处丹田连一线,牵动脏腑沥沥响,倏忽轰隆作雷鸣;中间之法,无非是阴阳两气相互激,如炼三柄悬空镜,不同道诀成雷函,用以鉴承日月光,在那丹室洞府之内显天机,如字在壁上,了了见分明;至于上乘之法,说难也不难,炼化一己之身成就大天地,处处洞府皆雷池,掌阴阳造化,握天地枢机,召神出吏,发为雷霆……"

白茅故作附和,转头朝背剑少年竖起大拇指,不去天桥底下当个说书先生,真是可惜了。

撑伞女鬼若有所思,忍住没有转身。

张雨脚微微皱眉,以心声询问道:"金缕,此人关于三种雷法的说法,在山上可有根据?"

"胡说八道?大而无当?"金缕笑道,"反正只有被他贬低为下乘之法的内容,稍微与雷法正统沾点边,练气士确实修炼到一定程度,会有那目痒,继而脏腑如降雨的阶段,至于什么炼出镜子,雷函文字显现在洞府内壁,我听都没听过,至少我们金阙派垂青峰雷法一脉,肯定没有这类说法……"

白茅笑问道:"陈公子,哪里学来的高妙说法?"

少年双臂抱胸,健步如飞,说道:"书上都是这么写的。"

与那少年隔着一里路的金缕忍不住笑出声。原本她还打算回到青杏国京城,就问那位已是洞府境的师姐,现在嘛,还是算了,免得被师姐笑话。

去往合欢山,其实没有道路可言,昔年官道和乡间小路早已被荒草埋没,沿途多是枯树,偶有断壁残垣,依稀可见当年的村庄模样。其间碰到两拨去合欢山参加招亲典礼的精怪、鬼物,张雨脚都懒得看一眼,对方就识趣地主动绕道了,只敢远远地在夜幕中窃窃私语。一来这对好似金童玉女的少男少女,实在扎眼。更重要的,还是少女身后的那个魁梧壮汉,他就像一块明晃晃的金字招牌,青杏国真人程度的金阙派,即便是在这合欢山地界,也等同于一块免死金牌。当然,前提是金阙派的谱牒仙师别在这边太过分,随意打杀那些有根脚、与两座山君府有香火情的。

白茅好奇问道:"陈老弟,你能不能跟老哥说句实诚话,来这边做什么?"

"一边习武炼剑,一边闯荡江湖,顺便搜集些古铜钱,好攒出一把能够斩妖除魔的铜钱剑。在青杏国京城那边,听说这边多鬼祟精怪,就想来这边磨炼磨炼,一身所学驳杂,也好有个用武之地。要是真交待在这边,只怪自己学艺不精,怨不得谁。"少年抬起手,指了指剑鞘,"瞧见没,世间最好的剑鞘,就得有一把上乘法剑,才算般配。虽说鞘内暂无实实在在的法剑,但是一剑鞘的沛然剑气,满满当当,呼之欲出,一旦对敌出剑,那剑光,啧啧,可怕!白老哥,你不是外人,就与你说句真心话好了,陈某人要为世间剑道,开辟出一条人人可走的通天坦途。"

白茅实在是受够了这个脑子有坑的小兔崽子,从袖中摸出一颗雪花钱:"陈仁,找个郎中,治一治。真的,听白大哥一句劝。"

那草鞋少年哦了一声,真就伸手收下了那颗雪花钱。

白茅立即后悔了,这厮还真就能假装听不出自己的言外之意,于是反手抓住那少

第九章 风雨桃李荠菜花

年的拳头，就这么相持不下。

"好人有好报。白老哥，松开手，犯不着为了这么点小钱，白白坠了一份豪杰气概。"

"陈兄弟，我是什么出身，你早就在那泼墨峰通过铜钱看得真切，真谈不上好人、豪杰什么的，把钱还我，我以后喊你哥。"

就在此时，距离山脚小镇不远，突然出现一支骑兵，数量不多，只有十数骑，皆佩刀背弓披轻甲，衔枚疾走，不闻马蹄声。张雨脚第一次流露出凝重神色，放缓脚步，通过一件本命物牵引灵气凝聚在双眸，暂时获得一种望气术。

金缕原本不甚在意，只是见身边张雨脚如此屏气凝神，她才察觉到事情不简单，立即双指并拢，默念道诀，再在眼前一抹。霎时间，她就惊骇发现了那支轻骑的不同寻常。

走在他们身后的撑伞女鬼更是早早停步，稍微压低油纸伞，以便遮掩更多身形。

白茅因为同样是鬼物，所以能看到阳间练气士需要各种神通、秘法加持才能瞧见的异象。古战场遗址常有某种披甲英灵，它们因为某个执念游弋天地间，若是手持兵器，就有那"枪尖流金光，矛端生天火"的奇异景象，也就是某些史书上的"戟锋有火光，遥望如悬烛"。只不过这种景象，不是所有英灵都能有的，极其稀少，不常见。正因为罕见，所以才让人鬼皆忌惮。

背剑少年问道："这是？"

早已噤若寒蝉的白茅赶紧摇头，以手指抵住嘴唇，示意陈仁千万别在这个时候出声，逞口舌之快。见那少年还要开口，白茅连忙使劲攥住少年的胳膊，平常什么怪话都能说，但是靠近这拨轻骑之时，一定要慎之又慎！

等到那十数骑火光闪耀，一线拉开，渐渐没入山脚小镇，白茅才敢喘气，下意识擦了擦根本没有汗水的额头。

少年问道："是合欢山府君麾下嫡系精骑？"

白茅摇摇头，神色古怪道："想都别想，合欢山哪有这份治军本事？"白茅显然知道这队斥候精骑的真实身份，只是绝口不提。

生前死后两相同，一年春夏与秋冬，全在马背横戈行。

白茅岔开话题，故作轻松道："马上就要进入小镇了，你记得跟在我身边，别乱逛，走岔了，会鬼打墙。看似几步路的距离，其实是十几里路，瘴气横生，白雾茫茫，弯来绕去，险之又险。"

进入一个张灯结彩的小镇，主街尽头与合欢山的神道衔接，路边有栋阁楼，楼边有棵枝繁叶茂的古树，挂满红纸。

鬼蜮之地，阴气森森，好像月色都是冰凉的。街道两边挂满了一排排鲜红灯笼，有不少铺子都开着门，影影绰绰，只是几乎没有声响传出。

那撑伞女鬼似乎对小镇极为熟稔，她转过身，与白茅和少年挥手作别，然后走入一条小巷,消失无踪。

白茅以心声跟少年介绍两边铺子的大致来历,以及为何不能招惹。走到一处,二楼有数个衣裙单薄的妩媚女子正在招手,白府主便放慢脚步,询问身边少年喝不喝花酒,还说这儿没啥可怕的,买卖公道,她们不吃人,只吃钱,只需两颗雪花钱就能喝上一壶酒,至于一壶酒能喝多久,就得看自家本事了。白府主随即嘿嘿一笑,倒也算是吃人的,否则怎么能说此处是英雄冢?

少年只是双臂抱胸,目不斜视,嗤笑一句:"哟,白府主一聊这个就来精神了?"

白茅只得作罢。

街道尽头的那栋楼内,一楼能喝酒,灯火辉煌,亮如白昼,坐满了准备登山参加招亲的。白茅就花了一颗雪花钱,在酒楼大堂要了个角落位置,叮嘱陈仁坐着就是了,别主动惹事,真有谁找上门,就报他的名号,白茅自己则屁颠屁颠跑去递交贺礼。

山脚牌坊楼下边,摆了张铺有大红绸缎的桌子,有一个管事模样的锦衣老人,正在高声唱名,还有个账房先生负责书写礼单:"半斤雷火烧红杏,一条水脉炼碧丹。天籁窟琵琶夫人,送上仙家雷杏一颗,水丹一枚!

"羽衣常带烟霞色,蓑笠垂钓龙潭中。黑龙仙君,到了!红包一个,雪花钱十八颗。"

那个道号"黑龙仙君"的老者一瞪眼:"嗯?!"

管事立即讪笑道:"报错了,是八十颗!"

已经提笔写上十八颗的年轻账房抬起头,满脸为难神色,老管事一拍他的脑袋:"一笔勾销,再重写不会吗?"

等到那位观海境的仙君老爷登山远去,管事还在对那个账房先生骂骂咧咧:"就会吃鱼肚肉吗?"

"猿猱道上住妖王,拳脚刚猛世无双,唐琨唐大宗师,今夜登门道贺,黄金一箱,珠宝两盒!

"枯骨翻身做府主,生前本是大清官。楔子岭清白府,白茅白府主,雪花钱五十颗,古墨……几锭。"

白茅立即点头哈腰,搓着手,小声笑道:"虞管事,这套古墨,是御制的,值点钱。"

管事点点头,与那年轻账房提醒道:"给白府主加上'御制'二字。"

一条好似蚱蜢船的私人符舟破空而至,转瞬落地,一个魁梧壮汉从符舟中走出,身边带着俩婢女,其中一个女子掐诀将那符舟收拢,壮汉伸出蒲扇大小的手掌接住符舟,再一把推开碍事的白茅,不愧是六境武夫,直接让白茅摔出两丈外。他也不与合欢山虞管事废话,只管带着两位婢女径直登山,要他往外掏钱,就是等公鸡下蛋。

老管事欲言又止,想想还是算了,此獠号称这辈子谁都不服,只佩服那位两袖清风

第九章 风雨桃李荠菜花

的北岳魏山君！见那壮汉搂着俩婆姨，走得远了，管事才转头呸了一声：什么东西，一洲山君，何等巍峨神灵，也是你这种货色有资格佩服的？

白茅返回酒楼，发现已经不见了那个背剑少年的身影，苦笑不已，喝过酒，再喊来店伙计结账，竟然被告知已经付过钱了。

山中神道，一对道侣赵、虞府君竟是联袂现身，好像要在山门口这边亲自迎接贵客。

泼墨峰那边，两个年轻男子御风飘落。一人身穿麻衣，脚踩登山屐；另外一人身穿墨青色蟒服，却非王朝贵胄身份，而是家族法袍形制便是如此，他姓符，来自老龙城，而且他还是可以参与祠堂议事的练气士。麻衣青年笑言一句："符气，连累你多跑一趟，蹚浑水了。"后者摇摇头，满脸无所谓，他眯眼望向远处，说来就来。

一道璀璨剑光伴随着一条五彩流萤转瞬即至，一个面容肃穆的道冠少年抖了抖袖子，将一片绚烂云雾凝为身上法袍符箓，而那个御剑而来的年轻女子站定后，长剑掠入背后鞘中。

那个麻衣青年笑容灿烂，主动作揖道："合欢山虞阵，见过程真人，彩芹姑娘。"

符气抱拳笑道："老龙城，符气，见过程国师，张剑仙。"

张彩芹笑着点头。

程虔问道："符南华与你是什么关系？"

符气笑呵呵答道："若是按族谱算辈分，我可以喊他一声小叔，在外边碰到了，就只能喊城主，否则小叔肯定不乐意搭理我。"

山门口那边，两位府君道侣同时与一位贵客拱手，其中赵府君与那修士把臂言欢，大笑不已："秦催老弟！终于把你等来了！"

虞府君以心声问道："秦道友，田仙师就没有一同前来？"

至于秦催和田湖君的那位师尊，是绝对请不动的。事实上就连这位田仙师都很难请，果其然，秦催摇头道："田师姐近期需要闭关。"

一个背剑少年坐在小镇一口水井上边，双手笼袖，他看见那个急匆匆赶来的鹤氅文士，笑问道："白府主不在那边喝酒，乱逛什么？"

白茅松了口气，伸出手指点了点陈仁，气笑道："说了别乱走别乱走，跑来这边作甚？"

少年跳下井口，一双草鞋轻柔触地，笑道："坐井观天，好好看看小三十年前自己眼中的世界是如何的。"

白茅听得如坠云雾，总觉得这个姓陈的少年游侠神神道道的，也不多想，忍不住埋怨道："真当这里是寻常小镇吗？走走走，赶紧离开，我马上就要登山了，先送你离开小镇，这种是非之地，藏龙卧虎，不宜久留。"

背剑少年笑道："什么藏龙卧虎，比起我家乡小镇，算不得什么，差远了。"

白茅一把拽住那少年胳膊，不由分说就拖着他往巷子外边走，笑道："你家乡小镇，莫不是那骊珠洞天的槐黄县城？"白府主再孤陋寡闻，也知道那个巴掌大小的地方，出了好些个随便吐口唾沫就能淹死自己的修道天才，关键是还一个比一个年轻。

那少年震惊道："白老哥，这都能猜中，深藏不露啊，也是个能掐会算的高人？！"

"也什么也，可曾算到柳姑娘不姓柳？"

"天算漏一，如此才对。"

"行了行了，别废话，把你小子送出小镇，本官就登山去，就此分道扬镳，到底阴阳殊途，幽明异路，以后能别见就别见了。"

"白老哥，你想啊，我姓陈，骊珠洞天那个姓陈的也姓陈，嗯？是不是都不用猜了？"

白茅乐和得不行，直接一巴掌打在那个少年脑袋上，笑骂道："好家伙，这都能攀亲戚，按照你的说法，我姓白，那我与那位传说中的人间最得意，是啥关系？"

"白府主，君子动口不动手啊。"

"让你小子长点记性。"白茅又是一巴掌甩过去，只不过这次被那少年伸手挡住，白茅松开对方胳膊，从袖中摸出一张珍藏多年的黄玺符箓，小声说道，"出了小镇，赶紧走，方才有人说瞧见泼墨峰那个方向有动静，还不小，其中便有剑光亮起，极有可能是天曹郡那位女子剑仙到了。你悠着点，外界都说她脾气不太好，出剑极狠，若真是她，合欢山这边定然不会坐视不管，所以你最好绕道。这张破障符，就当是临别赠礼了，我还是那句话，跟一个当鬼的……朋友，就别再见面了。"

到了小镇边界，背剑少年倒退而走，笑道："白老哥，实不相瞒，我跟那位女子剑仙是朋友，还有那个刚刚登山的秦催，若是瞧见我，真得找个郎中看看膝盖。信不信由你，走了走了，还有点小事需要处理。总之你到了山上，万一有状况，你就大喊一声，那张彩芹也好，书简湖的秦催也罢，只管跟他们说，你认识一个姓陈的，穿草鞋，背剑，爱蹭酒，与你萍水相逢，一见如故，约好了于今年年中时分，在那青杏国京城喝一顿酒。"

鹤氅文士笑了笑，点点头。

人生有诸多赏心乐事，返乡，饮美酒，见百花开，松荫对弈，中秋候圆月，听风声如潮，雪夜闭门读书……

今夜得再加上一个听少年吹牛皮，说自己是骊珠洞天陈平安。

第十章
谁人道冠莲花开

　　泼墨峰作为合欢山地界为数不多的高山，却没有被谁占据。曾经有人试图在此开辟道场，而那虞府君闷了，便会朝泼墨峰这边随便丢掷法宝，祭出一杆雨幡，当投壶嬉戏，砸得这边山石滚落，久而久之，也就成了一处无主之地，故而泼墨峰山中多大坑，处处龟裂如蛛网。

　　道门高真大多驻颜有术，已有五百载道龄的程虔，身穿一件品秩极高的天仙洞衣，腰悬一枚形制古朴的鎏金火铃，这位好似返老还童的道士呼吸绵长，每一次小周天循环运转，便有日升月落、斗转星移的宏大气象。不过程虔施展了障眼法，落在一般中五境修士眼中，他也就是个青色道袍的少年道士。

　　赵、虞两位府君有三女一子，虞阵作为合欢山名义上的"潜邸储君"，屏住呼吸，毕竟是面对一位精通水火雷三法的陆地神仙。要论单打独斗，这位金阙派当代掌门是一把好手，程虔曾经在大骊陪都战场与一个妖族金丹境剑修捉对厮杀，不落下风，大放异彩，青杏国皇帝陛下邀请他担任护国真人，三请三辞。

　　那个身穿墨青蟒袍的符气，更多兴趣，还是在那个天曹郡女子剑仙身上。

　　老龙城与青杏国金阙派素无交集，既无香火情，也没什么仇怨，相信一位道门神仙总不能因为他站在虞阵身边，就随便将他打杀了。来的路上，虞阵与他大致介绍过合欢山这边的情况，之所以在泼墨峰这边停步，就是要脱掉身上那件家族祠堂赐下的蟒服法袍。

　　程虔微笑道："劳烦虞公子与赵府君说一声，今夜贫道就不去山中道贺了，免得打搅诸位贵客喝酒的雅兴。"确实，就像一帮落草为寇的贼人在喝酒庆功，突然多出个专门负责缉捕贼匪的县尉，何止是扫兴？

程虔继续说道："只是那三方玉玺，其中嗣天子宝玺，今夜就交由贫道带回京城，其余两方，倒是不用着急，两位府君若是一时间难以割舍，就当陛下借与两位合欢山府君暂作文房清供、把玩之物，不过最迟在今年梅雨结束，务必归还青杏国皇室。虞公子，贫道就在这边等消息，半个时辰，如果合欢山没有送来那方嗣天子宝玺，那贫道就亲自登门取走所有宝玺了，省得赵浮阳多跑一趟京城。"

虞阵满脸苦笑，作为局外人的符气也察觉到不对劲：青杏国柳氏显然是下定决心，要与合欢山撕破脸皮了。

合欢山分上下山，坠鸢山氤氲府，赵浮阳，乌藤山粉丸府，虞醇脂。此外还有两座山神祠，李梃就是乌藤山祠的山神。那三方印玺，合欢山这边先前的开价，是坠鸢、乌藤两山的山神，青杏国那位皇帝陛下，以一国之君亲自封禅大岳的规格，封正两山，敕建神祠。这当然是两尊府君在狮子大开口了，绝对不可能的事情，柳氏皇帝若是真敢如此"屈尊"，恐怕只会沦为一洲帝王将相和山上仙师的笑柄。只不过谈生意嘛，总是免不了一场漫天要价、坐地还钱的拉锯战。事实上，先前双方已经秘密磋商，谈到了由一位礼部侍郎封正两山的地步，但是卡在了敕建山神祠的费用上，到底是柳氏内府出钱，还是青杏国给名分，费用得合欢山这边自掏腰包。

虞阵犹豫了一下，嗓音微涩道："真人何必为难一个还没走到家门口的晚辈。"

"来得早不如来得巧，既然刚好在这泼墨峰撞见了虞公子，天理分明，合该有此一叙。"程虔淡然道，"捎句话而已，有何为难？怎么，虞公子连这点面子都不给贫道？是觉得攀附上了老龙城符家燕誉堂一支，便眼高于顶了？如果贫道没有记错的话，符家燕誉堂一脉，专养闲人，按照祖训，既无科举功名和沙场军功，也不得担任山上仙府与世俗王朝的供奉、客卿。"

貌若少年的老真人，明摆着是连身份清贵的符气一并敲打了。符气倒是不恼，只是越发好奇，青杏国柳氏皇帝近期到底找到了什么靠山，能够让程虔连老龙城符家都不放在眼里？要知道家主符畦，虽说已经卸任老龙城城主，但他如今已经是一个玉璞境修士，同时拥有两件半仙兵。金阙派与老龙城符家比修士，比财力，比人脉，其实都没法比，只说老龙城符氏与大骊藩王宋睦的关系，如今宝瓶洲谁人不知谁人不晓？

当然，燕誉堂符氏这一支只是符家六房之一，而且确实如程虔所说，比较扶不起来。家族祠堂议事，少则二十几个，多则四十余人，燕誉堂符氏成员，数百年来就只有象征性的一把座椅。说句难听的，燕誉堂就是符氏用来养废物的。可燕誉堂符氏在家族内部不得势，却也绝对不是一个金阙派能够随便挑衅的。金阙派诸峰，没有元婴境修士坐镇山头，已经三百多年。

程虔摆摆手:"半个时辰,足够虞公子与两位府君商量出个对策了,成与不成,合欢山那边都给贫道一句准话。"

麻衣草鞋的虞阵叹了口气,拱手抱拳告辞:"晚辈这就返山,给真人捎话。"

带着符气一起御风前往合欢山,虞阵满脸阴霾,远离泼墨峰数十里后,虞阵以心声笑道:"让你看笑话了。"

符气笑道:"虞兄是不是太高看自己了,要说被人看笑话,谁比得过我们燕誉堂的符氏子弟?"

虞阵调侃道:"有,怎么没有? 正阳山那群剑仙。"

符气一手扯住衣领,一手掐诀默念道诀,将身上那件蟒服法袍收为一团,低头收入袖中:"这位老真人,好像还是个术家,修道法门可谓驳杂。"

符气所谓的术家,并非上古方术之道,而是术算之术。术家往往擅长术算,精通天文历算,只是在诸子百家当中一直地位不高,跟商家处境差不多,只说"如果一加一当真必须等于二,那世间炼气炼物炼丹算怎么回事",术家便被山上调侃不已。

虞阵疑惑道:"何以见得?"

符气说道:"要不是看你们势若水火,我都要猜测程虔与两尊府君是不是师出一脉了。"

虞阵没好气道:"你就别卖关子了。"

符气解释道:"程虔身上那件法衣,有道法大化流转运驰不息的景象,瑰丽奇绝,令人叹为观止,绝非一般的法宝,说不定是一件金阙派祖师堂故意不对外张扬的镇派之宝,比起老真人腰间所悬的鎏金火铃,品秩只高不低,甚至那枚传说可以敕令鬼神的青精神符,都无法与之媲美。如果我没有猜错,这件法袍本身就是一部天书。"

虞阵问道:"你小子能够勘破一位陆地神仙的障眼法?"

符气笑道:"家传小术。"

那位真人程虔的法袍之上,隐约可见阴阳两气块然太虚,升降飞扬,未尝止息,清浊两气感通聚结为山川河流、风雨雪霜。

虞阵调侃道:"这跟术家又有什么关系? 符气啊符气,我真是服气了,你们这些个饱读诗书的文人,真是书券三纸未有驴字。"

符气一语道破天机:"程虔的法袍,范围天地,幽赞神明,关键是七政右旋,显而易见,是一件极有年月的重宝了,说不定比金阙派的历史还要久远。"

虞阵气笑道:"你到底在说什么?!"

符气一时无奈:"跟你这种粗鄙汉当朋友,心累。"只得给这个粗通文墨的朋友,耐心解释何谓七政右旋。七政亦称七曜,是天文星象术语,是指日月和金木水火土五星,而左旋与右旋的分歧,就牵扯到一场浩然山巅的吵架了。儒家和术家对于七曜左旋、右旋,一直争论不休,儒家数位编订天文历法的文庙圣贤,与中土阴阳家陆氏,还有几位术家祖师爷,打了不少笔仗。早期是七政右旋说占据绝对上风,几乎成了定论,左旋之说几乎没有什么声音,后来文庙出了一位高人,才彻底改变局势,左旋从此成为定例和官学。故而符气才会凭此断定程虔身上那件七政右旋的道教法衣极有年头。一般练气士,确实难以接触到这种好似"高高挂起"的内幕,也就是出身藏书丰富的燕誉堂一脉的符气有钱又有闲,才有机会了解这些看似与练气士修行无关紧要的杂学。

只不过还有些内幕,符气没有多说,比如程虔那件法袍,极有可能可以打通幽明显隐,通乎昼夜之道,简单来说,就是能够帮助程虔行走于阴冥道路。

符气提醒道:"虞兄,记得到了伯父伯母那边,只说我是一个出身云霄王朝的山泽野修。"

虞阵点头笑道:"你也记得别被我妹妹盯上,是朋友,才好心提醒你。"

泼墨峰那边,张彩芹问道:"程世伯,赵浮阳当真会乖乖交出那方嗣天子宝玺?"

少年面容的道士胸有成竹道:"若是平时,他多半会觉得我是在虚张声势,从而置之不理,我少不了要亲自走一趟合欢山。今夜正是合欢山声势最为鼎盛的光景,赵浮阳和虞醇脂反而会惊疑不定,不敢不当回事。"如果赵浮阳执迷不悟,他就只好替师伯清理门户了。

符气的那句玩笑话,还真就一语中的了。赵浮阳的确曾是金阙派的弟子,得到了某位金阙派祖师爷的青睐,金阙派祖师爷亲自为赵浮阳破例传下一篇秘传口授的道诀。不过赵浮阳因为是妖族,始终未能跻身祖师堂嫡传之列,后来又有一桩风波,赵浮阳一气之下,就离开了清静峰金仙庵一脉。其实清静峰才是金阙派的祖山,历代掌门之位,都被金仙庵牢牢把持。只是到了程虔这一代,垂青峰才后来居上。

那赵浮阳原是一条山蟒,当年在金仙庵得了一桩造化,修炼得道之后,离开金阙派,成为一名散仙,通过收集亡国玉玺来汲取龙气,用以增补道行,试图凭此炼山证道,修成清静峰一脉所说的金仙果位,届时赵浮阳无须走水,便可化蛟,离开这座既是道场也是牢笼的合欢山,从此天高地阔。一头元婴境山蛟,足可横行宝瓶洲了。

程虔看了眼身边的晚辈,目露赞赏神色,笑道:"彩芹,不管如何,既然那位大人物答应参加观礼,青杏国就没有任何后顾之忧。"老真人眯眼望向远处的合欢山轮廓:"我们青杏国边境地界,尽是些不入流的货色,非妖即鬼,一个个不知天高地厚,都胆敢自称小书简湖了,把这千里山水搞得乌烟瘴气,太不像话。还好,距离年中典礼还有一段时日,否则我还真没脸面去见那位陈隐官。"

张彩芹点点头。如果陈平安在年中时分南游青杏国京城,参加观礼,那么此地的存在,注定纸包不住火,被这位年轻隐官听说青杏国有这么一块鬼祟作乱的地盘,可就不是一般的有碍观瞻了。别说青杏国柳氏和金阙派，张彩芹所在的天曹郡张氏家族，同样会浑身不自在。

正是她先前跟洪扬波走了一趟牛角渡，无意间调到那位同样闲逛包袱斋的年轻山主，对方竟然答应参加青杏国太子的及冠礼，青杏国柳氏皇帝和护国真人程虔，这才下定决心，要不惜代价，联手天曹郡张氏，以及与其余两国朝廷暗中通气，定要将包括合欢山在内方圆千里之地打扫干净，荡平群魔。如果合欢山觉得他程虔此次只是为了那三方玉玺而来，那就太天真了。

程虔盯着那座合欢山，微笑道："市井俗语'晴天三尺土，有雨一街泥'，形容一条道路不好走。"

张彩芹会心笑道："程世伯，所以才需要净水泼街、黄土垫道嘛。"一切只为了那个落魄山陈隐官大驾光临。

程虔问道："彩芹，你能够说服此人莅临京城，奇功一件。洪扬波这个闷葫芦，在信上说得含糊，你能否细说？"据说这位陈山主，可是轻易不买人面子的。

张彩芹神色尴尬，说道："程世伯，绝无隐瞒，真就只是运气好，早年他去过几次青蚨坊，与洪伯结下了香火情。"

程虔笑了笑，没有多问什么。聊到了那位年轻隐官，老真人就不由得想起昔年陪都战场，那个扎丸子发髻的年轻女子，拳法真是无敌。要是这个"郑钱"，也就是陈隐官的开山大弟子裴钱，出现在小镇那边，就有意思了。不知两位府君作何感想？

合欢山那边，粉丸府位于下山乌藤山，其中一座去苦园，是府君虞醇脂的私家园林。赵、虞两尊府君亲自将那位贵客带到此地，"影壁"竟是一枚硕大无比的雪花钱。绕过这堵"影壁"时，秦催以眼角余光打量了一下，宽是宽，就是薄了点。

虞醇脂曾经游历书简湖，与青峡岛女修田湖君是旧识，关系不错，早年间常有书信往来。

不过那会儿的田湖君尚未结丹，还是一个龙门境修士，而且谱牒身份，也非截江真君刘志茂的大弟子，而是二弟子。只是那位大师兄运道不济，遇上了某个混世魔王小师弟，双方结了仇，随随便便就给打杀了，师尊刘志茂竟然也未追究此事。

如今田湖君是素鳞岛的岛主，是书简湖的本土金丹境修士，更是真境宗的谱牒修士，在宫柳岛祖师堂拥有一席之地。只是相比那位姓顾的小师弟，依旧是云泥之别，相形见绌了，毕竟后者如今已经是白帝城郑居中的嫡传弟子，还有一个小道消息传至宝瓶洲，仙人境韩俏色对这位师侄极其宠溺。

在宴客厅落座后，秦催发现房梁上塑有木雕，站着福禄寿三尊老神仙和一个小仙童，有那吉星高照满堂喜的美好寓意。

其实整座宴客厅，都是附庸风雅的虞醇脂，拆掉了山下王朝世族豪阀的一座华美祠堂,再让匠人一一标注部件,原封不动搬到了乌藤山,重新组建起来,几乎与旧宅一模一样。

合欢山的上山坠鸢山和下山乌藤山都改过山名,曾经皆是极有来历的名山。坠鸢山曾经是一个大国的中岳储君之山,建有皇室家庙,皇帝让驸马督尉和工部侍郎率领数万军民,前后历时十年,在此大修府邸、敕建宫观,地位仅次于五岳,朝廷常设提督官,改朝换代之后,便荒废不用。而其脚下乌藤山粉丸府的前身,便是一位县主的壮丽私宅。

两主一客,坐在太师椅上,聊了些宝瓶洲近些时日的山水趣闻,比如南边邻国云霄王朝境内的那座灵飞观,已经提升为道宫了,紧随广福禅寺之后,获得了"宗"字头身份。

秦催的师尊是真境宗的刘首席。如今整个宝瓶洲,即便加上佛门广福禅寺和道教灵飞宫,才几个"宗"字头?

虞醇脂说话直接,半开玩笑说了一句:"秦兄弟,刘老成是仙人了,必然志在大道飞升,有无可能,让刘真君接任真境宗的宗主之位?"

秦催笑了笑,没接茬,这种一不小心就会要人命的话题,他哪敢随便置喙?只是吹捧了几句刘宗主的励精图治。

赵浮阳喝了一口上山坠鸢山山祠炒制的云雾茶,笑道:"听说广福禅寺那位大和尚,去年刚刚举办升座庆典,落魄山那边,虽然隐官大人没有亲自道贺,却也让北岳魏山君帮忙送去了一副对联。广福禅寺也极为重视,将其与中土玄空寺的对联挂在一起。"

秦催神色自若,实则心情复杂,点点头:"确有此事。"如果可以的话,秦催这辈子都不想再见到那个姓陈的,即便对方还给自家青峡岛当过一段时日的账房先生。

虞醇脂说道:"都说这个大和尚佛法高深,有采云补衲和放虎归山两桩禅宗典故,名动一洲。其实还有一桩公案,只是在宝瓶洲流传不广,我也只是听浮阳提起。相传大骊先帝曾经召见这位高僧,与之说禅,他们行走在御花园内时,鸟雀皆惊飞,狐兔亦远遁。大骊先帝便笑问一句,只听说得道高僧行走山林,猛兽非但不扰,反而相亲,愿为护法,为何今日是这般光景?结果你猜怎么着,老和尚竟然答以一句'老衲好杀'。秦兄弟,你见多识广,此事是真是假?"

秦催点头道:"凑巧听师尊提起过,此事不假。师尊还说其实当时大骊国师也在一旁,曾与老僧说一句,和尚哪有那么多的心中贼可杀,养虎为患吗?"

虞醇脂愣了愣,啥个意思?她转头望向自家夫君。

赵浮阳沉吟片刻,点头道:"真是仙人高在云中之言语,想入非非,不可思议。"

之后虞醇脂又提了几句关于正阳山的糗事,如今宝瓶洲山上,不扯几句剑仙如云的正阳山,不大笑几声,那都不叫聊天。其实他们仨聊这些事,就像偏远县城的有钱人聊那富甲一国的首富。

秦催本身只是个龙门境,如果只是这点境界,远远不至于让合欢山两位皆已金丹境的府主如此礼重,甚至虞醇脂在言语之际,还透露出几分谄媚和讨好。其实以赵浮阳和虞醇脂的手段,合力杀个金丹境不是没有可能。上次天曹郡张氏修士气势汹汹,攻伐合欢山,双方其实就已经打出了真火,如果不是那位金身境纯粹老匹夫从中作梗,真要被他们夫妇留下一位金丹境地仙了。

虞醇脂跟田湖君是旧识,赵浮阳与秦催亦是朋友,当初赵浮阳含恨离开金阙派,也想过要在书简湖那边落脚,只是一来他修行的秘法与书简湖不契合,更重要的,还是书简湖实在水太深。不提当时就已经是上五境的宫柳岛刘老成,只说青峡岛刘志茂、黄鹂岛仲肃,哪个是易与之辈?赵浮阳当年只是个龙门境,当然不敢在那边占据岛屿开府修行。时过境迁,百年光阴弹指间,赵浮阳实在无法想象,秦催这种骨子里就是野修的凶狠之徒,都能成为一个宗门的谱牒修士。

四小姐跟山神李梴一同出现在宴客厅门外。她摘掉了帷帽,露出一张与虞醇脂颇为相似的鹅蛋脸。

虞醇脂神色宠溺,给秦催介绍道:"秦兄弟,这是家里边的老四,幺儿,叫赵胭,从小就被浮阳宠得无法无天了。浮阳是舍不得她嫁人,我是不敢放她出去,带在身边,我还能管束几分,嫁了人,就怕过不了几天,被婆家赶出门,哭哭啼啼跑回家,成何体统。"

女子赶忙施了个万福:"赵胭拜见秦叔叔。"

秦催和颜悦色道:"早就听大师姐说四姑娘修道资质极好,二十岁出头一点就跻身了洞府境,天纵奇才。要我看啊,合欢山直接招婿入赘就是了,千万别远嫁,肥水不流外人田。"

李梴赶忙作揖抱拳:"小神见过秦仙师。"

谱牒修士有自己的立身之本、处世之法,山泽野修也有其生存之道。宝瓶洲有本编撰之人无据可查的小册子,上边记录了一洲仙府、王朝豪阀不宜招惹的人物,百余人。青峡岛的秦催和其师弟晁缭,都在这本册子上,不过名次比较靠后。一座书简湖,将近占据了名单的十分之一,还有黄鹂岛的吕采桑、鼓鸣岛的元袁等年轻修士。

当然如田湖君这样的金丹境地仙,素鳞岛的一岛之主,自然就无须登榜了。

赵浮阳说道:"李梴,这里没有外人,你直接说事。"

李梴说道:"回禀两位府尊,张雨脚和金缕的态度比较圆滑,既没点头,也没说要强行登山,如今他们已经身在山脚小镇。"

赵浮阳便给秦催介绍起这两个修士的身份背景。

虞醇脂笑眯眯道:"这俩孩子,不愧是谱牒修士,游山玩水、卿卿我我,都到了合欢山地界。"

赵浮阳说道:"那个张雨脚是中五境剑修,不容小觑,他要是在这边出了意外,天曹郡张氏就等于被剐掉一块心头肉,是不会罢休的。李梃,你传令下去,只要对方按约不登山犯事,小镇那边不准主动惹他们。"

李梃抱拳领命:"下官谨遵府尊法旨。"

知女莫若母。虞醇脂笑问道:"胭儿,那少年剑仙的模样如何?"

赵胭挑了张椅子坐下,点头笑道:"挺好看的。"

如果秦催不在场,她们可就不是这么聊了。

一盏茶工夫过后,赵浮阳转头望向门外,瞧见两个身影,冷哼一声:"你还舍得回来?"原来是虞阵和符气来了。

虞醇脂立马不乐意了,瞪眼道:"虞阵好不容易回家一趟,你摆什么脸色? 不是你亲生的,便这般不待见吗?"

赵浮阳说道:"虞阵要是我亲生的,敢这么一年到头不着家,不乐意分担半点两府事务,就知道在外边游手好闲,早就被我吊起来打几顿了。"

虞阵神色尴尬。事实上,赵浮阳这个后爹待他不薄,既当父亲又当师父,悉心传道,称得上倾囊相授,还赐下一件镇山之宝,比亲爹还亲了。

虞醇脂笑问道:"这位小哥是?"

虞阵笑着介绍道:"一个朋友,姓燕名射,是云霄王朝那边的散修,一起走过那座古怪的秋风祠,换命交情。"

赵浮阳笑道:"小兄弟有个好名字,式燕且誉,好尔无射。燕而娱乐,始终不已,若真能如此,真是无事小神仙了。"

符气连忙抱拳:"晚辈拜见赵府君、虞府君。"

虞阵与妹妹赵胭不一样,他曾经去过书简湖,跟田湖君和秦催这种山上的世交长辈都不陌生,所以直截了当说道:"方才在泼墨峰那边,程虔和张彩芹一起露面了。老真人让父亲在今夜交出嗣天子玉玺,等今年梅雨结束,其余两方一并归还青杏国柳氏。如果合欢山这边不答应此事,从我离开泼墨峰开始计时,半个时辰之内,程虔就会亲自登山。"

秦催面无表情。赵浮阳微皱眉头。

虞醇脂疑惑道:"这个程虔,莫不是昏头了? 还是碍于情面,承受不住天曹郡张氏的怒火,必须给后者一个交代。即便如此,也不至于他这一把老骨头亲自登山涉险吧? 虞阵,可曾瞧见天曹郡张氏子弟和青杏国供奉修士的行踪,附近是否隐匿有程虔麾下朱兵?"

虞阵摇摇头:"好像就只有程虔和张彩芹。"

虞醇脂哑然失笑,难不成就靠他们两个,再加上小镇的张雨脚和金缕,就要跟合欢山干架?

程老儿也不晓得挑个投胎的好日子,偏偏选今天?那三方玉玺,本来就只是一桩青杏国"破财消灾"的买卖,谈妥了价格,根本犯不着打打杀杀,程虔作为护国真人,何必如此意气用事,非要与合欢山斗个你死我活?青杏国就不怕在这边大伤元气?

赵浮阳眯眼道:"事出反常必有妖。程虔这个人最务实,绝对不会为了天曹郡张氏强出头。"

程虔是只极有城府的老狐狸,年轻那会儿就擅长算计,否则当年清静峰金仙庵,同样有个金丹境地仙,本该是顺势继承掌门的不二人选,为何是刚刚结丹没几年的垂青峰程虔接任了掌门?

虞醇脂问道:"张筇会不会躲在暗处?"

张筇是天曹郡张氏老祖,也就是剑仙张彩芹的太爷爷,因为前些年在陪都战场立下战功,得到了一块大骊刑部颁发的三等无事牌。要是这个老东西真不要半点脸皮了,只需悬挂这块腰牌,大摇大摆登山,翻箱倒柜,四处搜寻玉玺,赵浮阳和虞醇脂还真就拦都不敢拦。只是上次张氏修士攻打合欢山,张筇不知为何,没有露面。

赵浮阳心情沉重起来,仔细斟酌一番:"实在不行,我亲自走一趟泼墨峰。"

虞阵告辞离去,他要给符气安排一个下榻宅邸。

赵胭跟着走出宴客厅,虞阵小声问道:"老三呢?"

赵胭神色古怪,玩味笑道:"三姐在忙着梳妆打扮吧。"

虞阵不再多问。

上山一处地气神异之地,四周白雪皑皑,却有一口温泉,热气升腾。合欢山的三小姐,与一个坠鸢山山祠的山神娘娘,在此泼水嬉戏,岸边胡乱堆满衣裙,各色首饰散乱在地。她们俱是美人,皮肤白嫩,犹如玉膏凝脂。双方追逐嬉笑过后,两具雪白酮体便纠缠在一起,温泉内水花翻腾,如两尾白蛇在水中做胡旋舞。一个年轻道士蹲在不远处,伸长脖子,瞪大眼睛,竖起耳朵,嘴上却默默念叨着非礼勿视非礼勿闻。

小镇外与白茅道别后,背剑少年独自徒步走在夜幕中,来到一棵枯树下,遥望那两山做依偎状的合欢山。可惜受限于符箓分身的境界,看不真切,缩地山河与掌观山河这类地仙神通,都成了奢望。

这也是他先前没有直奔山脚小镇的原因,若是遭遇意外,就等于整座大阵前功尽弃,必须尽量不与地仙修士起冲突。

山精水怪,尤其是蛟龙后裔之属,其实有两种成道方式,一种是最为普遍的走水,还有一种相对稀少,就是"盘山"。拣选一条灵气充沛、形势稳固的龙脉,盘踞其中,慢慢炼化山根,汲取天地灵气和风水土运。

只是这条修炼道路门槛高,对血脉的要求极高。

他望向某处,笑道:"那位不姓柳的姑娘,何必隐匿身形,都是朋友。"

视野中，先凭空出现那把油纸伞，再缓缓露出一双绣鞋，最后便是那个无头女鬼，比起泼墨峰时，此刻她身上多了个包裹。

背剑少年笑道："姑娘一路跟踪至此，是有事吗？"

她施了个万福，摘下包裹再打开，竟是……一颗眉眼清秀的女子头颅，她将那颗头颅放在脖颈上边，这才满脸歉意道："先前路上，有一位少年剑仙在，到了小镇那边，人多眼杂，始终没有与陈公子独处的机会，只得出此下策。公子独处水井旁时，只因为附近巷弄恰好就是那拨骑卒的落脚地，我还是不敢现身。对了，陈公子，我姓周名楸，木字旁加个'秋'字的楸，公子直呼其名便是了，是真名。"

少年笑着点头："不知道周姑娘找我有什么事情？"无头女鬼如今有了一颗脑袋，瞧着反而有点不适应了。

周楸眨了眨一双秋水长眸："陈公子先前曾言，我若是去往书简湖五岛派，会有机缘？"

背剑少年沉默片刻，有点难为情："瞎扯的。"

周楸摇摇头："我相信陈公子不是胡乱说的。"

少年笑道："为何？"

她嫣然一笑："女子直觉。"

少年似乎并不着急刨根问底，他指了指合欢山，好奇问道："周姑娘可知赵、虞两位府君的大道根脚？"

周楸点头道："一蟒一狐，俱是山野精怪出身，极有名气，一般修道之士不敢招惹。双方以一条大江为界，百年间，就有了江左有毒蟒、江右有妖狐的说法，后来才知道原来双方早就结为道侣了。等到那场大战落幕，两位府君各自占山为王，修补破碎山头，尤其是虞府君不知施展了何等神通手段，竟然能够将乌藤山搬迁至此，与坠鸢山做依偎状，对外说是嫁妆。实则……"说到这里，周楸有点难以启齿。

少年倒是个老江湖，语气淡然道："两山如'交尾'，是一门颇为高深的道门房中术。"

周楸小有意外，她眼神坚毅地说道："传闻赵府君其实是某个正统仙府出身，所以能够凭借道法压制天性和戾气。而坠鸢山中，自古就有一处禁制重重的隐蔽洞窟，内有石壁崖刻，其神异内容类似谶语，'毒雾飞鸢坠，腥风白蟒盘，一朝化蛟归海去，山中只留老头陀'。小镇山门口的那棵古树，便是赵府君的一根龙角雏形。寻常望气士所见的那张蛇蜕，其实是障眼法，此外还有'龙气缠古树'的说法，以及坠鸢山中那口温泉常有虹光出废池，不过是赵府君故意让人散布出去的谣言罢了。"

少年疑惑道："周姑娘懂得这么多？"

周楸犹豫了一下："我是谍子出身。"

此话一出，两人沉默。周楸其实一直在等对方询问自己的意图，结果看对方好像根本不感兴趣,总不能就这么耗着,她只得主动说道:"我们无法离开合欢山地界,就想着请陈公子帮忙将一位小恩公带出此地,之后是往北去青杏国京城,还是南下皆可。"

"我们?"

"我有某些难言之隐,恕我不能详细告知陈公子。"

那草鞋少年说道:"周姑娘,我可是老江湖了,换成你,愿意在这么个穷山恶水之地,掺和这种事情吗?"

周楸说道:"恳请陈公子相信,我们绝无任何歹意和险恶用心。"她从袖中取出两只钱袋子道:"一袋小暑钱,一袋雪花钱,前者是酬劳,后者是那位于我们有恩之人的盘缠。陈公子只需要将他带离合欢山地界,之后便可分道扬镳。在那之后,陈公子只管走自己的江湖路,这个于我们有恩之人是生是死,但凭天命,总之都与陈公子无关了。"

少年笑道:"即便我傻了吧唧信了你们,可你们就这么信得过我?"

周楸幽幽叹息一声:"实在是没法子了。"

少年点头道:"周姑娘这句话才是实诚话,我比较爱听。行吧,一手交钱一手交人,出门在外,多个朋友多条路,这趟镖,我接了!"

周楸抛出那两袋神仙钱,她转头望向不远处,柔声道:"青泥,出来吧。都听见了吧?你就跟着陈公子离开此地,以后都别回来了。"

亦是一个撑伞的,不过却是阳间人,并非鬼物。显然,这两把油纸伞都有障眼法的功效。周楸与他挥手作别,不给对方言语挽留的机会,身形一闪而逝。

一个黝黑少年红着眼睛,咬着嘴唇,斜挎着个棉布包裹,将油纸伞合拢起来,拎在手里。两人对视,差不多年龄,个头也差不多。

那黝黑少年嗓音沙哑,主动开口问道:"听周姐姐说,你是个江湖高手。"一个四境武夫,他是有概念的。

背剑少年点头道:"纠正一下,我不是一般的高手,是正儿八经的武学宗师。一般的江湖人士,学艺不精,根本走不到小镇,更走不出小镇。"

那小镇少年才与这个叫陈仁的聊了一句,就有点烦对方了:周姐姐和他们,真没有看错人吗?

他叹了口气:"我叫青泥,青色的青,泥土的泥,不是那个'亲昵'……"

背剑少年摆摆手:"一个假名,连姓氏都没有,你不用跟我解释,而且我贵人多忘事,记不住。"

青泥一时语噎。

陈仁问道:"怎么把油纸伞合拢起来了,不打开隐藏身形?"

青泥犹豫了一下,解释道:"我灵气不够,从小镇走到这里,已经是极限了。"

背剑少年开始挪步。

片刻之后,青泥停步,震惊道:"我们不是远离合欢山吗? 为何返回小镇?"

陈仁没好气道:"你就没有看出你的周姐姐已经心存死志,打算慷慨赴义了?"

青泥站在原地。

陈仁转过头,笑道:"就这么怕死? 周椒养了一头小白眼狼吗?"

青泥最终还是没有破口大骂。

背剑少年径直前行,双臂抱胸:"跟上,怕什么? 一座合欢山而已,些许邪祟精怪罢了,谈笑间灰飞烟灭……"

青泥脸上惨白无色。

十分豪杰气概的背剑少年,突然神色慌张起来,一个弓腰前扑,往路边荒草丛一跃而去,使劲招手,压低嗓音喊道:"不妥,有鬼物路过! 赶紧躲起来!"

见那青泥还愣在原地,只得骂骂咧咧蹦跳起身,一把抓住那黝黑少年的脖子,往路边一丢,腾云驾雾一般,即将重重摔在草地中,又被那陈仁抓住肩头轻轻一放,最终两人一起趴在个小土坡后边,陈仁小声提醒道:"小傻子,要是能打开油纸伞就赶紧的,不行就屏住呼吸,别泄露了身上活人的阳气,这些鬼物凶煞对这个最是敏锐,可别连累了我。"

青泥伸手绕到脖子,有点生疼,闷声道:"不用你教。"他在小镇长大,如何跟鬼物打交道,最是熟稔。

十数头鬼物敲锣打鼓而过,为首一个身披铠甲、武将模样的家伙瞧见地上那些脚印,嗅了嗅,蓦然一声暴喝:"谁?! 滚出来受死!"

青泥心一紧,不知哪里露出马脚了。照理说,按照周姐姐传授给自己的那篇口诀,是绝对不会泄露阳气的。黝黑少年转头一看,顿时目瞪口呆。只见那个背剑的家伙匍匐在地,已经逃出去数丈远,快是真快啊,几个眨眼工夫,草间窸窸窣窣,就没了身影。

这家伙是打算将他撇下不管了? 刚收了钱,就这么溜之大吉了? 书上不是说押镖的都是舍生忘死的好汉? 退一步说,多少得讲一点江湖道义和礼义廉耻吧?

青泥躲无可躲,逃无可逃,只得壮起胆子站起身。按照周姐姐的说法,青泥没有练武的资质,只学了些三脚猫功夫用来强身健体,对付鬼物毫无用处。而且那个刘伯伯说过,习武之人,若无拳意上身,都是空谈,对付几个市井地痞尚可,杀妖捉鬼就免了。

黝黑少年从袖中摸出几支小巧卷轴,猛然间一抖,哗啦啦摊开四幅不大的挂像,他双指并拢,霎时间涨红脸,调用仅剩的一点天地灵气,那些挂像竟然悬空而停。青泥这一手,还真就把那些已经亮出兵器的鬼物给吓住了。

背剑少年蹲在草丛中,揉了揉下巴,这个化名青泥的小姑娘,还真是个练气士,不过只是一境,好像是刻意延缓了破境。倒也不难猜,没有合适的鬼道修行之法,在那座阴气极重、鬼魅横行的小镇,一个练气士随便开府,汲取天地灵气,很难抽丝剥茧,祛除那些凶煞浊气，根基不稳，很容易被潮水倒灌几处本命气府，轻则伤及大道根本，重则心性大变，变得嗜杀。

他见到那四幅画像，便有点哭笑不得。有那位神诰宗祁真祁天君，道门老神仙嘛，昔年一洲仙师执牛耳者。还有两张画像，是曾经贴满一洲山下门户的袁、曹两幅彩绘门神。要说这三位，被那青泥拿来震慑妖魔鬼怪，辟邪……虽说没什么用处，可也算合情合理。只是最后一幅画像，青衫仗剑，是个年轻男子。陈仁一时无言，揉了揉眉心。

只见那四幅悬空挂像环绕少年，缓缓旋转起来，有模有样，还挺有几分仙家风采。而那拨过路鬼物先是充满警惕，还真怕遇到个山上修士，继而看那黝黑少年身形摇摇欲坠，就开始嘲讽大笑。为首鬼将拔刀出鞘，砍了再说，路上就当夜宵了。若是这几幅挂像当真管用，那随身携带三教祖师的挂像，岂不是就可以横行天下了？

只是片刻之后，为首鬼物便觉得如遭雷击，晃了晃脑袋，竟是双膝一软，就要跪地。它胡乱劈出几个刀花，咋咋呼呼，边挥刀边跑，一下子就没了身影，其余喽啰见势不妙，瞬间作鸟兽散。

青泥颓然坐在地上，赶忙将那四支小巧画轴收入袖中。之前还被周姐姐和刘伯伯嘲笑来着，不承想还真管用?！

青泥转过头，看到那个背剑的王八蛋正朝自己缓缓走来。陈仁一边走一边拍去头上的杂草和身上的泥土，点头道："不承想你还是个练气士，一只脚已经踩在山上了，可喜可贺，以后我们就以道友相称好了。青泥，好名字好道号，我认识一个道号与你只差一个字的，境界就挺高。"

其实陈仁也觉得好笑，这算是被那青泥歪打正着了，只因为那幅挂像与他这个真人和正主才几步远，无形中就有了一线牵引。

青泥咬牙切齿道："怎么说？还回小镇吗?！"

陈平安笑道："听你周姐姐的，远离是非之地，方才我就是试探试探你小子的胆识。"

黝黑少年默默跟着那个不靠谱的家伙，哪怕周姐姐看走眼了，可仅凭他一个人，是绝对无法活着走出合欢山地界的。这一路上，几乎每七八十里就有一处大妖或厉鬼的道场，凶险万分。去年冬末，曾经有一次趁着大雪天，周姐姐将自己护送到了合欢山边境，结果周姐姐敏锐察觉到一股隐藏气息，而且无法确定对方的方位，他们只得原路返回。没法子，周姐姐他们在合欢山地界，实在是树敌太多，其实自己是无所谓的，她反而更喜欢陪在周姐姐他们身边，但是周姐姐总说她命不错，宜远游。

远处，一个披甲汉子伸手摸着胡茬："这算哪门子江湖高手？"

周楸亦是满脸无奈："兴许是我卦数不精，只是事已至此，死马当活马医吧。"

汉子点点头："没法子的事，只能听天由命。这丫头，一看就是个福大命大的，我就觉得她一定可以活着走出此地。"

这下子轮到周楸备感意外了："真放心把她交给此人？"

他点点头："就当赌一把。"

"就你的赌运，不总是输钱？"

"正因为赌桌上一直输，相信赌桌外总有赌赢的一次。"

"对了，刘标长，那几个鬼物方才为何自行退散？是你出手了？"

汉子摇摇头："怪事。我还以为是你的手段。"

"不继续跟上一段路程？"

"终有一别。何况我相信你的卦数。"

两个萍水相逢的"少年"，都不言语，一前一后走了约莫小半个时辰。一个头戴莲花冠的年轻道士，蹲在一条河边掬水洗脸，腋下夹着一大堆衣物。见到背剑少年，他赶忙将衣物丢在地上，站起身，小跑向那个背剑少年。

陈平安停下脚步，皱了皱眉头。陆沉叹了口气，摇摇头。显然，陆掌教要找的那个存在，并不是这个化名青泥的"少年"。

那个存在既然在宝瓶洲，那么年轻隐官、重返家乡的马苦玄、顾璨，就都有可能碰到。而且他们遇见那个存在的可能性要比一般练气士大上许多。与蛮荒天下和妖族的因果纠缠越深，可能性就越大。这也是陆沉为何会主动找到陈平安的根源所在。但这只是可能性较大而已，天道无常，世事难料啊。

陈平安也没有与青泥解释什么，问道："先前泼墨峰那阵风，是你作怪？"

陆沉委屈道："怎么可能?!"那就是了。

陈平安提醒道："陆沉，接下来你找归找，记得下次就别跟我见面，事不过三。"

先有裁玉山散花滩，又有合欢山地界的泼墨峰，以及此地。

陆沉开始转移话题，笑道："有人评价你的书法，由印观字，输在天资不足，胜在用功颇深。"

陈平安点头道："是个很客观的评价。"

陆沉转头望向那个黝黑少……女，笑道："好造化，能让贫道与陈山主一同为你护道。"

少女此刻心情糟糕至极，差点脱口而出一句"你哪根葱"，只是想了想还是忍住了。

陈平安以心声问道："是青冥天下的山上前辈？"

陆沉卖了个关子："一位高人，境界高，气性高，眼光高。"

陈平安瞥了眼少女的挎包，里边装有那支大骊斥候精骑的腰牌。

"之所以在此成为英灵，始终徘徊不去，不作归鸟避窠烟，想必只因为心有执念，杀妖。"陆沉双手笼袖，缓缓道，"贫道瞎猜的，那位周姑娘说有难言之隐，肯定是很有些曲折了。"

陈平安说道:"陆掌教,劳烦你送青泥离开合欢山地界,我回一趟小镇,可以将她安顿在青杏国京城的那座仙家客栈。"

陆沉笑道:"何必这么麻烦,咱们仨一起回小镇就是了。"

陈平安默不作声,陆沉笑道:"不妨听贫道的,算卦一事,想来周姑娘不如贫道精通。"

陈平安犹豫了一下,还是点头。

陆沉与那个黝黑少女笑嘻嘻开口道:"青泥道友,你与我们两个联手,可杀十四境!"

青泥好奇道:"这位道长,十四境是什么境界?"

按照周姐姐的说法,外边天地,无奇不有,可武夫境界不是最高才山巅九境,山上练气士出神入化才地仙吗?

陆沉一本正经道:"十四境都不懂? 就是十四个一境练气士!"

少女看了眼吊儿郎当的年轻道士,再看了看那个遇事就跑路的背剑少年,觉得他们能成为朋友,真不是没有理由的。

陆沉笑道:"山巅一阵风吹过,就扯出山外这么多的红线、因果线。"

言外之意,当然是说陈平安答应参加青杏国观礼一事。在那牛角渡,陈平安一个无关善恶的点头而已。千万里之外,就是整个合欢山地界各有各的悲欢离合,兴许是咎由自取,可能是自作多福,抑或是命中注定。

陈平安取出那只朱红色酒葫芦,只是喝酒。

陆沉转头问道:"青泥小道友,先前四幅画像所绘神仙,你觉得哪一位最年轻英俊啊?"

不等青泥回答这个白痴问题,就见那背剑少年打出一记摆拳,年轻道士当场横飞出去,落地后便直挺挺不动弹了。

被吓了一大跳的青泥,颤声道:"你这一拳是砸中了那道长的太阳穴? 他真没事吗?"

背剑少年没好气道:"看错了,是天灵盖,打得这位道长直接证道飞升了。"

青泥到底是担心那人是否受伤,再次转头望去,只听那年轻道长轻喝一声,一个鲤鱼打挺,结果没能起身,整个人重新摔在地上,道士只得伸手撑地,踉跄起身,使劲晃动肩膀,抖落一身尘土。

道士好像没事人一样,根本不与那背剑少年计较那一拳,问道:"青泥小道友,你与神诰宗祁天君很熟吗? 这么巧,贫道也与他有点渊源唉。"

少女稍稍放心,板着脸说道:"我很熟悉祁天君,祁天君跟我不熟。"

那个头戴莲花冠的道士以拳击掌："又巧了不是，祁天君很熟悉贫道，贫道与祁天君不熟。"

少女皱眉道："道长说反了吧？"

陆沉揉了揉下巴，假装沉思："青泥小道友，你觉得我陈兄弟人品如何？相貌如何？是不是当得起'年少万兜鍪'一说？"

"呵。"陆沉双手绕后抱住脖子，伸了伸懒腰，"若有谁知春来去，除非问取笼外莺雀。"

一路平安无事，青泥带着两个怪人顺利返回小镇。外人眼中的鬼祟污秽之地，在少女眼中是可亲的，回了小镇，消瘦少女明显就放松许多，脚步都轻灵了几分。先前她跟着背剑少年走在荒野，明显身体有几分僵硬，时时刻刻都是心弦紧绷，可能对在此土生土长的少女而言，熟悉的小镇与外边的陌生天地，有天壤之别。

年轻道士问道："青泥小道友，小镇有名字吗？"

"丰乐。"

"昔年兵家用武之地，如今四时之景无不可爱。"这个头戴莲花冠的道士，穿着一件厚重的棉布道袍，袍子才及膝，小腿上绑缚着布条，约莫是合欢山地界无官道坦途的缘故，布条上边还沾着些荆棘、倒刺。

少女此刻更担心，等会儿返回住处，周姐姐会生气，别看周姐姐温婉贤淑，平时说话都细声细气的，其实少女早就发现，刘伯伯他们这帮大老爷们，都很敬畏周姐姐。

七弯八拐，青泥带着年轻道士和背剑少年，走入一条阴暗巷弄，路上她偶尔转头回望一眼，就看到那个道士贼头贼脑的，是在踩点吗？

撑伞穿绣花鞋的周楸出现在巷子的拐角处，微皱眉头："怎么回来了？"

身材瘦弱的黝黑少女拧着衣角，抿起嘴唇，一路上想好了几个蹩脚借口，等见着周姐姐，少女就不愿说谎了。

所幸背剑少年帮忙解围，解释道："先前在树下，我收下钱那一刻起，这趟镖就算接了，只是又没说何时起程赶路。周姑娘，我保证会把青泥带出合欢山地界，全须全尾，活蹦乱跳。周姑娘要是不信，我陈某人可以在这边发个誓，青泥若是今夜在小镇这边少掉一根汗毛，我身边这位号称是我挚友亲朋的陆道长就砍掉自己的狗头，与周姑娘谢罪，赔个不是。"

陆道长一脸茫然："啊？"

周楸压下一肚子怒气，问道："这位是？"

年轻道士赶忙转过头，轻轻咳嗽几声，润了润嗓子，再打了个稽首，朗声道："小道姓陆，精通测字和抽签算卦，尤其擅长给人看手相，价格公道，童叟无欺，不准不收钱！"

周椒身后走出一个披甲汉子，手心抵住腰刀的刀柄，他看到这一幕，既舍不得骂那个傻丫头，也不好当面说什么，只得以心声埋怨道："周椒，你自己说说看，这算哪门子事嘛。"

周椒亦是一个脑袋两个大，以心声说道："怪我，找错人了。"

汉子问道："实在不行，我就去找戚老头帮忙？"

周椒说道："等我跟他们聊过再说。"

汉子提醒道："别拖太久了。"

周椒摸了摸少女的脑袋："平时那么听话，怎么到了关键时刻，反而胡闹上了。"

青泥小声道："家在这里，周姐姐、刘伯伯你们都在这里，舍不得走。"

周椒苦笑无言，领着他们来到一栋宅子，简陋却洁净。少女放下斜挎包裹，熟门熟路，去灶房那边取出白碗，拿葫芦瓢，从酒缸里舀出糯米酒酿。四人围坐在院内一张小桌旁，青泥端酒碗上桌后，她没有上桌，给自己也倒了一碗糯米酒，就坐在灶房门口的门槛上边。

佩刀汉子笑道："我叫刘铁。相信陈公子和陆道长都看出来了，我早就不是阳间人了，两位不计较这个，还愿意同桌喝酒，先敬两位。"

背剑少年和年轻道士都端起酒碗，刘铁一饮而尽，周椒没有喝酒，将自己那只酒碗推给汉子。

陈平安问道："刘老哥是哪里人？听口音，不像是青杏国这边的。"

刘铁说道："北边来的。"

陆沉笑问道："哪个北边，大渎以北？"

刘铁摇头道："陆道长说笑了。那条大渎以北，可就是大骊王朝了。"

陆沉赞叹道："小道的境界兴许不高，看人眼光却是奇准，一看刘老哥就是个力能扛鼎的沙场猛将，戎马倥偬，当过大官的。"

刘铁愣了愣，周椒脸色如常。

门口那边的少女疑惑道："不是戎马倥偬吗？"这个吊儿郎当的道士，是个不学无术的别字秀才？

背剑少年微笑道："约莫是念了个通假字？"

陆沉可没有半点难为情，用拇指擦拭嘴角："刘老哥如今在哪座山君府高就？小道听说坠鸢、乌藤两山，各自设有军营，俱是兵强马壮，以刘老哥的本事，不捞个校尉当当，都是两府管事者的眼睛长在屁股上边了。"

刘铁笑了笑："高攀不上。不说这些大煞风景的，我还有事，就不久留了。"

喝过了两碗酒，刘铁便告辞离去，周椒起身相送，出门到了巷子那边，相视苦笑，本以为那个道士是个高人，若是能够与那个四境武夫陈仁相差无几，有洞府境修为，一个练气士配合纯粹武夫,护送青泥离开此地的把握就更大,不料这道士在小镇呼吸凝滞,呼吸间浊气颇重,显然一时间无法适应小镇这边的阴煞气息,定然不是中五境修士了。

周楸生前既是谍子,也是一名随军修士,刘铁这十几骑,生前也好死后也罢,都对周楸很服气。

陈平安问道:"小姑娘真名是什么?"

坐在门槛那边的黝黑少女怔怔无言,自己是怎么被看穿性别的?

周楸笑道:"倪清,反过来再取谐音。"

年轻道士就像个不通文墨的土鳖,问道:"姓什么来着?"

周楸笑道:"陆道长是道门神仙,难道就没有读过那位道教至人的大宗师篇和秋水篇?'不知端倪'的倪,知是非之不可为分,细大之不可为倪,别说陆道长这种高功法师,即便是道教之外的修道之人,甚至是书香门第的凡夫俗子,都该知道这两句话吧?"

陆道长急眼了:"小道只是没读过什么篇什么篇,怎就是假道士了? 周姑娘是欺负小道自幼家境贫寒、读书不多吗?"

陈平安扯了扯嘴角,抿了一口糯米酒,滋味不如董水井家的酒酿。

周楸笑道:"道之高低不在背书多少,陆道长。"

那道士唏嘘道:"此人何德何能,竟能让周姑娘如此熟稔——"

陈平安说道:"差不多就得了。"

陆沉只得停下原本已经打好腹稿的一番自吹自擂,转移话题,望向那个身材干瘦的黝黑姑娘,微笑道:"倪清,好名字,厄言日出,和以天倪,秋气强劲肃杀,清气大至,草木凋零。其实青泥亦是好名字,青泥小剑关,风雪千万山。真名倪清,道号'青泥',真是绝了。"

周楸心中狐疑,单凭一句"厄言日出,和以天倪",这个姓陆的道士,就肯定读过大宗师篇和秋水篇。她看了眼那个落座后便寡言少语的背剑少年,再看着那个喝了七八口都没喝掉一两酒的年轻道士,一个语不惊人死不休,好说大言,一个絮絮叨叨,嬉皮笑脸,好发奇谈怪论。难怪这俩能够凑一块。

周楸说道:"陆道长。"实在是不能再拖延下去了,泼墨峰那边亮起的虹光与剑光,就是在跟她打招呼。

年轻道士赶忙说道:"喊陆哥就行。"

周楸置若罔闻,说道:"这丰乐镇是怎么个地方,想必你们两位大致有数,尤其今夜是合欢山招亲婚宴的日子,鱼龙混杂,凶险程度远胜平常,我与刘铁,有点私人恩怨要解决,但是胜算不大。知其不可而为之,自然是有不得不为之的理由,两位不必追问。只因注定照顾不到倪清,所以我先前才会找到陈公子,希望能够将倪清带出合欢山地界,远离这处是非之地。我当年沦为鬼物后,就借住在倪清这处祖宅内,后来刘铁他们也在这条巷子落脚，这么些年，一些鬼物不宜做的事情，其实都是倪清在帮忙，有恩报恩，有仇报仇，是天经地义的事情。恳请两位速速带着倪清离开丰乐镇，陈公子若是嫌弃钱少，不愿押镖，我可以多给一笔神仙钱。"

陈平安指了指陆沉："我本来已经打算去往青杏国京城了，是他要回的，信誓旦旦说倪清返回小镇，就有一桩机缘等着她。"

周楸望向那个道士。不料道士早已侧过身，面朝院门口那边，不与周姑娘对视。周楸无奈，只好等刘铁那边的消息，请那位戚姓老人帮忙，让那位金身境武夫找人将倪清送出小镇。

院内几个，接下来就是干喝酒，不说话。

刘铁很快就带了一老人一女子来此，周楸站起身，拱手道："戚前辈，吕姑娘。"

老人姓戚名颂，是天曹郡张氏的首席客卿，金身境武夫。上次张氏修士在此碰壁，正是戚颂负责殿后，才免于更大折损。双方鸣金收兵后，唯独戚颂独自走到山脚小镇，赵浮阳和虞醇脂也不愿与一个身负武运的老匹夫死磕到底，就由着对方在山脚住下。今年开春，又来了个戚颂的嫡传弟子，虽是女子，却是个极狠辣的武夫，在丰乐镇多次出手。这个叫吕默的娘们，三十多岁，就已经是五境巅峰的武学境界，据说青杏国那边都想要招揽她担任禁军教头。

戚颂是个戟髯蛙腹的矮胖老人，笑眯眯的，瞧见了棉袍道士跟草鞋少年，故作疑问："柳姑娘这边有客人呢，不会打搅各位喝酒吧？"

年轻道士使劲招手，笑道："来者是客，打搅什么？家里又不缺酒。"

那吕默体态丰腴，不似周姑娘那般身姿纤弱，乍一看，真不像个练家子，更像是豪门大族里养尊处优的贵妇人。方才道士死死盯着院门口，率先撞入眼帘的，可不是女子的侧脸，本钱丰厚，可想而知。

道士朝刘铁挤眉弄眼，嘿，原来刘老哥好这一口，喜欢吃肥瘦兼备的五花肉啊。刘铁如坠云雾，只当没看见那陆道长的古怪脸色，倪清从正屋搬来两条长凳，周姐姐和刘伯伯，戚颂师徒，各坐一条。

周楸硬着头皮说道："陈公子，陆道长，我也不与你们兜圈子，刘铁已经与戚前辈和吕姑娘谈妥了，由吕姑娘亲自出马，护送倪清一路离开小镇。"

陈平安点点头，只说了个"好"字，然后就没有动静了。

陆沉觉得自己脸皮薄，只得小声提醒道："陈老弟，也没半点眼力见儿，周姑娘在暗示你拿出那两袋子神仙钱呢。"

陈平安斜眼望去："关你屁事。"

陆沉着急得差点抠脚："别愣着啊，一袋雪花钱给戚宗师和吕姐姐当押镖费用，一袋小暑钱归还周姑娘。"

戚颂呵呵一笑，伸手轻轻抚摸着圆鼓鼓的肚子。吕默微微皱眉，哪里冒出这两个骗子，那个姓陈的少年，当真有武夫四境？

周楸笑道："陆道长兴许是记错了，那袋小暑钱，才是我与陈公子约定好的押镖费用。"

"自家兄弟，这都骗？！先前不是说只挣一袋雪花钱吗？"年轻道士瞪大眼睛，随即满脸跃跃欲试，眼神炙热，搓手道，"人为财死鸟为食亡，平日里脑袋拴在裤腰带上，到处降妖除魔，才挣几个雪花钱？一袋子小暑钱！这趟镖，贫道接了！不劳吕姐姐大驾——"

吕默面无表情，端起酒碗，轻轻拧转鞋尖，霎时间那年轻道士连人带板凳一起倒飞出去，她小有意外，道士如此弱不禁风？她只得翻转手腕，一阵罡风巧妙"垫"在道士与墙壁之间。年轻道士摔落在地，起身后一手叉腰，一手抬起，颤声道："没事……哎哟，无妨，不能算无事，就是闪到腰了，小事，还是小事！"

背剑少年对此无动于衷，只是抬头说道："吕姑娘如此冒失试探，就不怕碰到硬钉子吗？还是说天曹郡张氏的客卿武夫，脾气都这么冲？"

戚颂点头笑道："和气生财，和气生财。吕默，赶紧给陆道长道个歉。陈小友说得对，出门在外与人为善，不要总觉得全天下都是心怀叵测的鬼蜮之辈。"

吕默起身抱拳道："多有得罪。"

年轻道长拎着那条小板凳，趔趄走回原位，咧嘴笑道："一家人不说两家话，打是亲骂是爱，吕姐姐……"

嘴上说着不正经的言语，年轻道士蓦然间神色变化：小娘皮敢跟道爷如此放肆，看镖！一个箭步，将那板凳当作暗器砸向那吕默。身形鬼魅的女子几步绕过桌子，一手抓住那板凳，往地上一丢，再来到道士眼前，一记肘击打在对方胸口，打得道士整个人双脚离地，悬空侧摔入宅院正屋内，后背撞在那张八仙桌边缘，嘎吱一声，摔了个狗吃屎。趴在屋内泥地上，年轻道士咿咿呀呀半天起不来，含糊不清地说："腰断了，陈兄弟救我一救。"

那背剑少年掏出两袋神仙钱，随手丢在桌上："既然喜欢揽事就拿去。"

周楸瞥了眼桌上的两袋钱，柳眉倒竖，深呼吸一口气，好不容易才强忍住，没开口道破玄机，算了，少掉的那几颗小暑钱，就当是这个陈仁护送倪清回到小镇的路费。

吕默将那袋小暑钱收入袖中，再将另外一袋神仙钱抛给倪清，笑道："小丫头，我们可以动身赶路了。"

周楸说道："刘铁，护送一程。"

汉子放下酒碗。倪清欲言又止，见那周姐姐有生气的迹象，只得重新拿起油纸伞和包裹，跟着那个女子一起离开宅子，回头望去，周姐姐朝她点点头，背剑少年板着脸喝酒,那个头戴一顶莲花道冠的道士趴在正屋门槛那边,朝她挥手,竟然还笑得出来。

走在小巷中,少女想起一事,勉强施展心声手段,道:"刘伯伯,那个陆道长,头上道冠好生奇怪,我在小镇从未见过。"

听周姐姐说过,有度牒的正经道士,衣冠都有讲究,不可有丝毫僭越,否则一经发现,就会吃牢饭,像那神诰宗祁天君的道冠便是鱼尾冠形制,而那个姓陆的年轻道长,却是莲花道冠。小镇这边,也有些精怪出身的练气士,喜好做那"道爷"装扮,都没有这种道冠。

刘铁神色微变,笑问道:"怎么说?"

倪清说道:"道冠如莲花开。"

刘铁停下脚步,神色复杂,一时间犹豫不决。如果他没有记错,在这宝瓶洲,有资格头戴莲花冠的道士所在道观,除了神诰宗山上几座寂寂无名、香火凋零的小道观外,就只有旧大霜王朝的那座灵飞观了。灵飞观上任观主仙君曹溶,只因为他是那位白玉京陆掌教的弟子,便能头戴莲花冠,一荣俱荣,道观内的授箓嫡传弟子,也有这种殊荣。这还是刘铁从周楸那边听来的山上秘事。

最玄妙之处,在于刘铁眼中的那个年轻道士,根本就没有头戴道冠!若说他看不穿障眼法也就罢了,周楸可是一个极有家学渊源的龙门境修士,她岂能看走眼?那姓陆的,要么是个胆大包天、不知死活的山泽野修,要么就是一位出身灵飞观的谱牒道士?!

刘铁心思缜密,继续前行,看似随口问道:"吕姑娘,看得出那道士的山上道统与根脚吗?"

吕默笑道:"就是个穷酸骗子,不过确是个练气士,会些强身健体的吐纳导引术。我前边在院内那两下,用了巧劲,若真是中五境修士,不至于如此狼狈,要说假装,不至于,以我师父的眼力,除了地仙,骗不过他老人家的。一位云游四方的陆地神仙,言行举止,想必不至于如此掉价。"

刘铁又以心声问道:"传言程老真人的金阙派,有那清静峰金仙庵一脉,香火鼎盛,历来不输垂青峰,而且与最南边的那座灵飞观有些渊源?"

吕默大为惊奇,用上了武夫聚音成线的手段,笑道:"刘标长消息这么灵通吗?连这种山上内幕都晓得。我曾经听师父说过,金仙庵所在清静峰,是金阙派的祖山,那位开山祖师的真实道统确实出自灵飞观,只是不知为何金仙庵数百年来一直不肯对外言说此事。照理说,能够与灵飞观攀上关系,不说对外大肆宣扬,怎么都不至于藏藏掖掖才对。师父猜测那位金仙庵的开山祖师,当年兴许是被曹溶天君驱逐下山的弃徒,所以根本不敢提及此事。师父知晓这些,还是因为与天曹郡张氏老祖关系莫逆、无话不谈。"

刘铁攥紧刀柄，以心声询问身边少女："倪清，那位道长可有显露身份的言语？好好想想，别放过任何线索。"

倪清说道："都是些不靠谱的怪话，比如什么神诰宗的祁天君熟悉他，他不熟悉祁天君，还说我要是跟他们两个联手，可以杀什么十四境，嗯，按照那个道士的说法，就是十四个一境练气士。"

刘铁怔怔无言，吐了口唾沫，骂了句狗日的骗子，然后沉声道："走，我们速速离开小镇。"之后他要赶紧回去提醒周楸，一定要远离那个吃了熊心豹子胆的道士，还有那个背剑少年，也要远离才好。

不知为何，少女却是心中空落落的。那两个才见面没多久的怪人，虽说都没个正行，却言语有趣。比如中途在一条河边歇脚时，背剑少年掸去泥土，嚼着草根，看着河水发呆，那个陆道长便说天不生无用之人，地不长无名之草。见无人捧场，道士便转头主动与她搭话，问她晓不晓得为何一个人的左耳听力要比右耳更好，又何谓面朝黄土背朝天……她没有理睬，道士便自顾自解释说是天地间有阴阳两气，天清地浊，地之秽者多生物，而左耳属阳，故而天听敏锐，右耳属阴，地听更好，此外男女有别……说到这里，年轻道士笑着指了指河水，说了些让从不怕鬼的倪清都觉得毛骨悚然的言语，他说河内若是有漂浮溺死的尸体，哪怕被浸泡得面目全非了，岸边人依旧一眼就能辨认出男女，男子以面为阴，后背为阳，故而尸体漂浮在水，定然是面朝水底背朝天的，此事亦是我们人在冥冥之中法天象地的一种端倪迹象，毕竟万灵之首不是白叫的……

小院那边，周楸将戚颂送到巷弄拐角处，老人轻轻拍打着腹部，笑道："既然目的都是一致的，为何不干脆与我们联手？"

周楸摇头道："两回事。"

老人叹了口气："即便是为报私仇，只要周姑娘愿意与青杏国柳氏泄露身份，何愁合欢山不肯交出那头为蛮荒大帐通风报信的妖物？"

周楸淡然道："没有证据。"

戚颂暗示道："证据？只要那头妖物落在周姑娘手上，不就有了？"

周楸笑了笑："依边军律，为了一己之私，滥用公器，按律当斩。"

戚颂见她心意已决，只得作罢，犹豫了一下，说道："院内那两位来历不明，你们还是要小心些。"

周楸回到小院，那个坐回原位揉着腰杆的年轻道士还在嘴硬："周姑娘，别看你陆哥瞧着身体羸弱，骨架子不够龙精虎猛，但坚挺着呢，这就是道心坚韧魂魄定的'神在'之天大好处了。只要周姑娘不嫌弃，贫道马上传授给周姑娘一门导引术，学成后哪怕是白昼行走在阳光底下都无妨。来，容贫道先给周姑娘看个手相，贫道所学驳杂，需要对症下药才能事半功倍……"

周楸摆摆手:"陆道长好意心领了,陈公子,别怪我下逐客令。"

陈平安说道:"拿人钱财替人消灾,那几颗小暑钱,就当是陆道长为周姑娘排忧解难的报酬了。"

陆沉停下揉腰的动作:"啥?"

陈平安说道:"合欢山两府赵浮阳、虞醇脂,他们可曾勾结蛮荒妖族?还有青杏国柳氏是否知情瞒报?别跟我说什么证据不证据,你跟刘标长,只需心中有个猜测即可。"

周楸内心一震,眯起眼,缓缓道:"你到底是谁?!"

她方才与戚颂的对话,距离宅子颇远,何况一个龙门境练气士,一个金身境武夫,岂是院内两人可以随便偷听的?

年轻道长委屈道:"'你们',周姑娘,你少了个'们'字。贫道亦是一条铁骨铮铮的英雄好汉呢!生平最是看不惯不平事。"

陈平安看了眼陆沉:"见钱办事。"

陆沉放下酒碗,打了个酒嗝,先是嘀嘀咕咕,似与人窃窃私语,然后道士抖了抖袖子。

无奈也是真无奈,只是见钱办事,都不是拿钱办事啊。谁让贫道与陈山主是一见面就可饮酒的挚友亲朋呢。

周楸缩手在袖,惊疑不定,这个穷酸道士是在装神弄鬼作妖吗?只是意义何在?

片刻之后,巷子那边便凭空出现一个扎丸子发髻的年轻女子,身材修长,露出高高的额头,她望向院内背剑少年,笑道:"师父。"

图书在版编目(CIP)数据

剑来42：观书喜夜长 / 烽火戏诸侯著. —杭州：
浙江文艺出版社，2023.5(2025.3重印)
ISBN 978-7-5339-7194-6

Ⅰ.①剑… Ⅱ.①烽… Ⅲ.①长篇小说—中国—当代
Ⅳ.①I247.5

中国版本图书馆CIP数据核字（2023）第045368号

选题策划　柳明晔
责任编辑　周海鸣
营销编辑　宋佳音
封面绘图　温十澈
责任印制　吴春娟

剑来42：观书喜夜长

烽火戏诸侯　著

出版　浙江文艺出版社
地址　杭州市环城北路177号
邮编　310003
电话　0571-85176953（总编办）
　　　0571-85152727（市场部）
制版　浙江新华图文制作有限公司
印刷　浙江新华数码印务有限公司
开本　710毫米×1000毫米　1/16
字数　312千字
印张　15.5
插页　2
版次　2023年5月第1版
印次　2025年3月第4次印刷
书号　ISBN 978-7-5339-7194-6
定价　48.00元